"4.4 대호지 천의 장터 독립만세운동"에
헌신하신 모든 선열들께 이 책을 바칩니다.

| 책을 내면서 |

'4.4 대호지 천의장터 독립만세운동' 문학작품으로 승화

 대호지면은 충청남도 당진시의 북서부에 위치한 작은 면이다. 대호방조제가 막히면서 삼면이 호수로 둘러싸였다. 방조제가 막히기 전에는 대호만과 평리만이 그곳을 막고 있었다. 사면 가운데 3면이 만으로 막힌 오지였다.
 1919년 그곳에서 독립만세운동이 벌어졌다. 하지만 관심을 기울인 사람은 많지 않았다. 당시에는 전국의 거의 모든 지역에서 독립만세운동이 벌어졌다. 그 형태도 대동소이했다. 이야기도 비슷했다. 이런 탓에 그 지역의 만세운동이 눈에 뜨이기가 쉽지 않았다. 저자도 솔직히 알지 못했다.

 두어 해 전 3.1독립만세운동 101주년을 맞아 충남지역 만세운동 자료를 접할 기회가 있었다. 각 지역의 자료를 파악해 보았다. 그러다 눈에 뜨인 게 '4.4 대호지 천의장터 독립만세운동'이었다.
 이 독립만세운동은 1919년 4월 4일 대호지면과 정미면 천의장터에서 발생한 독립만세운동이다.
 대호지 면사무소 앞에 집결한 주민들이 8㎞정도 떨어진 정미면 천의장터까지 걸어가면서 시위를 벌였다. 외형으로 보면 한 공간에서 시위를 벌인 것이 아니라 다른 공간으로 이동하면서 시위를 벌인 것이 특이했다.

그러나 속을 들여다보면 유다르다.

먼저 지극히 체계적이고 조직적이었다는 점이다. 다른 지역의 만세운동은 다소 우발적이거나 일부 체계적이라 할지라도 기획되어서 움직인 경우는 흔치 않다. 하지만 대호지 독립만세운동은 사전에 치밀하게 계획되고 대단히 조직적으로 움직였다.

연락책이 만들어지고 선봉행동대가 짜여졌다. 그들을 통해 시위에 대한 정보가 사전에 유포되고 선동되어서 만세운동이 구성되었다.

또 면사무소 직원들이 중요 구성요소로 독립만세운동을 기획했다. 당시 면사무소는 조선총독부의 최 말단 행정조직이었다. 따라서 독립만세운동이 발발하지 않도록 감시하고 관리하는 역할을 했다. 이에 따르지 않는 주민들을 경찰에 고발하는 역할도 서슴지 않았다. 심지어 일부지역 면장은 일본경찰에게 주민들을 향해 총을 난사하라고 주문했다.

그런 마당에 대호지면사무소는 직원들이 앞장서서 주민을 동원하고 그것을 전파했다. 그것도 모자라 선동했다.

면사무소 소사였던 송재만은 행동대장으로 가장 앞장서서 만세시위를 주도했다. 조직을 짜고 전파하며 거사의 길목마다 항일의 기치를 높이 쳐들었다. 총질을 하는 일본 순사를 향해 짱돌을 던지며 대들었다.

여기에 당시 면책임자였던 이인정 면장은 말을 타고 앞장서서 시위군중을 이끌었다. 다른 지역 면장들이 일제의 앞잡이 노릇을 한데 반해 그는 도리어 가장 앞장서서 조선독립의 필요성을 주창하고 주민들에게 적극적으로 동참할 것을 몸소 보여주었다.

지역의 부호인 남주원은 독지가로서 만세운동에 선도적으로 참여했다. 동시에 거사에 필요한 자금을 지원하는 등 '노블레스 오블리주'를 실천했다.

일제의 감시가 엄중한 시절에 대부호로서 만세운동에 나서기는 참으로 어려운 일이었다. 게다가 재산을 풀어 그 일을 뒷받침하기는 결코 쉽지 않았다. 또 그 많던 전답을 팔아 이들의 변호사 비용을 댄 것으로 전하고 있다. 그는 스스로 가시밭길을 걸었다.

여기에 주민들이 적극적으로 동참했다. 주민들은 스스로 선서했던 만큼 집회 시위의 비밀을 지키려 노력했다. 거사가 발생하고서야 상황이 파악될 정도로 주민들의 보안의식이 탁월했다. 또 거사에 동참해서도 보다 적극적으로 시위에 가담했다. 지도부의 지휘에 일사분란하게 움직여 주었다. 시위를 가로막는 일본 순사들을 군중의 힘으로 무력화 시켰다. 또 정미면 천의주재소를 파괴했다.

만세시위가 끝나고 난 뒤에도 밤에는 산에 올라 횃불로 시위를 계속했다.

애국가사를 자체적으로 만들어 주민들에게 배포하고 민족혼을 불 질렀던 것도 특이하다. 한운석 훈장은 격문형식의 애국가사를 만들어 제공했고 면서기들은 그것을 등사하여 주민들에게 배포했다.

'살아서는 설 곳이 없고, 죽어서는 묻힐 땅이 없다.'며 일제치하

민족의 처지를 적극적으로 설파했다. 이로써 민중들이 독립 의지를 불태우도록 선동했다.

이렇게 함으로써 독립만세운동을 성공적으로 마무리했다.

물론 독립만세운동으로 인한 고난은 말할 것도 없다. 작은 면에서 무려 200여 명의 선인들이 혹독한 고초를 당했다.

이 가운데는 1명이 참살당하고 3명이 옥에서 순직했다.

또 40명이 많게는 징역 5년에서 적게는 징역 8개월의 실형을 살았다. 88명에 달하는 주민들은 3일에 걸쳐 태형 각 90대를 맞았다. 말이 태형 90대지 우신매라고 불리는 매로 맨살 볼기를 90대나 맞은 것이다. 이 때문에 20여 명의 주민들이 매독을 이기지 못해 집으로 돌아와 두어 해를 살다 죽어나갔다. 대부분 젊은이들이었다.

그리고 나머지 가담자들은 가혹한 고문에도 끝내 사실을 터놓지 않아 기소유예됐다. 또 일부는 전국으로 떠돌며 도망을 다니다 기소중지됐다. 어렵고 힘든 시절 그 고초가 얼마나 컸을 거란 점은 미루어 짐작할 만하다.

나머지 주민들도 실형은 살지 않았지만 가담자를 이실직고하지 않는다며 가혹한 고문을 당했다. 이런 저런 일로 면민 전체가 고초를 겪었다.

이런 사실을 접하고 '4.4 대호지. 천의장터 독립만세운동'을 문학 작품으로 승화시켜야겠다는 생각을 했다.

이 숭고하고 아름다운 이야기를 문학작품으로 승화시켜 보다 많은 사람들이 읽을 수 있도록 하고 싶었다.

오늘 우리가 보내는 이 평범한 일상이 그 누군가에게는 참으로 고통의 시간이었음을 일깨우고 싶었다. 그들을 기억하고 그분들의 정신을 후세에 전하고 싶었다.

이런 저런 바람에 1년여 동안 자료를 발굴하고 작품을 썼다. 자료를 구해 읽고 현지를 취재하면서 눈물지은 날이 여러 날이었다.

대호지나루터에 나가 앉아보고 또 그곳에서 불어오는 바람을 맛보았다. 남주원 선생의 집터로 추정되는 곳도 둘러보았다.

의령남씨의 고향인 도이리 남유, 남이흥 장군의 묘소와 그 주변에 기대어 보기도 했다.

대호지나루터에서 남주원 선생의 집터를 지나 조금리로 이어지는 길도 둘러 보았다. 대호지면사무소를 방문하고 그 주변의 기운도 느꼈다.

면사무소에서 정미면 천의장터로 이어지는 도로를 따라 찬찬히 바람을 쏘였다. 100여 년 전 그곳을 스쳐갔을 많은 분들의 땀 냄새도 맡아 보았다.

그분들의 눈물과 아픔에 고뇌의 밤을 새면서 오늘 우리가 살고 있는 이 땅이 선인들의 피땀의 결과물이란 사실을 되짚어 보았다. 더욱 안타까운 일은 짧은 생애의 거의 모든 것을 조국에 바친 분들의 후손들이 상상 이상으로 어려움을 겪고 있다는 사실이었다.

일제에 의해 집안이 몰락하면서 그 후예들은 빈손으로 고향을 지키거나 혹은 그곳을 등졌다. 고향을 지킨 이들도 소작농으로 전락하고 빈민으로 퇴락하면서 기억하기 싫을 만큼 힘든 고난의 역사를 살았다. 또 타향으로 떠난 이들 역시 등 붙일 곳 없는 낯선 곳에서 눈물겨운 삶을 이어왔다.

그렇게 100년의 세월이 지났다. 하지만 많은 후손들은 여전히 그날의 역사를 알지 못했다. 또 기억하고 싶어 하지도 않았다. 어떤 이들은 한 많은 삶을 물려준 그분들을 원망하기도 했다.

실제로 어떤 독립유공자의 후손은 배운 것이 없어 조상을 찾지 못한다고 하소연했다. 형제가 학교를 다니지 못할 정도로 가정이 어려워 조상을 찾을 생각조차 하지 못했다고 털어놓았다.

또 다른 이는 최근에야 먼 조상의 이야기로 흘려들었다는 이도 있었다. 특히 중요 인물로 평가되는 분의 외증손은 면담 요청에 '아는 것이 없어 만나고 싶지 않다.'고 전해왔다. 그들의 후손을 찾는 것조차 큰 일이 되었다. 이것이 현실이었다.

하지만 저자는 그날의 거사를 통해 오늘을 되돌아보고 싶었다.

우리가 살고 있는 이 평화로운 나날이 외침을 받게 된다면 어떻게 될까. 나라를 잃고 주권을 빼앗긴다면 또 어떠할까. 그런 나날은 영원히 우리에게 없을 것인가. 만에 하나 그렇게 된다면…….

생각조차 하기 싫지만 역사를 보면 그런 날들은 반복을 거듭한다. 가깝게는 일제에 빼앗겼고 거슬러 오르면 병자호란으로 청나라에, 또 그 이전도 임진왜란이란 병란으로 7년의 세월을 고난 속에 살았다. 더 거슬러 오르면 숱하다.

그렇게 된다면 1919년 그날의 상황과 조금도 달라지지 않을 것으로 짐작된다.

집회 시위의 자유는 물론 모든 자유가 속박될 것이다. 짐작만 해도 끔찍하다.

때문에 그날의 함성과 그분들의 울분을 잊어서는 안 된다. 그것을 잊는 순간 우리도 그와 유사한 경험을 할 수도 있게 된다. 이를 명심해야기에 아픔을 감내하며 『대호지 아리랑』을 집필했다.

이 책이 '4.4 대호지 천의장터 독립만세운동'을 이해하는데 도움이 되었으면 하는 바람이 간절하다.

이 사실을 크게 알릴 수 있도록 도와주신 김홍장 당진시장님을 비롯한 당진시 관계자 여러분, 4.4 대호지 천의장터 독립만세운동 기념사업회 남기찬회장님, 의령남씨 종가 남주현 종손님, 호서고등학교 김남석 박사님, 그리고 이대하 선생의 손자 이원종 전 대전 중구부구청장님, 송재만 선생의 자제 송우석 선생님, 천기영 국장님 등 많은 분들께 감사드린다.

끝으로 편집 출판을 담당해준 오늘의문학사 관계자들과 믿음으로 늘 지켜봐주는 아내 가인과 아들에게 감사드린다.

2022년 초봄에
무계 이광희

목차

책을 내면서 ·· 002

1. 기다림 ·· 010

2. 경성에서 분 바람 ··· 026

3. 땅 밑에서 움직이는 사람들 ······································· 051

4. 싹이 트다 ··· 073

5. 거사모의 ··· 105

6. 위대한 동지들 ·· 148

7. 축제 준비 ··· 196

8. 드디어 새날이 밝았다 ·· 239

9. 영웅의 아픔은 시작되고 ··· 307

10. 모든 것을 내가했다 ·· 340

에필로그 ·· 406

1. 기다림

▫ 대호지나루터

1933년 9월.
 가을이었다. 파란 하늘이 눈부셨다. 보고만 있어도 행복했다. 먹지 않아도 배가 불렀다. 눈물이 나도록 보고 싶었던 파란 하늘이었다. 길게 숨을 들이켰다. 속이 시원했다. 바람이 달았다.
 대호지나루터에서 불어오는 바람은 짠맛 뒤로 단맛이 받쳤다. 매일 이곳에 나오는 사람만이 알 수 있었다. 천일염을 혀끝에 묻혀 오물거려보면 짠맛 끝에 단맛이 비치는 것과 흡사했다.
 '오늘도 어김없이 화륜선이 오것지.'
 송재만은 그날도 화륜선에서 내리는 사람을 찬찬히 살펴볼 요량이었다. 무슨 색의 옷을 입었는지 머리모양은 어떤지 걸음걸이는 또 어떤지, 손에 무슨 가방을 들고 있는지…….

사람을 기다리는 재미로 사는 사람처럼 늘 나루터에 앉아 있었다.

벌써 많은 시간이 흘렀다. 얼굴에 잔주름이 늘고 짧게 깎은 머리털에도 새치가 돋았다. 참나무로 깎아 만든 장대를 잡은 손마디가 굵어져 스스로가 생각해도 많은 시간이 지났음이 느껴졌다.

그는 얼마나 더 기다려야 할지는 모르지만 오늘도 기다리고 있었다.

"오것지. 올 거구먼."

혼잣말로 중얼거렸다. 한 번만이라도 보고 싶었다. 그의 소원은 그게 전부였다. 꿈에도 그리는 사람이었다. 그래서 그는 늘 다시 올 거라고 스스로에게 주문처럼 뇌리에 각인시키고 있었다. 아니 뇌뿐만 아니라 살점을 촘촘히 누비고도 모자라 뼈마디 마디마디에 새겼다. 이제는 모든 몸의 골각이 기다림으로 물들어 있었다. 죽기 전에 꼭 한번은 보고 싶었다.

푸른 갈대가 스쳐 울었다. 바람이 불때마다 스락스락 소리를 냈다. 애잔한 그리움을 그렇게 표현하는 걸까. 그 사이로 대호지만의 잔물결이 둑 아래 철썩거렸다. 부드러운 어루만짐 같기도 하고 세월을 일깨우는 소리처럼 들리기도 했다. 송재만은 대호지만의 바람을 느낄 때 살아있다는 생각이 들었다. 그래서 매일 이곳에 일처럼 나왔다. 몸도 많이 상했다. 옛날 같지 않았다. 참나무 장대에 기대어 서있는 자체가 고단했다. 나루터 구석자리에 앉아서 멀뚱하게 기다리는 것이 하루 일과가 되었다. 누군가 끌어다놓은 낡은 판자조각이 그의 자리였다. 옷깃을 여몄다. 바람

끝에 한기가 느껴졌다. 계절은 그렇게 지나고 있었다.

바다만큼 너른 만이지만 눈에는 손에 잡힐 듯 가까웠다. 마음뿐이지만 저 건너 운산나루까지 헤엄쳐 건너는 것은 식은 죽 먹기란 생각이 들었다.

대호나루터에서 송재만의 집까지는 오리쯤 되었다. 몸이 성치 않은 그에게 결코 짧은 거리가 아니었지만 살살 걸으면 걸을 만했다. 뙤약볕이 쏟아지는 한 여름이나 태풍이 몰려오는 날, 지루한 장마가 이어지는 날, 그리고 매서운 한파가 살을 찢는 겨울이 아니면 나올 만했다. 요즈음처럼 선들선들 바람이 부는 날에는 더없이 좋았다. 답답한 집에서 웅크리고 앉아 하루를 보내기보다는 훨씬 나은 선택이었다. 집 가까이에 대호지나루터가 있음은 송재만에게 행복이었다. 다른 사람들에게는 경성을 드나드는 포구에 지나지 않았지만 그에게는 남다른 의미가 있었다. 다름 아닌 기다리는 희망이었다. 누군가를 간절히 기다리는 곳이었다. 만날 수 있다는 기대감을 만들어 주는 곳이었다. 애틋한 그리움을 바람결에 날려 보내며 속을 달래는 그런 곳이었다. 힘겨운 일상을 사는데 큰 도움을 주는 곳이기도 했다.

인천에서 들어오는 화륜선은 하루에 딱 한번이었다. 가는 편도 물론 딱 한번뿐이었다. 오는 배는 한나절이 지난 뒤였고 떠나가는 배편은 늦은 오후였다.

하루해가 중천을 지나면 어김없이 화륜선이 들어왔다.

'오늘은 올런가.'

이런 생각이 들 때쯤에 저 멀리 대호지만 어귀 쪽에서 검푸른 연기가 올라왔다. 그리고 좀 더 기다리면 화륜선이 거대한 몸을 띄우고 천천히 모습을 나타냈다. 연기가 몽실몽실 피어올랐다. 느릿느릿하게 잔잔한 대호지만을 헤엄쳐오는 모습은 그 자체로 장관이었다.

송재만의 예측은 정확했다. 마음속으로 올 때가 됐다고 생각할 즈음 저 멀리에서 검푸른 연기가 피어올랐다. 그리고 얼마지 않아 큰 굴뚝을 세운 화륜선이 천천히 다가오고 있었다. 배는 저 멀리에서 점점 더 크게 미끄러져 왔다. 움직임이 보이지도 않았다. 그냥 너른 만 위에 가만히 떠 있는 듯이 보였다. 그래도 검푸른 연기가 옆으로 날리는 걸 보면 다가오고 있다는 증거였다.

멀리서 굵은 경적을 울렸다.

"뚜, 뚜."

사람이나 화륜선이나 나타날 때는 스스로 존재를 알렸다. 초등학교 교실만한 화륜선이 미끄러지며 선착장에 선수를 내려놓았다. 통통거리는 발동기 엔진소리에 가슴이 벌렁거렸다. 괜한 허세를 부리듯 화륜선은 나루터에 발을 묶고 불불거렸다. 한동안 멀리 뒤꽁무니에서 물이 세차게 밀려갔다. 넙적하게 생긴 선수를 들이밀고 눈을 끔벅거렸다. 엉덩이가 넉넉한 녀석이 품새가 좋았다.

사람들은 갑판 뱃전에 계단을 내리고 그곳으로 걸어 나왔다. 잠시라도 빨리 내려오고 싶은 마음에 모두들 얼굴이 들떠 있었다. 손에 손에 짐들이 하나 가득이었다.

송재만의 가슴이 널뛰듯 뛰었다. 고개를 빼고 혹시나 하는 생각에 자세를 바로잡았다.

'어디…….'

송재만은 침침한 눈을 들어 뱃전에 놓인 계단을 뚫어지게 올려다보았다. 그래도 아는 사람은 한눈에 알아보는 법이다. 내리는 사람들을 꼼꼼히 따져보았다. 큰 가방을 들고 내리는 사람. 머리에 보자기를 이고 내리는 아녀자. 잘 차려입은 학생, 중절모를 쓰고 흰 두루마기를 걸친 사내. 철없이 호호거리며 뛰어다니는 아이들, 인천을 다녀오는 장꾼까지…….

대호지나루터 마당이 갑자기 장마당처럼 부산스러웠다. 언제 왔던지 마중을 나온 사람들도 하나둘이 아니었다. 서로 반색하며 오랜 세월의 그리움을 나누고 있었다. 서로 부둥켜안고 코를 훌쩍거리며 우는 이들도 더러 보였다.

서둘러 나루를 떠나는 사람도 있었다. 조잘거리며 앞을 지나는 학생들도 눈에 띄었다.

송재만도 이들 가운데 아는 이가 오지나 않았나 했다. 그는 다시 보고 또 보았다. 뒷모습이 닮은 듯도 하고 옆모습이 비슷하기도 했다. 목을 빼고 이리 저리로 살펴보았다. 오늘도 없었다. 보이지 않았다.

송재만은 길게 숨을 내쉬었다. 그렇다고 실망하지는 않았다. 늘 그랬으므로…….

언젠가는 올 거라고 믿을 뿐이었다.

'내일은 오것지.'

돌아올 거란 희망은 송재만이 사는 의미였다.

나루터지기가 닻줄을 올리고 손을 흔들었다. 화륜선이 몸을 뒤로 뺐다.

그는 화륜선이 몸을 돌려 출포로 향할 때까지 자리를 지키고 있었다. 나루터가 빈병처럼 텅 비고 허한 바람이 불어올 즈음에야 자리에서 일어났다. 북적거리던 나루터 마당에 썰물이 빠진 듯했다.

▫ 문초

1919년 4월 7일.

검은 제복에 가죽벨트를 단단하게 찬 순사는 송재만을 포승줄에 묶어 경찰서 지하실로 끌고 갔다. 양발에는 사슬로 족쇄를 채웠다. 계단을 따라 천천히 걸음을 옮겼다. 한발 또 한발을 움직일 때마다 치렁치렁한 사슬이 거치적거리며 걸음을 방해했다. 쇠사슬이 바닥에 끌리며 특유의 경한 소리를 냈다.

어두운 지하실은 복도를 사이에 두고 양 옆으로 작은 방들이 돼지우리처럼 나란히 늘어서 있었다. 지하실 특유의 한기가 볼을 스쳤다.

눈구멍만 빠끔하게 뚫린 방마다 신음이 새어나왔다. 고문에 시달린 사람들의 애타는 고통소리였다. 우는 이도 있었다. 고통을 속으로 참느라 이를 물고 토하는 소리도 들렸다. 지옥이 따로 없었다. 신음으로 가득한 이곳이 지옥이었다.

송재만은 애써 외면하며 좁은 복도를 따라 느릿하게 들어갔다. 그가 들어갈 방은 지하실 안쪽에 있었다. 낡고 두터운 나무문이 보였다. 얼마나 많은 사람이 드나들었던지 문고리가 반들반들하게 닳아있었다. 문에는 101호란 취조실 명패가 붙어 있었다.

순사는 방문을 열고 그를 무덤덤하게 밀어 넣었다. 방에는 햇살도 들어오지 않았다. 눅눅한 곰팡이 냄새가 코를 찔렀다.

수많은 사람들이 거쳐 간 자국이 피멍처럼 벽에 묻어있었다. 역겨운 냄새가 배어나왔다. 지하실에서 올라오는 비린내는 역겨웠다. 천장에 매달린 삿갓 등만 희미하게 낡은 책상과 주변을 밝히고 있었다.

순사는 그를 방 한가운데 덩그렇게 놓인 의자에 밀어 앉혔다. 그리고는 아무 말도 하지 않고 그냥 나가버렸다. 송재만은 눈을 감았다. 지난번에 모질게 맞은 자국이 아려왔다. 어금니를 굳게 물었다. 이 방 저 방에서 울부짖는 소리가 귀를 찢었다. 각기 혹독한 고문이 이어지고 있었다.

혼자 한참을 기다렸을 때 고등계 형사가 들어왔다. 그는 지하실 문을 모질게 닫았다. '쾅'하는 소리가 귀청을 울렸다. 문소리로 기를 누를 심산이었다.

지난번에 본 그놈이었다. 콧수염을 길렀으며 얼굴이 거무튀튀했다. 저승사자를 보는 기분이었다. 눈을 맞추는 것조차 역겨웠다. 그럴 때는 눈을 감고 있는 게 나았다.

그는 송재만 앞에 놓인 의자를 장화발로 밀치고 앉았다. 고약한 놈이었다. 밖에서 만났다면 반 죽도록 패주고 싶은 그런 놈이었다.

일본 앞잡이를 하는 조선 놈이었다. 이름은 알지 못했다. 알고 싶지도 않았다. 장마당에서조차 한번 마주친 적이 없는 그런 놈이었다. 공주지검으로 넘어가기 전까지는 이놈을 만나야했다. 그가 담당이었다.

형사는 말없이 한동안 서류철을 뒤적거리다 입을 열었다. 입에서 구린내가 났다.

"이름 : 송재만,

　생년월일 : 1891년생, 28세

　본적 : 서산군 이북면 내리

　주소 : 서산군 대호지면 조금리 364번지

　직업 : 대호지면사무소 소사…… 맞나?"

형사는 불쑥 쥐어박듯이 물었다. 늘 반복적으로 묻는 말이었다. 조사를 받을 때마다 같은 질문을 반복했다. 수술 전에 의사가 환자를 확인하듯이 그는 취조 전에 꼭 신원부터 확인했다. 익히 알고 있었음에도 장부를 뒤적이며 되물었다.

"그려유."

송재만은 나직하게 대답했다.

"개새끼 목소리가 시원치 않아, 맞고 싶나?"

"……."

"몇 월 며칠이야?"

그는 앙칼지게 물었다.

"뭐가유?"

송재만이 어눌하게 되물었다.

"생.년.월.일을 대란 말이야."

그는 금방이라도 뜯어먹을 태세였다. 앙칼진 강아지가 앙탈을 부리는 듯했다. 꼬투리를 잡았다.

"몰러유."

"뭐? 몰라. 네놈은 뭐든지 모르지. 내가 묻는 모든 걸 다 모른다고 입을 닫을 생각이지. 그래 그게 되는가 어디 한번 보자."

형사는 순간 눈알이 뒤집혔다. 자신의 성질을 못 이겨 날뛰기 시작했다. 서류철로 책상을 내리치고 의자를 구둣발로 걷어찼다.

그는 미친놈 같았다. 눈이 휘둥그렇게 변하더니 책상 옆에 놓인 우신혁편을 들었다. 오른손에 힘이 들어갔다. 곧이어 매가 등짝을 후려쳤다. 살이 파였다. 몸이 활처럼 뒤로 휘었다. 송재만은 눈을 똑바로 뜨고 그를 노려봤다. 호흡을 참았다.

"노려보면? 보면 어쩌겠다는 거야."

송재만은 고통을 참기 위해 이를 앙다물었다.

"반항하는 거야?"

놈은 다시 그를 향해 매를 날렸다. 우신매는 매웠다.

우신혁편은 소의 음경을 말려 만든 매였다. 소좆매라고 불렀다. 이름만큼 기분 나쁜 매였다. 맞으면 매가 살에 착착 달라붙었다. 게다가 끝에 납을 달아 맨살에 맞으면 살이 패였다.

"아…으…아."

송재만은 저려오는 고통을 참으며 온몸을 뒤틀었다.

"네 놈은 일본 대제국의 관리를 대하는 태도가 불량해. 그 버릇부터 고쳐야 하는 거야. 조서를 받는 건 그 다음이야. 대제국의 관리를 어떻게 대해야 하는지부터 배우고 조사에 임한다."

그는 조현병 환자처럼 혼잣말을 한 다음 자리에서 벌떡 일어났다. 이어 머리며 얼굴이며 닥치는 대로 매를 갈겼다.

송재만은 양손이 묶인 채라 움직이는 게 쉽지 않았다. 팔을 들어 매를 피하려 해도 발목 족쇄와 연결된 사슬이 놓아주지 않았다. 머리를 마구 흔들며 폭행을 피하려 했다. 하지만 불가능한 일이었다. 오로지 매를 맞는 길밖에 달리 방법이 없었다.

머리가 텅텅거렸다. 폭행만큼 모질고 고약한 고문이 없었다. 모든 걸 텅 비게 만들었다. 아무 생각도 들지 않았다. 머릿속이 백지가 되어버렸다. 순식간에 하얗게 변해버렸다.

형사는 숨을 헉헉거리며 매를 휘둘렀다. 송재만은 스스로 생각해도 반죽음에 이른 느낌이었다. 말도 나오지 않았다. 머리가 터지고 입술이 부풀어 올랐다. 눈, 귀, 얼굴 어느 한구석 온전한 곳이 없었다. 말을 하지 못할 정도로 모질게 맞았다. 정신을 가다듬어도 금방 희미해져갔다. 상태가 온전치 못했다.

"으응으……."

이를 물고 생앓이를 했다. 그제야 놈이 식식거리며 다시 그의 앞에 의자를 놓고 앉았다. 다리를 꼬고 한동안 숨을 몰아쉬었다. 확실히 제정신이 아닌 놈이었다. 문초는 숨을 고르고 난 뒤에 시작했다.

"오늘은 편히 가자. 이번 일을 누가 꾸몄나?"

그는 눈을 똑바로 뜨고 송재만을 노려보았다. 조금도 안쓰럽다는 기색은 애초에 없었다. 개돼지를 때렸다고 해도 마음의 동요가 있게 마련이다. 하지만 그는 그런 부류의 인간과는 거리가 멀었다. 양심은 애초에 없는 인간이었다.

송재만의 입이 열리지 않았다. 고통이 가시지 않아 입을 여는 게 힘들었다. 같은 조선 사람으로서 울분이 속에서 끓었다. 앞잡이가 더 잔인했다. 이를 굳게 깨물었다.

"내가 했시유. 나 혼자 했시유."

송재만은 겨우 고통을 속으로 삭이며 포효했다. '정신일도 하사불성'이라고 했다. 정신 줄을 잡아야 한다. 속으로 다짐하고 또 다짐했다. 그러나 눈이 지그시 감겼다. 몽롱한 기운이 그를 감쌌다.

"이 새끼가 누굴 쪼다로 아나. 면사무소 소사 주제에 무슨 개나발이야."

사내는 적고 있던 조서철을 들어 그의 얼굴을 후려쳤다. 눈앞이 순간적으로 캄캄해졌다. 머리에서 미지근한 선혈이 목 줄기를 타고 흘러내렸다.

겨우 아문 상처가 서류철 모서리에 걸려 다시 찢어진 모양이었다. 참는 게 힘들었다. 모든 걸 끝내고 싶다는 생각마저 들었다. 그래도 정신 줄을 놓아서는 안 된다고 또 다짐했다.

"다른 사람은 죄가 없시유."

송재만은 있는 힘을 다해 소리를 질렀다. 하지만 소리는 터져나오지 않았다.

"소사새끼 주제에……. 말 같은 이야기를 해라 새끼야."

사내는 구둣발로 정강이를 걷어찼다. 껍질이 벗겨져 피가 흘러내렸다.

"내가 주도했시유."

송재만은 기계적으로 같은 말을 반복했다. 더 큰 소리로 말하고 싶었다. 하지만 생각 같지 않았다. 도리어 말이 속으로 기어들어갔다. 정신 줄을 잡고 있으려고 애를 썼지만 점점 정신이 희미해져갔다.

"너는 대호지면사무소 소사야 소사. 소사 주제에 이 큰 소요를 주도했다는 게 말이 되냐. 그 말을 누가 믿어, 지나가는 쥐새끼가 웃것다."

형사는 조서철로 다시 송재만의 얼굴을 후려 갈겼다. 코피가 흘러내렸다. 빈정거림이 역겨웠다.

"책임자는 나유. 내가 주도했시유."

재만은 있는 힘을 다해 소리쳤다.

"이런 개새끼가."

형사는 자리에서 일어나 그가 숨을 쉬지 못할 만큼 모질게 폭행을 다시 시작했다. 매로 때리고 손으로 얼굴을 가격했다. 구둣발로 정강이를 차고 그래도 분이 풀리지 않자 맨 발등을 구두 뒤축으로 짓이겼다.

"으윽."

"이래도 네가 주동자냐?"

사내는 미친개처럼 숨을 헉헉거리며 되물었다.

"그래. 내가 주도했시유. 내가 계획하고 내가 선동했시유. 내 조국, 내 강토, 내 나라를 내가 찾겠다는데 왜 죄가 되유?"

송재만은 정신을 가다듬고 더욱 꼿꼿하게 앉아 고함을 질렀다. 조금도 밀리고 싶지 않았다. 몸은 그 자리에 꼬꾸라지고 있었다. 목소리도 속으로 기어들어갔다. 그래도 정신을 바짝 차렸다. 겨우겨우 버티고 있었다. 악을 쓰며 대답했다.

형사는 그런 태도가 더욱 못마땅했다. 맞으면 유순해지는 게 통례였다. 지금까지 그렇게 일을 처리했다. 하지만 송재만은 매를 대도, 처절할 만큼 고문을 해도 흔들리지 않으려고 애를 썼다. 그 모습이 불쾌하고 미웠던 모양이었다. 더욱 분을 삭이지 못했다.

"이 새끼 정말 독종이네."

형사는 구둣발로 다시 정강이를 힘껏 걷어찼다. 가죽이 벗겨지고 피가 흘러내렸다. 정강이뼈가 드러날 지경이었다. 몹시 큰 고통이 그를 괴롭혔다.

형사는 어이가 없다는 표정을 지으며 송재만의 얼굴을 뒤로 확 젖혔다.

"맛을 제대로 보고 싶다는 거지. 네놈이 약을 지르고 있어."

형사는 주절거리며 여지없이 때에 찌든 젖은 수건을 그의 얼굴에 덮었다. 숨이 턱 걸렸다. 이어 주전자의 물을 들어 얼굴에 부었다. 고춧가루 물이었다.

고춧물은 참기 어려운 고문이었다. 온몸을 버둥거리며 고통을 참아냈다. 너무나 큰 고통이었다. 가슴이 갈가리 찢어지고 허파 꽈리 하나하나가 예리한 칼에 찢겨 떨어져 나가는 아픔이었다. 이빨을 깨물 수도 없었다. 호흡이 막혀 온몸이 푸들거렸다.

형사는 한참을 그렇게 하다 거의 초죽음이 되어서야 주전자를 내려놓았다. 온몸이 고춧물로 뒤범벅이 되었다. 살아있다는 자체가 힘겨움이었다.

그는 대충 책상에 튀긴 물을 닦아내고 의자에 앉았다.

"다시 시작하는 거야. 알것지. 이래도 네놈이 주도한 거냐?"

한참 동안 거친 숨을 토했다. 정신이 혼몽해졌다. 눈을 감고 있었다. 눈이 풀려있었지만 정신만큼은 아직 선명하게 세워두고 싶었다.

그동안 두 번 조사를 받았다. 이번이 3차 조사였다. 그의 신원과 주변 인물 그리고 살아온 과정에 대한 조사를 하는데도 두 번의 조사가 지났다. 참으로 고단한 시간이었다.

고등계형사는 다시 조서철을 폈다.

"협조해라. 다 불게 되어 있어. 네놈보다 더 독한 놈도 이곳에서는 불 수밖에 없어. 암. 그렇지. 솔직히 그들이 왜 불겠어. 그러지 않으면 죽으니까."

형사는 순순히 털어놓지 않으면 죽을 수 있다는 말에 힘을 주었다. 말없이 고개를 끄덕였다.

"언제 모의했나?"

송재만은 조용히 눈을 감고 있었다. 할 말이 없었다.

"다시 묻겠다. 언제 모의했나?"

"……."

모르는 일이었다. 그가 현장에 없었으므로 언제 모의했는지를 밝히면 도리어 거짓이었다. 고개를 내저었다.

"몰러유."

기어들어가는 목소리로 말했다.

"네놈이 전부 주도했다면서 몰라? 그러니까 네놈은 주모자가 아니야. 잔챙이 하수인일 뿐이야."

형사는 스스로 단언하고 있었다.

사실 송재만은 몰랐다. 언제 어떻게 정확하게 모의가 됐는지는 알지 못했다. 만세시위를 준비하면서 들었을 뿐이었다.

"모의가 아니라 내가 생각했시유."

송재만은 겨우 대답했다. 지금 상황에서 그가 할 수 있는 최적의 답이었다. 그가 생각했으므로 거사가 이루어졌다는 의미였다.

"좋아. 그럼 언제 계획했나?"

형사는 그의 말을 적은 다음 다시 물었다.
"3월 10일"
"10일?"
"면천 학생들이 시위 벌였다는 얘기를 듣고……."
"좋아. 면천에서 학생들이 시위를 벌였다는 얘기를 듣고 직간접적으로 영향을 받았다. 그래서 이번 시위를 계획했다. 이거지."
"……."

송재만은 힘없이 고개를 끄덕였다.

면천학생만세운동은 그해 3월 10일 면천공립보통학교 전교생이 나서서 펼친 만세운동이었다.

솔직히 송재만은 면천에 있는 보통학교 학생들이 만세운동을 벌였다는 소식을 듣고 얼굴이 화끈거렸다. 어른으로서 부끄러웠다. 그들만도 못한 어른들이라고 생각했다. 기회가 주어지면 적극적으로 나서서 만세시위를 벌여야겠다고 마음먹었다. 그 일은 사실이었다.

"누구와 처음 상의했나?"
"……."

송재만은 고개를 흔들었다.

"그럼."
"꼬드겼시유."

겨우 대답했다.

"네놈이 사람들을 꼬드겨 일을 벌였다. 이거냐?"

형사는 그의 눈을 한참 들여다보았다. 그가 꼼짝도 하지 않은 채 자신의 눈을 뚫어지게 들여다보자 그는 그제야 송재만의 말을 기록했다.

송재만은 역시 고개만 끄덕거렸다.

"내가 주도했시유."

기어들어가는 목소리로 대답했다.

"죽으려고 환장했구먼 이번 일이 얼마나 큰 범죄인지 몰라서 그래. 네놈은 지금 옥에 들어가면 언제 나올지 몰라. 아니 죽어서야 나오겠지."

형사는 검지로 송재만의 이마를 밀며 겁박했다.

"내가 했시유."

송재만은 눈을 희미하게 뜨고 녹음기 리플레이처럼 반복적으로 대답했다.

취조는 맹태와 단순한 질문의 연속이었다. 형사는 자신들이 구하는 대답을 원했다. 송재만이 원하는 대답을 하지 않을 때는 그 대답이 나올 때까지 고문을 이어갔다.

2. 경성에서 분 바람

□ 상경한 유생들

1919년 2월 28일 이었다.

대호지에서 올라온 유생들은 경성역 앞에 여관을 정했다. 그 여관은 경성에서 공부한 남주원의 단골집이었다. 일종의 아지트였다.

충청도에서 올라가는 사람들은 남주원의 이름을 대고 유숙이 가능한 곳이었다. 여관집 주인이 넉넉하고 같은 동향이라 더욱 정감이 갔다.

떼로 올라온 유생들은 도이리 남상돈과 상락 형제, 서른에 접어든 대호지면장의 조카 이대하, 남병사 댁 주인 남주원, 그리고 도이리에서 올라온 스물다섯 살의 남상직과 나이가 가장 어린 이두하였다. 그는 대호지면장의 아들이었다.

이들은 대호지면에 있는 의령 남씨 문중에서 설립한 사립학교 도호의숙에서 수학한 동문들이었다.

도호의숙은 의령 남씨 문중에서 1860년 초에 설립했다. 남유. 남이홍 장군의 후손들이 학문과 무예를 닦기 위해 만든 사립학교였다.

이곳을 다닌 이들은 나이 차이가 한두 살 많게는 대여섯 살 났지만 친형제나 다름이 없었다.

그중 남상돈이 서른한 살로 가장 형이었다. 반면 남주원은 스물일곱 살로 그들을 잘 따르는 동생이었다. 그러면서 의젓하고 형 같은 아우였다.

막내 이두하 서기는 열아홉 살로 아직은 어렸다. 스스로는 청년이었지만 유생들이 보기에는 한참 동생이었다. 그럼에도 데리고 온 건 그가 유난히 형들을 잘 따라서였다. 게다가 면장 이인정의 당부도 있었다.

이들은 당진 대호지나루터에서 화륜선을 타고 인천을 경유해서 상경했다. 대호지에서 경성으로 가는 유일한 지름길이었다. 고종황제의 인산에 참예하기 위해서였다.

고종황제는 이들이 올라가기 두어 달 전에 붕어했다. 그러니까 1919년 1월 21일 오전 6시경이었다.

덕수궁 함녕전에서 갑자기 승하했다. 향년 68세였다. 그러자 소문이 무성하게 번졌다. 일본이 독살시켰다는 풍문이 주를 이뤘다. 이런 풍설은 그냥 돈 게 아니었다.

총리대신 겸 궁내부대신이던 이완용이 궁내 나인을 시켜 고종황제에게 식혜를 올렸다. 그런데 그 식혜를 들고 고종이 붕어했다. 게다가 고종의 승하 이틀 뒤인 23일 식혜를 올렸던 나인 김 씨가 갑자기 감기로 급사했다.

또 함께 식혜를 올렸던 나인 박씨도 2월 2일 심한 기침을 하고 죽었다. 이렇게 되자 고종황제가 이완용이 올린 식혜에 탄 독을 마시고 살해됐다는 소문이 급속히 확산되었다.

나아가 일제가 이들을 시켜 고종황제를 독살하고 이들도 죽였다는 항설이 번져갔다.

일제는 독살설이 들불처럼 번지자 서둘러 고종황제가 뇌일혈로 사망했다고 공표했다. 하지만 독살설은 쉽게 가라앉지 않았다. 고종황제는 1897년 10월 12일 원구단에서 대한제국을 선포하고 초대 황제에 올랐다. 조선의 26대 왕이자 마지막 임금이었다. 연호는 건양과 광무를 썼다. 그의 초명은 재황 아명은 명복이었다. 초자는 명부며 자는 성림이었다. 호는 주연이었다. 그는 1852년 흥선 대원군 이하응과 순목대원왕비가 된 여흥민씨와의 사이에 둘째아들로 태어났다. 1863년 철종이 갑자기 승하하자 조 대비에 의해 조선의 26대 왕으로 즉위했다. 하지만 어린 나이에 왕위에 올라 제대로 정사를 돌보지 못했다. 생부인 흥선 대원군이 10년 간 섭정했다. 그가 친정을 이룬 건 1873년이었다.

하지만 국운이 기우는 조선의 마지막 왕으로 한 많은 역사를 살았다. 1905년에는 일본 이토 히로부미가 군사를 이끌고 궐내로 쳐들어와 강제로 을사늑약을 체결했다. 고종의 체면은 말이 아니었다. 1907년에는 이준, 이상설, 이위종 등 밀사를 네덜란드 헤이그에 파견한 걸 빌미로 일본이 왕위를 황태자에게 양위토록 했다.

그리고 고종을 태황제로 강등시켰다. 또 1910년에는 일본이 강압으로 한일병합조약을 체결하고 고종을 이태왕으로 강등시켜 덕수궁에 유폐시켰다. 이 지경이 되다보니 승하 직전에는 고종의 망명설까지 나돌았다. 이런 와중에 고종이 갑자기 붕어하자 독살설이 나돌게 됨은 당연했다.

조선 팔도가 황제 독살에 대한 반감으로 들끓었다. 이런 분위기는 일제를 배척하는 움직임으로 나타났다. 당시에는 일제의 독살이 충분할 만큼 상황이 그렇게 돌아갔다.

3월 1일 이었다.

온 세상이 고종의 승하로 들끓었다. 인산일은 3일이라 이틀의 여유가 있었다. 대호지 유생들은 경성 나들이에 나섰다. 경성지리에 밝은 남주원이 안내를 맡았다. 이들은 천천히 걸어서 여관 가까이 있던 남대문으로 향했다.

경성역도 그랬지만 경계가 삼엄했다. 곳곳에 경찰과 군인들이 깔려 있었다. 그들은 큰 도로를 중심으로 늘어서서 행인들을 감시하고 있었다.

곳곳에서 검문검색도 이어졌다. 순사들은 수상하다고 판단되는 조선 사람들은 임의로 잡아놓고 소지품을 검사했다.

그런 모습을 보던 행색이 초라한 나인들이 수군거렸다.

"왜놈들은 정말 나쁜 놈들이야. 황제를 독살해놓고 난리가 날까봐 저 야단 아니겠어?"

"그럼. 나쁜 놈들이지."

그들은 서로 눈치를 살폈다. 유생들이 다가가자 입을 다물었다.

유생들은 정확히 듣지는 못했지만 분명 '독살'이란 단어를 들었다. 고개를 갸웃거렸다.

대호지 유생들도 여관을 나선지 얼마지 않아 검문검색을 당했다. 하나같이 머리에 백립을 쓰고 흰 두루마기를 걸치고 있었다. 누가 보아도 황제의 인산에 참예하기 위해 올라온 인사들임을 알 수 있었다.

백립은 흰색 천을 방갓에 씌운 모자였다. 때문에 일본 순사들이 그들을 그냥 지나치게 내버려둘 리 없었다.

"어디서 왔느냐", "무엇 때문에 올라왔느냐", "언제 내려갈 거냐", "소지품에 수상한 물건은 없느냐". 등등 꼬치꼬치 캐물었다.

자존심이 무척 상했다. 하지만 그들의 세상이라 어쩔 도리가 없었다. 고개를 처들면 매질을 당하기 십상이었다. 눈을 내리깔고 고분고분하게 구는 게 상책이었다.

황제의 붕어는 그들에게 아버지의 죽음만큼이나 안타까운 일이었다. 조선사람들에게 하늘이 무너진 것이었다. 경성의 분위기는 침울했다. 행인들의 눈초리도 그러했지만 곳곳에서 사람들의 곡소리는 여기저기로 이어졌다.

경성역에 내리는 사람 중에도 지방에서 올라오는 유생들이 많았다. 그들 역시 백립을 쓰고 있었기에 한눈에 알아볼 수 있었다.

대호지 유생들은 혹 길을 잃을까하여 서로 소매 끝을 잡고 당기며 남주원을 바짝 따랐다. 그럼에도 남대문을 지날 때는 정신을 차리지 못했다. 입을 반쯤 벌리고 있었다. 고태미가 수려한 남대문을 올려다보느라 가던 길도 잊었다.

홍예문 위에 올라앉은 누각의 추녀가 하늘로 날아올랐다. 더욱이 숭례문이라고 쓴 현판 글씨에 혼이 빠졌다. 유생들이라 유난히 글씨에 탐이 많았다.

"기가 막히군. 저 힘을 봐."

남상락이 고개를 빼고 걸음을 멈췄다.

"뭐가? 남대문?"

"아니 글씨 말이여. 숭례문 글씨. 저 힘을 보란 말이여, 저 당당함을. 참으로 대단허네."

남상락은 입에 침을 바를 틈도 없이 찬탄했다.

"조선의 명필 양녕대군 글씨 아닌가."

남주원이 앞서 걸으며 말했다.

"그려? 양녕대군의 글씨란 말이여? 그렇구먼. 어쩐지……."

양녕대군이란 말에 일행들은 고개를 끄덕이며 다시 올려다보았다.

글씨뿐만이 아니었다. 도성 위에 높이 올라앉은 누각도 볼 만했다. 비록 낡았지만 그 높이와 덩치가 행인들을 압도하기에 충분했다.

용마루와 추녀마루에 앉은 잡상들하며 2중구조로 되어있는 누마루가 예사롭지 않았다. 촘촘하게 지붕을 받들고 있는 다포는 봄날 서로 다투어 피는 꽃과 같이 화려했다.

오랜 세월에 단청은 낡아있었지만 조각은 고스란히 살아있었다. 경성에서만 보는 광경이었다.

그들은 쉬었다 걷다하며 남대문을 지났다. 어느 한 구석이라도 더 눈에 담고 싶었다. 보고 또 보았다. 대호지에서는 볼 수 없는 풍광이었다.

경성은 모든 것이 구경거리였다. 길거리에 늘어선 일본 경찰들도 생소했다. 오가는 사람들의 옷차림하며 표정들도 보는 재미가 있었다.

대로에 촘촘하게 늘어선 상점들, 알록달록 수북하게 쌓인 물건, 우마차에 짐을 실어 나르는 짐꾼, 도로를 달리는 전차, 신식건물들이 즐비한 거리, 인력거가 내달리는 풍경, 모든 게 신기하고 세련되게 보였다.

남대문을 지나 대한문 쪽으로 향하고 있을 때였다. 저만치 거리에 사람들이 구름떼처럼 몰려 있었다. 한적한 시골 마을에서 살던 이들이라 그렇게 많은 사람이 모인 건 처음이었다.

흰 바지저고리를 입은 남정네들은 물론 치마저고리를 입은 아낙들까지. 넓은 거리에 하나 가득이었다. 무슨 난리라도 난 듯했다.

"형님 저기 봐유."

뒤따라오던 이두하가 저만치를 가리켰다.

"저기가 대한문일세, 황제폐하께서 계시는 덕수궁 정문, 내일모레 인산일에 저곳으로 황제폐하의 대여가 나올 거야."

남주원이 말했다.

"그래서 저리 많은 사람들이 모였구먼."

그들은 걸음을 재촉했다.

대한문 앞은 인산인해를 이루고 있었다. 흰 치마저고리에 두루마기를 걸친 사람들의 모습은 구름 같았다.

그들은 가마니와 짚으로 짠 거적을 깔고 절을 올렸다. 애처롭게 곡을 하고 있었다. 고종황제의 붕어를 안타까워하는 백성들의 통탄이 녹아나고 있었다. 국상 중이란 게 실감났다.

곡소리가 여기저기서 소란스럽게 들렸다. 정신을 차리지 못할 지경이었다. 고래고래 소리를 지르며 땅을 치고 우는 이들도 있었다.

많은 사람들이 백립을 쓰고 있었다. 흰 광목 태를 두른 중절모를 쓴 사내들도 눈에 띄었다. 간간이 중절모에 잿빛 두루마기를 입은 사람들도 보였다.

후줄근한 양복을 걸친 사내들도 오갔다. 아녀자들은 쪽진 머리에 흰 치마저고리를 입고 눈시울을 훔쳤다. 남바위를 쓰고 곡을 하는 아낙도 보였다.

인산을 준비하는 관리들은 분주했다. 누런 삼베 건을 쓰고 대한문을 바삐 드나들었다. 그들 가운데 유난히 수문장이 눈에 띄었다. 그는 텁수룩하게 수염을 기른 채 험상궂은 얼굴로 오가는 사람들을 일일이 노려봤다.

삼베 두건을 쓰고 밤에는 뼈가 시리도록 찬 기운이 돌았으므로 누비 바지저고리를 두텁게 입고 있었다. 허리를 질끈 동여매고 종아리에는 각반을 찼다.

그는 유생들을 발견하자 큰 눈을 휘둥그렇게 뜨고 노려보듯이 내려다보았다. 이내 악의가 없음을 알자 돌아서서 다른 곳으로 자리를 옮겼다.

대한문 앞은 더욱 삼엄했다. 인산 일에 있을지 모를 소요를 대비해 일본에서 급파된 근위보병들이 경계를 서고 있었다.

그들은 장총을 들고 왼쪽허리에는 대검을 차고 있었다. 탄띠에는 실탄꾸러미와 전투 장비가 매달려 있었다. 금테를 두른 제모 밑으로 까만 눈이 반짝거렸다.

제복에 달린 금색단추가 위압적이었다. 그들은 그런 모습으로 거리의 곳곳에 서서 행인들을 감시했다.

간간이 근위보병들이 욱일기를 앞세우고 행진을 하는 모습도 보였다. 구둣발로 땅을 차며 거리를 지났다. 장교들은 옆구리에 권총을 차고 손에는 환도를 들고 있었다. 정면으로 그들과 눈을 마주치는 게 부담스러웠다.

근위보병들이 경계근무를 하고 있는 사이로 말을 탄 군인들이 수시로 시가를 오갔다. 그럴 때마다 말발굽 소리가 요란했다.

그들은 하나같이 가슴에 주렁주렁 휘장을 달고 어깨에는 금줄을 내리고 있었다. 잘 닦인 환도가 햇살에 눈부셨다. 그들의 장식 하나하나는 의식을 위한 게 아니라 위압을 주기 위함이란 생각이 들었다.

근위보병들이 삼엄한 경계를 펴고 있는 사이로 순사들이 검은 제복을 입고 대한문 주변을 순찰했다. 물샐틈없는 경계에 호흡조차 거북했다. 가슴이 답답했다. 도심 전체가 무거운 기운으로 짓눌려 있었다.

"모레 이곳에 와야 하는데……."

남주원이 사람들 새로 들어가며 말했다.

"그때는 더 많은 인파가 몰릴 거 아닌가뵈."

남상돈이 말을 받았다.

"그렇겠지요."

그들은 조금이라도 더 가까이서 황제가 있을 덕수궁 안을 들여다보려고 인파를 뚫고 들어갔다. 하지만 대한문은 근접을 허락하지 않았다. 문지기들이 가로막고 서서 일정 거리 이상 접근을 차단했다.

유생들은 깔아놓은 거적 위에 엎드려 큰절을 세 번 올렸다. 이어 그 자리에 엎드려 있었다. 눈물이 하염없이 흘러내렸다.

나라 잃은 황제의 붕어는 서글펐다. 일본의 강압으로 이 태왕이 된 황제. 그들의 강압에 힘없이 덕수궁에 유폐된 현실. 국권의 침탈……

깊은 겨울을 싸늘한 방에서 혼자 시름하며 보냈을 황제의 외로움이 오롯이 다가왔다. 가슴 속에서 활화산 같은 분노가 끓어올랐다.

남주원과 유생들은 하나가 되어 곡을 했다.

"아이고, 아이고. 아이고……"

곡소리를 내어 뱉을수록 더욱 뜨거운 눈물이 흘러내렸다.

남주원은 일본의 군화발 아래 숨도 제대로 쉬지 못하는 현실이 답답했다. 자괴감만 스스로를 괴롭혔다.

이대로 황제를 떠나보내야 하는가를 되묻고 또 물었다. 하지만 총칼이 번득이는 현실을 외면할 수 없었다. 그 두려움을 떨치고 이래서는 안 된다며 반항할 용기가 나지 않았다. 소리내어 울 뿐이었다. 가슴에 응어리진 아픔을 보듬으며 피눈물을 토할 뿐이었다.

남주원은 그들과 함께 한참 동안 그렇게 엎드려 울음을 토한 뒤 자리에서 일어났다. 갈 길이 멀었다.

그들은 파고다 공원까지 가야 했다. 그 근처에서 만해 한용운 선생을 뵙기로 사전에 약속을 정했다. 물론 인편으로 서신이 오간 거라 제대로 지켜질지는 모를 일이었다. 하지만 참으로 오랜만에 경성에 올라왔으니 어떻게든 만해 선생을 뵐 생각이었다.

남주원은 더욱 간절했다. 요즈음처럼 시국이 하수상한 시절에 어떻게 사는 게 옳게 사는 건지도 묻고 싶었다.

게다가 조부 남명선이 작고한 이래 한 차례도 뵙지 못했으므로 이날만큼은 인사를 올리고 싶었다. 그는 서둘러 걸음을 옮겼다. 모두 마음이 무거웠다. 별다른 말 없이 앞만 보고 걷고 있었다.

고종의 인산을 눈앞에 둔 경성의 풍경은 살벌함과 슬픔이 동시에 고여 있었다. 일제의 총칼 앞에 무력한 조선 민중들의 초라한 모습이 마음속에 분노를 자아내게 했다. 그러면서도 그들 중의 한 사람이 되어버린 유생들이었기에 더욱 마음이 무거웠다.

황제를 떠나 보내야한다는 마음에 눈물이 앞을 가렸다. 그들은 앞을 보며 걷고 있었지만 눈물이 볼을 타고 흘렀다. 사물이 보이지 않았다. 대한문 앞에서 싸늘한 가마니 위에 엎드렸던 순간을 생각하자 더욱 가슴이 미였다.

그냥 걷고만 있었다. 앞선 남주원을 따라 남상돈과 남상집, 남상락 등이 줄을 지어 갈 뿐이었다. 누구 하나 다른 마음을 갖지 못했다. 게다가 행인들이 많아 꼬리를 물고 따라가기도 버거웠다.

그들이 보신각을 지나고 얼마지 않아서였다. 파고다공원 쪽에서 몇몇 사람들이 인파를 밀치며 서둘러 내려오고 있었다. 그들은 경성역을 향해 가는 눈치였다. 상황을 모면하려는 무리처럼 보였다. 무슨 일이 나려는 걸까. 의구심이 생겼다.

"대체 무슨 일이오?"

남주원이 그들 중 한 사람을 붙잡고 물었다. 사내는 남주원의 귀에 입을 가져가 말했다.

"시위를 벌인데요. 독립시위……."

그는 달아나듯이 몸을 돌려 행인들 사이를 빠져나갔다.

"독립시위?"

남주원이 혼잣말을 했다. 그 말에 유생들이 서로 얼굴을 번갈아 보았다.

"난리가 날 거요. 어서 피하시오. 봉변당하지 말고."

사내를 뒤따른 다른 사내가 그 말을 남기고 사람들 사이를 가로질러 남대문 쪽으로 내려가고 있었다.

"독립시위라니, 난리라니……."

서로의 얼굴을 보았다. 영문을 알 수 없었다. 일행은 꾸물거리고 있었다.

□ 불이 피어오르다

유생들이 의아한 표정으로 서로의 얼굴을 쳐다보고 있을 때였다. 파고다공원 쪽에서 자잘하게 지축이 울리기 시작했다. 그것은 거대한 발자국소리 같기도 했고 멀리서 열차가 달려오는 소리 같기도 했다. 그들은 귀를 기울였다.

그리고 얼마지 않아 조선독립만세를 외치는 소리가 거세게 들려왔다. 이어 사람들이 밀물처럼 우르르 몰려왔다. 순식간에 그들이 선 종각 근처의 사람들도 하나가 되어 '조선독립만세'를 외쳤다.

그들은 사전에 알고 있었던 듯 만세소리가 밀려오자 자연스럽게 동참하며 만세를 불렀다.

"조선독립만세!"

"조선독립만세!"

여기저기서 만세소리가 울려 퍼졌다. 거대한 물결이었다. 파고다공원 쪽 넓은 거리에서 밀려온 물살이 파도를 일구며 대한문 앞으로 밀려갔다. 보에 가로막혔던 강물이 일시에 터진 분위기였다. 흙탕물이 모든 만물을 쓸어버리듯 거대한 함성이 가로를 누비며 밀려갔다.

곳곳에 선 일본 헌병들의 모습도 일순간 보이지 않았다. 거친 물살에 떠밀려간 듯했다. 도시 전체가 일렁거렸다. 사람들의 물결이 출렁거렸다.

그들이 지르는 함성이 너울거렸다. 거대한 바람에 출렁이는 바다처럼 도시 전체가 소용돌이치고 있었다. 너도 나도 손을 높이 쳐들며 만세를 외쳤다.

유생들은 그런 풍광이 낯설었다. 만세를 불러야 하는 게 옳은지 아니면 구경만 하면 되는 건지, 누구도 일러주지 않았다. 엉거주춤하게 서서 만세의 물결을 지켜보고만 있었다. 서로의 얼굴을 힐끔거리며 어색한 표정을 지었다.

내일 모레면 황제폐하의 인산인데 소요가 일어난 일은 납득이 어려웠다. 물론 조선독립을 외치는 일은 이해하고 남음이 있었다. 하지만 왜 하필 황제의 인산 일을 앞두고 그러는 건지. 고개를 갸웃거렸다.

유생들의 생각에는 황제의 인산을 참으로 경건하게 맞아야 하는 게 상식이었다. 그런데 만세를 부르며 뛰어다니는 게 도리어 경망스러웠다. 대로변에서 물러나 멀뚱하게 사태를 지켜보고 있었다.

가슴 한구석에서는 심장이 뜨겁게 달아올랐다. 하지만 그래도 예법이 그렇지 않다는 생각이 먼저였다. 양반으로 경거망동해서는 안 된다는 가르침도 있었다. 흘러가는 물결을 넘어다보았다. 곧이어 호각소리가 여기저기서 요란하게 들렸다.

순사들이 채찍을 들고 군중들을 마구 갈겼다. 곤봉을 든 이들도 있었다. 그들은 사정없이 만세를 외치는 군중들을 내리쳤다. 머리가 깨지고 코피가 터졌다. 옷이 찢어지고 선혈이 허공으로 튀어 올랐다. 사람들이 여기저기서 엎어지고 나뒹굴었다. 이리 밟히고 저리 굴렀다.

말을 탄 일본 헌병들은 이리 뛰고 저리 뛰며 말채찍으로 시위 군중을 마구 갈겼다. 그럴 때마다 군중들이 폭풍에 밀려가는 구름처럼 우르르 밀리며 엎어지고 깨지고 넘어졌다. 한쪽에서는 일본 헌병들이 총검을 들이대며 시위 진압에 나서고 있었다. 순식간에 보신각 주변이 아수라장으로 변했다.

유생들은 이러지도 저러지도 못한 채 그렇게 서 있었다. 오금이 달라붙어 움직이지도 못했다.

일본 헌병들이 달아나는 사람들을 뒤쫓아 곤봉으로 뒤통수를 후려갈겼다. 그들은 그 자리에 꼬꾸라지며 사지를 부르르 떨었다. 군경은 아낙들의 머리채를 잡고 질질 끌었다.

남주원은 울분이 치밀어 올랐지만 몸이 움직이지 않았다. 도리어 엉덩이가 뒤로 빠지는 걸 느꼈다. 일본 헌병들의 잔혹한 행위에 가위가 눌려 나설 용기가 나지 않았다.

"아니 저런, 저런."

같은 소리만 반복했다. 입을 벌린 채 보고만 있었다. 아무런 생각이 나지 않았다. 머리가 텅 비어 버렸다. 속이 부르르 떨렸다. 떨고 있었다.

그들이 병아리들처럼 오르르 모여 있을 때였다. 다급한 호각소리가 요란하게 들렸다. 그 호각소리는 누군가를 뒤쫓는 소리였다. 다급한 소리가 더욱 가깝게 다가왔다.

곧이어 유생들 사이로 젊은 청년이 급히 뛰어들었다. 어린 청년이었다. 스무 살이 아직 되지 않아 보였다. 앳된 얼굴에는 두려움이 엉겨 있었다. 그는 남상락의 앞에 '픽'하는 소리를 내며 꼬꾸라졌다.

쫓기고 있었다. 머지않은 곳에서 헌병들이 호각을 불며 뒤따라오고 있었다.

남상락은 서둘러 청년을 일으켰다. 그러자 그는 자신의 손에 들고 있던 종이뭉치를 남상락의 두루마기 속에 훅 밀어넣고 그대로 달아났다.

하지만 청년은 얼마지 않아 꼬꾸라졌다. 곧이어 따라온 헌병이 내려친 곤봉에 뒤통수를 맞고 말았다. 그는 그 자리에 엎어지며 몸을 도르르 말았다. 머리에서 붉은 피가 흘러내렸다. 얼마나 모질게 맞았던지 다리를 부들부들 떨었다.

뒤따르던 헌병은 청년을 향해 몸을 날렸다. 또 다른 군인이 구둣발로 그를 걷어찼다. 짓이기고 차고 밟았다. 살벌한 분위기였다.

청년은 이내 반죽음이 되어 군중들 속에 널브러졌다. 청년뿐만이 아니었다. 여기저기서 순사들이 몰려들어 군중들을 마구잡이로 패고 때리고 갈겼다.

남녀노소가 따로 없었다. 시위의 무리 속에 있는 군중들은 무조건 두들겨 팼다.

사람들이 여기저기서 아우성을 질렀다. 하지만 아랑곳하지 않았다. 그들에게 있어 조선 사람은 개, 돼지만도 못한 존재였다. 때리고 차고 후려 갈겼다.

순사들 가운데 한명이 뒤로 홱 고개를 돌렸다. 남주원과 눈이 마주쳤다. 그의 눈빛에는 이리의 살벌함이 녹아있었다. 눈빛이 비수처럼 꽂혔다.

순간 남주원은 '헉' 하는 소리를 내며 한발 물러섰다. 동공이 확장됐다. 고개를 양 옆으로 흔들었다. 비겁할 만큼 간이 움츠러들었다. 그제야 순사가 앞을 지나쳐갔다.

유생들은 그들의 잔혹함에 주눅이 들었다. 오금을 펴기도 힘들었다. 놀란 가슴을 쓸어내리며 뒷걸음질쳤다. 비겁하지만 도망이 최선이었다. 누가 먼저랄 것도 없었다. 그들은 어물어물 꽁지를 뺏다. 뒷골목으로 숨었다.

방향은 숙소 쪽이었다. 왔던 길로 되돌아 갈 생각이었다. 황제 폐하의 인산을 본다는 일도 의미가 없었다. 도리어 인산은 더 큰 아픔이었다. 불경이었다.

경건한 마음으로 붕어를 애도하는 게 백성의 도리였다. 그런 마당에 만세를 부르며 난리를 일으킨 일은 불충이었다. 그렇다고 혹독하게 조선 사람들을 다룬 일본 놈들의 행위가 괘씸했다. 하지만 용기가 나지 않았다.

한참 동안 뒷골목을 말없이 줄행랑쳤다. 놀란 가슴이 진정되지 않았다. 깊은 곳에서 떨림이 피어오르고 있었다. 말도 제대로 나오지 않았다.

얼마나 종종걸음으로 내달렸던지 호흡이 가빴다. 그제야 걸음을 멈췄다.

남의 집 추녀 아래 나란히 섰다. 온몸이 땀으로 얼룩졌다. 긴장이 풀리자 다리에 힘이 빠졌다. 몇몇은 돌곽에 걸터앉았다.

"이제 어떻게 해야 하는 건가?"

맏형인 남상돈이 물었다.

"내려가지유. 이러다간……."

동생인 남상락이 길게 숨을 몰아쉬며 말했다.

"그러시지유. 인산 참례는 힘들 거 같구먼유. 이 길로 내려가는 게 좋을 듯싶구먼요."

이대하가 주변을 둘러보며 말했다.

"그러시지요. 우선은 서둘러 여관으로 돌아갑시다."

남주원이 땀을 훔치며 말했다. 그는 경성에서 공부를 했으므로 인근지역 지리를 잘 알고 있었다. 뒷골목을 돌아 여관으로 가는 길로 안내했다.

그들이 여관으로 돌아오는 길에도 도망 오는 사람들이 한둘이 아니었다. 피투성이가 된 채 남의 집 추녀 아래 숨는 이들도 보였다.

유생들은 그날 늦은 시간에 여관으로 돌아왔다. 떨리는 가슴을 겨우 진정시켰다. 돌아오는 발걸음이 무거웠다. 혼란스러웠다. 무엇이 옳은 일인가를 분간하기가 어려웠다.

황제폐하의 인산을 지켜보기 위해 왔는데 목도한 상황은 만세시위였다. 혼란의 소용돌이였다. 그 가운데를 가로질러 왔다.

무섭고 두려워 꽁무니를 뺀 자신들이 부끄러웠다. 젊은 청년의 절규가 가슴을 에었다. 각자 말을 잊지 못했다. 누구도 입을 열지 않았다. 꿀 먹은 벙어리가 따로 없었다. 비굴하고 비열한 자신들이 정말 이 나라 지식인들인지. 각자 되묻고 있었다.

"도련님들의 기가 왜이래 죽었수?"

여관주인이 따뜻한 차를 내왔다. 하지만 누구도 그에게 대꾸하지 않았다.

"오늘 야단이 났다더니 그걸 보신 모양이구먼."

"……"

"조선독립만세."

여관주인은 한손을 치켜들며 기어들어가는 목소리로 만세를 흉내 냈다.

"만세는 좋지만……. 아무튼 어려운 일이오."

그는 말을 얼버무리며 눈치를 살폈다.

그들이 기가 죽어 멀뚱하게 앉아있는 사이 남계창이 여관으로 찾아왔다, 검은색 두루마기를 입고 있었다.

"형님들 반갑수. 어째 기가 죽어 있수?"

그는 고향에서 올라온 형들을 반기며 안으로 들어섰다.

"계창이구먼. 잘 지냈는가. 어서 들어와. 반갑네."

서로 악수를 나누며 그를 반겼다. 하지만 무거운 마음을 감추지 못했다.

남계창은 남주원보다 10살이 어린 삼촌이었다.

그는 먼저 경성에 올라와 서모 댁에 머물고 있었다. 그러다 고향에서 조카와 형들이 올라온다는 소식을 듣고 그들과 동행하려고 찾아온 터였다.

"괜찮았수?"

남주원이 나이 어린 삼촌의 어깨를 끌어안으며 물었다.

"조카님 어찌 괜찮겠수. 난리여. 시내 곳곳이 만세 통에 헌병들과 순사들이 난리를 치고 있수. 여러 사람 죽어 나가게 생겼수. 곤봉에 맞아 쓰러진 사람이 한둘이 아니오. 이곳으로 오는 동안 수십 명은 봤수. 피를 철철 흘리며 끌려가는 사람들이 엄청났수. 큰일이 난 건 확실해 보이우."

"고생했수. 잘 왔소이다. 변을 안 당한 게 다행이우."

남주원이 그의 등을 다독여주었다.

"나도 여러 차례 맞을 뻔했수. 하지만 골목으로 피해 오는 바람에 맞지 않았수."

남계창이 가슴에 손을 얹고 한숨을 내쉬었다.

"나쁜 놈들. 양민들이 무슨 잘못이 있다고……."

주원이 흘려보내듯이 혼자 중얼거렸다.

그날 늦은 시간이었다.

여관에서 저녁을 먹고 맏형인 남상돈의 방으로 모였다. 인산 참례를 어떻게 해야 하는지 재논의하기 위해서였다.

오후에 그냥 내려가자고 뜻을 정했지만 일부는 그래도 어렵게 올라왔는데 황제폐하의 인산을 보고 가야한다고 이의를 제기했다. 하지만 두 번째 논의에서도 그냥 내려가는 쪽으로 방향을 정했다.

시국이 너무 어수선한 상태라 무슨 변을 당할지 모른다는 얘기가 대세였다. 결론을 내리고 자리에서 일어서려는 참이었다.
　남상락이 손을 들었다.
　"잠시 할 얘기가 있시유. 혼자 간직하려고 했는데……. 말씀 드려야겠시유."
　"무슨 일인디?"
　형 상돈이 물었다.
　"종전에 시위 하던 청년이 내 앞에 엎어졌잖유."
　"그런디."
　다들 남상락을 쳐다봤다.
　"순사들에게 호되게 매 맞지 않았시유."
　일본 순사들에게 짓밟히고 곤봉을 맞던 그 청년이 떠올랐다.
　"그랬지. 다 보지 않았는가?"
　"그런데 말이유. 그 청년이 내 가슴에 접은 종이를 넣고 달아났시유. 돌아와서 보니 그게 이거였시유."
　남상락은 자신의 가슴 속에서 소중하게 접은 물건을 떨리는 손으로 방바닥에 펴놓았다. 태극기와 독립선언서였다. 태극기는 나무목판을 양각으로 깎아 찍어낸 형태였다.
　나뭇결이 고스란히 찍혀 있었다. 독립선언서 역시 얼마 전에 등사한 것이었다. 잉크냄새가 고스란히 배어있었다.
　유생들은 장지문 쪽으로 고개를 돌렸다. 혹시라도 누가 듣기라도 한다면 큰일이었다.
　"쉿, 보통일이 아니구먼. 이를 어쩐다."
　남상돈이 좌중을 둘러봤다. 모두 난색이었다.
　"이 귀한 물건을 버려서야 되겠소. 대호지로 가져갈 방도를 찾아야지."

남주원이 좌중을 둘러보며 말했다.

"검문검색이 강화될 텐디……. 너무 위험하잖여?"

남상직이 파르르 떨었다. 두려움에 사색이 되어 있었다. 그의 말에도 일리가 있었다. 그러지 않아도 3월 3일 인산 일을 대비해 검문검색을 강화해왔는데 이번 시위로 일제의 검색이 더욱 강화될 건 뻔한 이치였다. 그런 와중에 태극기와 독립선언서를 품고 고향으로 돌아간다는 건 엄청난 부담이었다.

"우리 모두를 위험에 빠뜨릴 수도 있는디……."

"그래도 방도를 찾아봅시다."

남주원이 주도적으로 말했다. 그러자 남상락이 조심스럽게 말을 꺼냈다.

"그래서 생각을 한 건디유……. 잡화점에 가면 좋은 방도가 나올 거 같구먼유. 물건 속에 넣어서 가면 되지 않겠시유?"

"좋은 생각이야. 내일 백화점에 가지. 일본사람이 경영하는 곳인데 좋은 물건이 있을 거야."

남주원이 단호하게 말했다. 다른 사람들은 그의 말에 아무런 대꾸도 달지 않았다.

다음날 남주원과 상락은 머지않은 곳에 있는 백화점을 찾았다. 그곳은 일본인이 경영하는 곳이었다. 그들이 그곳으로 오는 동안에도 검문검색을 당했다.

어제 발생한 만세시위로 경성이 벌집을 쑤신 듯 소란스러웠다. 모든 거리에 일본 경찰과 군인들이 깔려있었다. 헌병들은 말을 타고 수시로 순찰을 돌았다.

길거리를 오가는 행인들마다 검문검색을 당했다. 조금이라도 거동이 수상하면 곧바로 연행됐다.
　남주원과 상락은 빈손으로 나섰으므로 검색 당할 물건이 없었다. 게다가 백립을 벗고 하이칼라 머리에 두루마리만 입었기에 수상하게 보일 일도 없었다. 그럼에도 두어 번 검문을 당했다.
　그들은 백화점을 둘러보다 목이 긴 남포를 발견했다. 그 물건은 연료통인 몸통부분과 긴 대통으로 이루어진 목, 그리고 심지부로 이루어져 있었다. 그들이 찾던 물건이었다. 남주원과 남상락은 값을 치르고 남포를 들고 돌아왔다.
　남상락은 남포의 심지부를 뽑았다. 그리고 나무대통에 태극기와 독립선언서를 말아 넣었다. 그리고 심지부를 다시 꽂았다. 감쪽같았다. 백화점에서 싸준 포장지를 그대로 다시 쌌다.
　남주원과 남상락 그리고 유생들은 그길로 경성역으로 향했다.
　경성역에서 열차를 타고 인천으로 내려간 다음 대호지로 돌아가는 화륜선을 탈 계획이었다.
　대호지 유생들이 경성역으로 들어가려는 참이었다. 길게 사람들이 늘어서 있었다. 순사들이 역으로 들어가는 모든 사람들을 검문검색하고 있었다. 그들 옆에는 장총을 맨 군인들이 버티고 서 있었다.
　검색과정에서 의심스러운 물건이 발견되면 즉시 연행됐다. 그들이 지켜보는 가운데도 여러 사람들이 끌려갔다. 그들은 모질게 구둣발에 차이고 짓이겨지며 개 끌려가듯 군용차에 태워졌다.
　그럴 때마다 순사들의 호각소리가 여기저기서 울렸다. 군화 소리도 뒤따랐다. 분위기가 살벌했다. 전날 만세운동에 대한 앙갚음처럼 보였다. 그들은 거동이 수상한 사람은 일단 불순분자로 취급했다.

반항하면 그 자리에서 즉결 처분됐다. 사람들이 지켜보는 데서 거의 반죽음이 되었다. 코피가 터지는 일은 예사였다. 귀가 찢어지고 이빨이 부러졌다. 심한 경우는 다리가 부러지는 경우도 있었다. 곁눈으로 봐도 끔찍했다.

유생들은 한 사람씩 검색대 앞에 섰다. 분위기가 이렇다보니 조금은 떨렸다. 이를 굳게 깨물고 태연한 척했다.

순사들은 먼저 인상착의를 보고 소지품을 내놓으면 모든 걸 꼼꼼하게 살폈다. 시간은 그들에게 그리 중요하지 않았다. 불순분자를 색출하는 일이 검색의 목적이었다. 조금만 수상해도 옆에 선 무장경찰에 인계했다.

남주원과 남상돈이 검문을 받고 지나갔다. 이마에 생 땀이 송송하게 맺혔다. 그래도 모두 별일 없이 무사히 검색대를 통과했다. 남상락의 차례였다. 그는 긴장한 눈빛이 역력했다. 손에 땀이 쥐어졌다. 살벌한 분위기 속에 떨지 않을 사람이 없었다. 눈도 제대로 두지 못했다.

일본 순사는 남상락이 가슴에 안고 있던 보자기를 가리켰다.

"풀어봐."

순사는 다분히 명령 투였다.

남상락도 조금 떨고 있었다. 혹 적발되지나 않을까 조바심이 났다. 눈치를 살피며 보자기를 풀어 조심스럽게 남포를 내려놓았다. 마른 침을 삼켰다.

백화점의 포장지가 그대로 붙어 있었다.

"포장지도 뜯어."

"예?"

"뜯으라니까."

순사는 날카로운 눈으로 남상락을 노려보았다. 등에서 식은땀이 흘러내렸다. 손이 자잘하게 떨렸다. 남상락은 길게 숨을 들이쉬며 천천히 포장지를 뜯었다.

머릿속이 하얗게 변했다. 조심스럽게 포장지를 뜯자 나무대통으로 만들어진 남포가 나타났다.

"오! 최신형 남포구만. 아주 보기 드문 물건이야. 이 정도면 최상인데. 시골에서 이걸 사러 경성에 왔나?"

일본 순사는 남포를 들고 이리 저리 만져보며 물었다.

"예."

상락은 짧게 대답했다.

"이런 물건 하나에까지 제국의 위대함이 느껴진단 말이야. 히노끼를 깎아 만든 솜씨하며 미려함이 아주 좋아."

순사는 조심스럽게 남포의 심지부를 분리시켰다. 상락은 간이 콩알만 해졌다. 눈을 감았다. 도저히 볼 수가 없었다. 이제 적발됐구나 생각했다.

생 땀이 등짝을 타고 주르르 흘러내렸다. 다리가 후들후들 떨렸다. 이를 굳게 깨물었다. 그러면서도 남포에서 눈을 떼지 못했다.

순사가 심지를 천천히 대통에서 끌어올렸다. 대통위로 독립선언서의 끝이 삐죽하게 심지를 따라 올라왔다. 다시 눈을 질끈 감았다. 죽었구나 했다.

그때였다. 뒤에 서있던 사내가 후다닥 달아나기 시작했다.

순사는 들었던 남포를 그대로 검색대에 내려놓으면서 고함을 질렀다.

"저놈 잡아!"

그는 자리에서 호각을 불며 사내를 뒤쫓을 태세였다. 그러자 옆에 섰던 순사들이 호각을 요란하게 불며 우르르 뒤쫓아 갔다.

호각을 멈춘 순사는 남상락에게 '통과'라고 소리치며 손으로 지날 것을 일렀다.

그는 떨리는 손으로 남포를 들고 검색대를 통과했다. 십년감수하는 줄 알았다. 다리가 떨려 걷기도 쉽지 않았다.

상락은 대호지로 내려오면서 한 번 더 검문검색을 당했다. 인천항에서 화륜선을 탈 때였다. 하지만 일본제 최신형 남포란 점 때문에 모두 무사히 통과했다.

그들의 기술력을 조선에 홍보할 수 있는 좋은 물건으로 생각했던 모양이었다.

3. 땅 밑에서 움직이는 사람들

▫ 지산 김복한 선생의 전갈

　남주원은 대호지로 돌아오는 화륜선에서 문득 지산 김복한 선생의 전갈이 떠올랐다.
　'시기가 도래하면 거사를 일으켜라.'
　그의 전갈은 도이리에 사는 남상혁이 전하고 갔다. 또렷이 기억하고 있었다.
　'선생께서 어떻게 거사를 알고 계셨을까?'
　혼자 중얼거렸다. 고개를 갸웃거렸다. 모를 일이었다.
　'경성에서 거사가 일어날 거란 사실을 지난달에 이미 알고 계셨던 걸까.' '이번 경성 거사가 이미 한 달 전에 모의된 걸까.'
　남주원은 잔잔한 물결 속에 지평선이 내다보이는 서해를 보며 생각에 잠겼다.

그해 1월 말쯤이었다.

남주원에게 뜻을 전한 남상혁은 홍성에 있던 지산 김복한 선생의 문하에 있었다. 그는 지산선생 가까이에서 시중을 들고 잔심부름을 하며 수학하고 있었다.

그는 도호의숙에서 6년간 과정을 끝내고 선생의 문하에 들어갔다. 나이가 스물넷이 되도록 공부를 계속하고 있었다.

당시 지산선생은 거동이 매우 불편했다. 식사를 하거나 용변 보기도 스스로 하지 못했다. 일제로부터 당한 아픔이 누구보다 컸다.

지산 김복한 선생은 구한말 유학자였다. 그는 홍성을 대표하는 인물 가운데 한 사람이었다. 1894년 갑오경장이 일어나자 형조참의의 벼슬을 버리고 고향인 홍성군 갈산에 내려와 있었다.

이듬해인 1895년 명성황후가 시해됐다는 소식을 접하고 그는 분연히 일어나 홍주에서 의병을 일으켰다. 하지만 홍주목사 이승우가 변심하여 일제에 밀고함으로써 체포되어 투옥됐다.

고종황제의 특지로 석방된 뒤 1905년 을사늑약이 체결되자 이완용 등 을사5적을 참수해야 한다는 상소를 올린 뒤 다시 투옥되었다.

이어 풀려남도 잠시, 이듬해인 1906년 민종식과 홍주에서 다시 홍주의병을 일으켰다. 그는 일본군과 싸우다 결국 체포되어 경성 경무청으로 압송됐다. 그곳에서 모진 고초를 겪고 수감됐다.

그는 다리가 뒤틀리면서도 을사오적 처단을 강하게 요구했다. 일제는 그런 지산선생이 골칫거리였다.

그로부터 지산선생은 일제의 요주의 인물이 되었다. 일거수일투족을 감시하는 특별 관리대상이었다. 그들은 틈만 나면 선생을 제거할 명분을 찾았다.

그러던 1907년, 일본 경찰은 선생을 의병 은닉과 민심 선동 혐의로 체포했다.

뒤늦게 체포된 의병이 모진 매를 이기지 못해 한때 지산선생 댁에 숨어있었다는 사실을 털어놓았다.

게다가 선생이 그에게 '더욱 증진하여 이 나라 독립을 위해 혼신을 다해야 한다.'고 일렀던 게 선동혐의 빌미가 되었다.

일제는 선생을 공주지검으로 압송하라고 홍주경찰에 명했다. 그리고 의도적으로 선생을 모질게 폭행하도록 호송 담당순사에게 지령했다. 대외적으로는 극비에 부쳤다.

일제는 선생의 성향으로 보아 지검으로 넘겨봐야 골칫거리라고 판단해서였다. 물론 그 판단은 공주지검이라기보다 일제 상층부의 은밀한 계략이었다.

상부의 지령을 받은 일본 순사는 홍성에서 공주 교도소로 가는 호송 길에 차를 세웠다. 한적한 산길이었다. 이른 아침이라 더욱 인적이 없었다.

일본순사는 선생을 호송차에서 끌어내 모질게 폭행했다. 인간으로서 상상을 초월할 만큼의 가혹행위를 저질렀다. 호송차 운전병은 망을 보게 하고 선생의 명을 반쯤 끊어 놓았다.

당시 얼마나 가혹한 폭행이 이루어졌던지 그 후유증으로 선생은 평생 식사와 용변을 스스로 감당하지 못했다. 거의 전신마비에 가까워 누워서 생활했다.

이런 상태라 남상혁은 선생의 옆을 잠시도 비우지 못했다

1919년 2월 초였다.

홍성군 갈산면 운곡리에 찬바람이 불었다. 아직 눈바람이 모질어 귓불이 떨어질 지경이었다. 남상혁은 지산선생이 누워있던 옆방에서 손을 불며 책을 보고 있었다.

자리에 누워있던 선생이 놋재떨이를 담뱃대로 두드렸다.

"탱 탱 탱"

상혁의 호출이었다. 그는 책상을 밀치고 급히 옆방으로 건너갔다. 지산 선생은 눈을 지그시 감고 있었다. 핏기 없는 얼굴이 안쓰러울 만큼 메말라가고 있었다. 양 볼은 오목하게 패였고 눈은 한 홉은 들어가 있었다. 숨소리조차 거칠었다.

선생은 상혁이 옆자리에 앉자 싸늘한 손으로 그의 손을 잡으며 말했다.

"남군, 고생이 많……."

선생의 떨리는 목소리는 입을 맴돌 뿐 밖으로 새어나오지 못했다. 상혁은 귀를 더욱 가까이 가져갔다.

"아닙니다. 선생님."

"알고 있네. 자네가 얼마나…… 고생하……왜 모르겠나."

선생의 목소리가 메마른 입술 위를 다시 맴돌았다. 건강이 더욱 악화되고 있었다.

"남군, 내가 하는 말…… 잘 듣게. 자네는 이 길로…… 고향으로 돌아가게."

"선생님 그게 무슨 말씀이세유?"

상혁은 귀를 의심했다. 자신이 생각하기에 제대로 공부를 하려면 아직 가야 할 길이 먼데 벌써 집으로 돌아가라니. 귀를 더욱 가까이 가져가며 되물었다.

"내말 잘 들으라니까. 자네는 고향에 가서…… 어른들께 시기가 도래하면 의거를 일으키라고 전하게…… 그리고 그분들을 도와 그곳에서 일하게. 알겠는가?"

선생은 힘없이 말했다.

"예, 무슨 말씀인지 알겠구먼유."

상혁은 스승의 옆에 무릎을 꿇고 앉아 있었다.

"일어나지…… 않고. 지금 바로 고향으로 내려가게."

선생은 힘겹게 눈을 똑바로 뜨며 배에 힘을 주었다.

"선생님은 어찌하시려구유?"

"내 걱정은 말게…… 즉시 고향에 내려가 어른들께 그리 전하게."

선생은 곧이어 길게 숨을 내쉬었다. 말투에 힘은 없었지만 단호했다. 날씨만큼이나 싸늘한 기운이 감돌았다.

밖은 이미 어두워지고 있었다. 상혁은 옷을 단단히 입었다. 머리에 털모자를 눌러쓰고 두터운 목도리를 둘렀다. 눈만 빠끔하게 보였다. 그는 지산선생의 뜻에 따라 그날 밤 대호지면으로 길을 재촉했다.

문을 나서면서도 마음이 놓이지 않았다. 혼자 계실 지산선생이 걱정이었다. 뒤돌아보고 또 돌아보았다. 눈물이 핑 돌았다. 발걸음이 천근이었다.

홍성 갈산에서 대호지면까지는 백리가 더 되는 먼 길이었다. 어둠을 뚫고 산길을 가로질렀다. 보리가 피어오른 들길을 따라 뒤도 돌아보지 않고 걷고 또 걸었다.

낮에 읍내를 관통하려면 일본 순사들의 검문검색이 심했다. 밤길과 들길을 이용했다. 지산선생이 초저녁에 서둘러 떠나라고 일렀던 까닭이 있었다. 들로 산으로 돌아가면 그들의 눈을 피할 수 있었다.

상혁은 대호지에서 홍성을 올 때도 그 길을 택했으므로 가는 길을 잘 알고 있었다.

남상혁은 대호지면 도이리 집에 다음날 늦은 오후에 당도했다.

그의 집은 남이홍장군의 묘 자리 가까운 곳에 있었다. 의령 남씨 종가를 지나 언덕을 오르면 산 바로 아래 집이었다.

곱게 지은 한옥이 날아갈 듯 앉아있었다. 팔작지붕아래 촘촘하게 놓인 서까래가 도드라진 그런 집이었다.

그는 곧바로 사랑채에 있던 아버지를 찾았다. 그의 아버지는 유생 남진희였다. 남상집은 그의 형이었다.

그들 형제는 함께 도호의숙에서 한학을 공부했다. 상혁은 공부를 더하기 위해 지산선생의 문하에서 수학하고 있었다.

상혁은 사랑에 나가 아버지에게 큰절을 올리고 무릎을 꿇었다.

"기별도 없이 어인 일이여?"

아버지 남진희는 상혁을 방으로 들이며 그의 손을 잡았다. 손이 싸늘하게 얼어 있었다.

"선생님의 전갈이 있어 급히 왔구먼유."

그는 조용하게 대답했다.

"지산 선생님께서는 잘 계시는가?"

"편치는 못 하셔유. 헌데 아버님께 급히 말씀을 전하시라 하시어 이렇게 달려왔시유."

상혁은 아버지 가까이로 다가앉으며 귀에 입을 가져갔다.

"시기가 도래하면 거사를 일으키시라는 말씀이었시유."

남진희는 작은아들의 말을 듣고 고개를 끄덕였다. 밤을 새워 스승의 말을 전하기 위해 먼 길을 달려온 아들이 대견했다.

"알았구먼. 오늘은 쉬고 날이 밝으면 내일 사성리 남병사 댁에 가서 그 집 주인장에게 선생님의 뜻을 전하면 되는구먼. 먼 길 오느라 고생이 많았네 그려."

남진희는 아들을 다독였다.

다음날 상혁은 이른 새벽 산을 넘어 사성리 남병사 댁으로 향했다. 이른 새벽인데다 산을 넘다보니 남의 눈에는 뜨이지 않았다.

남병사 댁까지는 십여 리가 조금 넘었다. 그는 사성리에 이른 아침에 도착했다. 늙수그레한 문간애비가 대문 앞을 쓸고 있었다.

"이 댁이 남병사 댁이유?"

상혁이 솟을대문을 올려다보며 물었다. 그는 주원을 조금 알고 있었다.

"그런디 어인일로 이른 아침에 그걸 물어유. 모르는 양반인디."

문간애비는 조금은 거드름을 피우며 되물었다.

"남주원 선생을 뵙고자 왔시유."

"대관절 무신 일로 오셨는지는……."

그는 싸리 빗자루를 세우고 상혁의 아래위를 훑어보았다.

"직접 뵙고 드려야 할 말씀이라. 중한 일이오. 지산 선생님의 전갈이라 말씀 올리시면 될 거유."

"지산 선생?"

문간애비는 대문을 열고 어슬렁거리며 들어간 뒤 잠시 후 곧바로 그가 다시 뛰어 나왔다. 그는 연신 허리를 굽실거리며 상혁을 사랑채로 안내했다.
 그곳에는 남주원이 꼿꼿하게 서 있었다. 형님이라고 부르기에는 위엄이 있어 보였다.
 "뉘시오?"
 남주원은 이른 아침부터 자신을 급하게 찾아온 사람이 누군지 궁금했다. 두 손으로 머리를 쓸어 넘기며 문밖을 넘어다보고 있었다.
 "도이리에 사는 남상혁이라고 혀유."
 상혁은 추녀 아래에서 그에게 정중하게 인사를 올렸다.
 "남상집 선생 동생이구만. 지산선생님 문하에서 공부하신다는……."
 "그렇구먼유."
 "들어오시구려."
 주원은 사랑채문을 열어주며 그를 안으로 안내했다.
 "그런데 이른 아침부터 어인 일이신가?"
 상혁은 주원의 앞으로 한걸음 다가앉았다. 목소리를 낮추고 조심스럽게 입을 열었다.
 "홍성에 계시는 지산 스승님께서 일전에 선생을 찾아뵙고 말씀을 급히 올리시라 하셔서 이른 아침에 찾아뵈었지유."
 "그 말씀이……."
 "시기가 도래하면 의거를 일으키시라는 말씀이셨시유."
 상혁은 조용하게 자분자분 말을 전했다.

"의거를 일으켜라."

주원은 되뇌듯 중얼거렸다.

"예. 그리 전하라 하셨시유."

"알겠네."

주원이 입을 굳게 다물었다.

"그리고 제게는 그 일을 도와드리라 말씀하셨시유."

"고맙구려."

남주원은 지산선생의 건강이 어떤지도 물어보았다. 상태가 좋지 않다는 얘기를 전하고 상혁은 집으로 돌아갔다.

상혁이 다녀간 뒤 남주원의 움직임이 더욱 분주해졌다. 김복한 선생이 그리 하명했다면 따라야 하는 게 마땅했다. 하지만 때가 언제 도래할 거며 거사는 어떤 거사를 말하는 것인지에 대해서는 의문이었다.

지산 김복한 선생은 1860년생으로 주원의 조부 남명선 보다는 14살 아래였다. 하지만 그가 병과에 급제하고 형조참의를 지냈으므로 병마절도사를 지낸 남명선의 뒤를 이은 지역 후배인 셈이었다.

때문에 유달리 친분이 돈독했다. 게다가 선생도 경성을 오르내릴 때는 꼭 남병사 댁에서 유숙했다. 그러므로 주원이 어릴 때부터 조부와의 관계를 잘 알고 있었다.

조부 남명선이 타계했을 때 남주원의 부탁으로 그의 비석에 글을 쓴 사람도 김복한 선생이었다.

그는 만해 한용운의 스승이며 홍성의 정신적 지주였다. 백야 김좌진도 그의 사상을 따르고 있었다. 연줄로 보나 인맥으로 보나 남주원은 그의 하명을 마다할 처지가 아니었다.

다만 그 때와 거사가 무엇인지 모를 뿐이었는데 경성에서 그것을 보았다.

▫ 독립선언서 배포

그날도 조사는 계속됐다.
이들은 집요했다. 대충은 없었다. 사건이 자신들의 손에 만져질 때까지 송재만을 괴롭혔다.
아마 그가 죽는다고 해도 눈 하나 깜짝하지 않을 놈이었다. 씨종자가 그런지는 몰라도 악독한 놈이었다. 같은 조선인으로서 어떻게 이토록 악독할까. 의구심이 들 지경이었다. 꼭 그런 놈이 있었다. 일제에 충성을 한답시고 과잉으로 조선 사람들을 괴롭히는 놈들. 동족이란 말조차 아까운 저질들이었다. 경찰서에도 그런 놈들이 있었다. 송재만의 담당 형사도 그들 중 한명이었다.
송재만이 이런 생각을 하고 있을 때 형사가 들어왔다.
그는 재만의 앞에 앉아 빈 입을 다셨다. 먹이를 노려보는 사마귀의 표정이었다. 하이칼라 머리에 싸구려 머릿기름을 바른 모양새가 역겨웠다. 형사는 간단한 신상에 대해 묻고 난 다음 곧이어 말문을 열었다.
"대호지에 그 꼴꼴 난 독립선언선가 하는 불온 유인물이 어떻게 들어온 거냐?"

형사는 비릿한 웃음을 머금고 물었다. 참으로 역겨웠다. 구역질이 나올 지경이었다.

"어떤 경로로 대호지에 나돌게 됐나 말이다."

형사는 눈 꼬리를 올리며 다그쳤다. 정말 모르는 일이었다.

"몰러유."

"모르다니. 그날 불온유인물이 수없이 나돌았는데 어떻게 모른단 말이냐?"

형사는 성질이 돋고 있었다. 매로 그의 턱을 들어 올리며 다시 물었다.

"모르는 일이유."

송재만은 눈을 아래로 뜨고 입을 다물었다. 무조건 모른다고 했다. 경성에서 만들어진 독립선언서가 어떤 경로를 통해 대호지면까지 내려와 돌아다녔는지는 솔직히 알지 못했다.

다만 거사 직전에 보았을 뿐이었다. 그 물건은 남상락을 통해 대호지까지 내려왔다는 이야기를 들었다. 하지만 그 부분도 말할 수는 없었다. 말해서도 안 될 일이었다. 그것을 잘 아는 처지라 안다는 말을 더욱 내뱉을 수 없었다.

더 많은 독립선언서가 나돌았던 일은 정말 알지 못했다. 천도교도들이 돌렸을 거로 추정하고 있었다.

"처음부터 끝까지 주도한 놈이 불온 유인물이 어떻게 왔는지도 몰라?"

형사는 소리를 빽 지르며 두터운 손으로 송재만의 뺨을 후려 갈겼다. 고개가 홱 돌아갔다.

심한 모욕감이 들었다. 그는 의도적으로 모욕감을 불러일으킬 생각이었다. 그렇게 해서라도 유인물이 배포된 경위를 알아낼 심산이었다. 하지만 송재만은 그리 호락호락하지 않았다. 역시 '모른다'는 말만 되풀이했다.

형사는 식식거렸다. '모른다'는 말로 상황을 모면할 생각을 말라고 이르기도 했다. 때로는 담배 연기를 얼굴에 뿜거나 까치 담배를 권하며 얼루기도 했다.

하지만 송재만의 대답은 항상 같은 톤이었다.

"몰러유."

형사는 자리에서 벌떡 일어났다. 그리고는 천정에서 줄을 내려 송재만의 발목 족쇄에 걸었다. 이어 줄을 힘껏 당겼다.

의자에 걸터앉았던 송재만은 시멘트바닥으로 내동댕이쳐졌다. 머리가 바닥에 그대로 떨어졌다. 눈알이 튀어나올 지경이었다. 순간적으로 정신이 혼몽해졌다. 심한 현기증이 앞을 가렸다. 하얗게 변했다. 두 손이 묶여 어찌할 도리가 없었다. 그는 줄을 바짝 당겨 송재만을 거꾸로 매달았다. 거미줄에 매달린 벌레처럼 허공에 대롱거리며 흔들렸다. 온몸이 축 늘어졌다. 피가 거꾸로 쏟아져 내렸다. 눈이 충혈됐다. 세상이 거꾸로 보였다. 책상과 의자가 허공에 떠있었다. 형사의 긴 다리가 올려다보였다.

"경로를 말해."

"몰러유. 그냥 일을 도모했을 뿐……."

그는 거꾸로 매달린 채 힘겹게 말했다.

"이 새끼, 주둥이는 살아 가지고."

형사는 주전자를 들어 송재만의 코에 고춧물을 부었다. 코가 아려왔다. 곧이어 고통이 동반됐다. 머리를 좌우로 흔들었다. 거미줄의 벌레처럼 몸부림쳤다.
 하지만 소용이 없었다. 그는 계속해서 주전자의 고춧물을 들이부었다. 코에서 흘러내린 고통이 눈으로 이어지고 넘쳐 바닥으로 흘러 내렸다. 숨을 쉴 수도 없었다. 정신을 못 차렸다. 온몸을 흔들었지만 빠져나갈 도리가 없었다. 고춧물이 들어가자 가슴이 찢어졌다. 견딘다는 자체가 고통이었다.
 온몸을 심하게 흔들었다. 살겠다는 몸부림이었다. 정신은 혼몽해졌고 감각은 무디어졌다. 혼이 몸을 빠져나갔다.
 송재만은 푸줏간에 걸린 고깃덩어리가 되어가고 있었다. 거꾸로 매달려 반 실신상태로 그렇게 있었다.
 바닥에는 몸에서 흘러내린 고초의 흔적이 홍건하게 고여 있었다. 그 위에 핏물이 뚝뚝 떨어져 내렸다. 어두운 공간에 고인 핏물이 너절하게 퍼져갔다.
 밤인지 낮인지 분간이 되지 않았다. 바닥에 고인 핏물이 끝없는 나락을 만들고 있었다. 그곳에 빠지면 영원한 심연으로 가라앉을 듯 느껴졌다.
 하지만 절망은 잠시뿐. 그 어둠속에 연두 빛 보리 싹이 돋아났다. 보송한 빛깔로 어둠의 자취를 지우고 있었다. 꽁꽁 언 땅을 뚫고 쇠털처럼 솟은 모습이 정겨웠다.

 연두 빛 보리는 이내 새파란 색으로 피어났다. 이어 순식간에 발목까지 자랐다. 봄이 오고 있었다. 다만 아직 일렀다. 들바람이 볼을 스쳤다. 그래도 훈기가 묻어 있었다.
 들녘에 어둠이 내려앉았다. 어스름한 달빛이 구름 속으로 숨었다. 칠흑의 어둠이 삽시간에 넓은 들을 삼켰다. 멀리 보였던 마을도 보이지 않았다. 논둑길만 희미하게 구불거렸다. 그 길은 이리저리 휘돌며 서로 연결되어 저 멀리로 이어지고 있었다.

거친 바람이 보리밭에 흩어진 검불을 날리며 지나갔다. 남국에서 오는 바람이라 끝이 부드러웠다. 매서운 겨울이었지만 봄바람을 이기지는 못했다. 겨울이 지나면 봄이 오고 봄이 지나면 여름은 필시 오는 법이었다.

얼굴을 알 수 없는 청년은 어두운 들길을 따라 뛰고 걷고 또 뛰었다. 인기척이 있는 곳은 피했다. 풀밭에 발끝이 걸려 넘어졌다. 다시 일어나 앞만 보고 뛰었다. 도랑을 건너고 들길을 가로질렀다. 산자락을 돌았다.

어둠으로 휩싸인 산을 넘었다. 소나무 숲 사이로 솔바람이 불었다. 무덤가에 앉아 잠시 숨을 돌렸다. 어스름한 달빛이 나무 사이로 쏟아져 내렸다.

아직 가야할 길이 멀었다. 다시 일어나 산을 올랐다. 멀리서 늑대 울음소리가 기분 나쁘게 들렸다. 가랑잎이 날렸다.

온몸이 땀으로 범벅이 되었다. 수건으로 얼굴을 훔쳤다. 가파른 숨을 연신 내몰았다. 한참을 오른 뒤에야 산등성에 올랐다. 산 아래 깜박거리는 불빛이 희미하게 보였다. 마을이었다.

청년은 다시 뛰었다. 내리막길은 달릴 만 했다. 어둠 속을 비호처럼 내려갔다.

마을 윗녘에 앉아 동태를 살폈다. 조용했다. 늦은 밤이라 움직임이 없었다.

어둠을 타고 들어갔다. 그래도 개는 짖었다. 숨을 죽였다. 주변을 살핀 다음 초가지붕 추녀 아래로 몸을 숨겼다.
 그곳에서 엷은 휘파람을 불었다.
 "호익."
 그제야 사랑방 문이 빨쪽하게 열렸다. 안에서 늙수그레한 사내가 고개를 내밀었다. 그는 주변을 두리번거린 다음 손짓을 했다. 여전한 어둠이었다. 그들은 무슨 말인가를 주고받았다.
 문밖에 선 사내가 그에게 무언가를 건넸다. 그리고 청년은 다시 어둠속으로 사라져갔다. 그리고 얼마지 않아 또 다른 사내가 사랑방 앞에서 휘파람을 불었다.
 "호익."
 어둠뿐이었다. 방안에 있던 늙은 사내가 고개를 삐죽 내밀고 주변을 두리번거렸다. 그리고는 사내에게 잘 접은 종이를 건넸다. 무슨 말인가를 하는 듯도 했다. 그러자 사내는 그 종이를 가슴에 묻고 어둠 속으로 사라져 갔다.
 사랑방을 지키고 있던 늙은 사내는 밤늦은 시간까지 호롱불도 켜지 않고 그렇게 있었다. 벌써 여러 명의 사내들이 그에게서 접은 종이를 받아 가슴에 품고 어디론가 사라졌다.
 접은 종이를 품은 사내들은 소나무밭을 지나고 대나무 숲을 지났다. 스산한 바람이 부는 산을 넘었다.
 각자 날이 밝기 전에 가야할 곳으로 향했다. 그들의 발걸음은 가벼웠다. 사내들은 밤길을 걷다 뒤를 돌아보곤 했다. 때론 풀숲에 몸을 숨기고 혹 누군가가 뒤를 쫓지 않을까 살폈다.
 그들의 갈 길은 멀어 보였다. 거미줄이 허공을 향해 날리듯 그들은 어딘가로 날아가고 있었다.

사랑방을 지켰던 늙은 사내는 달이 중천을 지난 뒤에야 문을 열고 밖으로 나왔다. 담뱃대에 불을 붙이고 길게 연기를 토했다. 캄캄한 어둠 속에서 희뿌연 연기가 파랗게 피어올랐다.
"잘들 허것지. 목숨보다 중한 일이여. 암만."
사내는 짧은 한마디를 남기고 사랑방으로 들어갔다. 이들은 점조직으로 움직였다. 묻지도 따지지도 않았다. 내용도 몰랐다. 그냥 전달하라는 지령만 받고 이 고을 저 마을로 뛰어 다녔다. 전달받은 사람도 젊은이들의 얼굴을 알지 못했다. 서로 얼굴도 모른 채 어둠 속에서 곱게 접은 종이를 전하고 또 전했다.

형사의 취조는 이어졌다. 쉴 틈을 주지 않았다. 몸에 난 상처가 굳기도 전에 취조실로 송재만을 끌고 갔다. 그는 악마였다. 조선인의 탈을 쓴 악마.
그렇게 표현하는 게 적절했다. 사람을 괴롭히지 못해 안달 난 인간이었다. 양심은 애초에 없는 인간이었다. 도리어 남을 괴롭히고 취조를 즐기는 짐승이었다.
문초내용도 송재만과는 관계가 없었다. 잘 알지 못하는 일도 많았다. 그럼에도 그는 끈질기게 송재만을 내몰았다. 미리 답을 정해놓고 취조를 할 뿐이었다.
"천도교도들이 어떻게 동참했나?"
이 질문에도 송재만이 답을 할 수 있는 건 없었다. 그가 천도교인이 아니기 때문이었다. 천도교인들을 알기는 하지만 그들과 깊은 관계가 있는 건 아니었다.
그러니 자연히 그들이 어떻게 이번 거사에 동참했는지 잘 알지 못했다. 그럼에도 이 악마는 같은 질문을 계속하고 있었다. 그가 잘 안다고 할 때까지 물을 심산이었다.

"천도교도는 누가 주모자냐?"

"정말 몰러유. 나는 천도교 신도가 아니유."

그는 겨우 말을 이어갔다.

"어떻게 동참했는지 몰러유. 부역에 참여하라고 연락만 했시유."

귀담아 들어야 들릴 정도였다. 입을 여는 자체가 힘들었다.

"개새끼. 뼈를 추려줄까? 내 앞에 온 조선인들은 모두 불고 갔어. 살려달라고 애원했지."

고등계 형사는 그가 듣는지 혹은 듣지 않는지도 관심이 없었다. 그는 자기가 원하는 답을 구하고 있었다. 재만은 그 답을 알고 있었다.

하지만 그 답안에 정답을 적으면 그는 더 많은 고통에 시달려야 했다. 게다가 다른 동지들이 고통을 겪어야 했다. 그래서 대답할 수 없었다.

정말 알지 못하는 게 이렇게 감사할 줄이야. 알면서 모른다고 버티기는 정말 어려웠다. 하지만 모르는 일을 모른다고 말하면 마음이 편했다.

몸은 괴로워도 마음은 가벼웠다. 그래서 모르는 걸 물으면 버틸 자신이 있었다. 맷집도 생겼다.

"몰러유."

"개새끼가 진한 맛을 봐야 정신을 차릴라나……."

형사는 재만을 골방에 처박아두고 나가버렸다. 그제야 겨우 숨을 쉴 수 있었다. 냄새나고 역겨운 곳이었지만 그래도 잠깐의 자유로움이 감사했다. 길게 숨을 들이켰다.

그러나 그것도 잠시. 형사가 다시 돌아왔다. 그는 송재만의 손목 묶은 줄에 고리를 걸어 그를 천정에 매달았다. 축 늘어진 고깃덩어리마냥 허공에 대롱거렸다. 엄지 발끝이 겨우 바닥에 닿았다. 팔이 떨어지는 고통을 참으려 엄지발가락에 힘을 주었다.

형사는 허공에 걸려있던 그의 몸을 가까운 기둥으로 밀고가 그곳에 묶었다. 밧줄을 칭칭 감았다. 양팔이 감기고 허리가 감겼다. 이어 무릎이 감기고 발목이 감겼다. 옴짝달싹도 하지 못했다. 기둥의 일부가 되었다. 팔이 더욱 떨어질 듯 당겨졌다.

형사는 검은 천으로 송재만의 눈을 가렸다. 그자가 이번에는 송재만의 바지춤을 내렸다. 고단하고 힘겨웠지만 모멸감이 그를 괴롭혔다. 재만은 그에게 인간이 아니었다. 그가 인간이 아닌 악마인 것처럼 송재만도 그에게는 장난감이거나 시험 대상이었다.

그는 송재만의 말라붙은 성기를 잡아당겼다. 엉덩이를 뒤로 뺐다. 자괴감을 넘어 심각한 모멸감이 머릿속을 채웠다. 더욱이 놈의 더러운 손에 자신의 신체의 일부를 맡겨야 하는 처지가 수치심을 유발시켰다. 앞이 보이지 않아 다행이었다.

그는 송재만의 성기를 뽑아 요도에 성냥개비만 한 심지를 천천히 밀어 넣었다. 칼로 도리는 느낌이었다. 너무 괴롭고 고통스러웠다.

그가 밀어 넣은 심지는 한지로 가는 새끼를 꼰 다음 들기름을 묻혀 말린 거였다.

"개새끼야……."

온몸이 묶인 채 고래고래 욕을 내질렀다. 욕이 절로 나왔다. 어금니를 깨물고 있는 힘을 다해 버텨보려 했지만 힘들었다. 외줄기 눈물이 흘러내렸다.

"차라리 죽여라. 죽여."

악을 썼다. 통증을 잊기 위한 발작이었다. 최면이었다. 심이 더욱 깊이 들어갔다. 쓰리고 따갑고 성기가 갈라지는 고통이었다.

"아……."

이를 깨물고 또 깨물었다. 너무나 쓰리고 아팠다. 성기가 찢어지는 통증이 반복적으로 밀려왔다.

"야 이놈들아……."

이를 앙다물었다. 이 괴로움을 이기지 못한다면 저들에게 지는 거라 생각했다. 송재만은 죽어도 비굴하지 않아야 한다고 마음먹었다. 이를 부서져라 깨물었다.

"주동이 누구냐? 솔직히 불어."

형사는 심 박는 일을 잠시 멈췄다.

"몰러. 내가 주동인데 누굴 불란 겨."

"그래 말 잘했다. 네가 주동이야. 그럼 천도교도는 누가 주동이었냐."

"몰러. 난 몰러."

"그래 모르지. 그러면 다시 시작하자"

그는 다시 성냥골만한 심지를 요도 속으로 더욱 깊이 밀어 넣었다. 다리가 푸들푸들 떨렸다. 고통에 온몸이 당겨 올라갔다. 엉덩이의 근육이 긴장됐다.

"아 으윽……. 날 죽여라."

입만 벌리고 고통조차 호소하지 못했다. 성기의 깊은 부분을 거친 막대기로 찔러 넣는 통증이었다.

이렇게 큰 고통은 무슨 말로도 표현할 수 없었다. 아무 생각도 나지 않았다. 생살을 찢는 아픔보다 더 큰 괴로움이었다.

"아……."

그는 말을 잇지 못했다. 입을 벌리고 거친 호흡만 들이켰다. 온몸에 땀이 흘러내렸다. 성기가 반으로 찢어지는 고통이었다.

재만은 허공에 매달려 있었지만 팔이 아픈 건 잊었다. 오로지 성기의 한가운데를 찢으며 들어오는 심지의 거친 고통만 살아 있었다.

"불어. 시간이 없다."

그는 지겨울 만큼 같은 말을 반복했다. 문초의 수법이었다. 대답을 하지 않으면 단 한쪽도 넘어가지 않았다. 자신이 정해놓은 답을 구할 때까지 고통의 정도를 더했다.

"몰러. 정말 몰러."

"정말 모르지. 나도 알아 모른다는 걸. 그래도 이렇게 하면 알게 돼. 모든 일을 알게 된다니까. 그리고 실토하게 되지."

형사는 고통에 시달리는 송재만을 보며 빙긋이 웃었다. 그 비열한 웃음 속에 역겨운 비린내가 났다.

하지만 송재만은 입을 다물지도 못했다. 벌어진 입을 엉성하게 벌리고 있었다. 목이 마르고 입안이 갈라졌다. 고통의 극한치는 그렇게 다가오는 모양이었다.

"정말 몰라? 참 독종이다."

형사는 잠시 멈칫거리더니 성냥을 들었다.

"최후통첩이야. 불어. 그러지 않으면 죽어."

"몰러. 내가 아는 건 그게 다여."

송재만은 겨우 그 말을 내뱉고 입을 벌렸다. 더 이상 괴로움을 참을 도리가 없었다.

"정말 모르는지 보자. 이러고도 모르면 너는 정말 모르는 거야."

형사는 송재만의 성기 끝에 매달려 있던 심지 끝에 불을 댕겼다.

"……아……아……아."

온몸이 부들부들 떨렸다. 심지에 붙은 불이 성기의 끝을 태우고 있었다. 살이 지지직거리며 타들어갔다. 온몸이 제 마음대로 푸들거렸다. 아픔을 호소할 말도 나오지 않았다.

세상에…… 세상에……온몸이 펄쩍 뛰어올랐다.

그는 까무러치고 말았다.

실신을 하고도 한참이 지난 뒤에 깨어났다.

그놈은 송재만의 음경에서 심을 뺀 모양이었다. 바닥에 피가 흥건하게 고여 있었다. 바지에도 축축하게 피가 젖어 있었다.

이대로 죽는 게 좋지 않을까하는 생각도 들었다. 하지만 순분을 두고 갈 수는 없었다. 그녀를 만나 새로운 세상에서 살고 싶었다.

그가 이토록 질긴 고통 속에서 버티는 힘은 오로지 순분이었다. 그녀는 희망이었다. 그녀와 내 나라 내 땅에서 내 아이를 낳고 오순도순 살고 싶었다.

'그러기 위해서는 살아야 한다. 언젠가는 우리의 세상이 올 거야. 왜놈들이 언제까지 우리를 속국으로 삼지는 못할 게다. 내 몸이 이곳에 있지만 언젠가는 해방이 올 거다.'

송재만은 정신이 혼미해지고 숨이 멎을 것 같았지만 생의 끈을

놓지 않았다.

　이들은 송재만을 인두로 지지고 사지를 뒤틀었다. 손가락 사이에 막대기를 넣고 틀기를 여러 번 했다. 손가락 하나하나가 부러진 느낌이 들었다.

　모든 고통은 이어졌다. 어떤 통증이 덜하고 더하지 않았다. 참기 어려운 아픔이었다. 쇠좆매로 맞는 것도 참으로 참기 어려운 형벌이었다. 살이 패었다.

　물에 살짝 적신 소좆매는 끔찍했다. 맞고 나면 살이 쩍쩍 묻어났다. 그 쓰라림이야 말로 표현이 어려웠다.

　게다가 성기에 성냥개비 크기의 심을 박고 불을 댕기는 혹두형은 정말 도저히 참기 어려운 일이었다. 무슨 말로 어떻게 표현해야 이해가 될지.

　지옥에서나 경험하는 고통이었다. 고춧가루 물을 들이붓는 건 더 이상 아픔이 아니었다. 지옥이 따로 없었다.

4. 싹이 트다

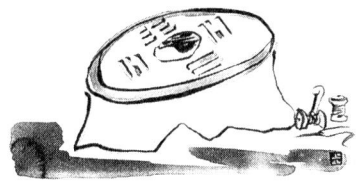

▫ 대호지 남병사 댁

대호지는 당진군 서북쪽에 위치한 지역이었다. 동쪽으로 호수처럼 느릿하게 흐르는 평리만과 서쪽으로 대호만이 있었다. 그사이가 대호지였다.

나무뿌리 모양의 두 만이 가랑이를 벌린 곳이었다. 때문에 삼면이 물길에 가로막혀 있었다. 땅의 형상만 보면 너불거리는 해조류 조각 같았다.

지대가 낮고 갯벌들로 둘러싸여 있었다. 밀물때는 넉넉한 만이 형성되지만 썰물 때는 온통 갯벌투성이었다. 사방을 둘러보아도 갯냄새뿐이었다.

겨우 한가운데로 낮은 잔구(殘丘)들이 이어져 있었다. 사람들은 부뚜막까지 기어오르는 낙지를 잡아 허기진 배를 채웠다고 너스레를 떨 정도였다.

이런 탓에 해상교통은 그런대로 소통이 되었다. 인천으로 가는 화륜선이 다녔다. 작은 쪽배를 타고 물길을 나서는 이들도 더러 있었다.

하지만 육상교통은 답답하기 짝이 없는 곳이었다. 동남쪽에 위치한 정미면 천의를 거쳐야 밖으로 나올 수 있었다. 천의에서 들어가는 도로만 막고 있으면 숨통이 막혔다.

그 길을 통하지 않고 들고날 방안이 없었다. 따라서 어찌 보면 폐쇄되고 소외된 지역이었다. 게다가 먹거리가 그리 풍성한 지역도 아니었다. 도리어 갯벌과 바람이 많아 궁벽했다. 사성리 대호지나루터는 교통문제를 해결해 주는 유일한 숨통이었다. 주민들은 이곳을 통해 경향각지로 나갔다.

일제는 이런 지리적 요인을 들어 이곳에 경찰 주재소를 두지 않았다. 정미면 소재지인 천의에 당진경찰서 천의주재소를 두고 관리했다.

1914년에는 관할구역을 당진경찰서에서 서산경찰서로 이속했다. 하지만 당진이 가깝다 보니 당진서의 영향권에 있었다.

때문에 일제는 다른 지역보다 상대적으로 관심을 소홀히 했다. 먹거리도 풍부하지 않고 물자도 넉넉지 않았다. 이런 저런 까닭으로 정치, 경제적으로 그리 중요하다고 판단하지 않았다.

그렇다고 주민들의 소통이 자유롭지도 않았다. 고등계형사의 출몰이 잦았기에 위축되기는 매한가지였다. 일상에서도 그런 현상이 느껴졌다. 주민들은 그들만 보면 주눅이 들었다. 꼬리를 내리기 일쑤였다. 숨 쉬는 일도 팍팍했다.

게다가 경찰서에서 동떨어진 곳이다 보니 순사들의 유세가 말이 아니었다. 완장을 두른 이들이 권력이랍시고 거들먹거렸다.

면소재지에서 대호지나루터로 가는 길목에 남주원이 살고 있었다. 그는 일대에서 가장 부호였다. 사성리 그의 집은 수많은 사람들이 식객으로 드나들었다.

대호지면에서 가장 많은 정보가 드나드는 길목이었다. 조선독립의 바람도 이 길목을 통해 들어왔다.

바람이 유난히 불던 날이었다. 봄이라지만 을씨년스러웠다. 뼛골로 파고드는 한기에 몸을 사렸다.

초저녁이었다. 어둠이 두텁게 마을을 감싸고 있었다. 멀리 개 짖는 소리가 간간이 들렸다. 어두운 산 그림자가 드리워졌다. 게다가 부슬비라도 내릴 조짐이라 길거리에 인적이 없었다. 모든 사물이 어둠 속에 녹아들었다.

머리를 단정하게 자른 사내가 들길을 지나 마을로 접어들었다. 사성리는 조용했다. 봄비 기운이 비치는 탓인지 개도 짖지 않았다.

그는 큰길 옆에 딱 버티고 선 솟을대문 앞에 걸음을 멈추었다. 주변을 살핀 다음 문을 조심스럽게 두드렸다. 그제야 문이 삐죽 열렸다.

"도이리 사는 남상돈일세."

"예, 도련님께서 기다리고 계시는구먼유."

문간아비는 넙죽 허리 굽혀 인사를 올리고 그를 집안으로 안내했다.

남상돈은 솟을 대문을 지나 사랑채로 향했다.

이집 주인 남주원은 1893년생으로 27살이었다. 그는 6살 때부터 6년간 문중에서 운영하는 도호의숙에서 한학을 공부했다. 도호의숙은 도이리에 있었으므로 매일 왕복 이십 리 길을 걸어서 다녔다.

그리고 곧이어 상경하여 1905년 3월부터 사립 중등학교를 졸업하고 호동사립 해동신숙을 졸업했다. 신학문을 배운 인텔리였다.

1916년 할아버지 남명선이 갑자기 숨지자 어쩔 도리없이 고향으로 돌아왔다.

그리고 1918년부터 해미공립보통학교 학무위원을 역임했다.

또 사성리 자신의 집에 도호의숙의 분교인 반계의숙을 세워 교육사업을 전개하고 있었다. 이 때문에 평소에도 그는 자신의 집에서 근방의 친우들과 자주 모임을 가졌다.

그가 살고 있는 집은 사성리 남병사 댁으로 불렸다.

사성리와 도이리에 집성촌을 이루며 살던 남씨는 본이 의령이었다. 이들은 모두 남유 장군의 후손들이었다.

남유 장군은 1597년 '임진 7년 전쟁' 때 나주목사로 재직하며 이순신 장군을 도와 노량해전에서 순직한 인물이었다. 그는 좌의정에 추증되었다.

그의 아들 남이홍 장군도 1627년 병마절도사로 평안도 안주에서 청나라 침공을 막지 못하자 스스로 목숨을 끊었다. 정묘호란 때 일이었다.

그는 훗날 영의정에 추증되었다. 두 부자가 국난에 순직한 충정어린 무인 집안이었다. 조선사를 통틀어 부자가 국난에 참전하여 순직한 충신은 이들 뿐이었다.

그 후손들은 대호지면 도이리에 집성촌을 이루며 살았다. 종가도 그곳에 있었다.

　남주원도 같은 문중이었다. 다만 직계는 아니었다. 그의 집이 남병사 댁으로 불린 건 할아버지인 남명선이 종2품의 병마절도사를 지냈기 때문이었다. 한성부 우윤, 장위영 경무사란 직함이었다. 남 병마절도사 댁의 줄임이었다.

　남주원의 할아버지 남명선은 딸만 둘 있었다. 그가 해주수군절도사로 있을 때까지 아들이 없었다.

　그는 수군절도사로 있으면서 그곳 남홍기란 인물과 가깝게 지냈다. 의령 남씨란 이유에서였다. 그의 아들 가운데 한 명을 양자로 들였다. 그가 남계영이었다. 남명선은 그를 장손으로 삼아 가계를 이었다.

　하지만 남계영은 덕수이씨와의 사이에 아들을 낳고 그해 숨을 거두었다. 그의 나이 스물이 갓 지나서였다. 그렇게 해서 태어난 이가 남주원이었다.

　남명선은 어렵게 얻은 손자를 애지중지 손수 키웠다. 금이냐 옥이냐 하면서도 바르게 키우려고 애썼다. 동량을 만들기 위해 모든 일을 아끼지 않았다.

　남주원이 일찍이 서당을 나와 경성으로 유학길에 오른 일도 이와 무관치 않았다.

　핏덩이 때부터 남명선이 키웠으므로 주원은 할아버지를 아버지로 알았다. 아버지처럼 어려워하며 자랐다.

　그리고 남명선이 57세 되던 1903년, 한양에서 작은 부인을 얻어 친자를 낳았다. 그가 남계창이었다.

　주원이 10살 때 작은삼촌이 태어난 것이다. 하지만 적통이 주원에게 넘어간 뒤라 집안 살림은 남주원이 하고 있었다.

 남병사 댁은 민간에 허용된 최대치인 99칸으로 이루어져 있었다. 하지만 가작 집과 창고 헛간을 합하면 100여 칸이 넘었다. 처음 들어가는 사람은 제대로 안채를 찾지도 못했다.

 추녀를 높이 쳐들고 선 솟을대문을 지나면 듬직한 사랑채가 버티고 서 있었다. 남명선이 그러했듯이 주원도 주로 이곳에 머물렀다.

 중문을 지나 그 안쪽에 곳간 채가 자리했다. 거두어들인 곡물을 보관하고 농기구와 각종 자재들을 쌓아두는 창고였다.

 그곳에서 앙증맞은 쪽문을 들어가면 그제야 윤기가 자르르 흐르는 안채가 숨어 있었다. 그곳은 내실이라 남정네들은 얼씬도 하지 않는 곳이었다.

 안채 뒤로는 늘 스산한 분위기가 감도는 사당이 배치되어 있었다.

 바깥에는 소작농들이 사는 작은 집들이 옆구리에 담장을 끼고 게딱지처럼 다닥다닥 붙어 있었다. 때문에 깔고 앉은 집터만 무려 2,400여 평에 달했다.

 게다가 남병사 댁이 부치는 토지는 200여 필지에 21만여 평에 이르렀다. 말이 21만평이지 1천 마지기가 넘었다. 사성리 일대에서 그의 땅을 밟지 않고는 지나가지 못했다.

 남병사 댁은 대호지나루터에서 5리(2킬로미터)정도 떨어진 길목에 붙어 있었다. 어린아이 젖가슴 같은 낮은 산을 뒤로하고 앞으로는 널찍한 논밭을 깔고 있었다.

 게다가 길옆이라 드나들기가 수월했다. 그러므로 이곳을 통해 인천을 경유하여 경성으로 가는 충청권 인사들이 수시로 들러 신세를 졌다.

언젠가 사랑채에서 할아버지 남명선이 남주원을 급히 찾았다. 그는 귀한 손님이 찾아왔다는 말만 전해 들었다. 도호의숙을 다녀오던 길이었다.

10살을 막 지났을 때였다. 급히 사랑채로 들자 할아버지가 인사를 올리라고 일렀다. 주원은 사랑채 윗목에 앉은 사내에게 넙죽 큰절을 올렸다. 그리고 조심스럽게 머리를 들었다.

사내는 머리를 깎은 모습이 젊은 스님처럼 보였다. 옷은 남루했으며 핏기 없는 깡마른 얼굴이었지만 강단이 가슴에 묻혀있었다. 게다가 단호한 성격이 고스란히 그의 눈빛에 녹아있었다.

맑은 눈동자가 선연히 살아있었다. 깊은 눈빛에서 사물을 뚫어보는 안목이 보였다.

"네가 주원이냐?"

곡차 잔을 들며 조용하게 물었다.

"그러하옵니다."

"허 고놈……. 큰일을 할 놈이구먼."

사내는 흐뭇한 표정을 지으며 주원을 내려다보았다.

"우리집안 대들보일세. 그대가 잘 돌봐주시게."

남명선은 낯선 사내에게 정중하게 당부했다. 그가 환갑을 바라보는 나이였고 사내는 아직 20대 중반쯤으로 보였음에도 남병사는 조금도 하대하지 않았다.

"여부가 있겠습니까. 병사어른 손자시라면 이 나라 동량으로 키워야지요."

사내는 곡차를 한 모금 들이켜고 말했다.

뒷날 알았지만 그가 만해 한용운이었다. 남주원은 만해가 집안에 올 때마다 예를 갖추어 인사를 올렸다. 그가 원체 큰 가슴을 지닌지라 남명선은 나이 차이가 크게 났지만 특별히 예우를 다했다.

주원은 알게 모르게 만해에게 많은 영향을 받았다. 절대자유를 지향하는 점이나 인본을 근간으로 하는 평등과 평화를 공영의 가치로 삼은 일도 그에게서 배운 생각이었다.

세상 돌아가는 이치며 일제의 조선에 대한 압제 허구성 등도 만해를 통해 깨우쳤다. 그가 스님의 신분이었지만 투철한 민족의식은 따를 사람이 없었다. 주원은 그런 만해를 존경했으며 늘 그를 배우고자 했다.

남주원이 자별하게 지낸 또 다른 인물은 백야 김좌진과 한훈이었다.

백야는 나이가 네 살 위라 형처럼 대했다. 게다가 백야의 부인은 해주오씨 오숙근이었다.

남주원의 부인도 같은 종씨인 오원근이었다. 부인들이 자매는 아니었지만 같은 성씨에 항렬이 같다보니 이들도 자매처럼 지냈다. 그러니 백야와 남주원은 누구보다 가까웠다.

백야 역시 홍성에서 경성에 오를 때면 남명선 병사어른을 찾아 인사를 올렸다. 그럴 때마다 세상 돌아가는 얘기를 전했다. 백야도 남병사 어른의 뜻을 새기며 그의 집에 유숙하곤 했다.

청양사람 한훈은 야음을 틈타 쥐도 새도 모르게 집을 드나들었다. 식솔들조차 그가 드나드는 걸 아는 사람이 없었다.

늦은 밤에 담을 넘어와 이른 새벽 사라져 갔다. 소리도 없었다. 주원이 자고 있는 사이 사랑방에 들어와 있을 때도 있었다. 그와는 방에 불도 밝히지 않고 얘기를 나누었다. 식솔들이 모르는 게 당연했다. 그도 세 살 위라 형처럼 지냈다.

그는 홍주의병 간부 출신으로 광복단 기호지방의 책임자를 맡고 있었다. 그를 만나기 전에는 남주원도 비밀조직의 실체를 알지 못했다.

하지만 그가 연기처럼 집을 드나들면서 알게 되었다. 물론 극비였다. 그를 만난다는 자체가 위험한 일이었다.

광복단은 비밀, 암살, 폭동을 주목적으로 세워진 극비 광복단체였다. 투쟁방법도 부호들의 의연금이나 일본인이 불법 징수하는 세금을 압수하는 걸 기본으로 했다. 이 돈으로 무장을 준비하고 남북만주에 사관학교를 설립하여 독립전사를 양성한다는 계획을 가진 단체였다.

무장투쟁세력은 의병과 해산군인, 만주이주민을 훈련시켜 활용하며 중국과 러시아의 무기를 구입하여 무장시키겠다는 방략도 가지고 있었다.

또 일체의 연락기관을 북경과 상해 등지의 여관과 광무소를 이용하고 있었다. 특히 광복단은 일인고관이나 한인반역자를 수시 수처에서 처단하는 행형부를 두고 있었다. 때문에 한인부호들이나 친일인사들의 간담을 서늘하게 하고 있었다.

서산, 당진에도 행형부 이름만 들으면 오줌을 지릴 만한 이들이 몇 명 있었다. 대호지에서는 남주원이 젊은 나이에 원체 부자였음으로 항상 그들의 관찰선상에 올라 있었다. 하지만 한호가 형제처럼 지냄으로 비켜나 있었다.

"형님, 일전에 일경에게 들었소. 아산 도고면장 박용하 살해사

건이 비밀단체에서 일으킨 거라면서요?"

목소리를 죽이고 어둠 속에서 나직하게 물었다.

"그 일도 누구의 소행인지 밝혀지지 않았을 터인디 천하의 배신자 이종국이란 놈이 17년 12월에 천안경찰서에 밀고함으로써 우리 조직이 노출됐구먼. 그 일로 많은 어려움을 겪고 있는 거여."

"……."

"솔직히 그뿐이 아니여. 보성과 벌교의 부호 양재학과 서도현을 참살한 일도, 칠곡의 악질 대지주 장승원 처단도 우리 행형부가 혔지. 악질 반역자들이라 민족의 이름으로 처단한 거여."

한훈이 어둠 속에 주원을 물끄러미 쳐다보며 힘주어 말했다. 그 말을 듣는 순간 주원도 소름이 오싹 돋았다.

"우리는 대한의 국권을 회복하기 위해 죽음으로써 원수 일본을 완전히 몰아내기로 천지신명께 맹세한 단체인 거여. 뭐가 두렵것나. 반역자들은 적극 처단할 생각을 가지고 있으나 조직이 노출되어 한동안은 숨어있을 생각이구먼."

한훈은 주원에게 조국의 독립에 대한 관심을 거듭 당부했다. 일제는 언젠가 이 땅에서 물러날 수밖에 없으며 그렇게 되면 우리 민족만의 국가가 만들어진다고 힘주어 말했다.

그날을 위해서라도 재산 일부 희사를 요청했다. 그 일은 독립자금과 독립군 군자금에 대한 지원 요청이었다. 노출되면 대단히 심각한 문제가 발생하기에 남주원은 쥐도 새도 모르게 그에게 자금을 지원했다.

그와의 만남은 바람처럼 이루어지고 있었다. 근자에는 그가 몸을 피해 중국 상해로 들어갈 때도 남병사 댁을 들렀다.

▫ 비밀결사

　남주원은 밖을 의식해서 사랑방 윗목에 앉아 있었다. 남포 불이 환하게 방안을 밝히고 있었다.
　사랑방에는 남상직과 면 저축조합서기 이대하 그리고 그의 4촌인 이두하가 미리 와 있었다. 남상락과 남주원의 어린 삼촌 남계창도 뒤이어 들어왔다.
　지난 3월 1일. 경성에서 만세시위를 지켜본 이들이 다시 한자리에 모이고 있었다. 그들은 하나같이 시국에 대한 걱정으로 마음이 편치 않은 눈치였다.
　남주원이 이들에게 술을 권했다. 술잔의 따뜻한 기운이 방안에 번졌다. 따끈하게 데운 청주가 이른 봄에 몸을 녹이는 데는 그만이었다. 온몸을 나른하게 풀어주었다. 게다가 군불을 지핀 탓에 온돌이 뜨끈하게 달아올랐다.
　"술맛이 제법이구먼 그려."
　남상락이 따끈한 청주 잔을 들고 입술에 적시며 맛을 다셨다. 남주원과는 어린 시절부터 도호의숙에서 함께 공부한 친구였다. 그가 나이는 한살 많았지만 남주원이 일찍 공부를 시작하는 바람에 같이 다녔다.

"새로 빚은 술이라. 맛이 좋아서……."

남주원이 술잔을 들며 말을 거들었다.

술 향기가 방안에 가득했다. 남계창은 아직 열일곱이었지만 남주원의 삼촌이라 윗자리에 앉았다.

이두하는 형들 옆에서 고개를 돌리고 조심스레 술잔을 기울였다. 그는 막 스물이 된지라 말석에 앉아 잔을 받았다.

이들은 잔을 나누며 술맛에 대해 담소가 오갔다. 그때 문밖에서 헛기침 소리가 들렸다.

남주원이 사랑방 문을 열자 남상돈이 흰 두루마기를 걸치고 서 있었다.

동생인 남상락이 자리에서 벌떡 일어나며 자리를 안내했다. 남주원과 다른 유생들도 일어나 그를 맞았다.

그는 이날 모임에서 나이가 가장 많은 맏형이었다. 서른 두 살이었다. 이대하가 서른한 살로 두 번째였으며 남상락이 스물여덟이었다. 남상직은 이제 스물다섯이라 중간쯤이었다.

집주인 남주원은 스물일곱이라 나이로는 서열이 빠른 편이었다. 더욱이 그는 의령 남씨 가계에 '원'자 돌림을 쓰고 있었다. '상'자 돌림에 비하면 중조부 벌쯤 되었다.

그래도 어린 시절부터 함께한 사이라 말은 트고 있었다.

남상돈은 몸을 후루룩 털고 사랑방으로 들어섰다.

"다들 오셨구먼. 내 좀 늦었네."

그는 주원과는 어릴 때부터 허물없이 지내온 사이였다. 남상돈이 자리에 앉자 술상을 가운데 두고 둘러앉았다.

"형님 오시기 전에 한잔하고 있었소이다."

남주원이 남상돈에게 술잔을 권했다.

"좋지. 이런 날씨에는 술이 제격이잖여."

이른 봄이라 아직 쌀쌀했다. 따뜻한 술 한 잔이 그리웠다. 주원이 준 술잔을 받아 양손으로 잡고 손을 녹였다. 일찍 온 동생 남상락과 이대하도 술잔을 기울이며 향을 즐기고 있었다.

벌써 볼이 볼그닥닥 달아올라 있었다. 술잔이 한 순배 돌고 각 집안의 대소사에 대한 이야기가 끝나자 자연스럽게 시국에 대한 걱정이 안주거리가 되었다.

남상락이 먼저 화두를 던졌다.

"이게 사람 사는 세상이유. 왜놈들은 걸핏하면 매질이고 말이유. 도이리 사는 남상민이라고. 우리 일간데. 엊그제 경찰서 끌려가서 우신매 30대를 맞고 나왔시유. 반죽음이 됐지유. 엉덩이 생살이 찢어지고 껍질이 벗겨져 걷지를 못했구먼유. 천의 장터에 나갔다가 왜놈 순사 비위를 거슬렀다는 이유지유. 생트집을 잡은 거지유, 말이 되는 거유? 이러다 조선 사람들은 씨가 마를지도 모를 일이유……. 참으로 답답한 현실이구먼유."

그는 길게 한숨을 내쉬고 청주를 들이켰다. 취기가 감도는 낯빛이었다. 술기운이 오른 남상직이 맞장구를 쳤다.

"그뿐이 아니유. 아랫마을 김서방도 밭을 가로질렀다고 우신매 15대를 맞았다는 구먼유. 왜놈들 마음대로지유. 지난겨울에는 우리 마을 장서방이 전봇대 옆에서 연을 날렸다고 우신매 30대를 맞았시유. 말이 되는 소리유?"

"누군들 그러지 않겠는가."

남주원이 무겁게 입을 열었다.

"왜놈들 손에 놀아나고 있는 현실이 답답하오. 나라 빼앗긴 백성의 설움이 말이 아니오. 무슨 염치로 조상을 뵙겠소."

남주원이 잠시 목을 축인 다음 말을 이었다.

"어제 오늘 일이 아니오. 벌써 10년 세월을 그렇게 살았소. 왜놈들 눈치 보며 사는 일도 신물이 나오."

"주원이 자네가 그 지경이면 일반 백성들은 오죽하겠는가. 토지조사를 한다고 등재되지 않은 토지는 모두 수탈하고. 조상 대대로 내려온 토지를 왜놈들에게 빼앗긴 사람들이 얼마나 많은가. 장정리 사는 조서방은 앞들이 대대로 내려온 그 집 논이었는데 면에 등재하지 않았다고 모두 빼앗아 갔다는구먼. 날강도가 따로 없는 거여. 글 모르는 사람이 다반산데 어떻게 등재를 한다는 거여."

옆에 앉아 있던 남상락이 길게 한숨을 내쉬며 술잔을 들이켰다.

"그동안 조상께 물려받은 땅 떼기는 가지고 있었는데 왜놈 10년 세월에 이제는 모두 남의집살이가 됐구먼."

술판이 얼큰하게 달아오르자 일제의 성토장이 되었다. 하나같이 거품을 물었다. 매질에 수탈은 기본이었다. 어느 한 구석 당하지 않은 사람이 없었다.

고명식은 그해 마흔일곱 살로 주원의 집 가작에 살고 있었다. 그는 본래는 서산에서 자경농으로 있었다. 조상 대대로 물려받은 땅을 부치며 살았다.

하지만 일제가 서산에 들어오면서 땅을 빼앗겼다. 토지조사를 하면서 면에 땅이 등재되지 않았다는 게 사유였다. 여러 경로를 통해 항의했지만 돌아온 결과는 매질뿐이었다.

　일제에 항거했다는 연유로 경찰에 끌려가 우신매 60대를 맞고 죽다 살았다. 엉덩이 살이 모두 벗겨져 걷지도 앉지도 못했다. 겨우 겨우 살아남았다. 그 바람에 집안은 풍비박산이 났다. 졸지에 소작농으로 전락한 그는 집안을 건사할 힘조차 없었다. 병에 걸린 아내는 시름시름 앓다 먼저 갔다.

　딸자식 둘은 남의집살이를 보냈다. 죽지 못해 살던 그가 새 삶을 얻은 건 남주원의 집에 들면서였다. 딱한 사정을 듣고 주원이 그에게 손을 내밀었다.

　그렇게 산 날이 10년 세월이었다. 남주원의 집에 와서 새장가도 들었다. 그의 아내도 아픔이 많은 사람이었다.

　그녀는 심씨였다. 그해 마흔이었다. 본래 공주 정안면 사람이었다. 조금리로 시집와서 살고 있었다. 그의 전남편은 조상 대대로 물려받은 땅을 일제에 수탈당하고 미쳐버렸다. 매일 산으로 들로 실없는 노래를 부르며 돌아다녔다. 집에도 돌아오지 않았다. 그렇게 살기를 한해쯤 됐을까.

　어느 날 대호지만에 사람이 떠올랐다. 사성리 마을이 발칵 뒤집혔다. 그곳 사람들이 나가 그를 건져 올렸다. 그녀의 남편이었다. 벌써 8년 전 일이었다.

　하늘이 무너지고 땅이 꺼지는 아픔이었다. 그래도 살아야 했다. 그녀는 어린 아들을 들쳐 업고 혼자 살았다. 남의집살이도 했다. 고단한 노동에 젖이 나오지 않았다. 그해 아들도 젖배를 곯아 애비를 뒤따라갔다.

　심씨는 남편도 잃고 아들도 잃었다. 미친년처럼 떠돌이로 살았다. 그러다 사성리 남병사 댁에 들렀다 그곳에 눌러 앉았다.

　아래채에서 허드렛일을 하며 살았다. 그러다 고씨와 눈이 맞았다. 그도 사별한 처지라 외로운 사람끼리 서로 몸을 기댔다.

　그렇게 살기를 벌써 7년이 지났다.

　지금도 조금리 행팽이골에 나가면 가슴이 아렸다. 먼저 간 남편도 그렇지만 아들이 늘 눈에 밟혔다.

　행팽이골이 내려다보이는 언덕에 아들을 묻어두고 단 한 차례도 잊은 적이 없었다. 장날 조금리에 나가는 날이면 늘 그곳에 들렀다. 떡이라도 생기면 무덤가에 가져다 놓고 속이 후련해질 때까지 울었다.

　울고 울다 지치면 노래를 불렀다. 노래라기보다 흥얼거렸다.

　　아리랑 아리랑 아라리요
　　아리랑 고개를 넘어간다.
　　앞산에 소쩍새 구슬피 울고
　　보릿고개 피바람 배곯이 나네
　　대호지 뻘밭에 바람이 불면
　　밤고개 떨어진 밤 새싹이 돋네
　　꽃이 피고 새 울면 봄날이 오고
　　집나간 우리 낭군 돌아나 온다
　　행팽이골 올미가 알알이 차면
　　배곯이에 새끼무덤 떡해다 주세
　　엄동설한 세간살이 서글퍼 우니
　　절골에 범난골에 훈풍이 부네.

갈잎에 대닢에 떡갈닢 우에
어여쁜 우리낭군 안아나 보세
아리랑 아리랑 아라리오
아리랑 고개를 넘어간다.

그녀는 아직도 남편이 된 고씨에게 속 시원히 털어놓지 못했다. 그렇다고 고씨가 그 이야기를 마다하지는 않겠지만 무거운 이야기를 하고 싶지 않아서였다. 그녀도 언젠가는 해야겠다고 생각했다. 아들 무덤가에서 울고 온 날은 왜 그리 얼굴이 어둡냐고 물었으므로 답을 하긴 해야 할 판이었다. 남편도 비슷한 아픔을 안고 있기에 서로 아픈 구석을 만지고 싶지 않았다. 따져 묻지도 않았다.

남주원의 집에 살고 있는 많은 식솔들의 속속을 들여다보면 아프지 않은 손가락이 없었다. 미치지 않고 사는 게 다행이었다.

그들뿐만이 아니었다. 온 면민들이 다 그러했다. 우신혁편을 맞고 죽은 이들도 한둘이 아니었다.

사성리 사람 김씨도 매를 맞아 골병이 들었다. 그는 당진에 나갔다가 대낮에 술을 마시고 일본 순사에게 객기를 부렸다는 탓에 소좆매 30대를 맞았다.

그런데 매 맞은 자리가 덧나는 바람에 살이 썩어 모진 고생을 했다. 뼈까지 썩어드는 바람에 결국 나이 스물 둘에 생을 마감했다. 매를 맞는 일은 죽음이나 진배없었다. 약도 신통치 않아 더욱 그러했다.

살이 썩어 들어가는데 바를 약이라고는 고약이 전부였다. 매의 독을 뺀다고 정낭의 오줌을 마시는 사람도 있었다. 결국 고생고생하다 생을 접고 말았다. 그게 현실이었다.

이런 상황에 남주원이 시위를 거론했다.

"며칠 전 면천보통학교 학생들이 만세시위를 벌였다질 않소. 참으로 장한 일을 어린 학생들이 했다는 생각을 했소. 게다가 조선 천지에 시위가 들불처럼 번지고 있다하오."

남주원이 성토장에 기름을 부었다. 남상돈이 말을 받았다.

"후손들보기가 부끄럽지 않것는가. 우리도 무언가를 혀야지. 우리가 먼저 일어서야 배운 사람으로서 도리가 아닐까 하는구먼."

그는 곧이어 말을 이었다.

"얼마 전에 남씨 종가에서도 이런 얘기가 오갔구먼. 하지만 종손은 나이가 어리고 또 종가가 잘못되면 큰일이라 종손은 배제시키는 게 좋겠다고 의견을 모았네그려. 그러지 않아도 오늘 술 한 잔 하자기에 얘기할 생각이었구먼."

그는 의령 남씨 종가를 걱정하고 있었다.

이대하가 다시 말을 받았다.

"저도 고민이 많았시유. 도무지 제가 무얼 하고 있나. 이런 엄중한 시국에 모른 체만 하면 되는 건가. 배웠다는 자가 이렇게 하는 게 옳은 일인가. 자책감에 마음이 무거웠시유."

이번에는 남상직이 술잔을 내려놓았다. 술기운이 넉넉하게 돌았다.

"온 천하가 야단인데 여기만 조용하면 체면이 서겠시유. 우리도 사람들을 규합해서 거사를 모색해야 하지 않겠시유. 유생들이 앞장서면 주민들이 따르지 않겠시유. 모두 말은 안 해도 속이 부글부글 끓고 있시유."

 그동안 말은 하지 않았지만 모두 한마음이었다. 고통도 같았고 뜻을 품은 바도 다르지 않았다.
 남상락이 술잔을 내리고 가슴속에서 차곡차곡 접은 한지를 꺼냈다.
 "그게 뭔가?"
 주원이 상락을 보며 물었다.
 "일전에 경성에서 가져온 태극기와 독립선언서여."
 남상락은 귀물을 좌중 한 가운데 내려놓고 조심스럽게 폈다.
 "이 귀물 때문에 내 죽다 살지 않았는가."
 그는 그때가 생각났던지 다시 손을 바르르 떨었다.
 모두 술잔을 물리며 펼쳐진 한지를 뚫어지게 내려다보고 있었다. 언뜻 보아 자잘한 글씨가 인쇄된 유인물이었다. 긴장감 속에 눈알이 번득였다. 그의 말대로 태극기와 독립선언서였다.
 남주원이 먼저 독립선언서를 들었다. 그의 손이 바르르 떨렸다. 남포 불에 비추며 천천히 읽어 내려갔다.
 "오등은 자에 아 조선의 독립국임과 조선인의 자주민임을 선언하노라."
 목소리가 잦아들었다. 고개를 돌리고 헛기침을 했다. 눈물이 촉촉하게 젖어들었다. 다시 조용하게 읽어내려 갔다.
 "차로써 세계만방에 고하야 인류 평등의 대의를 극명하며, 차로써 자손만대에 고하야 민족자존의 정권을 영유케 하노라……."
 모두의 가슴속에서 울컥하고 뜨거운 열기가 넘어왔다. 코끝이 시큰하고 눈물이 핑 돌았다. 한참을 읽은 남주원은 고개를 옆으로 돌리고 한쪽 눈에 흘러내리는 눈물을 소매 끝으로 씨익 닦았다. 선언서를 옆으로 밀었다. 남상돈과 이대하가 차례로 받아들었다.

"참으로 귀한 물건이구먼."

이대하는 태극기를 두 손으로 받쳐 들었다.

"사람들을 규합하여 거사를 도모하시지유. 온 조선천지가 난리라 하잖유."

남주원이 단호하게 말했다. 술기운 탓인지 목소리가 올라갔다.

"좋은 말씀이구먼. 구체적으로 어떻게 헐 건지 논의를 함세."

남상락도 얼큰한 얼굴로 술잔을 돌렸다.

이들은 원칙적으로 거사를 추진하자는데 뜻을 같이했다. 어떻게 추진하느냐를 놓고 밤늦은 시간까지 토론을 이어갔다.

유생들을 먼저 규합하여 시위를 벌이자는 의견도 나왔다. 또 유생들이 앞장서고 주민들을 뒤에 세우는 형국을 취하자는 의견도 있었다. 논의가 이어지면서 그래도 한꺼번에 모든 주민들이 들고 일어서야 의미가 있다는데 뜻이 모아졌다.

이들은 목소리를 죽인다고 했지만 취기가 돌면서 쉽지 않았다. 그러면서도 혹 누군가가 밖에서 엿들을 수 있다는 생각에 수시로 문밖 동정을 살폈다.

"대문간에 문간아범을 세워놓았소……."

남주원이 좌중을 둘러보며 안심시켰다.

"그려. 그렇게 허세. 암암리에 사람들을 모으는 방도를 찾아보세."

남상돈이 이날 모임을 결론지었다. 비밀결사를 다짐한 날이었다. 이를 기념하기 위해 모두 의형제를 맺기로 했다. 그리고 잔을 돌려 맹서를 확약했다. 앞으로 소요되는 모든 경비는 남주원이 부담하겠다고 약속했다.

술잔이 몇 순배는 더 돌았다. 거사를 하기로 결정하자 마음이 한결 가벼웠다. 혜택을 누구보다 많이 받은 자로서 아무 일도 하지 않고 시대를 건넌다는 건 비굴했다.

그래서 마음 한편이 무거웠었다. 그런 마당에 나라를 위해 무슨 일인가를 하겠다고 마음먹자 도리어 굴레를 벗어난 기분이었다.

남주원의 사랑채 불은 그러고도 한참이 지난 늦은 밤에야 꺼졌다. 모두 얼큰하게 취한 얼굴에는 독립의 의지가 녹아 있었다.

▫ 천도교 거미줄 연락망

군 천도교 전교사 백남덕은 대호지면 송전리 외딴집에 살고 있었다. 그의 집은 낮은 산을 베고 논 가운데 있었다. 안채가 있고 문간에 사랑채가 달려 있었다. 백남덕의 늙은 아버지가 사랑채에 붙은 건넌방을 이용했다. 아내와 아이들은 안채에서 생활했다.

근자에 천도교 전교사로 임명된 백남덕은 주로 문간 사랑채에 기거했다. 그러다보니 사람들이 드나들기가 좋았다. 주로 그의 집을 드나드는 이들은 이 지역 천도교인들이었다. 그들은 수시로 무시로 사랑채에 들러 늦은 밤까지 이야기를 주고받곤 했다. 천도교인들의 놀이터인 셈이었다. 물론 그곳에서 함께 기도도 하고 교리공부도 했다. 세상 돌아가는 정보도 주고받았다.

　백남덕은 교인들이 돌아간 다음 기름불을 껐다. 어둠 속에 누울 채비를 서둘렀다. 밤이 깊어 조용한 바람소리만 들렸다. 뒤뜰에선 대나무가 우스스 댓잎을 떨며 울었다. 그때 문밖에서 인기척이 났다.

　"밖에 뉘시여?"

　백남덕이 낡은 장지문을 열었다. 무엇도 보이지 않았다. 멀리 검은 들만 어둠에 휩싸여 있었다. 달빛조차 구름에 가려 보이지 않았다. 유난히 캄캄한 밤이었다. 백남덕은 문을 닫고 자리에 몸을 뉘었다.

　"전교사 어른."

　문밖에서 모기만한 소리가 들렸다. 사람 소리가 확실했다. 백남덕은 다시 장지문을 열고 밖을 내다봤다. 그제야 어둠속에 한 사내가 우두커니 서있었다. 건장한 청년의 그림자였다.

　백남덕은 눈을 찌푸리며 자세히 살폈다. 하지만 어둠에 가려 청년의 얼굴은 보이지 않았다.

　"당진교구에서 온 사람이구먼유."

　그는 허리를 굽혀 인사를 한 다음 굵은 목소리로 차분하게 말했다. 그러는 사이 백남덕은 기름불을 붙이기 위해 성냥을 찾고 있었다.

　"불은 밝히지 마셔유. 남의 눈이 두렵구먼유."

　젊은 사내가 조용하게 말했다. 그의 몸에서 열기가 새어나왔다. 머리에서 김이 피어올랐다.

　"그러시게. 그럼 들어오시게."

백남덕은 이부자리를 걷고 그를 사랑채로 맞았다. 여전히 어둠이 가로놓여 형체만 보였다.
"교구에서 전하라는 물건이 있어 급히 달려왔구먼유."
젊은 사내는 가슴속에 묻고 있던 장지를 내밀었다.
"나도 들은 얘기가 있구먼. 손병희 선생님의 특별 하명이란 말씀도……. 우리 교인들이 함께 일어서야지……."
백남덕은 싸늘한 청년의 손을 잡으며 말했다. 밤길을 달려온 청년의 손은 얼음장이었다.
"이 물건은 아주 특별하니 지극히 잘 관리하셔야겠구먼유. 저들이 알면 큰일이쥬. 전교사 어른."
"암. 알구 말구. 그런데 이게 뭐여?"
"독립선언서구먼유. 선생님께서 선언하신 독립선언서 말이여유."
"그려? 그 귀한 물건을 이리 가져오셨단 말이여?"
백남덕의 손이 바르르 떨렸다.
"특별히 관리하셔야 해유."
청년은 두 번 세 번 신신당부를 했다. 이어 자리에서 일어났다.
"저는 이만……."
"몸을 녹이고 가지 않구……."
청년은 장지문을 열었다. 그는 주변을 살핀 다음 어둠 속으로 사라져 갔다. 기름불도 켜지 않고 나눈 대화였다. 그가 어떻게 생긴 청년인지도 알 길이 없었다. 그 뜻만을 전해 들었다.
백남덕은 그제야 밖을 둘러본 다음 기름불을 켜고 독립선언서를 들어 보았다. 손이 떨리고 맥동질이 가슴 벅차게 차올랐다. 몇 차례 호흡을 가라앉혔다.

"오등은 자에 아 조선의 독립국임과 조선인의 자주민임을 선언하노라. 차로써 세계만방에 고하야……."

숨이 차올라 더는 읽지 못했다. 게다가 누가 밖에서 문틈으로 보기라도 한다면 큰일이었다. 그는 선언서를 접어 이불속에 묻고 문밖을 내다보았다. 아무도 없었다. 길게 숨을 두어 차례 내쉬었다.

보는 것만으로도 가슴이 벅차올랐다. 즉시 다락방 바람벽 종이를 밑에서 뜯고 그 속에 숨겼다. 함지박으로 그 앞을 가렸다. 그리고 자리에 누웠다. 잠이 오지 않았다.

다음날 백남덕은 은밀히 천도교 청년회원인 홍순국을 불러 이웃마을에 사는 이달준과 김장안을 집으로 불러 모았다.

이달준은 1881년생으로 서른아홉의 독실한 천도교인이었다. 그는 송전리에서 농사를 짓고 살았지만 성품이 담백했다. 일찍이 동학에 입문하여 천도교로 교명을 바꿀 때까지 함께한 동지였다. 내공이 만만찮은 사람이었다. 백남덕 전교사는 그를 가장 신임하고 있었다. 작은 사안도 그와 의논하면 마음이 놓였다.

또 열의를 가슴에 담고 있어 마음의 결정만 하면 무슨 일이라도 두려워하지 않았다. 가장 믿음직한 천도교인이었다.

김장안은 1886년생으로 서른넷이었다. 그 역시 일찍이 천도교에 입문하여 나름의 철학을 세운 상태였다.

백 전교사가 이들 두 사람을 불러 모은 건 이런 인품 때문이었다. 김장안은 활달하고 적극적인 성격이라 매사가 시원시원했다. 난관에 봉착할 때 그를 부르면 만사가 해결됐다.

청년회원 홍순국은 이제 막 스물하나에 접어든 젊은이였다. 그 역시 일찍 천도교에 입문했다. 백남덕의 심부름꾼이나 다름이 없었다.

송전리의 거의 모든 주민이 천도교인들이기에 수시로 연락을 할 때마다 그가 도움을 주었다. 그날도 홍순국이 이들을 불러 모았다.

백 전교사는 이들과의 논의를 가장 미덥게 생각했다. 내심을 전할 때는 이들을 불렀다.

"간밤에 말이여. 교구장님의 전갈을 받았구먼."

백남덕은 담뱃대를 물며 말했다. 그는 한손으로 연신 곰방대에 불을 붙이고 연기를 빠끔빠끔 피워 물었다. 그럴 때마다 양 볼이 오목하게 빨려 들어갔다.

"손병희 선생님께서 민족대표로 이 나라 독립을 선언하셨다질 않는가. 이참에 우리 천도교인들이 주도권을 잡고 독립시위를 펼쳐야 할 일이여. 전국 교도들이 모두 동참키로 혔구먼. 이런 마당에 우리 관내가 빠지면 안 되는겨. 그렇구말구. 우리도 관내를 중심으로 차질 없이 거사가 진행되도록 연락을 취해야 할 거여. 그렇지 않은겨?"

곰방대로 재떨이를 두드리며 말했다.

"옳으신 말씀이지유. 선생님께서 민족을 대표하여 독립을 선언허셨는데 우리가 가만히 있으면 안되지유. 이참에 독립을 허야지유. 왜놈들의 압제 속에 언제까지 살겠시유. 개, 돼지만도 못한 대접을 받으며 사느니 죽는 게 낫지유. 이천만 민중이 들고 일어나 독립을 이뤄야 하는구먼유. 가장 앞자리에 우리 천도교인들이 서야지유. 암유."

김장안이 입술을 다부지게 깨물었다. 그는 큰 손을 굳게 쥐고 있었다.

"그럼, 정미면과 성연면은 제가 연락을 취하겠시유. 내일까지는 전부 연락을 하겠시유."

이달준이 입을 다시며 말했다.

"그려. 정미면과 성연면은 달준이 자네가 맡아 주시고, 장안이 자네는 말이여. 대호지 교도들에게 연락을 취해주시게. 순국이 자네는 이 지역 청년들을 중심으로 연락을 취하도록 허게. 아시것는가."

백남덕은 업무를 지시하고 간밤에 입수한 독립선언서를 그들에게 나누어 주었다.

"이건 중앙에서 내려온 아주 특별한 귀물이여. 모두 소중하게 다뤄야 할 거여. 자네들만 품고 있게나. 남들 눈에 뜨이면 큰일이여. 각별히 주의허시게."

백남덕은 세심한 주의를 거듭 당부했다.

"그런데 거사 날짜는 정하셨시유?"

이달준이 독립선언서를 가슴속에 깊이 묻으며 물었다.

"뜻이 모이는 대로 정허세. 아니면 혹 중앙에서 날짜가 내려올 수도 있고 말이여…… 장소는 여기보다는 장날 천의장터가 좋을 거여. 여기서 가까운 곳이 그곳 아닌가. 그다음 당진읍내로 쳐들어가는 거여. 만약 중앙에서 얘기가 없으면 말이여. 그때 논의를 허세."

"그러시지유."

최대한 목소리를 낮추고 조근조근 속뜻을 전했다. 백남덕의 주문에 이들은 동의했다. 곧바로 관내 교인들에게 백남덕의 뜻을 전하기로 하고 문간방을 나섰다.

　천도교인들은 조직이 남달랐다. 이들이 중앙의 뜻을 전달하면 곧바로 거미줄처럼 연결된 연락망이 가동됐다.

　점조직으로 움직이는 특수조직이었다. 세 사람이 늦은 밤까지 거점 신도들의 집을 방문하며 연락을 취했는데도 곧바로 전체 천도교인들에게 상황이 전달됐다. 결속이 강해 말이 밖으로 샐 염려도 없었다.

▫ 명주에 수놓은 태극기

　도이리 집으로 돌아오는 길에 남상락은 많은 생각을 했다. 앞으로 중차대한 일을 벌여야 했으므로 이를 부인에게도 알려야 한다고 생각했다.

　무슨 일이 어떻게 벌어질지 모를 일이었다. 독립운동은 간단한 일이 아니었다. 대단한 모험이었다.

　경성에서 만세운동을 벌이던 민중들이 얼마나 잔혹하게 일제의 만행에 노출되었는지를 직접 두 눈으로 똑똑하게 본 남상락이었다. 그런 과정이 자신에게도 반복될 수 있다는 생각을 했다. 한편으로 두렵고 떨리는 일이었다.

　다른 한편으로 이 나라 양반으로서 또 유생으로서 당연히 해야 할 일이라고 생각했다. 혹렬한 상황이 다가온다 할지라도 감내해야 한다고 다짐했다.

게다가 도호의숙에서 동문수학한 동지들과 뜻을 같이하기로 맹세했다. 그 속에는 형 남상돈도 있었다. 동지들과 의형제를 확약하고 돌아왔기에 이미 화살은 시위를 벗어났다고 생각했다. 그래서 더욱 부인에게 알리기로 마음먹었다. 아무것도 모르고 일을 당하게 할 수는 없었다.

집에 돌아온 즉시 부인과 마주 앉았다. 비장한 표정으로 무겁게 입을 열었다.

"부인 보시유. 긴히 드릴 말씀이 있시유."

남상락은 굳은 표정으로 부인 구홍원의 손목을 잡아당겼다. 구홍원은 참으로 오랜만에 잡혀보는 손목이라 기분이 이상했다. 하지만 표정으로 미루어 심상찮은 일이 벌어지고 있음을 직감했다.

"어인 말씀이신디?"

그녀는 남상락이 이끄는 대로 그의 앞에 다소곳이 앉았다. 돌이켜보면 이렇게 마주한 자리도 오랜만이었다. 남편이 밖으로만 나도는 사람이라 그러려니 했다. 게다가 그가 시문학을 좋아하고 사람 만나는 일을 즐기는 낭만적인 삶을 흠모하는지라 가는 길을 막고 싶지는 않았다. 일제치하의 답답한 현실 속에서 그렇게라도 하지 않으면 미쳐버릴지 모른다는 생각도 했다.

자유분방하고 섬세한 성격의 소유자인 남편이 모진 세월을 만나 바람처럼 살고 있는 모습이 안타까웠다. 도리어 그렇게 살도록 뒷바라지를 충분히 하지 못하는 자신이 송구하다고 생각했다. 그런 와중이라 더욱 고개를 들기가 민망했다. 구홍원은 눈을 아래로 지그시 내리고 남상락의 말에 귀를 기울였다.
"오늘 참으로 중요한 결정을 하였오. 조만간 조선독립을 위해 거사를 벌이기로 했는디. 그 일이 벌어지면 어떻게 될지 아무도 모르지유. 해서 드리는 말씀인데 마음을 단단히 잡수시고 혹 좋지 않은 일이 있다 혀도 놀라지 마시유."
"……."
구홍원은 말이 없었다. 눈만 지그시 감고 있었다.
"내가 하는 일은 그리 중하지 않으나 함께하는 이들이 매우 중한 일을 할 거유……. 그러면 훗날 내게도 화가 미칠 거유. 그때 임자는 무조건 모른다고 해야 허요. 그래야 이 집안을 건사할 수 있소이다. 아시겠수."
"……."
"어째 아무런 말씀이 없수?"
그제야 구홍원이 조근조근 입을 열었다.
"서방님께서 나라를 위해 큰일을 하신다는디 어째 아녀자 된 도리로 무신 말을 하것시유. 잘 생각하셔서 헛일이 되지 않도록 하시라는 말씀 외에 드릴 말씀이 없구먼유. 부디 너무 상하시지 않도록 유념허세유."
구홍원은 담담하게 앉아 있었다. 그녀의 말에 용기를 얻은 남상락은 얼굴을 폈다. 의외의 대답이었다. 가슴 아프도록 애절하게 만류한다면 어쩔까. 고민이 많았다. 말을 하지 않고 모른 체하고 넘길까도 생각했다. 부인에게는 그래서는 안 된다는 생각에 참으로 어렵게 말을 꺼냈다. 그런데 담담하게 자신을 믿어주는 부인이 감사했다. 남상락은 다시 부인의 손을 꼭 잡아주고 사랑방으로 내려왔다.

 구홍원은 그날부터 할 일을 스스로 찾았다. 자신도 낭군을 도와 무엇인가를 해야겠다고 마음먹었다. 그것이 낭군을 위하는 일이고 나라를 위하는 길이라면 더욱 그러했다. 하루 밤을 곰곰이 잠도 이루지 못하고 생각에 골몰했다. 무슨 일을 해야 도움이 될까.

 새벽녘이었다. 날이 막 밝아올 즈음이었다. 붉은 기운이 봉창을 물들였다. 방문을 열었다. 동녘에 붉은 기운이 서려있었다. 햇살은 동쪽 하늘을 물들이며 번져왔다.

 반면 이른 봄날의 새벽하늘은 더없이 푸른 기운이 치솟고 있었다. 별빛마저 반짝이는 새벽의 아침. 조용한 바람이 귓가를 스치며 지났다.

 갑자기 남편이 경성을 다녀오면서 남포에 숨겨놓은 태극기가 떠올랐다.

 그녀는 방문을 안으로 걸어 잠그고 머리맡 시렁에 올려놓았던 남포를 내렸다.

 조심스런 물건이라 애기처럼 다루었다. 먼저 높이 올라 선 호야를 내리고 남포의 심지부를 뽑아 올렸다.

 목이 긴 대통 속에 태극기가 들어 있었다. 그것을 방바닥에 펼쳤다. 빨간 양방과 파란 음방이 꼬리를 물고 휘돌아야 할 태극이었다. 하지만 그것은 판화로 찍어낸 흑백 태극기였다.

 음과 양의 조화가 만물을 생성하는 근본의 표현이 태극이라 배웠다. 그것을 담아낸 그릇이 태극기가 아닌가. 그런데 청과 홍이 없으니 반쪽 태극이었다. 청과 홍으로 장식한다면 더없는 아름다움이라 생각했다.

네 괘도 범상치 않았다. 도리어 고상하고 거룩했다. 건곤감리. 하늘과 땅과 물과 불. 아비와 어미와 아들과 딸. 태극이 가장 기본으로 나타낸 현상이 하늘과 땅과 물과 불이었다. 그것을 보고 있자니 외줄기 눈물이 주르륵 흘러내렸다.

구홍원은 자신이 할 수 있는 일이 바로 이 일이라고 생각했다. 그녀는 방문을 안으로 걸어 잠그고 자수대 위에 하얀 명주 천을 팽팽하게 걸었다. 그곳에 찍어낸 태극기를 올려놓고 바늘로 밑그림을 새겼다.

잔구멍을 뚫어 명주에 흔적이 남도록 한 다음 그 흔적을 따라 그림을 그렸다. 초안이 만들어졌다.

구홍원은 양방은 홍색실로 음방은 청색실로 촘촘하게 수놓았다. 건곤감리. 네 괘는 검정실로 수놓아 문양을 만들었다. 테두리는 바느질로 꼼꼼하게 마무리했다. 태극기를 만드는 데 하루 낮 하루 밤을 꼬박 지새웠다.

그 다음날 그녀는 퀭한 얼굴로 남상락과 마주앉아 그에게 곱게 접은 명주를 내밀었다.

"이게 뭐이오?"

남상락은 정성스럽게 접힌 명주를 받아 천천히 폈다. 그곳에는 정성으로 수놓은 태극기가 놓여 있었다.

하얀 명주의 살결 위에 수놓은 양방과 음방이 홍색과 청색으로 아름답게 피어나고 있었다. 네 모퉁이를 장식한 괘는 단단하게 태극을 받치며 강건한 기상을 피워 올렸다.

남상락은 벌어진 입을 다물지 못하고 부인과 태극기를 번갈아 보았다.

"부인 참 대단하시구려. 어째 이런 생각을 다 허셨수. 참으로 장하구먼."

남상락은 그녀의 손을 꼭 잡아주었다.

"나라를 위해 큰일을 하시는데 이쯤이 무슨 대수겠소. 부디 이 태극기를 품에 안고 가시어 무사 건강하셔유."

구홍원은 자신이 만든 태극기를 남상락의 두루마기 가슴 안쪽에 곱게 달아주었다. 남상락은 오른손으로 자신의 가슴 위에 손을 올려보았다. 가슴이 더욱 뜨겁게 달아올랐다.

5. 기사모의

□ 제사 뒤풀이 날

1919년 3월 20일.

사성리 남병사 댁에서는 하루 종일 고소한 기름 냄새가 담을 넘어왔다. 이집 주인 남주원의 조부 남명선의 제사 다음날이었다. 오가는 길손들이 집에 들러 한술 얻어들고 가는 이들이 많았다. 그러다보니 식솔들은 하루 종일 바빴다.

부잣집 제사 다음날은 온 마을이 풍성했다. 이집 저집 마을사람들이 문간에 와서 배불리 먹었다.

물론 오후에는 고등계형사 김학봉이 다녀갔다. 그가 대호지면과 정미면 담당이어서 남병사 댁을 특별 관리하고 있었다.

남주원과도 겉으로는 자별하게 지냈다. 주원은 그가 역겨웠지만 내색하지 않았다. 그들의 세상이라 어쩔 도리가 없었다. 그가 집에 찾아오면 미리 준비한 봉투를 들려 보냈다.
 때문에 그는 한 달에 한 번은 남병사 댁에 들러 봉투를 챙겨갔다. 주원도 그가 집안에 드나드는 많은 사람들을 밀고하지 않기를 바라는 마음에서 거마비를 챙겨주었다. 또 데리고 있는 식솔들의 안녕을 위해 어쩔 도리가 없었다. 약효는 한 달이었다. 그래서 매달 일정액을 상납했다.
 해질녘이 되자 사랑채가 분주해졌다. 아랫사람들이 큰 상을 들고 오갔다. 부엌에서는 음식을 장만하느라 칼도마 두드리는 소리가 요란했다. 전을 부치는 아낙들의 손길도 부산스러웠다.
 음식이 나오고 술 주전자가 뒤따라 나왔다. 상다리가휠 정도는 아니었지만 그래도 근자에 보기 드물게 음식이 유여했다. 남주원은 조부 남명선의 제사 음식으로 가까이 지내는 이들을 불러 나누겠다고 방을 했다.
 사랑채로 사람들이 모여들고 상이 차려졌다. 그들은 손에 약주를 들고 오거나 혹은 달걀꾸러미 등 가벼운 선물을 들고 들어왔다.
 장닭의 날갯죽지를 잡고 오는 이도 있었다. 누가 보아도 제삿날 음식이 풍후했다..
 남상돈이 뽀얀 두루마기를 걸치고 들어왔다. 곧이어 남상집이 잇따라 솟을대문 문지방을 넘었다. 모두 두루마기를 걸치고 흰 고무신을 신었으므로 그들이 들어설 때마다 문간이 훤하게 밝았다. 그들은 십리정도 떨어진 도이리에서 고개를 넘어오는 길이었다.
 남상집은 무과출신 남진희의 장남으로 1890년생이었다. 서른에 접어든 나이였다. 그는 도이리에서 농사를 짓고 있었지만 명문가의 자식이었다.

장정리에 사는 면 저축조합서기 이대하가 조금 늦게 남병사 댁을 찾았다. 그도 십리 남짓 길을 걸어오는 터라 숨이 가빴다.

그들은 서로 가벼운 담소를 나누었다. 그리고 얼마지 않아 멀리 두산리에 사는 이춘응이 건장한 모습으로 들어왔다.

남주원, 이대하, 남상돈, 이춘응이 모두 도호의숙 동문이었다. 그는 땀을 뻘뻘 흘리고 있었다. 두산리에서 월망산을 돌아 남병사 댁으로 오는 길이 시오리는 더됐다.

"먼 길을 오시느라 고생했소."

남주원이 그를 반겼다.

"학형을 뵐 마음에 일찍 오려고 집을 나섰는데 지금에야 당도하는구먼."

이춘응은 이마의 땀을 훔치며 사랑채로 들어섰다. 그들은 서로의 덕담을 나누었다. 몇 순배 술이 돌았다. 문밖 저만치에서 검은 그림자가 이들의 동향을 살폈지만 이상할 일이 전혀 없었다.

남주원이 제사음식으로 동문수학한 유생들을 불러 지정을 나누고 있을 뿐이었다. 그때 문밖에서 헛기침 소리가 들렸.

남주원이 자리에서 일어나 사랑채문을 열었다. 그곳에는 조금 남루한 복장에 눈 꼬리가 양쪽으로 처진 사내가 구부정하게 서있었다. 도호의숙 훈장 한운석이었다.

"훈장님 어서 안으로 드시지요."

남주원이 그를 반갑게 맞았다. 다른 유생들도 모두 자리에서 일어나 그를 반겼다. 그는 마흔을 막 넘긴 나이였다. 모인 유생가운데 가장 어른이었다.

 한운석은 본래 홍성군 결성면 금곡리 사람이었다. 만해 한용운 선생과 같은 고향 동갑네기였다. 만해가 여섯 살 때부터 향리 서당에서 10년간 한학을 공부할 때 만난 사이였다. 게다가 만해가 열네 살에 장가를 들고 열여섯에 설악산으로 출가를 할 때 석별의 정을 나누었던 이도 한운석이었다.

 그는 서른일곱 살 되던 해에 홍성에서 도이리로 이사와 도호의숙 훈장으로 학생들을 가르치고 있었다. 그 이전에도 경성을 드나들 때 남병사 댁에 유숙하며 남명선을 간간이 뵈었다. 그래서 남주원과는 남다른 사이였다.

 사실 남주원을 비롯 남상돈 등 대호지면 유생들이 고종황제 인산일에 경성에 올랐을 때도 그가 만해와의 만남을 적극 주선했었다.

 하지만 만해가 3.1만세운동 준비로 경황이 없어 만나지를 못했다. 그를 도호의숙 훈장으로 주선한 이도 만해였다.

 그는 지산 김복한 선생과 만해 등 서부지역 인물들을 잇는 연줄에 매달려 있었다. 인품이 후덕하여 대호지에서도 그를 따르는 유생들이 많았다.

 한운석이 들어와 좌정하자 인사가 오가고 한 순배 술이 돌았다.

 서로 술잔을 주거니 받거니 했다. 웃음소리가 간간이 오갔다. 봄날 모임을 축하하는 한시가 지어졌다. 유생들은 시로 화답하며 서로의 봄맞이를 자축했다.

 전날이 남주원의 조부 남명선 어른의 기일이었기에 그에 대한 이야기도 잊지 않았다.

한운석 훈장은 언젠가 만해 한용운과 함께 병사어른을 만났던 이야기를 영웅담처럼 늘어놓았다. 만해 한용운은 모든 이들에게 존경의 대상이었으므로 그의 말에 귀를 기울였다.

"돌이켜 봐도 병사 어른은 참 대단하신 분이셨구먼. 인품이 넉넉하셨지. 만해도 늘 참 어른이라고 허셨소. 대호지에 그분의 음덕을 입지 않은 사람이 어디 있것는가."

그의 덕담에 모두 고개를 끄덕였다. 남주원은 장지문을 넘어다보며 눈가에 맺히는 그리움을 속으로 삭히고 있었다. 그러면서도 내밀한 이야기는 술상 밑에서 서로 필담으로 나누었다.

남상돈이 작금의 사태에 대해 자신의 생각을 피력했다. 그는 경향각지에서 많은 민중들이 독립만세시위를 펼치고 있는데 유생들이 그냥 있을 거냐는 의견을 내놓았다.

아울러 이미 도호의숙 동문 유생들끼리는 뜻을 같이하기로 결의를 했다는 사실도 알렸다.

옆에 앉아 있던 남주원, 남상락, 이대하, 남상직과 일전에 함께 논의한 사항이라고 덧붙였다. 하나같이 고개를 끄덕였다.

그의 말에 이춘응과 남상집 그리고 면서기 민재봉도 흔쾌히 동의했다.

민재봉은 1890년생으로 도호의숙 동문이므로 그들과 격이 없었다. 이 나라 독립을 위해 무슨 일이라도 해야겠다는 생각이었다.

"학형들과 훈장님을 초청한 일도 이 때문이었습니다."

집주인 남주원이 좌장자리에 앉아 있던 한운석을 보며 말했다.

남주원은 이날 모인 유생들에 비해 서너 살 연하였다. 남상돈이 다시 입을 열었다.

"그래서 드리는 말씀인데. 우리 유생들이 민중들에 앞서 무엇인가는 해야 하지 않것는가 허는 생각에 남주원 선생과 상의하여 이 자리를 만들었소이다."

그의 말이 떨어지기가 무섭게 이대하가 오른손을 들며 말했다.

"거사를 보다 조직적으로 추진하기 위해서는 본격적으로 '독립운동 추진위원회'를 결성하는 게 급선무가 아닐까 하오이다. 조직이 만들어져야 일이 되는 법이니까유."

그의 제안에 모두들 술잔을 돌리며 거칠게 혹은 눈짓으로 동의했다.

남상돈이 술잔을 내려놓았다. 그리고는 자분하게 입을 열었다.

"독립운동 추진위원회? 좋구먼. 다만 사전에 노출되면 필시 일을 그르치지 않을까 우려되네 그려. 그냥 친목 모임처럼 '추진위원회'라고만 허는 게 어떨까 허네."

설득력이 있었다. 독립운동 추진위원회란 말 자체가 무거웠다. 게다가 누설되면 심각한 문제가 야기될 수 있었다. 독립이란 말이 들어간다는 자체가 위험요소였다. 궁지로 몰리면 빠져나갈 구멍이 없었다. 집회의 자유가 박탈당한 상태라 모임을 결성하는 자체가 불법이었다.

"그럼 실제는 '독립운동 추진위원회'로 하되 통상은 '추진위원회'로 하면 어떻겠소이까?"

남주원이 중재안을 내놓았다. 다들 술잔을 들며 화답했다. 필담으로 상 밑을 한 바퀴 돈 한지조각은 화롯불에 불사르며 술잔을 부딪쳤다. 불을 놓아 축배를 올리는 분위기였다.

　추진위원회의 동참자 명단을 적었다.

　한운석, 동강 남상돈, 이대하, 이춘응, 민재봉, 남상집, 남주원. 남주원이 이만하면 되지 않겠느냐고 물었다. 면 토목서기 민재봉이 큰 눈을 두리번거리며 입을 열었다. 그는 더 많은 유생들이 참여하는 일이 중요하다고 말했다. 그는 또 유생들뿐만이 아니라 더 많은 사람들이 참여하도록 문을 열어두자고 제안했다.

　이춘응이 동의하며 말을 거들었다. 추가할 명단을 만들어 보자고도 했다.

　쪽지를 돌렸다. 자신들이 생각한 사람들의 이름을 추가했다.

　나름 의식이 있고 평소 독립에 대한 의지가 있다고 생각하는 사람들이었다. 지극히 주관적이었다. 그래도 한 지역에서 오래 살았기에 서로의 인품을 잘 알고 있었다.

　혹 밀고를 하거나 이중적인 성격의 소유자는 배제시켰다. 모인 이들 가운데 한 사람이라도 이의를 제기하면 그는 빼기로 했다.

　사람을 추천한다는 일은 어려운 일이었다. 겉보기에는 그렇지 않은 사람이 속으로 달리하는 경우도 많았다. 열길 물속은 알아도 한 길 사람 속은 모른다는 말이 있지 않은가.

　그만큼 추천에 신중을 기했다. 이번에 추천하는 인사들은 모두 독립시위를 함께 할 동지들이었다. 그럴 사람만 추천했다. 먼저 남주원이 사성리에 사는 이인정 면장과 남태우를 추천했다.

　남태우는 1880년생으로 남주원보다는 열여섯이 많은 40세였다. 그는 남병사 댁에 같이 살고 있었으며 신분은 양반이었다. 인품이 후덕하고 주변을 살필 줄 아는 사람이었다. 그만큼 믿음이 있었으므로 그를 추천했다. 그리고 조금리에 살고 있는 면직원 송재만을 추천했다.

송재만은 남주원보다 두 살 위지만 성격이 활달하고 부지런했으며 매사에 당당했다. 더욱이 그는 발이 넓어 대호지 면내에서 모르는 사람이 없었다. 남주원은 그와 친구처럼 지내는 사이였다.

도호의숙 동문인 이춘응은 두산리 같은 마을에 살고 있는 김홍진을 추천했다. 김홍진은 1884년생으로 36세였다. 신분은 양반이었다. 여섯 마지기 정도의 농사를 짓고 있었다. 대농은 아니었지만 선비다운 면모를 보이는 사람이었다.

남상돈은 도이리 남인우와 남창우를 추천했다. 남인우는 1886년생으로 34세였다. 양반 신분이었으며 면내에서 둘째가라면 서러울 만큼 민족의식이 분명한 인물이었다. 남창우는 1880년생으로 40세였다. 역시 신분이 양반인데다 꼿꼿하기 이를 데 없는 인물이었다. 일제에 대한 반항심도 남달랐다.

면서기 민재봉은 장정리 사는 김홍균과 조금리에 사는 홍월성을 추천했다.

김홍균은 1870년생으로 50세였으며 열다섯 마지기의 농사를 짓고 있었다. 당시로는 중상정도의 생활을 하고 있었다. 그러면서 민족에 대한 애착이 누구보다 강한 사람이었다. 그러다보니 일제에 대한 반항심도 많았다.

홍월성은 1886년생으로 34세의 평민이었으며 농사를 짓고 있었다. 그럼에도 인품이 단단했으며 모든 일에 담대했다. 내면이 강하고 독립에 대한 생각이 투철했다.

비록 소작농으로 일하고 있었지만 그의 생각은 유수한 양반들보다 탁월하면 했지 뒤지지 않았다. 게다가 그는 힘이 장사였다. 이곳에 모인 이들의 평가였다.

모두 자신들이 잘 알고 있는 인사들이었다. 개별인사에 대한 검증이 이어졌다. 거의 아는 사람들이라 다른 토를 달지 않았다. 모두 추천할 만큼 믿음이 가는 사람들이었다. 별다른 이견이 없었다.

하지만 이인정 대호지면장이 포함된 일에 대해 다들 고개를 갸웃거렸다. 그의 조카 이대하가 함께하고 있어 차마 입을 열지는 않았다.

현직에 있는 면장이 동참한다는 건 현실적으로 어려운 일이란 의견이 많았다. 일부 유생은 일제의 굴속으로 기어들어 가자는 거냐며 반대했다.

당시 거의 대부분의 면장들이 일제의 앞잡이 노릇을 했던 게 사실이었다. 조선총독부의 말단 조직인 만큼 면사무소직원들은 일제의 하수인들이었다.

일제에 비협조적인 인사들을 고발하고 그들을 괴롭히는 일도 서슴지 않았다. 만세시위가 빚어지자 이를 앞장서서 가로막은 이들이 면직원들이었다.

그런 조직이 면사무소 조직이었다. 그런데 그 수장을 독립만세시위의 주체로 동참시키자는 데는 당연히 이견이 생길 수밖에 없었다. 대체로 이인정 면장의 인품이 그러하지 않다는데 의중이 기울었다. 물론 함께 있던 이 면장 조카 이대하의 발언도 중요했다.

"우리 큰아버님은 그런 분이 아니시란 걸 잘 아시질 않수. 그분은 말이유. 35세에 과시에 합격하여 38세에 자인군수를 지낸 분이유. 조카인 저와 자식인 두하에게 우리가 조선민족임을 한시라도 잊어서는 안 된다고 말씀하시는 분이유. 그런 분을 현직에 계신다는 이유만으로 함부로 말씀하시면 듣기가 거북하지유."

이대하가 얼굴을 붉히며 돌아앉았다.

이인정 면장은 1859년생으로 61세였다. 적은 나이가 아니었다. 그는 세종대왕의 다섯째아들 광평대군의 후손이었다. 그의 선친 이택연은 정 3품으로 갑산부사를 지낸 사대부집안이었다. 이대하의 말처럼 그는 35살이 되던 1894년 과시에 합격하여 벼슬길에 올랐다. 38살 되던 1897년에는 자인군의 현감으로 발령받아 1905년 을사늑약까지 재직했다. 지금의 경산시에 속했던 곳이었다. 군수에서 물러난 그는 고향으로 돌아와 1908년 기호흥학회에 몸담았다.

그곳에서 민족이 스스로 강해져야 한다는 민족자강론을 설파하며 교육 사업을 펼쳤다. 그러다 대호지면 초대면장이 된 일은 55세 되던 1914년 이었다.

대호지면이 만들어지면서 군수를 역임하고 행정경험이 풍부한 이인정 군수를 초대 면장에 앉혔던 것이다. 일제가 지역의 선무를 위해 인품이 좋은 그를 임명했던 셈이었다.

"아니여. 어찌 면장님의 인품을 의심하것는가. 다만 현직에 계시니 입장이 난처허시지 않을까 염려하는 거여."

남상돈이 이대하의 무릎을 치며 술을 권했다. 좌중은 때로 심각하게 때로 진중하게 논의를 이어갔다.

"면장님을 추천 한 건 저 올시다."

남주원이 앞으로 나서며 말했다.

"그분을 제가 어릴 때부터 봐 왔지만 참으로 훌륭한 분입니다. 그런 분을 이런 일에 뺀다면 참으로 섭섭하실 거란 생각이 들었소이다. 물론 면장님의 의중을 들어보지 않았지만 모셔야 할 자리라면 마땅히 그분을 모셔야 할 겁니다. 군수를 역임하셨던 분이 대호지 초대면장으로 부임한 건 마지막 여생을 봉사하겠다는 일념으로 봉직하신 거외다. 사심이 있는 분이라면 어찌 고향 면장을 하시겠소이까. 내 명예를 걸고 그분을 추천한 거니 의심치 마셨으면 좋겠습니다."

남주원의 말에 다들 고개를 끄덕였다. 관건은 도리어 이인정 면장이 과연 모임에 동참하느냐는 것이었다. 장담하기 어려웠다. 그가 현직 면장으로 있으면서 거사에 동참한다는 일은 유생들이 생각해도 어려운 일이었다.

하지만 그가 참여한다면 거사는 해보나마나였다. 대성공이 확실했다. 유생들이 나서고 행정당국에서 동참한다면 이번 거사는 누가보아도 역사에 남을 일이었다.

논의가 여기에 이르자 어떻게 하면 이 면장을 이번 거사에 동참시키느냐를 놓고 토론이 벌어졌다. 하지만 그 일을 할 수 있는 사람은 그의 장조카인 이대하뿐이었다.

"학형이 나서는 길밖에 없소. 면장님을 모시는 일은 학형 몫이오."

남주원이 형벌인 이대하를 부추겼다.

"알겠구먼. 큰아버님을 모시도록 노력해보겠네. 허지만 동참하지 않는다고 너무 섭섭해 하지는 말았으면 좋겠구먼. 그분도 입장이 있을 테니까 말이여."

"면직원 송재만에 대해서는 이의가 없습니까?"

남주원이 좌중을 둘러보며 물었다. 그는 이대하와 송재만, 민재봉 등과 허물없이 지내는 사이였다.

송재만은 대호지면사무소 소사로 일하고 있었다. 성격이 좋아 모두 그를 좋아했다. 궂은 일을 마다하지 않았다.

솔선해서 처리하는 성품에 그를 아는 이들은 가까이 하기를 마다하지 않았다. 게다가 부지런했으며 적극적이었다. 무슨 일이든 맡으면 뒷손이 필요 없을 만큼 야무졌다.

"좋소이다."

모두 이구동성으로 내락했다.

"그럼 빠른 시일 내에 이분들과 함께 회합을 갖도록 하시지요."

남주원이 좌중을 둘러보며 말했다. 모두 그렇게 하자고 했다. 날짜는 넉넉하게 잡는 게 좋겠다는 말도 나왔다. 너무 서둘면 생각할 틈이 없어 곤란하다는 게 그들의 생각이었다. 모두 고개를 끄덕였다. 그런데 이대하가 말을 잘랐다.

"아니유. 거사를 모의한다면 단참에 해야 할 일이유. 쇠뿔도 단참에 빼라질 않았시유. 내일이라도 당장 모임을 갖고 구체적으로 추진해야 할 일이유. 조만간으로 미룰 일이 아닌듯싶구먼유."

그는 눈을 똑바로 뜨고 단호한 어투로 말했다. 그의 말이 옳았다. 다음으로 미루면 사전에 발각될 가능성이 많았다. 게다가 일제의 경계가 갈수록 삼엄해지고 있는 마당이었다. 자주 모임을 갖는 일도 불안했다.

"좋소. 그럼 내일 이 자리에 올 수 있는 사람만 회합을 갖도록 합시다. 오늘 추천한 분들은 모두 참석하도록 말씀을 올리도록 하겠습니다."

남주원이 갈무리를 지었다. 술판도 다시 달아오르지는 않았다. 서둘러 모임을 파했다.

▫ 대호지면장 이인정

대호지면 사무소는 작은 유리창을 촘촘하게 배치한 일본식 건물이었다. 현관문을 사이에 두고 양쪽으로 초등학교 교실처럼 창문이 설치되어 있었다.

그 밑으로는 검게 콜타르를 바른 낡은 판자가 우중충하게 외벽을 감쌌다. 자갈을 깔아놓은 넓은 마당이 봄 햇살에 넉넉한 품을 내보였다.

면장실은 현관문을 열고 들어서면 좌측에 있었다. 우측은 면사무소 직원들의 사무공간이었다.

이인정은 면장실 책상에 앉아 서류를 들췄다. 널찍한 책상 위에는 전화기와 약간의 문서들이 책꽂이에 꽂혀 있었다. 근자에 들어 수시로 보고서류가 올라왔다. 그 가운데 면장으로서 가장 중요하게 처리해야 되는 일은 지역 전반에 관한 동향파악이었다.

동향보고란 형식으로 올라온 보고서 가운데 중요사안은 즉시 군청으로 보고하는 게 면장의 주요 책무였다. 평상시에는 한두 건에 불과했다. 내용도 아주 소소한 일들이었다.

관내인 대호지면 송전리로 가는 길목 실개천의 징검다리가 간밤의 비로 떠내려갔다거나 혹은 사성리 마을 앞 장승이 쓰러졌다는 등등.

그런 일들이 다반사였다. 시급을 다툴 일도 없었다. 봐도 그만 안 봐도 그만이었다. 혹 중요한 동향이라면 행정서기가 개별로 보고했다.

하지만 경성에서 3월 1일 만세운동이 발발한 다음부터는 달랐다. 매일 친피라는 글씨가 적힌 봉투가 쏟아졌다.

붉은 글씨가 쓰인 친피는 면장이 직접 뜯어보란 의미로 면 관내에서 올리는 동향보고였다. 게다가 군에서 공유하는 동향 파발도 연이어 내려왔다.

전국적 상황과 군 전체 관리에 필요한 동향이 주를 이루었다. 게다가 인근 지역에서 발생한 근황 등도 책상에 쌓일 정도였다. 여기에다 연신 전통이 떨어졌다. 전언통신문은 통신담당이 올리는 보고서였다.

'지난 3월 1일 경성에서 발생한 불순분자들의 시위가 전국으로 확산세를 보이고 있음. 각별히 주민동향에 유의하고 문제 발생 즉시 인근 경찰서와 공조하여 강력하게 제지할 것. 이상.'

전통은 잠시만 방을 비워도 수북하게 쌓일 지경이었다.

이인정은 면장실 옆에 상황판을 만들어 놓고 지역을 주시하고 있었다. 아직 관내에서는 이렇다 할 조짐이 없었다. 하지만 인근 지역은 달랐다.

'3월 16일. 해미에서 천도교인과 기독교인들 다수가 예배를 끝내고 시위를 벌임. 천도교인들 속에 불순분자들이 많이 파악되고 있느니 각별히 관심을 가질 것.'

'3월 20일. 태안면 일대에 거주하는 천도교, 기독교인이 주동이 되어 시위를 벌임.'

동향보고를 살피던 이인정은 잠시 손을 놓았다. 그동안 보아온 동향으로 미루어 조만간 관내지역에서도 유사한 일들이 번질 공산이 커져가고 있었다. 이런 분위기는 사회 전반에 흐르고 있는 기운이었다.

어디가 먼저냐가 관심사항일 뿐이었다. 대호지면 지도를 지켜봤다. 아직 시위발생지역을 표기하는 인식표를 붙인 곳은 없었다. 하지만 다른 한편 답답했다.

널찍한 책상에서 친피봉투를 뜯었다. 누가 올렸는지는 적혀 있지 않았다. 편지지 형태로 되어 있었다.

'제목 : 유생들의 거동 조짐.

최근 사성리 남주원을 중심으로 남병사 댁에서 유생들이 거동하고 있다는 첩보가 있음. 내용은 확인되지 않음. 조짐으로 미루어 각별한 주의가 요구됨. 특히 남주원을 요시찰할 필요가 있을 것으로 사료됨.'

정신이 번쩍 들었다. 그러리라 짐작은 했지만 일이 이렇게 빨리 다가올 줄은 몰랐다. 게다가 그런 움직임이 행정망의 동향에 감지됐다는 게 놀라웠다.

솔직히 이 면장은 남주원과 몇몇 유생들이 회합을 가졌다는 동향도 익히 알고 있었다. 언제 동향보고가 올라오는지 기다리고 있었다.

 동향이 올라온 건 행정망의 촉수에 걸려들었다는 얘기였다. 달리 해석하면 일제의 첩보망에 걸릴 가능성이 있었다. 이미 노출이나 다름이 없었다.

 이인정은 턱을 괴고 콧수염을 만지작거렸다. 올 일이 오고 있었다. 이 면장은 내심 이런 날이 오길 기대하고 있었지만 기분이 묘했다.

 그가 고향으로 돌아온 지 벌써 10년의 세월이 흘렀다. 그는 나이 쉰한 살 되던 해에 자인군수에서 물러나 고향으로 돌아왔다. 고종황제가 준 마지막 소명을 다하고 일제의 합병에 밀려 귀향했다.

 돌아오기 전 그는 한양을 향해 큰절을 올렸다. 그동안의 은덕에 감사했다. 대호지면 출신으로 과거에 급제하여 현감의 자리에 오른 일도 조선왕조의 덕은이었다. 백번을 조아려도 부족할 만큼 감사할 일이었다.

 그는 고향에 돌아와서도 왕조를 향한 마음은 변함이 없었다. 갈수록 일제의 강압이 심해졌지만 그의 생각에는 조금도 흐트러짐이 없었다. 기호홍학회에 몸담으며 민족자강을 외친 일도 기저에는 그런 생각이 깔려 있었다.

 조선민족이 실력을 양성하여 민력을 증강시켜야 한다는 생각이었다. 그러기 위해서는 누구나 배우고 익혀야 한다고 주창했다.

 대놓고 독립을 이야기하지 못했지만 배우고 익혀 힘을 길러야 한다는 얘기를 에둘러 했다. 조선이 다시 일어서려면 방법은 그 일뿐이었다. 그게 그의 확신이었다.

 이인정은 뼛속까지 왕조의 신하였다. 그 맥을 이어 오늘에 이르고 있었다. 물론 일제강점기로 접어들어 면장이란 직함을 가지고 있지만 자신은 단 한순간도 왕조의 신하란 사실을 잊은 적이 없었다.

그런 와중에 고종황제가 붕어했다는 소식을 2월 초에 접했다. 땅을 치며 울었다. 게다가 황제께서 독살 당했다는 뒷얘기를 듣고 울분을 삭히지 못해 몸부림쳤다. 차마 입 밖에 내지는 못했지만 속으로 울고 또 울었다.

퇴청을 하고 집으로 돌아가 사랑방을 지키며 눈물을 속으로 삭혔다. 밤을 새고 또 샜다. 그렇게 살아온 날들이었다. 이런 판국에 지방에서 들불이 번지고 있다니 반갑기 그지없었다. 다만 면장이라는 완장이 불편할 뿐이었다.

게다가 이 지방에서 가장 믿을 만한 남병사 댁 주인 남주원과 남상돈 등 도호의숙 유생들이 나선다는 소식은 듣던 중 반가운 소리였다.

남주원은 이인정 자신이 너무나 잘 알고 있었다. 그는 조카 이대하의 둘도 없는 친구였다. 아들 두하조차 그와 생각을 같이하고 있었다. 그의 말이라면 죽는 시늉까지 하는 판이었다.

아들과 조카가 고종황제 인산일 전에 경성을 다녀온 뒤 한 이야기가 바람처럼 스쳐갔다.

"아버님, 경성에서 본 일은 너무 큰 충격이었구먼유. 어떻게 일본 놈들이 조선 사람을 그리 모질게 대한대유. 구둣발로 짓이기는 건 고사하고 쓰러진 어린 학생의 머리를 곤봉으로 내리치구유. 피를 흘리며 쓰러져간 학생들이 부지기수였구먼유. 차마 볼 수가 없었시유. 당장이라도 일본 놈들에게 대들고 싶었지만 아버님이 면장이시라 누가 되지나 않을까 해서 참았구먼유."

이두하는 아버지 이인정 앞에 무릎을 꿇고 앉아 연신 두 주먹을 불끈 쥐었다. 감정이 격한 나머지 큰 소리가 새어나올 판이었다. 스스로 하는 말이 얼마나 위험한 언사인지 아는지라 순간순간 속으로 삭혔다.

"이러다간 이 땅에서 조선 사람들은 씨가 마를 거구먼유."

"허 그 참내!"

이인정은 할 말이 없었다. 남폿불이 밝히고 있던 방문만 쳐다보고 있었다. 스스로 생각해도 답답했다. 솔직히 옳은 말이라고 화답하고 싶었다. 일제의 잔혹상을 더 이상 용납해서는 안 된다고 말하고 싶었다. 하지만 입을 굳게 다물고 있었다. 연신 헛기침만 했다.

"으흐 그 참……."

이 면장은 담뱃대를 재떨이에 연신 두드렸다.

'챙. 챙. 챙.'

이대하는 하고 싶은 말이 많았지만 고개만 떨구고 있었다. 두하의 생각과 조금도 다르지 않았다. 큰아버지가 면장으로 있고 자신 또한 저축조합 서기라 말을 내뱉기가 어려웠다. 그렇지만 답답한 심정은 누구보다 깊었다.

조국을 왜놈들에게 빼앗기고 살아온 날이 벌써 10년이 다되어 가는 현실. 그 자괴감에 한시가 여삼추였다. 그래도 자신은 반생을 살았기에 그렇다 치지만 아직 어린 사람들이 걱정이었다.

게다가 후손들은 어쩌겠는가. 그들에게 나라 없는 민족이란 이름을 물린다는 게 뼈에 사무치도록 힘들었다.

하필 이런 때에 무능하게 태어나 조국을 빼앗겼다는 오욕을 뒤집어쓰고 살아야 하는 건지. 또 그런 조상이 되어야 하는 건지. 잠을 자려 해도 잠이 오지 않고 맛있는 음식을 보아도 당기지 않았다.

그렇다고 이런 생각을 고스란히 큰아버지인 이 면장에게 말씀을 올리기도 어려웠다.

"큰 아버님 정말 답답하구먼유."

이대하는 가슴속에 묻었던 울분이 치밀어 올라 눈물을 홍건하게 흘리고 있었다. 이인정도 눈가가 젖어들었다.

이대하의 언질에 동감하고 있었다. 하지만 이렇다 할 답을 주지는 못했다. 그냥 헛기침만 했다. 곧이어 담배연기만 길게 토해냈다.

"조선인의 독립 의지를 언제까지 무력으로 억누를 수만은 없을 거구먼유. 경성에서 있었던 일이 지방으로 번질 거며 그렇게 되면 조선 천지가 만세운동의 물결로 뒤덮일 거구먼유. 지는 그날을 손꼽아 기다릴 거구먼유. 이 땅에 독립이 이루어지도록 미력한 힘이라도 보탤 생각이지유."

이대하는 손으로 눈물을 닦았다. 그의 생각은 단호했다. 물론 목소리가 방문 밖으로 새어나갈까 염려했지만 할 말은 하고 싶었다.

이인정의 집도 마당이 넉넉했으므로 사랑채에서 말이 담 밖으로 나갈 일은 없었다. 그래도 신경이 곤두섰다. 이 면장은 담배연기만 연신 토했다.

아들과 조카의 말이 어느 한곳도 틀림이 없었다. 아니 그 말이 옳았다. 환갑을 살아온 경험으로 비추어도 그들의 말이 틀림이 없었다. 하지만 현실은 어떠한가. 대호지면을 책임지고 있는 면장이었다. 그래서 더욱 답답했다.

들불처럼 번지고 있는 시위는 대세였다. 동향을 분석해 보면 경향각지에서 일어나지 않는 곳이 도리어 이상했다.

독립의지가 있는 백성이라면 다분히 일어서야 할 일이었다. 분연히 일어서서 일제의 강압에 맞서야 하는 일이 순리였다. 도리어 그들을 격려하고 독려해야 하는 게 자신의 소신이었다.

그러지 않는 자신이 답답했다. 결단이 필요했다. 이인정은 그렇게 생각하고 있었다.

이런 와중에 아들과 조카의 친구들이 무슨 일인가를 꾸미고 있다는 동향이었다. 이인정의 고뇌는 더욱 깊어갔다.

그는 담배를 빼물고 깊이 연기를 들이킨 다음 초인줄을 당겼다. 옆 사무실에 초인종 울리는 소리가 희미하게 들렸다. 면장이 직원들을 부를 때 사용하는 장치였다. 책상 옆에 달린 고리를 당기면 옆 사무실에 걸린 초인종이 울렸다.

이면장은 자리에서 일어나 창밖을 넘어다보았다. 면사무소 앞 들에 해가 지고 있었다. 붉은 기운이 들녘을 가득 메웠다.

새파랗게 자란 보리가 어둠 속으로 젖어들었다. 농군들도 하나 둘 들일을 끝내고 지게를 지고 집으로 돌아가고 있었다. 그들의 발걸음이 천근이었다. 그들의 어깨 짐 무게가 자신을 더욱 짓눌렀다.

'저 순박한 백성들이 무슨 죄가 있어 이토록 모진 세상에서 살아가야 하는지 그게 답답하구먼. 저들이 이 민족의 뿌리이고 삶 그 자체인데. 누가 저들에게 나라 빼앗긴 백성이란 굴레를 씌웠단 말인가.'

그는 혼자 생각에 빠져들고 있었다.

'저들을 굴레에서 해방시켜 줄 사람들은 누구인가. 그들은 과연 있는가. 저들 스스로인가. 또 그 일은 언제인가. 전국으로 번지고 있는 이 거사가 과연 저들에게 따뜻한 새 세상을 열어줄 수 있을까.'

머리 위 벽에 붙은 일장기가 이날 따라 더욱 무겁게 느껴졌다.

그때 면장실 문 두드리는 소리가 들렸다.

"똑, 똑, 똑."

"들어오게."

문을 열고 들어온 사람은 송재만이었다.

그는 비록 직급은 소사지만 면내의 거의 모든 일을 꿰뚫고 있었다. 솔직히 그는 면사무소 내의 정보통이었다. 그를 통하면 관내에 모를 일이 없었다. 면의 말초신경이었다.

이인정이 알기로도 그는 조카 이대하와 남주원과는 친구로 지내고 있었다. 또 연배도 비슷했다. 게다가 그는 발이 넓어 면내에서 일어나는 거의 모든 일을 실시간으로 알고 있었다.

송재만은 조금은 긴장된 눈빛이었다. 작달막한 키에 다부지게 생긴 그는 면장실에 들어서자마자 허리를 깊이 숙여 크게 인사를 올리고 부동자세를 취했다.

이인정은 뒷짐을 지고 꼿꼿한 자세로 창밖을 넘겨 보고 있었다. 답답한 공기가 가득하게 고여 있었다.

면장의 호출은 두려운 일이었다. 어떤 하명이 떨어질지 내심 마음을 졸였다.

"부르셨습니까유. 면장님?"

송재만은 절도 있게 물었다. 자세를 가다듬고 **빳빳하게** 서서 다시 고개를 숙였다.

"요즈음은 관내에 별다른 동향은 없는가?"

이 면장은 돌아보지도 않고 물었다.

"예. 특별히 면장님이 챙기실 만한 동향은 없구먼유."

짧게 대답했다.

"방방곡곡에서 시위가 잇따르고 있는데……. 특별경계근무 지시가 매일 내려오고 있고 말이여. 우리 면에서는 조짐이 없는가?"

확인다짐이라도 받겠다는 듯이 되물었다.

"아직까지는 잠잠허구먼유. 무슨 동향이라도……."

송재만이 눈치를 살피며 조용하게 되물었지만 말꼬리를 흐렸다. 속이 뜨끔했다. 제발이 저렸다.

"아니 땐 굴뚝에 연기 안 나는 법이여."

이인정은 단호하면서도 조용하게 말했다. 사무실 문밖으로 말이 새나가는 걸 경계하는 말투였다.

"무슨 말씀이신지유?"

송재만이 목소리를 낮추고 한발 앞으로 나서며 나직하게 물었다. 자신도 들은 바가 있었다. 모른 척하고 있을 뿐이었다.

"조심들 하라고 일러."

이인정은 더욱 매몰차게 말을 잘랐다.

"면장님께서……."

재만은 새파랗게 질리며 말을 잇지 못했다.

"두하는? 대하는?"

그는 아들과 조카가 걱정이 되었던 모양이었다. 그 일이 분명 옳은 일임에 분명하지만 장조카와 아들이 연루된다는 건 근심거리였다.

"그런 얘기는 못 들었구먼유……."

송재만은 우물거리며 말꼬리를 흐렸다.

남주원의 집에서 이대하와 유생들이 모였다는 얘기를 들었다. 게다가 그곳에서 심상찮은 모의가 이루어졌다는 뒷얘기도 바람결에 들었다.

그런데 그런 일이 없었다고 혹은 있었다고 고하기도 어려웠다. 진퇴양난이었다. 솔직히 자신감이 없었다. 아니 말하기가 민망했다. 이면장이 모를 리 없다고 생각하면서도 이실직고를 하기는 어려웠다.

"자네도 함께하나."

"아니구먼유. 알아보려고 하던 참이었시유."

그는 순간적으로 부동자세를 취하며 단단하게 말했다.

"동향이 파악되는 대로 직보를 올리겠습니다유."

"나가봐……. 냄새라도 맡으면 어쩌려고."

이인정이 말을 흐리며 떠밀듯이 내몰았다. 송재만의 속마음을 모를 리 없었다. 그래서 심기가 더욱 불편했다. 재만은 한눈에 눈치챘다.

"예?"

재만이 뒷걸음질을 치며 면장실을 나오려는 참이었다.

"몸조심하라고 해."

송재만이 움찔했다. 고개를 들었다. 하지만 이 면장은 조금도 움직이지 않았다. 창밖만 내다보고 있었다.
"혹 말이여. 내게…… 아니야. 됐구먼."
이 면장은 무슨 말인가를 하려다 말을 줄였다.
"아! 예."
송재만이 짧게 대답하고 돌아섰다. 면장이 일련의 조짐을 알고 있었다. 하지만 더 이상 말하지 않는 것은 왜일까. 의구심이 일었다. 송재만은 면장실을 나서며 고개를 갸웃거렸다.
그가 면장실을 나가고 곧이어 면서기 추명직이 전통을 들고 들어왔다. 인근 서산과 예산에서 불온세력의 시위가 잇따르고 있다는 내용이었다. 무력충돌로 사상자가 발생했다는 내용도 있었다. 조짐이 더욱 목을 조여 오고 있었다.

▫ 두 번째 모임

3월 21일.
두 번째 모임은 다음날 곧바로 소집됐다. 오래 끌 일이 아니었다.
저축조합서기 이대하의 말대로 벌써 너무 많은 사람이 모의를 알고 있었다. 조만간 고등계 형사들의 귀에 들어가지 않는다는 법이 없었다.
내부 고발이야 없겠지만 완벽한 비밀유지는 어려웠다. 어디서 어떻게 새어나갈지 모르는 상황이었다. 더 이상 말이 퍼지기 전에 거사를 치루는 게 마땅했다.

모임은 사성리 남병사 댁에서 이루어졌다. 그 집의 넉넉함도 있었다. 하지만 대호지면사무소가 있는 조금리에서 오리는 더 떨어져 있어 사람들의 눈을 피할 수 있었다.

게다가 본래 남병사 댁은 평소에도 많은 사람들이 드나들어 의심하는 이들이 적었다. 또 좁은 농경지가 길게 골을 이루는 곳이라 낯선 사람이 나타나면 금방 첩보됐다.

여러 가지를 감안해 남병사 댁을 장소로 선택했다. 특히 병사 댁 주인 남주원이 적극적으로 유치한 탓도 있었다.

첫번째 모임에 빠졌던 면직원 송재만과 김홍균, 김홍진, 홍월성, 남인우, 남창우, 남태우 등이 모두 참석했다.

도호의숙 훈장 한운석이 가장 윗자리에 앉았다.

남상돈과 이대하 등이 순서에 관계없이 사랑방에 빙 둘러앉았다. 널찍한 사랑방이 그득할 정도로 많은 사람들이 모였다. 남주원이 회원들을 서로 인사시켰다.

남상돈이 이날 모임에 대해 간략하게 설명했다. 또 어제 1차 모임을 가졌고 이날 2차 모임을 갖게 된 상황도 소상하게 설명했다.

대호지면에서도 만세운동을 벌여야하지 않겠느냐는 당위성에 대해서 모두 찬동했다. 더욱이 유사한 생각을 하고 있던 사람들이라 적극 동참할 뜻을 피력했다. 분위기는 화기애애했다.

다만 이인정 면장이 자리에 참석치 않았다. 1차 모임에 회동했던 사람들은 이인정 면장의 반응이 궁금한 눈치였다. 말하지는 않았지만 모두 이대하의 눈치를 살폈다. 남주원이 분위기를 살피고 이대하를 보며 물었다.
 "면장님 의중을 들어보셨소?"
 그는 크게 기대를 하는 눈치였다. 모인 사람들에게 확신을 심어주고 싶다는 내심이 들어있었다. 이대하는 잠시 좌중을 둘러본 다음 조용하게 입을 열었다.
 "면장님께서도 우리와 뜻을 같이하겠다고 하셨시유. 사정이 있어 오늘 이 자리에는 참석치 못하시니 양해를 당부하셨구먼유."
 "참으로 좋은 소식이여. 면장님께서 함께하신다면 천군만마를 얻은 거나 다름없구먼. 이렇게 모인 게 보람이 있소이다."
 한운석 훈장이 환하게 웃으며 말했다. 다른 사람들도 안도하는 마음으로 흐뭇한 표정을 지었다. 하지만 처음 참석한 사람들은 놀라움을 금치 못하는 분위기였다.
 "무신 말씀이유. 면장님께서도 동참을 하신다니. 이인정 면장님이……."
 나이가 가장 많은 김홍균이 주변을 둘러보며 되물었다.
 "이인정 면장님께서 이번 거사에 동참하시기로 했다는 말씀이지유."
 민재봉이 새로 온 이들을 둘러보며 말했다. 처음 참석하는 이들은 놀라움을 금치 못했다. 서로 얼굴을 마주보며 이 면장의 참여를 재차 확인했다. 내심 놀라움과 안도하는 기색이 교차됐다.
 "면장님께서 함께하신다는 말씀은 전체 면민들이 함께하는 거와 진배없구먼 그려. 대단한 용기를 내셨구먼. 이런 용기에 힘입어 제대로 된 거사를 치러야 하는 거유. 조선민족이 얼마나 대단한지 만방에 알리는 계기를 만들어야하는구먼. 용기를 냅시다 그려. 아직 갈 길이 멀지만 거사는 장대할 거외다."

남상돈이 다부지게 말했다. 그의 말에 모두 두 주먹을 불끈 쥐었다.

"조짐이 좋구먼. 모두 한뜻으로 독립을 희망하고 있구먼유. 우리만이 아니유. 세계가 그리 움직이고 있시유. 다만 스스로 독립을 쟁취하지 못하면 누구도 독립을 안겨주지 않을 거유. 그래서 이 자리에 모인 거지유. 오늘 모임은 훗날 뜻 깊고 아름다운 모임으로 기억될 거구먼."

좌장자리를 지키고 있던 한운석이 좌중을 둘러보며 말했다.

"그렇소이다."

모두 한목소리를 내며 수긍했다.

"그럼 거사일은 언제로 잡는 게 좋겠습니까?"

남주원이 거사 일에 대해 말을 던졌다.

그러자 여러 의견이 쏟아졌다. 서둘러 당장 하자는 의견도 있었다.

또 면민들의 의중을 모아 상황을 살피면서 하자는 견해도 있었다. 하지만 다가오는 4월 4일이나 4월 9일을 거사일로 잡고 일을 추진하자는 의견이 지배적이었다.

그 이전에 거사를 치르기에는 준비할 사항이 너무 많아 물리적으로 곤란하다는 의견이 많았다. 또 그 뒤로 밀리면 만세운동의 효력이 저감된다는 데 의견을 같이했다.

천의장날인 4월 4일과 9일 거사를 치르기로 의견이 모아졌다. 좌중을 둘러보던 송재만이 앞으로 다가앉으며 말했다

"정말 좋은 생각이구먼유. 대호지는 10일장인 반면 천의는 5일 장이지유. 장날인 4월4일이나 9일로 잡은 건 잘 된 일이지유. 천

의장은 대호지뿐만 아니라 정미, 고대 면민들이 모두 모이는 장이지유. 이곳에서 거사를 치르면 효과가 남다를 거유. 그런데 송전리 백남덕 선생이 천도교인들과 거사를 모의한다는 얘기를 들었시유. 그분들과도 함께하도록 하면 효과가 배가되지 않겠시유."

"금시초문이오. 그게 사실이라면 백 선생님과 함께하는 방안을 만들어야지. 누가 맡아서 얘기를 해보겠소이까?"

남주원이 좌중을 둘러보며 말했다.

"내가 맡아보것네."

대호지 면서기 민재봉이 앞으로 다가앉으며 말했다.

"전교사어른은 내가 잘 알지. 내 부탁이면 거절하지는 않을 거구먼. 그건 그렇고 추진위원회 위원장을 선발혀야 하지 않것소이까. 총무도 정해야 허고……. 그래야 일사분란하게 돌아가지유. 각자에게 일을 분담해야 효율적으로 이루어질 거외다."

"옳은 말씀이오. 추진위원회를 만들기로 했으니 위원장님을 뽑는 게 당연하지요. 누가 대표를 맡는 게 좋겠습니까. 천거해 주시지요."

남주원이 좌중을 둘러보았다. 모두 말이 없었다. 서로 얼굴을 마주보며 눈만 끔벅거렸다. 나름 생각하는 사람이 있었겠지만 쉽게 입 밖에 내뱉지 못했다.

위원장이 항일시위에 앞장서야 할 일이기에 천거조차 부담스러웠다.

모두가 서로 얼굴만 쳐다보며 머뭇거리고 있을 때였다. 송재만이 앞으로 나서며 말했다.

"제가 천거하겠시유. 경륜이나 연륜이나 이 지방에서 가장 어른이신 이인정 면장님을 추대하시지유. 그분이 앞장서신다면 모든 게 쉽게 이루어질 거유. 어떻겠시유?"

모두 고개를 끄덕였다.

"좋소. 찬동이유."

모두 이론이 없었다. 분명 쉬운 일이 아니란 걸 알지만 그렇게 정했다.

"면장님께서 수락하실지 모르지만 그렇게 정하고 다음은 총무를 정하겠소이다."

남주원이 다시 좌중을 둘러보았다.

"총무는 송재만 주사가 합당하지 않겠시유. 송 주사는 면사무소의 모든 대소사를 맡아 하는 분이잖유. 모르는 사람이 없을 정도로 발이 넓잖유. 사람들을 조직하고 움직이는 건 송 주사만한 사람이 없구먼유. 면장님과 소통도 가능하구유. 그래서 총무에 송재만 주사를 천거하는구먼유."

민재봉이 나서서 재만을 천거했다. 모두 합당하다며 고개를 끄덕였다. 송재만은 겸연쩍은 얼굴로 머뭇거렸지만 전체 분위기가 그를 총무로 내몰았다. 조직은 일사천리로 구성되었다. 모두 이 대목에서 술잔을 돌렸다. 한 순배 잔을 비우고 이날 모임의 진행을 총무에게 맡겼다.

송재만은 면에서 잡무를 담당하던 터라 행사나 허드렛일에 대해서는 이골이 난 상태였다.

"다음은 당일 식순을 정하시지유. 어떻게 하는 게 좋것시유?"

송재만이 술잔을 돌리며 답례를 한 다음 논제를 상에 올렸다. 남상직이 식순은 행사를 많이 치러본 면에서 주도하는 게 좋겠다는 의견을 제시했다. 총무 송재만에게 눈길이 쏠렸다.
"그러면 제 생각을 말씀 올리겠시유. 먼저 식순으로 위원장님의 인사말씀이 있어야겠지유. 면장님께서 하실지 모르겠지만……. 간단하게 하시는 걸로 준비 하겠시유. 그리고 무엇인가 명분 있고 의미 있는 선서를 하는 게 어떨까 생각하는데유."
송재만이 충분히 준비를 하고 온 사람처럼 다부지게 말했다.
"명분 있고 의미 있는 선서라니?"
좌중에서 이대하가 물었다.
"거사를 치루는 명분 말이유."
송재만이 대답했다.
"아 이러면 어떻것는가. 일전에 상락이 아우가 서울서 가져온 독립선언서를 낭독하는 일 말이여. 그러면 우리의 의지를 주민들에게 알리는 효과가 있지 않것는가."
남상돈이 손을 들며 말했다.
"그 좋지유. 독립선언서를 낭독하는 게 가장 좋은 명분이지유. 낭독은 남주원 선생이 맡으면 좋겠지유."
옆에 앉았던 이대하가 말을 거들고 송재만이 좌중을 향해 동의를 구했다.
"좋아유. 찬동이유."
모두가 동의했다.
"그리고 총무님이 우리의 각오를 담은 선서문을 낭독허시오."
"참 좋은 제안이오. 민재봉서기의 제안이 옳소. 그렇게 하는 게 좋겠소."
남주원과 좌중에 앉은 몇몇 유생들이 말을 기들었다.

"그런데 선서문은 누가 만들어유. 솔직히 저는 글이 짧아 만들지는 못하는데……"

송재만이 겸연쩍게 웃으며 말했다.

"그 일은 내가 알아서 할 테니까 걱정 말게. 시위군중들의 질서유지 확립을 위해서나 비밀 누설 방지를 위해서 다짐하는 형식을 만들겠네. 동생하고 몇몇이 어울려서 만들어 드리지."

남상돈이 분명한 어조로 말했다. 분위기는 물 흐르듯 부드러웠다.

"이건 제 생각인데 독립선언서 낭독과 우리의 다짐 사이에 말이유. 애국가나 격문 같은 걸 넣으면 어떻겠시유. 의미가 있지 않겠시유?."

이대하가 수염을 만지며 제안했다. 그는 좌중을 둘러보며 자신의 말에 동의를 구했다.

"좋아유. 가사는 누가 지으면 좋겠시유?"

누군가가 말했다.

"도호의숙 한 훈장님께서 하셔야지유. 그 일을 누가 하겠시유."

이대하가 가장 윗자리에 앉아있던 한운석 훈장에게 머리를 조아리며 물었다.

한 훈장은 볼그닥닥 하게 달아오른 얼굴로 멀뚱하게 좌중을 너머다 보았다. 취기가 오른 모양이었다. 무슨 말인지 정확하게 듣지 못한 듯했다. 그러자 옆에 앉은 유생이 방금 오간 말을 그에게 들려주었다.

"내가 무슨 애국가를……. 차라리 격문이면 몰라도……."

"훈장님밖에 하실 분이 없구먼요. 애국가를 창작하시든지 격문을 쓰시든지 그렇게 해주십시오."

남주원이 정중하게 밀어붙였다. 그제야 한운석은 못이기는 척하며 수용했다.

"그럼 애국가는 누가 부르것소?"

좌중에서 물었다.

"아무래도 목청이 좋은 이대하 선생이 허시지."

남상돈이 이대하를 보며 싱긋이 웃었다.

"형님, 내가 어떻게 부르겠시유. 차라리 격문 같으면 큰소리로 낭독하지."

"아우만큼 힘 좋게 잘할 사람이 이 고을에 누가 있겠나."

남상돈의 말에 유생들이 잔을 들며 뜻을 같이했다.

"식순은 이 정도면 되겠소이다."

남주원이 좌중을 향하여 동의를 구했다. 모두 그렇게 하자고 했다. 거의 논의가 마무리되고 있었다.

"그러고 보니 가장 큰 일이 남았시유."

송재만이 갑작스레 손을 들며 말했다.

"무슨 일이요?"

모두 눈을 동그랗게 뜨고 재만을 너머다 보았다. 눈길이 쏠렸다.

"주민들을 어떻게 동원시키느냐는 거지유."

"주민들을 동원시켜? 그냥 하면 되는 게 아닌겨?"

옆에 앉았던 홍월성이 속으로 기어들어가는 말로 입을 다셨다. 많은 이들이 그렇게 생각하는 모양이었다.

"그렇구먼. 큰일이구먼."

남상돈이 무릎을 치며 말했다. 얼큰했던 취기가 싹 가시는 기분이었다. 다른 이들도 마찬가지였다. 그것은 생각지 못한 문제였다. 송재만이 둘러보았지만 방안이 있어 보이지 않았다. 갑자기 모두 꿀 먹은 벙어리가 되었다. 남주원도 마찬가지였다.

주민들을 동원시키는 일은 생각조차 하지 못했다. 유생들이 나서서 만세를 부르면 주민들이 뒤따라 나서리라 생각했다. 물론 그렇게 하면 전혀 안될 일은 아니었다. 하지만 보다 조직적이고 체계적으로 하는 게 확실한 방안이었다. 약간의 논란이 있었다. 그냥 순수하게 먼저 나서자는 이야기도 나왔다. 하지만 모두의 동의를 구하지는 못했다.

송재만의 말처럼 주민들을 동원시킬 방도를 찾는 일이 중요하다는데 의견이 모였다. 모두 고개를 떨어뜨리고 방도를 찾았지만 딱히 만져지지 않았다. 장날 뛰어다니며 만세를 외치자는 생각밖에 없었다. 방안에 한숨소리가 그득했다.

"이 문제는 면에서 찾도록 하겠시유. 어떤 방법이 될지 모르지만……."

면서기 민재봉이 조심스럽게 말했다. 모두 고개를 끄덕였다. 나머지 일들은 면서기 민재봉과 저축조합서기 이대하, 남주원이 총무 송재만과 상의하여 결정하기로 했다. 모임은 여기까지로 했다. 술이 취한 이들도 있어 자연스럽게 파했다.

이에 앞서 모임에 참가한 사람들은 스스로 할 일을 정했다. 참석치는 않았지만 남상락에게는 태극기를 만들도록 연락을 취하기로 했다. 면사무소에서는 애국가사를 등사하여 거사 당일에 주민들에게 나누어 주기로 했다. 이날 모였던 유생들이 돌아가고 난 뒤였다. 남주원과 총무 송재만, 민재봉, 이대하는 그 자리에 남아 논의를 계속했다.

술상을 가운데 두고 서로 의견을 주고받았다. 거사를 치르려면 마을마다 연락책이 필요했다. 아울러 전체적으로 행동을 주도하는 이들도 필요했다. 뿐만 아니었다. 이를 도와줄 선봉대도 있어야 했다.

송재만은 조목조목 계획을 설명했다. 남주원은 본래부터 조직에 몸을 담지 않았다. 또 그런 일을 해본 적도 없었다. 그러다 보니 이런 분야는 밝지 않았다.

다른 이들도 듣고만 있었다. 하지만 송재만의 생각이 옳은 건 확실했다. 거사를 치르려면 치밀한 계획이 필요했다. 아울러 조직이 있어야 했다.

재만은 면사무소에서 하던 일이라 그 일을 잘 알고 있었다. 남주원은 조직 짜는 걸 면에 일임했다.

"송주사가 두 서기님들과 논의해서 정해보시오."

"그러지유."

송재만은 먼저 연락책을 자신과 친분이 두텁고 가장 애국신념이 강한 사람들로 짰다. 심사숙고했다. 사전에 이런 사실이 밀고되면 큰일이었다. 모두 믿을만한 사람으로만 뽑았다. 게다가 오랜 인연으로 배신할 사람이 없어야 했다.

대호지면사무소가 있는 조금리는 송재만 자신이 연락책을 맡기로 했다. 두산리는 김홍수, 장정리는 최연식, 사성리는 백성일, 적서리는 김부복, 도이리는 남신희, 송전리는 최정천, 마중리는 윤남, 출포리는 박양삼을 선정키로 했다.

이들에게 부여할 임무도 정리했다. 거사 전날 밤에 각자 자신이 속한 마을에 거사를 전파하는 일이었다.

"책임자를 정해야 하지 않것시유."

이대하가 말했다.

"책임자 직함은 본부장으로 하고 우리 송주사가 조직을 짰으니 맡는 게 좋지 않것어."

민재봉이 떠밀었다.

"어디 혼자 짰는가……. 그려. 그럼 지가 본부장을 맡것시유."

일사천리였다. 여러 말이 필요치 않았다. 모두 면에서 조직을 관리하던 사람들이라 조직 짜는 일이 수월했다.

"그럼 선봉에 설 사람들이 필요치 않것는가."

민재봉이 제안했다.

"좋은 말씀이어. 선봉대가 있어야 조직이 흐트러지지 않고 갈 수 있것지."

이대하가 맞장구를 쳤다.

남주원은 그들의 하는 일을 보며 고개를 끄덕거렸다.

"내가 앞장서것시유."

송재만이 아랫배에 힘을 주며 말했다.

"송주사가 나서준다면야 더없이 좋소."

남주원은 송재만의 단호한 말투에 감사했다.

선봉대를 조직하는 일은 서로 협의했다. 하지만 송재만 만큼 많은 사람을 알지 못했다. 선봉대가 앞장서서 무리를 이끌고 대열이 흩어지지 않도록 적극적인 모습을 보여야 할 거라고 주문했다. 그리고 선봉대를 꾸미는 일도 송재만에게 일임했다.

또 천의장터로 가는 길과 장터에 도착했을 때 장꾼들에게 태극기를 나누어주고 그들이 적극 동참하도록 선동하는 일도 선봉대의 몫이었다. 조직의 명칭은 선봉 행동대로 통일했다. 거사의 얼개가 조밀하게 짜여졌다. 얼추 하루 일은 마무리되어 가고 있었다.

▫ 남병사 댁 도련님과 소사

　남주원은 사람을 불러 다시 술상을 보라고 일렀다. 자연스럽게 밤이 늦어 이대하와 민재봉이 자리에서 물러났다. 그들은 다음을 기약하며 남병사댁을 나섰다.
　사랑방에는 송재만과 남주원 단 둘만 남았다. 송재만은 혼자 몸이라 조금리로 돌아가야 반겨줄 사람도 없었다. 도리어 남주원의 사랑채에서 하룻밤을 지내는 게 편했다. 다음날 이른 새벽에 출근을 할 생각으로 그곳에 머물렀다. 게다가 남주원은 내심 송재만과 별도로 한잔 나누고 싶었다. 사실 그들은 오랜 관계를 유지해온 사이였다. 송재만과는 신분상 친구가 되지는 못했다. 하지만 실상에서는 친구 이상의 관계가 그들 사이를 엮고 있었다.
　남주원과 자별한 형뻘인 면서기 민재봉이나 저축조합서기 이대하와는 함께 면에 몸담고 있어 송재만이 친구로 지내고 있었다. 지인들의 친구가 송재만이었던 셈이었다. 하지만 송재만은 남주원이 어려웠다.
　"이렇게 별도로 술상을 마주한 지 참으로 오랜만이오."

남주원이 송재만에게 술잔을 권했다.

송재만은 급히 무릎을 꿇고 두 손으로 잔을 받으며 허리를 굽혔다.

"우리 사이에 이러면 술맛이 없소이다."

남주원은 송재만의 손을 잡아 바로 앉혔다. 하지만 송재만은 조금은 거북한 표정으로 엉거주춤 앉았다. 두 손으로 술잔을 공손하게 받아들었다. 그의 잔에 그득하게 술을 따랐다. 송재만은 주원에게 깍듯이 예의를 갖췄다. 나이는 두 살 아래지만 신분은 분명 달랐다.

송재만도 뼈대 있는 집안의 후손이었다. 하지만 지금은 평민 신분이었다. 게다가 몰락한 집안의 후손으로 어린 시절은 뜨내기처럼 살았다. 내놓을 게 없었다. 그러다 면사무소 소사로 기용됐다.

반면 남주원은 병마절도사가 잇따라 배출된 걸출한 집안의 족속이었다. 게다가 도호의숙에서 한학을 공부하고 경성에 올라가 신학문도 배운 사람이었다. 또 지역에서 제일가는 대부호였다. 신분제가 허물어졌다지만 그때까지 모든 게 유지되던 사회에서 함께하는 일은 부담스러웠다.

물론 주원이 재만을 그렇게 대하지는 않았다. 도리어 그와 동등한 위치에서 논의하고 있었다. 주원은 보수적이지 않았다. 만해의 평등주의를 실천하고 싶은 생각을 갖고 있었다. 의도적으로 같은 눈높이에서 이야기하고 싶어 했다.

송재만은 그런 남주원을 두 살 아래 사람이 아니라 도리어 존경의 대상으로 생각하고 있었다. 그래서 그를 도련님이라고 불렀다. 남주원은 송재만을 송형이라고 부르며 서로 존대하고 있었다. 단 둘이 있을 때만 사용하는 호칭이었다.

"나도 한잔 따라 주시오. 송형."

"도련님께서 제게 형이라고 칭하시니 송구하구먼유. 편하게 하대해 주셔유."

재만은 두 손으로 주전자를 들어 조심스럽게 주원의 잔에 술을 따르며 말했다.

"무슨 말씀이오. 송형은 나보다 두 살 위인데 나를 도련님이라 부르니 그 또한 거북하오이다. 서로 거북한 건 매한가지요. 자 이제 새로운 역사를 위해 술을 듭시다. 이 나라의 독립과 우리의 위대한 영광을 위하여."

주원은 잔을 길게 들이켰다. 재만도 고개를 돌리고 잔을 기울였다. 그러기를 여러 차례 거듭했다. 두 사람 다 술이 얼큰해졌다. 주변이 조용했다. 남포 불만 환하게 사랑방을 밝히고 있었다.

"얼마 만이오. 벌써 한 오 년은 되지 않았소?"

주원이 붉게 달아오른 얼굴로 물었다.

"그렇지유. 벌써 그렇게 되었지유."

술기운이 돌았지만 재만은 분명하게 기억하고 있었다. 벌써 5년 전 일이었다.

그는 천안에서 대호지로 이사와 한때 주원의 집에서 막일을 하며 생활했다. 발붙일 곳 없던 때였다. 그의 고향이 서산군 이북면 내리라 타향은 아니었지만 그래도 대호지는 낯설었다. 그러던 중에 이인정 면장을 통해 면사무소에 취직시켜 준 사람도 남주원이었다.

그의 성실성을 높이 샀다. 그리고 출퇴근이 어렵다며 면사무소가 있는 조금리에 남루하지만 작은집도 한 칸 마련하여 살게 해

주었다. 그런 인연에 재만은 그를 내심 주인처럼 받들고 있었다. 이런 관계라 송재만은 남주원을 대하는 게 참으로 어려웠다.

하지만 남주원은 송재만을 친구로 또 동지로 생각하고 있었다. 물론 나이 차이는 있었지만 믿을 만한 친구였다. 그도 외로운 처지라 함께하고 싶은 사람이 그리웠다. 마음을 터놓고 얘기할 친구가 필요했다.

"송형. 오늘은 많은 생각을 했소이다. 이러는 게 잘하는 건지를 되묻고 또 물었소. 이런 엄삼한 시국에 철없이 나서는 건 아닌지……."

남주원이 다시 술잔을 길게 들이켜고 말을 이었다. 취기가 목소리에도 묻어있었다.

"하지만 내가 나서지 않으면 누가 나서겠소. 되물어 보고 또 물어 보았더니 그제야 답이 나옵디다."

남주원이 무겁게 말을 이었다. 송재만은 고개를 끄덕이며 듣고만 있었다.

"집안이 풍비박산이 날지도 모를 일이오. 조상 대대로 물려받은 이 집과 옥답, 그리고 많은 가솔들도 큰일을 당할지 모르오. 그래서 두렵소이다. 솔직히 내가 앞에 나서려 하면서도 그런 생각을 하면 밤잠을 이룰 수가 없소. 그래도 이 길이 가야 할 길이기에 가려는 거외다."

남주원은 술잔을 다시 길게 들이켰다. 빈손으로 입을 닦았다. 취기가 그득하게 돌았다. 얼굴에 두려움과 우려가 수심처럼 가득하게 내려앉았다.

"왜 안 그렇것시유."

"그래도 우리가 나서야 하지 않겠소? 조상으로부터 물려받은 이 나라 강토를 빼앗긴 이들이 우리 아니요? 후손들에게 조국을 빼앗긴 이들이란 손가락질을 받지 않겠소? 조상을 어찌 뵙겠소. 그래서 나서려는 거요. 우리가 나서지 않으면 누가 나서겠소."

"맞는 말씀이구먼유."

"여러 날 고심하면서까지 이렇게 나서는 거도 그 때문이오. 후손들에게 원망은 듣지 말아야겠다. 그래야 조상을 뵐 면목이 생기겠다, 물론 아픔이 있겠지만 그래도 조상들을 뵈려면 어쩌겠는가……."

"도련님께서 나서신다면 지는 몸을 살라서라도 따르것시유. 도련님을 따르는 길인데 뭐가 두렵겠습니까유."

"송형. 그러지 마시오. 우리는 동지외다. 동지."

"무슨 말씀이세유. 도련님을 옆에서 모시는 일만으로도 영광이지유. 그 결단에 감사드려유. 아마도 도련님께서 나서지 않는다면 이번 거사는 이루어지기 힘들 거구먼유. 도련님께서 앞서 나서시고 뒤에서 밀어주시니 잘 될 거라고 확신하는구먼유."

송재만이 거듭 잔을 기울이고 두 손으로 잔을 올렸다.

"아무튼 송형. 우리는 친구고 동지요. 너무 어렵게 만들지 마시오."

남주원은 송재만이 주는 잔을 받아 단참에 들이켰다.

"오늘 우리가 나서면 훗날 우리의 자손들이 우리를 어리석다 탓할지도 모르오, 현실에 야합하지 못한 우리를 미련하다고 할지도 모를 일이지. 하지만 우리가 나서는 건 보다 큰 미래를 위해서 아니겠소. 이 나라에 독립이 오고 스스로 주권을 찾아 내 나라 내 땅에서 후손들이 살 날을 만들기 위함이오. 그날이 오면 우리를 결코 어리석다 하지 않을 거외다. 우리를 결코 미련하다 탓하지 않을 거외다. 그 믿음을 갖기에 험난한 길을 가려는 거외다. 그렇지 않소?"

남주원이 취기에 눈을 지그시 감으며 말했다. 송재만은 연신 고개를 조아렸다. 한 구절 한 소절이 모두 옳은 말이었다.

"참으로 옳으신 말씀이구먼유. 지는 많이 배우지 못했지만 나라를 일본에 빼앗기고 사는 형국은 노예와 다를 게 없다는 생각을 늘 하고 있었시유. 내 나라 내 땅에서 남의 눈치를 살피며 사는 삶이 어떻게 온전한 삶이겠시유. 단 하루 단 한 시각을 살지라도 왜놈들의 눈치를 보지 않고 자유롭게 사는 세상을 만들어야지유. 이 한목숨 바쳐 그런 날이 온다면 무엇이 두렵겠시유. 도련님을 모시고 거사를 논하는 게 제게는 영광이지유. 이 일로 죽는다 해도 후회치 않을 거구먼유."

송재만도 취기가 차올랐다.

"게다가 조선 각지에서 대다수 민중이 합동하여 태극기를 흔들며 독립만세를 높이 외치고 있다 들었시유. 이 마당에 지가 나서지 않으면 후대에 한이 될 거구먼유. 이참에 빼앗긴 나라를 되찾아야지유."

송재만의 눈에서는 불덩어리가 뚝뚝 떨어졌다.

"옳은 말씀이오. 경향각지에서 난리가 났소. 우리가 나서는 건 참으로 평범하고 작은 일이오. 모든 걸 다해서라도 독립에 힘을 보태야지. 만해 선생님이나 백야를 만날 때마다 느낀 감정은 내가 너무 작은 일에 매여 있구나 하는 거였소. 장부로 태어나서 나라를 구하는 일에 일신을 던지지는 못할망정 이런 거사라도 참여해야지 않겠소. 그조차도 못하면 어찌 장부라 하겠소."

 남주원의 눈에서도 불기가 감돌았다. 술기운 너머에서 올라오는 의지의 기운이었다. 생각이 여기에 쏠리자 우러나 두려움은 순식간에 바람에 날린 안개처럼 사라져버렸다. 송재만은 연신 머리를 조아렸다. 자신의 생각에도 그는 범상치 않았다. 이 어려운 시국에 조국을 먼저 생각하는 건 분명 남다른 충정이었다.

 게다가 이번 일로 어떤 파장이 미칠지 모를 일이었다. 만에 하나 거사가 잘못된다면 송재만 자신은 몸 하나지만 남주원은 달랐다. 많은 식솔과 조상 대대로 물려받은 토지와 재산을 지키는 게 문제가 될 수 있었다. 그것을 감내하고 거사에 앞장선다는 건 존경할 만한 일이었다.

 송재만은 잔을 기울이면서도 그런 생각을 떨치지 못했다.
 주거니 받거니 하는 사이 두 사람의 취기가 무르익었다.
 "일을 하려면 비용이 드는 법이오. 내가 충당하겠소. 사용하고 필요하면 더 말하시오."

 주원은 미리 준비해 둔 누런 종이뭉치를 약장 아래 칸에서 꺼내 그에게 내밀었다. 그곳에는 두둑한 자금이 싸여 있었다. 손끝의 느낌만으로도 알 수 있었다.

 "도련님 지가……."
 "송형, 무슨 말이오. 큰일을 하자는데. 더 필요하면 얘기하시오. 그리고 해강이 태극기를 만들기로 했잖소. 그에게도 질 좋은 종이를 사주어야 하지 않겠소."

 해강은 남상락의 호였다.

"그러겠시유."

송재만은 남주원이 준 종이뭉치를 속주머니에 깊이 넣었다. 묵직한 무게감에 정신이 번쩍 들었다. 어깨가 무거웠다.

6. 위대한 동지들

□ 생앓이 손가락

송재만에게서 김순분은 생앓이 손가락이었다. 그녀의 이름 석 자만 떠올려도 가슴이 아팠다. 기억해야 할 아픔이었다.

송재만이 그녀를 처음 만난 것은 면사무소에 취업하고 얼마지 않아서였다. 벌써 5년의 세월이 흘렀다. 그때는 그녀가 꽃다운 18살이었다. 봉숭아꽃잎을 양 볼에 붙이고 살았다. 언제 보아도 볼이 발그레 물들어 있었다.

그녀의 집은 면사무소가 있는 조금리 서쪽 언덕배기에 있었다. 펑퍼짐한 낮은 구릉 위에 몸을 낮추고 게딱지처럼 착 달라붙어 있었다. 송재만은 호구조사를 나선 뒤 그녀를 만났다. 그녀를 처음 본 순간은 잊을 수가 없었다. 생각만 해도 가슴이 방망이질을 하며 벌떡거렸다.

백옥같이 고운 얼굴에 조금은 흐트러진 머리가 도리어 멋있어 보였다. 한 떨기 찔레꽃을 멀리서 본 느낌이었다. 어두컴컴한 추녀 아래가 훤하게 빛나고 있었다. 그녀의 흰 얼굴 때문이었다. 비록 몸에 걸친 옷은 남루했다.

하지만 그녀의 낯빛과 초롱초롱하게 빛나는 눈, 앵두같이 달아오른 입술은 송재만의 마음을 단박에 앗아가 버렸다. 한참을 멀뚱하게 보고서서 할 말을 잊고 있었다. 그도 스물네살 때라 가슴이 뜨거웠다.

살아생전 처음 느끼는 감정이었다. 무슨 말을 해야 할지 아무 생각도 나지 않았다. 자신이 무엇 때문에 그곳에 있는지조차 잊었다. 어른들로부터 콩깍지가 쓰인다는 말이 이런 건가 했다.

"부 부모님이 어딜 가……셨수……?"

말을 제대로 잊지 못했다. 평소와 달리 더듬거렸다. 생 땀만 흘렸다. 속이 빈 사람처럼 부르르 떨렸다. 담 넘어 언덕 아래 마을만 너머다 보았다.

그녀 역시 그러했다. 똑바로 쳐다보지 못하고 손톱만 깨물고 있었다. 작고 여린 손이 아기손처럼 보였다.

"부모님들은 모두 들일 나갔는디유……."

그녀는 말을 얼버무리다 방으로 뛰어 들어가 버렸다. 참으로 생경하고 어색한 분위기였다. 송재만도 더는 말을 붙이지 못했다.

그 일이 있은 뒤로 송재만은 이런 저런 핑계를 들어 조금리 언덕배기에 자주 올랐다. 집 근처에만 가도 찔레꽃 향기가 밀려왔다. 그것은 그의 생각이었는지 모른다.

아무튼 그녀의 집 울타리에도 하나 가득 찔레가 피어나 있었다. 더욱이 5월이면 조금리 언덕이 온통 하얗게 찔레꽃으로 뒤덮였다. 울타리 너머 산기슭으로 언덕배기로 온통 찔레꽃이 벌어나갔다. 그맘때는 하얀 꽃밭이었다.

그녀에 대한 정보도 대충 파악했다. 그의 부모가 농사일을 하고 있었고 형제는 없었으며 외동딸이란 점도 파악했다. 면사무소로 돌아와 그녀의 신상을 들여다보았다.

"김순분. 1896년생, 18세. 조금리 315번지."

면직원이란 잇점을 십분 발휘했다. 그렇게 알게 된 그녀와 벌써 5년을 사귀었다. 아직 변변하게 모아놓은 가산이 없어 혼사를 치르자고 하지는 못했다. 하지만 둘은 많은 이야기를 나누었다.

나름 계획도 가지고 있었다. 송재만은 그녀와 혼인을 하게 되면 농토도 마련하겠다고 마음먹었다. 어렵겠지만 조금리 언저리에 있는 작은 농토라면 몇년만 이빨 깨물고 살면 장만할 수 있을 것이라고 생각했다.

면사무소 일이야 계속 해야겠지만 자신의 농토를 갖는다면 자급자족이 가능했다. 그만큼 어려움을 덜 수 있었다. 집도 좀 더 넓은 곳으로 이사를 하겠다고 다짐했다. 생각만 해도 흐뭇했다. 빙그레 웃음이 났다.

그녀의 부모들도 면직원이어서 반대하지 않았다. 도리어 재만을 반 사위쯤으로 받아 주었다.

이러다보니 내놓고 사귀지는 못했지만 알 만한 사람들은 알 정도로 정분이 나있었다. 아담한 풍모에 발랄한 성격이 재만의 마음을 뒤흔들었다. 그리고 똑똑했다. 많이 배우지는 못했다지만 한눈에 보아도 식견이 있었다.

송재만은 이번 일에 앞서서도 그녀를 만났다. 그녀에게 만큼은 마음의 준비를 시켜야겠다고 생각했다.

푸른 대호만이 너머다 보이는 언덕에 올라 풀밭에 나란히 앉았다. 저만치 발아래 물결이 일렁거렸다. 잔잔한 물결 위에 실바람이 지났다. 그럴 때마자 물비늘이 햇살에 반짝거렸다. 은가루를 뿌린 듯 눈부셨다.

아직 이른 봄이라 조금은 한기가 돌았다. 갓 피어난 갯버들이 보드라운 살결로 봄 냄새를 맡고 있었다. 회은빛 고운 털이 어린 강아지를 연상시켰다.

송재만은 갯버들을 대여섯 가지 꺾어 그녀에게 내밀었다. 순분은 보드라운 갯버들로 볼을 쓸었다. 갸웃거리는 모습이 오늘 따라 유난히 예쁘게 보였다.

송재만은 자신의 겉옷을 벗어 그녀의 양어깨에 걸어 주었다. 좀채 입이 떨어지지 않았다. 주저거리다 어렵게 입을 열었다.

"이번에…… 이번에 말이유. 중요한 일이 생겼시유. 그래서 하는 말인데…… 잠시 떨어질 수도 있을 거란 생각이 들어서……."

"그게 무슨……?"

그녀는 펄쩍 뛰었다. 눈을 똑바로 뜨고 재만을 뚫어지게 들여다보았다. 그녀답지 않은 모습이었다. 맑은 눈빛에 놀라움이 고여 있었다. 그 이면에는 자신과 이별할 수도 있다는 두려움이 숨어 있었다.

"떨어지다뉴? 무슨 일인데유."

그녀는 조용하게 말했다. 약간 어깨가 흔들렸다. 못마땅한 심기가 흘러내렸다.

다시 멀리 대호만으로 시선을 옮기며 멀뚱하게 있었다.
"그건 아니지만 대단히 중요한 일이라. 그래서……."
"얼마나 중요한 일인데……."
그녀가 고개를 떨구었다. 자잘하게 어깨가 떨렸다. 곧이어 소매끝으로 눈물을 훔쳤다.
"그게 말이유……."
송재만은 얼버무렸다. 그녀가 울고 있는 모습에 더는 말을 잇지 못했다. 솔직히 소상하게 털어놓을 수도 없었다. 그렇다고 속내용도 없이 무작정 그리 알라고 할 수도 없는 노릇이었다. 애먼 마른 풀만 꺾었다.
"말해 보셔유. 지가 몰라도 되는 일이라면 하면 안 되는 거쥬? 그렇지 않다면 이야기를 해야지유."
그녀는 어깨를 자잘하게 떨며 말했다. 눈가에 눈물이 번들거렸다. 약간의 노기가 섞여 있었다.
송재만은 난처했다. 머뭇거리다, 더는 입을 닫고 있을 수가 없다고 생각했다. 몇 번을 망설이다 더듬듯이 입을 열었다.
"사실은 말이여……조선천지가 독립만세 시위로 야단이유……. 그런데 우리지방에서만 그런 일이 없었시유. 다행인지 뭔지는 모르지만 말이유."
그는 그녀의 눈치를 살폈다.
"그 얘기라면 지도 들었시유."
그제야 돌아앉으며 눈물을 씨익 닦았다.
"무슨 말을?"
재만은 눈을 동그랗게 떴다. 혹 비밀이 새어나간 건 아닐까 하는 생각이 스쳤다.
"조선천지에서 만세시위가 벌어지고 있다는 얘기 말이유."
"알고 있었구먼. 그래서 우리도 나서서 시위를 벌일 계획을 하고 있시유. 극비에 말이유."
"……."
"그 일에 나서면 다칠 수도 있시유. 당분간 집에 못 올 수도 있고 말이유. 그래서 알고 있어야 할 일이라……."
송재만은 그녀의 태도를 세심하게 살피며 조심스레 이야기를 이었다.
"그렇다면 우리도 해야지유. 다 같이 나서서 외쳐야지유."
순분은 당돌할 만큼 강한 어조로 말했다. 송재만은 그제야 길게 숨을 내쉬었다.
"그런데 그게 그렇게 쉽지 않수."
"그래도 해야지유. 온 민중이 들고 일어나면 왜놈들이 어떻게 하것시유. 한 사람도 빠짐없이 들고 일어나야지유. 왜 우리고을만 이렇게 조용한지 저도 의아했지유."
"당신이 그런 생각을 했단 말이유?"
되물었다.
"그럼유. 지도 나서야지유. 조선민중이라면 모두 나서야지유. 당신이 그 일에 나선다면 지는 더 당연히 나서야지유. 한 사람이라도 힘을 더 보태야 하지 않것시유."
그녀는 작은 주먹을 꼭 쥐었다. 입술을 다부지게 물고 눈에 힘을 주었다. 언제 울었느냐는 식이었다. 도리어 더 당돌하게 나설 참이었다.

"안 돼는 거유. 그러면 둘 다 집에 못 돌아올지도 몰라. 당신은 이곳을 지켜야지유."

"지옥까지라도 따라 갈 거라고 했잖아유."

순분은 도리어 고개를 획 돌리고 말을 잘랐다. 그녀는 일이 일어난다면 가장 앞장서서 뛰어나갈 기세였다.

"알았수. 그래도 이번 일은 함께하면 안 돼유. 당신은 이곳에서 부모님을 살펴드려야지유. 그리고 내가 돌아올 때까지 기다려 줘유. 물론 그럴 일은 없겠지만……."

"……."

부모님이란 말에 순분은 풀이 꺾였다. 결코 무슨 일은 없겠지만 혹 일이 잘못된다면 부모님이 큰일이었다. 아들도 없이 마치 딸 하나만 보고 살아온 삶이었다.

아들 없는 설움과 갖은 눈총 받아가며 그렇게 자신을 키웠다. 그런 부모를 두고 간다는 건 말이 안 될 이야기였다. 생각이 그곳에 미치자 눈물이 핑 돌았다.

사랑하는 사람을 따르자니 부모님이 걱정이고, 부모님을 모시자니 사랑하는 사람이 떠나갈 판이었다. 다시 손으로 눈시울을 훔쳤다.

"이번 일이 끝나면 당신과 정식으로 혼인할 생각이유."

송재만은 그녀의 작은 손을 꼭 잡아주었다. 그녀의 눈에서 눈물이 더욱 글썽거렸다.

"오는 새봄에 혼사를 올리도록 혀유. 독립이 되는 날 혼사를 올려야지유. 그래야 우리의 아이들을 독립된 나라에서 키우지유. 나는 그러고 싶어유. 당신과 이곳 조금리에서 아이들을 낳아 오래오래 살고 싶어유."

"……."

순분은 그 말에 고개를 떨어뜨렸다. 볼이 발갛게 달아오르고 눈물이 쏟아져 내렸다. 한손으로 눈물을 씨익 닦았다. 눈망울이 더욱 반짝거렸다.

"더 이상 일제의 압제를 받으며 살게 할 수는 없잖유. 우리의 아이들은 마음껏 뛰어 놀고 마음껏 즐기며 살게 하고 싶어유. 넉넉한 살림을 일구며 풍요롭게 살도록 하고 싶어유. 그래야 하지 않것시유?"

송재만의 눈에서도 눈물이 흘러내렸다. 말을 잇기가 힘들었다. 가슴 속에서 울화 같은 열기가 치밀어 올랐다. 내 나라 내 땅에서 행복하게 산다는데 뭐가 문제란 말인가. 그럼에도 그러지 못하는 현실이 답답했다. 분노가 치밀어 올랐다.

송재만은 조금리에 아름다운 화원을 꾸미고 싶었다. 꽃이 피고 나무가 풍성한 집을 만들고 싶었다. 그곳에서 뛰어노는 아이들을 보고 싶었다.

새가 날고 바람이 불고 노래가 흘러나오는 집. 마당이 넓은 집이면 좋겠다고 생각했다. 아이들이 뛰어놀기에 넉넉하면 더욱 좋겠다고…….

아이들이 노는 모습을 보고 싶었다. 그렇게 살고 싶었다.

길 잃은 새들이 지나가다 쉬어가는 곳. 먹이를 구하기 위해 집 나선 길짐승들이 잠시 쉬었다가 가는 곳. 나무가 있고, 꽃이 있고, 바위가 있는 집에서 살고 싶었다. 자유로운 세상. 그런 세상에서 한시라도 살고 싶었다. 그런 세상을 만들기 위해 거사에 나서는 거라 설명했다.
 순분은 그의 이야기를 들으며 하염없이 눈물을 흘렸다. 그의 손을 맞잡고 그렇게 하겠노라고 다짐했다. 그런 일을 위해서라면 언제까지라도 기다리겠노라고 약속했다. 연신 고개를 끄덕거렸다. 송재만도 눈물을 훔쳤다. 저 대호만을 날고 있는 갈매기처럼 자유롭게 날아가고 싶었다.

 송재만은 면사무소에 출근하는 즉시 면장실로 달려가고 싶었다. 하지만 지역 유지들이 수시로 그의 방을 드나드는 통에 기회가 없었다. 그날 따라 유난히 많은 유지들이 그를 찾았다. 일찍부터 조금리 정미소 박사장이 이면장을 찾았고 장마당에서 어물전을 하는 배사장도 면장을 찾아 무엇인가를 이야기하고 돌아갔다. 면 산림조합장도 다녀갔다.
 송재만은 문밖에서 눈치만 살폈다. 그때 송재만의 책상 위에 걸린 초인종이 딸랑거렸다. 면장이 호출을 알리는 표시였다. 송재만은 서둘러 면장실로 달려갔다.
 "부르셨습니까유, 면장님."
 그는 절도 있게 목례를 올리고 부동자세로 섰다.
 "그려 송주사."
 면장은 재만을 송주사라고 불렀다. 그가 직급은 가장 낮은 소사지만 그가 하는 일은 잡무를 총괄했으므로 그렇게 불러주었다.
 사실 주사는 서기 위의 행정직급이었다. 그럼에도 그에게 주사란 호칭을 불러주는 것은 나이나 지역에서 맺은 인연으로 보아 최소한의 예의라고 생각했다. 면서기들이 듣기에는 거북스러울 수도 있었지만 이면장은 게의하지 않았다.
"왜 동향보고가 없는겨?"
이 면장이 책상에 앉아 물었다.
"예. 그렇지 않아도 보고를 드릴 사항이 있는데. 바쁘서서 말씀을 못 올렸구먼유."
송재만은 뚜벅뚜벅 이 면장의 책상 앞으로 다가갔다. 큰소리로 보고할 경우 밖으로 말소리가 새어나갈 수도 있었다. 그는 한손으로 손나팔을 만들어 자분하게 면장 가까이 다가서서 보고했다.
최근 남주원의 집에서 남상돈, 이대하 등과 유생들이 모였던 일과 그곳에서 결의한 내용, 식순, 연락책과 선봉행동대를 구성키로 한 일을 보고했다. 그날 참석자들에 대해서도 빠짐없이 낱낱이 일렀다. 또 추진위원회를 결성키로 했으며 추진위원장에 이 면장을 추천했다는 사실도 보고했다.
"그려……?"
그 대목에서 이면장이 조금은 움찔하며 올려다보았다. 조금은 놀라는 눈빛이었다. 하지만 의당 자신이 맡아야 할 일이라고 생각하는 눈치였다.
"결과는?"
"만장일치로 추대하기로 했구먼유. 면장님께서 승낙만 하시면 되는구먼유."
송재만은 다시 자세를 바로잡으며 말했다.
"내가 나서야 하것는가?"
"그래주신다면 더없는 영광이지유. 면민들에게도 참으로 자랑스러운 일이 될 거구먼유."

"음……."

이 면장은 자신의 수염을 만지작거렸다. 무언가를 생각하는 듯 보였다.

그리고 오는 4월 4일이나 9일, 천의장날을 거사일로 잡았으며 주민 동원문제에 대해서는 추후 결정하기로 했다는 내용도 빼놓지 않았다. 이 면장은 그제야 고개를 끄덕였다.

"알것네. 나가보게. 아니 날짜는 4일로 못을 박지 그려."

"알겠구먼유."

송재만은 두어 발짝 뒷걸음을 걷다 돌아 서려는 참이었다.

"아참……. 철저하게 보안을 유지허게. 모든 일을 신중하게 처리허게. 항상 엄중한 시절임을 잊지 말게. 알것는가?"

"예, 잘 알것습니다유."

송재만은 다시 부동자세로 예의를 표한 다음 그제야 면장실을 나왔다. 그는 민재봉에게 거사 일자가 4일로 확정됐음을 알렸다. 민재봉은 남주원에게 또 다른 유생들에게 전했다. 송재만은 자신이 구성한 조직책을 일일이 만나 당부했다.

두산리는 김홍수를 뽑았다. 그는 31세로 마을에서 모든 이들과 통하는 사람이었다. 장정리는 최연식을 선임했다. 최연식은 25세라 피가 뜨거웠다. 농사일에 종사하며 가장 빠릿빠릿했다.

사성리는 백성일에게 맡겼다. 34세로 발이 빨랐다. 적서리는 김부복을 시켰다. 그는 18세로 매일 하루도 빠짐없이 면사무소를 찾는 청년이었다. 성격이 좋고 부지런하여 송재만이 가장 좋아하는 청년 가운데 한 사람이었다. 자신의 심복이 따로 없었다.

도이리는 남신희에게 부탁했다. 그는 35세에 양반으로 농사를 짓고 있었지만 도이리에서는 그를 넘기고 지나칠 수 없었다. 남상돈이 천거했다.

송전리는 최정천이었다. 36세의 마당발이었다. 민재봉이 천거했다. 마중리는 윤남, 출포리는 박양삼을 선정했다. 송재만의 친구였다. 윤남은 46세에 참으로 부지런한 사람이었다. 게다가 개인적으로 잘 아는 사람이었다.

▫ 더 큰 축제를 위해

송전리 백남덕 전교사의 집으로 민재봉이 찾아왔다. 그의 집은 낮은 언덕을 베고 남향으로 앉아있는 들 가운데 집이었다. 다행스럽게도 주변에 민가가 없는 외딴집이었다. 언덕만큼이나 낮은 지붕을 땅에 붙이고 지기를 누르고 있었다. 게다가 그의 집은 민재봉의 집에서 불과 이 리 남짓이었다. 손갓을 하고 눈을 들면 들 너머로 그의 낮은 지붕이 보였다. 그 역시 같은 천도교인이었다. 그래서 허물이 없었다. 다만 민재봉이 면서기라 그것이 마음에 걸렸다.

백 전교사는 송전리를 중심으로 대호지면과 정미면, 성연면의 천도교인들을 부추겨 독립운동을 도모하고 있었다. 물론 교인들이 아니면 알지 못하도록 암암리에 움직이고 있었다.

그 일에 매달려 매일 교인들을 만나는 게 일이었다. 그러다보니 집에 붙어 있는 시간이 많지 않았다. 민재봉도 두어 번 찾아가서야 그를 만났다.

"전교사 어른, 긴요하게 드릴 말씀이 있어 찾아뵈었구먼유."

백 전교사가 민재봉의 손을 반갑게 잡았다. 본래 정이 많은 사람이라 사람 대하는 게 남달랐다. 구수하고 친근한 표정으로 민서기의 등을 다독였다. 민서기 역시 금새 그의 친절에 동화되고 있었다. 거친 손마디가 믿음으로 다가왔다.

"민 서기 자네가 어인 일이여……."

민재봉을 사랑방으로 안내했다. 그는 농기구를 손질하고 있었던 모양이었다. 마당 구석에 삽이며 괭이, 쟁기, 갈고리 같은 농기구들이 즐비했다. 봄 농사를 준비하기 위해 벌써 채비를 서둘고 있었다.

"누추허지만 안으로 드시게."

백 전교사는 삽에 묻은 흙을 툭툭 털며 담 너머로 주변을 둘러보았다. 다행히 그들을 감시하는 눈초리는 보이지 않았다. 아직 바람이 찬 탓이었다. 농군들도 아주 멀리 보일 뿐이었다.

먼저 방으로 들어 그를 맞았다. 좁은 방에는 잡동사니가 수북하게 쌓여 있었다. 멍석 깐 바닥에는 새새로 먼지가 찌들어있었다. 매캐한 댓진 냄새에 머리가 지끈거렸다.

백남덕은 대를 주며 담배를 권했다.

"한대 허시지."

도리어 민재봉이 주머니의 담배 갑을 내밀며 그에게 궐련을 권했다.

"아니 이건 심심혀서……. 맛이 있는겨?"

백 전교사는 궐련을 받아 두어 번 조몰락거리다 입에 물었다. 성냥개비로 북 긁어 불을 붙였다. 그러면서 같이 하자고 성냥불을 권했다. 손가락 끝으로 잡은 성냥불이 까만 재를 남기며 매달려 타들어가고 있었다. 재가 방바닥에 떨어질 판이었다.
　하지만 민재봉은 큰형님 뻘 되는 그의 앞에서 담배를 빼 물기가 부담스러웠다. 게다가 자신은 평신도이며 그는 전교사였다. 주저거렸다.
　"아니여 혀. 어여."
　민재봉도 서른을 넘긴지라 크게 예의에 벗어난다고 생각지 않았다.
　"그럼 저도 한 대 허것시유."
　그제야 궐련을 빼물었다.
　"그려."
　민재봉도 성냥불을 받아 궐련에 불을 댕겼다. 손끝이 타들어가는 느낌이었다. 서둘러 재떨이에 타들어간 성냥개비를 던지듯이 내려놓았다.
　두 사람은 말없이 길게 담배연기를 들이켰다. 좁은 방안이 온통 담배연기로 가득했다. 매콤한 연기에 댓진냄새가 묻혀버렸다.
　백남덕은 궐련을 손가락 사이에 끼우고 발목을 교차시킨 자세로 앉았다. 두 팔로 무릎을 감쌌다. 맨발의 엄지발가락이 유난히 굵게 보였다.
　"무신 일인디 그러는겨. 어제도 다녀갔담서."
　백남덕 전교사가 궐련을 빨며 말했다. 엄지발가락이 꼼지락거렸다.

대호지 아리랑

"예, 어제 왔더니 안 계시던디유. 요즈음 부쩍 바쁘시다고……."

"일이 좀 그렇게 됐구먼. 자네도 천도교인 아닌겨."

백 전교사는 담배연기 너머로 민재봉을 뚫어지게 쳐다봤다. 무엇인가를 확인하고 싶은 눈치였다. 눈 속에서 그것을 다짐받듯이 말하고 있었다.

"그렇지유."

민재봉이 간단하게 대답했다.

"그래서 하는 말인디……."

그는 머뭇거렸다. 민재봉이 면서기인지라 조심스러웠던 모양이었다. 눈을 들어 다시 그의 눈을 한참 들여다보았다.

민재봉이 겸연쩍은 표정으로 고개를 끄덕거렸다. 그제야 말을 이었다.

"손병희 선생님께서 민족을 대표하셨는디 우리가 가만히 있어도 되는 건지 말이여. 천도교인으로서 도리가 아닌 듯도 싶고……."

그는 뜨거워지는 손을 느끼며 길게 궐련을 빨아들였다. 그리고는 재떨이에 꽁초를 비벼 껐다. 그는 내심 민재봉에게 속내를 터놓을 생각이 없었다.

그가 면서기여서 어쩔 도리가 없었다. 같은 교도임은 알지만 그래도 할 말이 있고 하지 못할 말이 있었다. 같은 교도라 에둘렀다. 한편으로 그의 눈 끝을 다시 살폈다.

민재봉도 그런 전교사의 눈치를 모를 리 없었다. 그가 자신을 신뢰하지 않는다는 걸 눈빛으로 알았다.

"그래서 찾아뵈었시유. 사실은 전교사 어른께서 도모하려는 일을 유생들도 준비하고 있시유."

민재봉이 들이대듯이 말했다.

"내가 도모하는 일은 뭐고 유생들은 또 뭐여?"

그는 놀란 눈으로 민재봉을 주시했다. 그러면서도 한편으로 경계와 의심의 눈초리를 감추지 않았다. 그가 안다면 면에서 동태를 파악했다는 것이었다. 백 전교사는 정신이 번쩍 들었다. 설마 하는 바람으로 그의 동태를 살폈다.

민재봉은 길게 연기를 들이킨 다음 재떨이에 꽁초를 비벼 껐다. 파란 연기가 물씬 피어올랐다.

"대충은 알고 있시유. 전교사 어른께서 어떤 일을 도모하고 계신지 말이여유."

"그럼."

"유생들은 사성리 남주원 선생과 도호의숙 출신이 주도하고 있시유."

들이켰던 연기를 길게 토하며 말했다. 입에서 말과 연기가 함께 쏟아져 내렸다.

"남병사 댁 남주원과 도호의숙 유생들 말이여?"

"그려유."

남병사 댁이란 말에 그도 차분하게 목소리를 가라앉혔다.

"그럼 우떡한다는 겨……."

"정확한 건 모르지만 전교사 어른께서 생각하시는 일과 같은 일을 하고 있다 이 말씀이여유. 그래서 드리는 말씀인데 함께 일을 준비하는 게 어떨까 해서 찾아뵈었지유."

민재봉이 조심스럽게 눈치를 살폈다.

"그 기 누구 제안인겨?"

백남덕이 눈 꼬리를 치켜 올리며 물었다.

"그냥 제 생각인데 일부 유생들의 생각도 들어있구유."

"그 무신 말씀이여. 우리는 교단의 지시에 따라 움직이고 있는디. 몇몇 유생들이 하는 거사에 우리가 동참을 하다니 천부당만부당한 소리여. 차라리 그대들이 우리 교단에 동참하는 게 낫것구먼."

그는 민재봉의 제안을 일고의 가치도 없다고 생각했다. 담뱃대에 담배 잎을 비벼 넣었다. 엄지손가락이 꺾일 정도로 모질게 눌러 넣은 다음 대를 물었다. 입술을 여러 차례 옹당그린 다음 성냥불을 댕겼다. 뽀얀 연기가 방안 하나 가득 피어올랐다.

그는 양 볼이 오목하도록 연기를 빨아들였다. 나무를 투박하게 깎아 만든 재떨이에 담뱃대를 간간이 두드렸다. 불편한 심기가 고스란히 전해졌다.

"전교사 어른, 이번 유생들의 움직임은 단순히 몇몇이 아니여유."

"그러면?…… 유생들이 몇이나 되간디."

"유생들뿐만 아니라 면에서도 적극 동참하기로 했시유."

민재봉은 목젖을 누르며 나직하게 말했다. 그러면서 문밖의 동정을 살폈다.

"뭐여? 면이라니."

백남덕 전교사는 그 대목에서 말을 잘랐다. 생각지도 못한 대답이었다. 적잖게 놀라는 눈치였다.

면사무소는 일제의 말단 행정조직이었다. 그런 면사무소에서 만세운동에 나선다는 것은 믿을 수가 없는 얘기였다. 팥으로 메주를 쑨다는 얘기나 다름없었다.

주민들을 계도한다며 일제에 충성을 종용하던 게 면 조직이었다. 공출을 앞장서서 독려하고 일제 식민사상의 합리성을 계도한 것도 면사무소였다. 그것은 의심의 여지가 없었다.

도리어 일을 도모하려면 면을 피하는 게 맞다. 그런 면사무소에서 거사에 나서는 일은 상상조차 어려운 말이었다. 더욱 믿음이 가지 않았다.

"누가 나선다는 거여?"

그는 의구심이 이는 눈으로 민재봉을 뚫어지게 들여다봤다. 담배 대를 입에서 떼고 귀를 바짝 들이댔다.

"이번에는 면장님과 면서기들이 나서기로 했시유."

민재봉이 백 전교사의 귀에다 대고 조용하게 속삭였다. 작은 소리로 말했지만 그것은 큰 소리로 그의 귀에 들렸다. 쩌렁쩌렁 울리는 소리였다.

"뭐여 누구?"

"면장님 말이여유. 그 정도면 면민들이 들고 일어난다는 얘기 아니것시유? 그러니까 함께 세를 키우자는 거지유. 같은 일을 하는데……."

민재봉은 백 전교사의 눈을 들여다보며 자신에 찬 목소리로 말했다.

"그게 무슨 말이여. 이인정 면장님이?"

그는 두 눈을 동그랗게 떴다. 현직 면장이 거사에 동참한다면 놀랄 일이었다. 믿기지 않는 눈치였다. 게다가 이 면장은 자신이 존경하는 인물이었다.

  자인현감을 하고 돌아와 초대 면장을 한다는 말에 적잖게 놀란 일이 있었다. 개인적으로는 자신보다 열두 살 위라 어렵게 모시는 형편이었다. 그런 면장이 거사에 나선다는 말에 눈이 휘둥그레졌다.

"그게 확실한 겨? 이 면장님께서 이번 일에……."

"쉿. 절대로 새어나가서는 안 될 말이여유. 제가 전교사 어른께 거짓을 고하것시유."

민재봉이 더욱 낮은 목소리로 백남덕의 두 눈을 똑바로 보며 말했다.

"그렇다면 생각을 해봐야겠구면. 어떻게 면장님이……."

백 전교사는 말을 들으면서도 믿기지 않는 눈치였다.

"대호지면에서 내로라하는 분들이 모두 동참한다고 들었시유."

"그런디 내게는 우째서?"

백남덕 전교사는 내로라는 분들이란 말에 조금은 서운한 기운을 내비치며 물었다.

"그러니까 제가 어제 찾아왔었지유. 어제 막 결정한 일이라."

"그럼 민서기 자네도."

"그렇지유. 전교사 어른께서 아시는 분들 대부분이 함께하신다고 보시면 될 것이지유."

그제야 안도하는 기색이었다. 담뱃 대를 물고 길게 담배연기를 들이켰다.

"그렇다면야. 더없이 좋은 일이구먼. 어차피 큰일을 위해 싸우는 건디 거사야 클수록 좋은 거 아녀. 함께하면 더욱 효과적이겠구먼. 손병희 선생님께서도 기독교와 불교를 연합허서 독립을 선언하시지 않았는감. 그와 같은 이치잖여. 내 적극 동참하는 방법을 모색해 봐야겠구먼. 좋은 일을 함께하자는디 무신 문제가 있것나. 누가 하면 어떻고 누가 주도하면 또 어떤겨. 우리가 서로 도와 거사를 빛내도록 혀야겠구먼. 모두가 알 필요는 없네그려. 우선은 자네와 나만 알기로 허세."

백 전교사는 민재봉의 손을 덥석 잡았다. 민재봉도 그의 손을 다시 잡았다. 굵은 손마디에 힘이 들어갔다.

"예, 전교사 어른."

백남덕은 이인정 면장이 동참한다는 말에 어렵사리 동의했다. 민재봉은 이 소식을 송재만과 남병사 댁 남주원에게 즉시 전했다. 거사 준비는 차근차근 이루어지고 있었다.

대호지가 포함된 당진은 유달리 천도교가 뿌리 깊은 지역이었다. 천도교로 이름을 바꾸기 전 동학으로 더 먼저 알려져 있었다. 당진에 동학이 들어와 본격화된 건 1890년대 초였다. 땅이 넓은 합덕에서 처음으로 농민항쟁이 발발했다.

1893년 12월. 전라도병사를 지낸 이정규의 탐학이 심했다. 그는 벼슬에서 물러난 뒤 당진 합덕연제수리계장을 맡았다. 연제못의 물 관리 책임자였던 그는 물고를 핑계로 농민들을 착취하고 수탈했다.

이런 탐학을 견디지 못한 농민들은 그를 고발하는 혈원록을 만들어 홍주목사에게 제출했다. 하지만 홍주목사는 받아들이지 않았다. 도리어 이정규가 합덕농민들을 죽여야 한다는 편지를 홍주목사에게 전달한 사실이 발견됐다.

이에 격분한 농민들은 1893년 12월 14일 밤 이정규의 집에 불을 질렀다. 이어 농민들이 봉기하여 관아에 적극 항의했다. 전북 고부에서 동학농민혁명이 발생하기 20여일 전이었다.

 이렇게 뭉친 당진 농민들은 1894년 이창구를 중심으로 홍주목을 위협했다. 또 보령수영을 공격했다. 더욱이 이들은 1894년 10월 내포 농민군으로 발전하여 15,000명에 달하는 규모로 확산했다. 이들은 그달 24일 당진군 면천면 사기소리에 있는 승전곡에서 일본군과 관군을 무참하게 무찔렀다.

 뒤늦게 평정에 나선 충청감영은 이정규를 유배하고 동시에 농민운동 책임자 나성뢰를 함경도로 유배시켰다.

 이후 동학이 폐퇴하고 천도교로 이름을 바꾸었지만 교주 손병희 선생이 당진에 은거하면서 그 세력이 다시 확산됐다. 손병희 선생은 1898년 6월 2일 동학 2대 교주 최시형이 처형되자 이곳 당진으로 몸을 피했다.

 그는 당진 모동에 머물면서 무너진 동학 조직을 재건하는데 주력했다. 실제로 이곳에 동학대도소를 정하고 내포지역 동학세력의 조직을 재건했다. 그가 당진에 머문 시간은 1898년 8월에서 1899년 10월까지 1년 3개월이었다. 대호지 지역의 천도교가 유난히 활성화된데는 이런 연유가 있었다.

▫ 행동대장 송재만

송재만은 1891년생으로 만세운동이 있던 해 스물아홉이었다. 그는 본래 서산군 이북면 내리에서 태어났다. 현재는 태안군 원북면이지만 그때는 서산이었다. 낮은 잔구들이 이어진 그런 곳이었다. 약간의 농토가 있었지만 넉넉한 곳은 아니었다. 그것마저 일제에 수탈당하여 매번 먹거리에 허덕거렸다.

그래서 고향을 등지고 한때 천안군 천안읍 읍내리에서도 살았다. 천안은 육로를 통해 경성으로 가는 길목이었다. 호남과 영남으로 가는 길이 삼거리를 이루는 곳이었다. 게다가 당시 충청권에서 가장 번성했던 도시이기도 했다. 송재만이 그곳에 간 것은 조금은 희망이 있을까 하는 바람에서였다. 하지만 그곳 역시 일제의 침탈 아래 있던 곳이라 녹녹하지 않았다. 그러다 1914년 대호지면 면사무소가 있는 조금리로 이사 와서 살고 있었다.

그는 대호지면사무소에서 잡무를 맡아 처리하던 소사로 일하고 있었다. 면의 총무나 다름이 없었다. 그는 본래 부지런하고 성실했다. 작달막한 키에 동글동글한 얼굴이 귀여운 상이었다. 늘 웃는 표정이 보는 사람에게 친근감을 주었다.

대호지에서 그를 모르는 면민이 없었다. 면내의 대소사가 생기면 주민들은 송주사를 가장 먼저 찾았다. 그를 통하면 안 되는 일이 없었다. 아울러 가장 만만했다.

주민들의 입장에서 이인정 면장은 너무 멀었다. 그는 사대부집안에서 태어나 군수를 역임한 인물이었다. 평민들의 입장에서는 하늘같은 존재였다. 쉽게 얼굴을 들고 볼 수도 없는 처지였다. 신분도 그와는 달랐다.

그렇다고 면서기들을 만나는 일도 쉽지 않았다. 그들 역시 일이 바쁘다는 핑계를 대며 거들먹거리기 일쑤였다.

주민과는 다른 위치에 있었다. 공조직에 몸담고 있다는 자체가 권위였다. 공무를 잘 수행하기 위해서는 그 권위를 지켜야 한다고 생각했다. 그래서 애써 주민들과의 직접 접촉을 피했다.

필요에 의해 주민들을 만난다 해도 고자세로 대했다. 일제에 의해 잘 훈련된 바도 있었지만 그들 스스로 그것이 싫지 않았다. 순사들이 매를 들고 주민들을 때렸다면 면서기들은 말로 주민들을 호령했다. 아랫사람 다루듯 했다.

선임 면서기는 그렇게 교육시켰고 동시에 후임 면서기들은 그리 교육받았다. 주민들을 다루는 그들만의 비법이라고 생각했다.

조선조의 명맥이 이어졌기에 면서기는 벼슬이었다. 관직이 낮을 뿐 그것은 일반 백성과는 다른 벼슬이었다. 스스로 벼슬아치라고 생각했으므로 주민들과 어울릴 수 없었다. 그래서 만만한 게 송재만이었다. 평민출신의 소사라 그가 가장 편했다.

직급도 그렇지만 그는 예사 면사람과 달랐다. 무엇이든 도움을 주려고 애썼다. 같은 주민들의 입장에서 고민하고 아파했다. 태생이 백성인지라 그 난 자리를 잃지 않으려고 노력했다.

그는 조금리에 장이 서면 장마당에 나가 살다시피 했다. 열흘만에 한번씩 서는 장이지만 그곳에서 면내의 모든 정보를 구했다. 각 마을 사람들을 만나고 소식을 들었다. 어느 마을에 상이 났는지. 혹은 혼례가 있는지도 알 수 있었다. 또 어떤 마을에 궂은 일이 생겼는지도 들었다.

 누구네 집에 쌀농사를 얼마나 했으며 보리농사를 얼마나 지었는지도 환하게 알고 있었다. 심지어 콩농사를 어떻게 망쳤는지까지 꿰뚫고 있었다. 이런 모든 것이 그의 부지런함과 무관치 않았다.

 때문에 이인정 면장은 면내 시찰을 갈 때마다 그를 앞장세웠다. 그는 면장의 수행비서나 다름이 없었다. 그러다보니 송주사만큼 발이 넓은 사람도 없었다.

 송재만은 일과가 끝나는 시각이면 어김없이 친구들을 찾아다녔다. 똘방지고 일을 시키면 군말이 없는 사람들로 조직을 만들 생각이었다. 다가올 거사에서 궂은일을 도맡아야 할 선봉 행동대가 필요했다.

 행동대원은 담대해야 한다고 생각했다. 겁이 많으면 아무리 사람이 좋아도 배제했다. 거사 당일에 몸을 던져 함께 일할 각오가 되어있는 사람을 골랐다. 혼자의 생각으로 사람을 물색해야 했으므로 쉽지 않았다.

 그가 가장 먼저 찾아간 이는 조금리의 송봉운이었다. 그는 늘 장마당에서 만나는 친구였다. 그리 크지 않은 키에 다부진 체격이 겉보기에도 만만해 보이지 않았다.

 평소 겁이 없고 담대했다. 그가 주먹이 센 건 아니지만 깡으로는 그를 당할 사람이 없었다. 대호지면뿐만 아니었다. 인근 관내에서도 그의 담대함은 알아주었다. 그가 장마당에 나타나면 마을 조무래기 건달들은 피해 다닐 정도였다.

 다른 면에서 조금리를 지나려면 그에게 인사를 하고 다녔다.

통행세는 아니었지만 술이라도 한잔 받아 주어야 평안했다.
"친구가 어쩐 일이여 이 누추한 곳을."
송봉운은 조금리 외딴집으로 찾아온 그를 지극하게 맞았다. 없는 살림이었지만 탁주를 받아 대접했다. 둘은 한동안 술잔을 주거니 받거니 했다.
술안주라야 곰삭은 김치조각이 고작이었다. 초라한 소반에 송봉운은 연신 송구함을 표시했다.
그의 집은 산기슭에 몸을 기대고 선 낮은 초막이었다. 노부모를 모시고 살았다. 모시고 산다는 것보다 함께 산다는 표현이 맞았다. 남의 소작일을 하는 노부모의 그늘에서 그 나이가 되도록 살고 있었다.
그러다 보니 살림이 말이 아니었다. 웅크리고 앉은 늙은 초막과 좁은 마당 그리고 집을 뒤덮고 있는 미루나무가 풍경이었다.
송봉운은 오랜만에 집으로 찾아온 친구라 더욱 반가웠다. 사실 그가 면에 나가면 술밥은 송재만의 몫이었다. 그가 면에서 푼돈이라도 번다고 늘 술밥을 샀다. 면사무소 앞에 있는 주막이 그의 단골이었다. 송봉운이 장마당에 나오면 그곳에서 국밥을 대접했다. 대접이라기보다 함께 나누었다.
송재만은 친구인 송봉운이 살림이 넉넉지 않다는 걸 잘 알고 있었다. 자신이야 혼자 몸이라 어렵지 않았지만 그는 늙은 부모와 함께 하고 있었다. 때문에 늘 어려움이 더 클 것이라고 생각했다.
그래서 때로는 고기 근을 끊어 손에 들려 보내기도 했다. 때문에 늘 감사하는 마음으로 송재만을 대했다. 그런 그가 오랜만에 소식도 없이 집으로 찾아왔으니 더없이 반갑고 고마웠다.

"오랜만인디 한잔 들게 그려. 그동안 자네의 신세에 늘 감사혔네. 오늘은 내가 술 한 잔 살꺼구먼."

송봉운이 탁주를 권하며 말했다. 투박한 손에 들린 낡은 주전자가 기울어졌다.

"그려. 오늘은 친구에게 한잔 얻어먹어야겠네. 참으로 기분이 좋구먼."

송재만은 늦은 시간까지 술을 마셨다. 정신이 혼미해지려 했다. 그럴 때마다 정신을 바짝 차렸다. 의도적으로 눈을 크게 뜨고 앞에 앉은 송봉운을 너머다 보았다. 그 역시 술기운이 조금씩 오르는 듯 보였다.

"그런데 어인 일로 외딴 집까지 찾아온겨. 괜히 오지는 않았을 테고 말이여."

송봉운이 얼큰한 표정으로 물었다. 더 취기가 오르기 전에 심중을 알고 싶은 눈치였다.

"오늘은 긴요하게 도움을 청할 일이 있어 왔구먼 그려."

송재만이 김치조각으로 입을 씻으며 말했다. 새콤한 맛이 눈을 가물거리게 했다.

"뭐가 그리 긴요한거. 도움이라면 무신 도움 변변할 거도 없는 내가 줄 도움이 있단 말이여?."

그제야 송재만이 술잔을 내려놓으며 조심스럽게 입을 열었다.

"나도 말이여. 참 기구한 삶을 살았네. 서산 이북면 내리에서 나서 천안에 살다가 다시 이곳 대호지면에 와서 살고 있지 않는가. 면직원으로 살지만 이 나이가 되도록 장가도 들지 못하고 혼자 살고 있잖여. 이룬 일도 없고 해놓은 것도 없이 말이여."

대호지 아리랑

그는 길게 숨을 내쉬었다. 스스로 돌이켜 보아도 허망한 삶을 살았다는 생각이 스쳤다. 매일같이 반복되는 일상을 살아온 것 외에 손에 꼽을 일이 없었다.

"이 친구야. 그게 무신 기구한 삶이여. 이 시대 우리 친구들이 다 그렇잖여. 너무 낙심 말어."

송봉운이 손으로 재만의 무릎을 툭치며 말했다. 동병상련. 다를 것 없는 입장이었다. 송재만의 그 말에 송봉운도 함께 공감하고 있었다. 행동으로는 위로했지만 속으로는 다를 바 없다고 생각했다.

"그래서 이번에는 정말 제대로 일을 해보고 싶어 찾아왔구먼. 사내답게 살고 싶어서 말이여."

송재만이 비장한 각오를 품은 얼굴로 봉운의 눈을 뚫어지게 들여다보았다. 그 대목에서 술기운이 휙 하고 달아난 느낌이었다. 제대로 된 일이라는 말이 스스로를 긴장 속으로 몰아갔다.

"그게 무신 말이여? 제대로 된 일은 뭐고 사내답게 사는 건 또 뭐여."

송봉운이 눈을 동그랗게 뜨고 송재만을 들여다보았다. 그 역시 정신이 번쩍 드는 모양이었다. 그의 입에서 무슨 말이 나올까를 기다렸다.

송재만은 주변을 둘러보았다. 주검 같은 어둠만 고여 있었다. 술상 옆에 피워놓은 호롱불만 검은 그을음을 하늘로 날리며 까무락거렸다. 손갓을 만들어 입에 대고 나직하게 말했다.

"조만간 거사를 일으킬 생각이여."

송재만은 이어 두 주먹을 불끈 쥐고 이를 깨물었다.

"거사라니?"

송봉운은 주변을 살핀 다음 놀란 눈으로 그의 눈을 들여다봤다. 역시 말소리는 나직했다.

"조선 천지가 이 나라 독립을 외치는 군중들로 난리여. 각 고을마다 독립만세를 외치는 사람들로 넘쳐나고 있단 말이여. 한데 이곳 대호지는 쥐죽은 듯 조용하지 않는가. 그래서 이번에는 이 몸이라도 나서서 만세운동을 벌일 생각이구먼."

송재만의 말에는 강한 의지가 녹아 있었다. 담박에 뛰쳐나가 만세소리를 외칠 기세였다. 골골로 뛰어다니며 한 없이 만세를 부르짖을 기세였다. 말소리는 나직했지만 그의 말투에는 강한 투지가 담겨 있었다. 분노가 녹아 있었다.

"아니 그게 무신 말이여. 자네가 나서서 독립을 외치다니."

"누구라도 외치지 않으면 숨이 막혀 죽을 것 같아서 그려. 사람들을 규합하고 그들과 함께 나서서 이 나라 독립을 외칠 생각이란 말이여. 이 한 몸 바쳐 이 나라가 독립 된다면 뭐가 그리 두려울 게 있겠나."

송재만은 탁주를 길게 들이키며 단단한 어조로 말했다. 비장한 각오가 그의 눈에 서리처럼 엉겨 있었다.

"그럼 나도 할 일이 있단 거여, 뭐여?"

송봉운은 군침을 삼켰다.

"그래서 하는 말이여. 내가 행동대장을 맡을 테니 자네가 부대장을 맡아 함께 거사를 치르자는 거여. 엄청난 아픔을 겪게 될지 몰라. 거사가 잘못되면 죽을 수도 있어, 하지만 이 나라 독립을 위해 싸우다 죽으면 그 또한 영광 아니겠는가."

송봉운이 빈 잔을 받아 잔에 하나 가득 탁주를 따랐다. 그리고 자신의 잔에도 탁주를 그득하게 따랐다. 그리고는 그 잔을 송재만에게 넘겼다.

"좋구먼. 우리는 친구 아닌가베. 지금까지 사내로 살면서 제대로 된 일을 한번 해보지 못했구먼. 뒷골목의 상건달처럼 살수야 없지 않겠는감. 그런 일을 맡겨준다면 기꺼이 해야제."

송봉운은 말끝에 힘을 주었다.

"암. 이 나라를 위해서 하는 일인디 두려워할 게 뭐가 있단 말이여. 내 필생의 사업이라고 생각하고 힘껏 맡아 볼 꺼구먼. 내 기꺼이 할겨."

송봉운은 아랫입술을 깨물며 다부지게 말했다. 눈에 영기가 엉겼다. 그것은 살기에 버금가는 비장함이었다. 매섭고도 선명한 의지의 눈빛이었다.

"고맙구먼 친구."

재만과 송봉운은 길게 탁주를 들이켜고 손을 굳게 맞잡았다. 거칠고 다부진 손과 송재만의 마디 굵은 손이 서로 엉겼다. 그것은 맹세였다.

죽는 한이 있어도 변절하지 않겠다는 언약이었다. 취기가 올랐지만 정신은 더욱 또록또록 빛났다.

송재만은 밤마다 그렇게 면내를 돌아 다녔다. 남병사 댁이 있는 사성리는 남주원이 행동대를 조직해 주었다. 그래도 송재만은 그들을 각자 찾아다니며 당부하고 부탁했다.

그들은 남병사 댁 집사이면서 사성리 이장 고수식과 김팔윤, 그리고 사성리 김순천과 남태우였다. 모두 남주원과 특별한 관계를 맺고 있어 적극 호응해 주었다.

　이들은 모두 재만의 사형들이었다. 고수식은 1872년생으로 47세의 어른이었다. 김팔윤은 1889년생으로 친형처럼 지내는 사이였다. 다만 김순천은 26세의 혈기 왕성한 아우였다.

　남태우는 양반으로 처음부터 이번 일에 깊이 관여한 인물이었다. 40세란 나이에 걸맞지 않게 매사에 적극적이었다.

　비록 몰락한 집안의 자손이지만 양반의 피를 타고난 탓에 나름의 의무를 다해야 한다는 생각을 하고 있었다. 말로만 양반이 아니라 행동하는 양반이길 자처했다.

　그가 주변 사람들의 존경을 받는 것은 그런 탓이었다. 솔선수범하는 정신이 투철했다. 스스로도 양반이면 민족이 신음하고 있을 때 두려움 없이 나서야 한다고 생각했다. 그러던 차에 행동대의 제안을 받고 마다하지 않았다.

　나이가 있어 힘들겠다며 뒤로 뺄 만도 한데 그는 단참에 승낙했다. 그는 송재만을 친동생처럼 맞아 주었다.

　또 사성리 김형배는 1885년생으로 36살의 중년이었다. 담대하고 뱃심이 좋아 늦은 밤에도 산을 넘나들기를 밥 먹듯 하는 사람이었다. 한밤에도 길을 나서면 출포리든 어디든 마음먹은 대로 돌아다녔다.

　34세인 송전리 김장안은 형으로 받들며 지내는 사이였다. 그는 천도교인이면서 적극적인 성격이라 매사에 시원시원했다. 송재만의 제안에 선뜻 대답해 주었다.

　무슨 일을 하는지도 묻지 않았다. 그냥 함께하자는데 동의했다. 송재만에 대한 믿음도 있었다. 하지만 그 스스로도 평소에 옳은 일이라면 떨쳐나서야 한다는 신념에 차있었다.

또 사성리 안상춘과 송무용은 동생들이었다. 20대 초반들이라 혈기가 왕성했다. 돌을 씹어 먹어도 소화가 될 나이였다. 무엇이든 시켜만 주면 물불을 가리지 않고 달려 나갈 청년들이었다. 송재만은 이들이 있어 든든했다.

도이리에 찾아 가서는 개별로 접촉했다. 남인우와, 전성진을 잇따라 만나 당부했다. 남인우는 1886년생으로 37세의 나이였다.

그는 무반집안의 기질을 타고나 양반이면서도 쪼잔하지 않았다. 매사에 담대하고 겁이 없었다. 농사를 짓고 살았지만 전란이 있었다면 그는 무인이 되고도 남음이 있는 인물이었다. 결코 물러설 생각이 없는 그런 사람이었다.

전성진도 1885생 35세로 양반이었다. 그는 조용하면서도 내공이 단단한 인물이라 뱃심이 좋았다. 모두 남이흥 장군의 후예답게 용감하고 무쌍했다.

그리고 동생뻘인 남성우를 행동대원으로 영입했다. 그 역시 양반으로 23세의 젊은 나이지만 무골 집안의 자손답게 기질이 남달랐다.

장정리를 찾아서는 연락책 최연식에게 상의했다. 그러자 스스로 행동대로 나서겠다고 말했다. 두 손을 굳게 잡았다. 그는 인근에 사는 김찬용을 소개했다.

김찬용은 23세의 젊은 양반계급으로 혈기가 왕성했다. 고종황제의 갑작스런 붕어에 분노하고 있던 인물이었다. 흔쾌히 확답을 받았다.

마중리로 달려가 심능필에게, 두산리로 가서 김홍진에게 맡아

달라고 요청했다. 심능필은 27세의 양반이었다. 민족의식이 투철한 사람이었다.

그는 이 민족이 일본에 압제당한 일에 대해 매우 못마땅하게 생각하고 있었다. 이런 마당에 선봉대를 제안하자 즉시 화답해주었다.

김홍진은 43세의 나이임에도 처음부터 거사에 동참했던지라 적극 호응해주었다. 또 적서리 사는 김길성을 행동대원으로 만들어 임무를 부여했다.

그는 아직 덜 익은 19세의 청년이었다. 하지만 대원으로 조금도 손색이 없을 만큼 민족의식이 투철했다. 그것은 그를 아는 이들이 모두 인정하는 바였다.

그리고 면사무소가 있는 조금리에서 김금옥을 만나 부탁했다. 뒷일은 송재만 자신이 돌보기로 했다. 김금옥 역시 23세의 피가 뜨거운 청년으로 힘이 장사였다. 두려움을 모르는 사람이라 그를 선봉대에 뽑았다.

선봉대 조직은 거의 마무리가 되었다. 꼭 필요치 않으면 더 이상 늘일 생각이 없었다. 그때 남상돈이 한명을 추가로 추천했다. 그는 도이리 사는 남상은이었다. 그를 만나기 위해서는 어려움이 있었다. 우선 송재만은 심복 김부복을 불러 심부름을 시켰다. 남상은에게 조속히 만날 약속을 정하게 했다. 그리고 약속 한날 그가 원하는 장소로 나갔다.

약속장소는 한봉산 고갯마루 밑에 양지바른 곳이었다. 그가 살고 있는 도이리 집에서 마주 보이는 산마루였다. 그는 지게를 지고 나무꾼 행색으로 그곳에 나타났다. 담이 크고 겁 없이 살 성격의 청년이란 게 한눈에 보였다.

남상은은 1894년생으로 다부진 체격에 두 눈이 똘방한 26세의 청년이었다. 호는 취송이었다. 그는 조금도 머뭇거림이 없었다. 매사에 분명했다.

명문가의 자제답게 독립을 쟁취해야 한다는 생각이 확실했다. 눈에서는 광채가 발할 만큼 의기가 대단했다. 그가 집을 피해 산에서 나무꾼으로 만난 일도 까닭이 있었다.

그는 성암 남성희의 둘째아들이었다. 성암은 남이홍 장군의 셋째아들 두기공의 10세손으로 1868년 도이리에서 태어났다.

12살 되던 해에 도호의숙에 들어가 11년간 공부하고 6년여 훈장으로 일했다. 그는 평생을 한학에 몰두한 인물이었다. 그의 민족의식 역시 철저했다.

고종황제의 붕어에 크게 분노하고 있었다. 일제의 강점에 대한 분노 또한 대단했다. 이런 탓에 그의 아들들이 모두 강골이었다.

첫째아들 남상학은 1890년생으로 남들이 놀랄 만큼 똑똑했다. 신동이란 소리를 들으며 자랐다. 어릴 때부터 도호의숙에 들어가 아버지 성암 아래서 공부했다.

나이 11세 되던 1901년부터는 소년부의 훈학을 담당할 정도였다. 나이가 들면서 9척 장신으로 자라 무관으로서도 손색이 없었다. 더욱이 그는 의협심이 강해 남주원의 조부 남명선 한성우윤의 총애를 받았다.

한때 그의 재산을 관리하던 서사로도 일했다. 자연 남주원과도 교분이 깊었다. 한 식구처럼 지냈다.

그가 남병사 댁에서 일할 때 남명선의 천거로 백야 김좌진을 만났다. 백야보다 한 살이 어렸지만 그의 보좌역을 자처하며 그를 따라 중국으로 들어갔다.

그리고는 소식이 끊어졌다. 세간에서는 그가 독립군이 되었다는 얘기가 파다했다. 아무도 알지 못했다. 다만 일본 경찰 끄나풀들이 수시로 그의 집을 감시했다. 낮에는 거의 한두 명씩 집 앞을 배회했다.

처음에는 그들이 무슨 일 때문에 그러는지 몰랐다. 하지만 그들이 일제의 끄나풀이란 사실을 알고 가족들은 그들을 경계했다.

집밖을 나올 때마다 그들이 따라붙었다. 남상은은 그날도 지게를 지고 집 뒷산을 돌았다. 나무꾼을 가장해 한봉산 고갯마루 아래로 온 거였다.

그의 형 남상학이 북로군군정서 총사령관 백야 김좌진 장군의 수하에서 사관양성소 설립을 담당하는 장교로 있었기 때문이었다.

왜놈들이 이런 정보를 파악하고 그 가족들을 감시하고 있었다. 혹 그와 연락이 오갈 지도 모른다는 예단에서였다.

이런 집안의 막내다 보니 남상은의 인품이 출중한 건 당연했다. 송재만은 그에게 전후사정을 얘기하고 선봉대를 제안했다. 남상은은 즉시 승낙했다. 잠시도 머뭇거리지 않았다.

▫ 대호지 면서기들

1919년 3월 26일.

대호지면사무소는 비상이었다. 전 직원이 대기상태였다. 시국이 긴급하게 돌아가기 때문에 야간 비상근무를 강화하란 상부의 지시가 있었다. 관내 마을에서 긴급하게 사태가 발생하면 대비하란 전통이 떨어졌다.

면사무소 직원들은 맏형인 김동운 서기와 민재봉 토목서기, 추명직, 강태완 서기 그리고 소사 송재만이었다. 이인정 면장의 조카 이대하는 면 저축조합 서기라 면사무소에 딸린 작은 부속건물에 있었다.

그때까지 대호지면은 조용했다. 다른 읍면과 달리 소요가 없었다. 그것이 도리어 불안했다. 하지만 모든 사람과 시국을 논의할 수는 없었다. 면사무소 내에서도 각자 어떤 생각을 가지고 있는지 알지 못했다.

송재만과 민재봉은 친구 사이로 서로를 너무나 잘 알고 있었다. 하지만 가장 선임인 김동운 서기와 추명직, 강태완 서기는 어떤 생각인지 알 길이 없었다.

서로 눈치만 살피고 있었다. 사무실에서 각자의 일을 하다 잠시 펜을 놓고 앉았다.

먼저 말을 꺼낸 이는 강태완 서기였다. 그는 조금리 면사무소에서 코 닿을 곳에 살고 있었다. 면에 들어온 지 얼마 되지 않아 막내면서 귀염둥이였다.

그가 입담을 펴지 않으면 면사무소가 웃을 일이 없을 정도였다. 그날도 먼저 분위기를 잡은 것은 그였다.

"요즈음 세상이 어떻게 돌아가는지 아시면 말씀 좀 해줘 봐유. 조선팔도가 만세운동으로 야단이라는데, 대호지에서도 시위가 일어나지 않을까유. 그러면 큰일인데. 사람들이 많이 상할 텐데 말이유."

강서기는 하던 일을 멈추고 고개를 돌려 말했다.

"그렇다고 아무 일도 없는 게 옳은 건가? 나는 그걸 모르것네."

우두커니 창밖을 너머다 보고 있던 민재봉서기가 말을 받았다. 나이로 보나 경력으로 보나 김동운 수석서기 다음이 그였다. 그러잖아도 면에서 주민들을 동원해야 할 판이라 직원들의 동정을 살피고 있었다.

"글씨유. 지는 어려서 그런지 그걸 모르겠시유. 모든 지역에서 들불처럼 만세시위가 번져가고 있다는데 이곳은 쥐죽은 듯 조용하니 이게 좋은 건지 나쁜 건지……. 도무지 모르겠시유."

"……"

"집에 가도 잠이 안와유. 나라도 없는 처지에 이렇게 앉아 있어야 하는 건지. 목구멍이 포도청이라 면서기는 하고 있지만 정말 답답혀 죽것시유."

강 서기가 뒤를 돌아보며 말했다. 민재봉 서기가 길게 한숨을 내쉬며 말을 받았다. 직원들의 눈치를 살폈다.

"우리도 솔직히 앞잡이나 다름없지 뭐. 부역이나 시키고 주민들 감시해서 동향보고나 하고. 토지 조사해서 보고하고. 말이 보고지 남의 땅 뺏는데 앞장서는 거 아닌겨."

자신이 하던 일을 계속하며 혼잣 말처럼 중얼거렸다.
"아니 민서기, 그런 말을 해도 되는겨? 누가 듣기라도 허면 어쩌려구."
송재만이 사무실 창밖의 동정을 살피며 말했다.
"우리끼린데 무슨 말을 못하것어유. 우리 가운데도 앞잡이가 있는 거유?"
막내 강태완이 주변을 둘러보며 가벼운 말투로 내뱉었다. 그는 스물두 살의 나이였다. 겁날 게 없었다.
"그거야 아니지만 말조심은 해야지."
송재만이 우물거렸다. 그 역시 직원들의 성향이 궁금했다.
직원들의 성향은 이런 대화에서 자연스럽게 노출됐다. 그렇다고 그것이 전부는 아니었다. 분위기를 맞추는 정도로 말할 수도 있었다. 그래도 몇 안 되는 식구들이라 한두 마디만 들어도 파악이 되었다.
"괜찮유. 우리끼리 무슨 말을 못허유. 솔직히 이게 나라입니까. 일본 놈들 손에 놀아나는 꼴이······. 숨도 크게 쉬지 못하고 사는 양태라니. 제기랄. 대호지에서 크게 독립만세시위라도 일어났으면 좋겠시유. 솔직한 심정이유. 형님들 안 그려유?"
강태완이 직원들을 번갈아보다 종국에는 민재봉을 보며 말했다.
"그야 그렇지만. 생각같이 될라고. 지켜보자고. 무슨 수가 나것지."
민재봉은 듣는 둥 마는 둥하며 딴전을 피웠다. 그는 월말까지 제출해야 할 면 토목계획서를 준비하고 있었다. 말이 계획서지 대충 어찌 어찌하겠다는 정도를 서술하는 것이었다.

물론 그러면 군에서 수차례 수정 계획서를 제출하라는 지시가 내려왔다. 그렇게 몇 차례 수정계획서를 만들다 보면 최종계획서가 마무리되었다.

처음부터 아무리 잘 계획서를 만들어 올려도 수정 계획서는 반복적으로 내려왔다. 민서기는 경험상 그것을 알고 있었다.

그래서 대충 계획서를 만들어 올리는 정도로 마무리했다. 그 계획서를 준비하고 있던 참이었다. .

"무슨 수가유. 다른 지역은 난리가 났는데 우리 지역만 이렇게 잠잠헌데. 정말 쪽팔리는 일이지유. 독립이 된다면 훗날 무슨 면목으로 사람들을 보겠시유. 이런 곳에 사는 우리가 창피한 일이쥬. 이참에 우리도 일어나야 하는 거 아뉴? 개돼지만도 못한 대우를 받으며 사는 게 사는 거유?"

강태완이 역정 섞인 말투로 톤을 높였다. 어린 나이에도 강단이 있었다. 다른 선배들보다 몇 배는 강한 어조였다. 누가 듣기라도 한다면 논쟁이 벌어지고 있다고 생각할 지경이었다. 송재만은 후닥닥 자리에서 일어나 창문가로 갔다. 주변을 둘러보았다. 다행스럽게 아무도 보이지 않았다.

"목소리 좀 낮춰. 강 서기. 어쩌려고 그러는겨."

송재만은 손을 아래로 낮춰 흔들며 말했다. 좌불안석이었다.

"솔직히 내말이 틀린 거유? 다들 그렇게 생각하면서 말을 못 하는 거잖유. 일본놈들 눈치 보느라 말도 못하고 제기랄. 면장님도 그 칼칼하신 성품에 조용하게 계시는 거 보면 겁이 많으신 건지……."

대호지 아리랑

강태완이 거북한 심정을 노골적으로 드러내며 비아냥거렸다. 모두 젊은 나이라 그런 것이라고 생각했다.

"함부로 말하지 말어. 안 그러면 어쩌시것는가?"

민재봉이 강한 어투로 말을 가로막았다. 그것은 정색이었다. 말의 정도가 그곳까지란 의미를 일러주고 있었다. 더 이상 선을 넘지 말라는 경고도 담겨있었다.

강태완이 머쓱했다. 물에 가라앉는 돌덩이처럼 분위기가 내려앉았다.

사무실 내에 약간의 침묵이 흘렀다. 무거웠다. 시원스럽게 입을 놀렸던 강태완이 눈치를 살폈다. 모두 앞만 보며 각자의 일을 하고 있었다. 강태완이 입을 비죽거렸다. 이인정 면장에 대한 어떠한 형태의 비난도 용납되지 않았다.

모두 그가 심어놓은 사람처럼 하나같았다. 그는 그런 분위기가 싫었다. 그럼에도 어쩔 도리가 없었다. 강태완이 가장 막내였으므로 선배들의 뜻에 따르는 길밖에 없었다. 화제를 돌렸다.

"사람들이 모여야 뭘 해도 하지유. 그래야 무슨 수가 생기는데……. 그것은 우리 수석님 손에 달렸는디유."

강태완이 이번에는 김동운 서기를 돌아보며 말했다. 그들은 김동운을 수석님이라고 불렀다. 그가 가장 고참이었기 때문이었다. 수석서기는 면장에 버금가는 위치였다. 부면장이나 다름이 없었다.

민재봉 서기나 송재만도 그에게는 나름 예의를 갖추었다. 하지만 막내 강태완은 달랐다. 그는 막내답게 응석을 부렸다. 또 그것이 김수석에게 통했다.

김동운 서기는 그런 강태완을 미워하지 않았다. 보통 때는 깍듯이 예의를 갖추었으므로 애교 정도로 받아들였다.

"……."

김동운 서기가 피식 웃었다. 그리고는 말이 없었다. 가벼운 웃음 속에는 세상 살아보면 알게 될 거란 의미가 담긴 듯했다.

"아무튼 조심들 허서. 시절이 하수상하니까 몸조심이 제일이여. 그래도 무슨 일인가는 혀야 할 듯도 싶고……."

문간에 앉아있던 송재만이 직원들을 둘러보며 말을 흐렸다.

"그런데 추 서기는 생각이 다른 모양이구먼."

민재봉이 듣고만 있던 추명직을 보며 물었다. 그는 책상에 고개를 파묻고 서류만 들척거렸다. 자신의 일만 하고 있었다.

그들의 대화에는 관심이 없어 보였다. 투명인간처럼 그렇게 앉아 있었다.

강태완이 추 서기를 힐끗 보고 눈을 꿈적거렸다. 수상하다는 의미였다.

"말조심들 허시유. 각자 생각이야 다를 수 있으니까."

송재만이 추명직을 떠보듯이 말을 던졌다.

"송씨 말조심 허서. 함부로 말하는 거 아니여."

추명직이 인상을 찌푸리며 고개를 쳐들었다. 이어 신경질적으로 말했다. 그런 얘기를 나누는 모두가 못마땅했다. 눈가에 새파란 기운이 고여 있었다.

그는 자신보다 세살이나 많은 송재만을 늘 송씨라고 불렀다. 자신은 서기인 반면에 그는 자신보다 낮은 소사 직급임을 은연중에 내색하고 있었다. 함부로 맞먹지 말라는 뜻도 담겨있었다.

송재만은 그것이 속상하고 서운했다. 그러나 직급이 낮으니 별 수 없었다.

그래도 다른 직원들은 형이나 선배로 예우해주었다. 추명직 만 꼬부장하게 송씨라고 불렀다. 그것도 '씨'자에 힘을 주었다.

"송씨, 나는 동참할 생각이 없소이다. 나를 끼워 넣지 마시유."

그는 팩하며 자리에서 일어나 사무실 밖으로 나갔다. 문을 요란하게 닫았다. 기분이 몹시 상한 모양이었다.

"싸가지 없는 놈."

그가 문을 열고 나가자 민서기가 뒤통수에 대고 중얼거렸다.

"저런 놈은 대호지변에 끌고 가 똥물이 나도록 패주어야 속이 시원한데."

민재봉이 토라져 나가는 추명직이 문밖으로 사라지자 돌아서며 말했다.

그들은 눈치로 추명직이 자신들과 생각이 다름을 알았다며 입조심을 다짐했다. 그들은 늦은 밤이 되어서야 집으로 흩어졌다.

3월 27일이었다.

그날도 긴장 속에 오후로 접어들었다. 수시로 떨어지는 전통 때문에 정신이 없었다. 하지만 대부분이 현장상황을 점검하는 정도였다. 다른 지방에서 만세시위가 번지고 있으니 각별히 주의를 기울이란 내용이 대부분이었다.

보고도 그에 걸맞게 잘 대비하고 있다는 말만 반복했다. 딱히 다른 보고거리도 발생하지 않았다. 그냥 대기만 하고 있었다.

오후로 접어들어서도 마찬가지였다. 관내는 여전히 조용했다.

특별하게 챙길 일도 없었다. 사무실을 지키며 상황이 발생하면 보고할 준비를 하는 게 고작이었다. 하지만 왠지 모를 긴장감이 면사무소에 감돌았다. 딱히 무어라 말하기 어려운 분위기였다..
　면사무소 머리에 걸린 회중시계가 오후 4시를 가리켰다.
　강태완 서기와 추명직 서기는 면내에 출장을 나간 상태였다. 자연스럽게 김동운 수석서기와 민재봉 토목서기 그리고 송재만만 남아 있었다.
　김동운 서기는 1887년생으로 33세였다. 면사무소 인근인 조금리에 살고 있었다. 그는 강직하고 깐깐했으며 매사에 분명했다. 깡마른 몸매에 얇고 긴 손가락이 그의 성품을 잘 말해주었다. 후배들을 꼼꼼하게 챙기는 것도 그의 몫이었다.
　그는 수석답게 기획력이 탁월했다. 공문서 작성에도 남달랐다. 이면장이 다른 사람의 기안에는 잔소리를 늘어놓았다. 하지만 수석서기의 결제나 제안에는 토를 달지 않았다. 면장이 가장 믿고 인정하는 직원이었다.
　이야기는 전날 일로 자연스럽게 돌아갔다. 이번에는 민재봉이 먼저 말문을 열었다. 그는 송재만을 보며 말했다.
　"우리도 무언가 해야 하지 않것는가? 간밤에 한잠도 못 잤네. 정말 역사의 죄인이 되는 건 아닌가 하는 생각부터 이러다 영원히 나라를 빼앗기는 건 아닌가 하는 생각까지. 답답하기도 하고 뒤척이다 날을 샜어."
　그는 까칠한 얼굴로 큰 눈을 끔벅거렸다. 피로가 젖어 있었다. 큰 눈알만 초름하게 빛났다.
　"좋은 말씀이여. 나도 그런 생각을 혔지. 우리 사무실 분들이 나쁜 사람들은 아니구나 하는 생각도 하고 말여. 하지만 어떻게 사람을 모을지 방도를 알아야 하든지 말든지 할 게 아닌가."
 문간에 앉은 송재만이 자리에서 일어나 주변을 둘러보며 말했다. 창밖에는 간간이 행인들이 지날 뿐 조용했다. 비상근무령이 내려졌지만 실상은 비상과 아무 관련이 없어 보였다.
 "모두 같은 생각을 했구먼. 요즈음 같으면 사는 게 사는 게 아녀. 나라 빼앗긴 민족이 삶에 무슨 의미가 있것어. 죽어도 묻힐 곳이 없구먼. 조상들 뵐 면목도 없고 말여. 정말 답답할 노릇일세. 다른 지방에서는 난리가 났다는데 이곳은 말도 못 꺼내고 있으니 말일세."
 가장 뒷자리에 앉은 김동운 서기가 씁쓸한 표정을 지으며 말했다.
 "김 수석님 무슨 방도가 없겠시유. 뛰어다니는 일은 지가 할 테니까 머리 좋은 수석서기님이 방도를 찾아보서유."
 송재만이 김동운 수석서기에게로 다가서며 말했다. 그제야 김 서기가 주변을 둘러본 다음 조심스럽게 입을 열었다.
 "방도가 전혀 없는 건 아녀. 간밤에 곰곰이 생각해보니 방도가 손에 잡히기는 하는데."
 그는 나지막이 목소리를 죽였다.
 "그류? 무슨 방도?"
 송재만의 눈이 동그랗게 변했다. 김 서기에게 성큼 다가서며 귀를 쫑긋 세웠다. 민재봉도 김 서기를 향해 눈길을 돌렸다. 귀가 번쩍 뜨이는 표정이었다.
 "얘기를 해보서유. 우리밖에 없으니까."

송재만이 보채듯이 말했다. 김동운이 창문으로 눈을 돌렸다. 문밖을 의식하는 눈치였다. 송재만이 서둘러 창가로 다가가 다시 주변을 살피고 돌아왔다. 김동운의 입을 뚫어지게 쳐다보고 있었다.

"우리가 함께 할 일이라 동의를 구하는 게 우선이구먼."

김동운이 송재만과 민재봉을 차례로 둘러보았다. 송재만이 앞으로 나서며 민재봉의 동의를 구했다. 민재봉이 고개를 끄덕였다.

김동운은 자신의 자리로 오라고 손짓했다. 그들이 다가와 머리를 맞대자 조심스럽게 입을 열었다..

"좋아. 그럼 이렇게 하세. 우선 각 구장들에게 공문을 만들어 보내는 거야."

김동운이 목소리를 죽이며 말했다.

"공문? 무슨."

송재만이 되물었다.

"부역 공문."

"부역?"

민서기와 송재만이 서로의 얼굴을 보며 의아해했다.

"날짜는 언제가 좋겠어."

김동운이 물었다.

"오는 4월 4일. 그날 장날이잖유."

송재만이 말했다. 이미 이면장이 그날을 거사일로 채택했으므로 날짜를 흘렸다.

"좋아. 그럼 4월 4일로 하자고. 그날 오전 8시까지 집집마다 한

명씩 부역을 나오라는 공문을 각 구장들에게 돌리는 거여."

"어디로 모이라고?"

"여기 면사무소 앞으로."

"그렇지유."

송재만은 무릎을 쳤다. 내심 고민하고 있던 일이 술술 풀리고 있었다. 김동운 서기가 더없이 고마웠다. 주민들을 불러 모을 방안을 찾고 찾았지만 자신의 머리로는 도저히 찾을 방도가 없었다. 그런데 김동운 서기가 그 답을 알려주고 있었다.

"여기서 출정식을 갖고 정미면 천의장터까지 행진을 하는 거여."

김동운은 속삭이듯이 말을 계속했다. 신이난 사람처럼 보였다. 눈알이 반짝거렸다. 스스로 흥분을 감추지 못해 상기되어 있었다.

송재만이 어린아이처럼 그의 손을 덥석 잡았다. 전율이 온몸을 휘감았다. 찌릿한 무엇이 심장을 가로질러 지나는 느낌이었다. 그것은 쾌감에 가까운 충격이었다. 격정의 순간을 지나는 오르가즘 같은 것이었다. 그토록 찾던 답이 그에게 숨어있었다. 그들은 눈빛으로 동의했다.

그런데 문제가 있었다. 송재만이 이의를 제기했다. 모이는 장소가 문제였다. 모든 주민들이 면사무소로 온다면 송전리나 마중리 등 남쪽 주민들은 이곳까지 왔다 다시 돌아가야 하는 번거로움이 발생할 게 뻔했다. 천의장터로 가는 길목에 있었기 때문이었다.

방법을 찾아야 했다. 서로 머리를 맞댔다. 그렇게 해서 찾아낸

방법은 지역을 구분하여 모임 장소를 배정하기로 했다.

먼저 면사무소의 북서쪽인 적서리와 사성리, 출포리 주민들은 면사무소로 집결하도록 했다. 반면 도이리, 두산리, 장정리, 마중리, 송전리는 면사무소에서 천의장터로 가는 큰길가로 나오도록 했다. 합리적인 판단이었다.

"그럼 공문 내용은유?"

민재봉이 물었다. 그도 흥분을 감추지 못했다. 말이 빨라졌다.

"그것도 생각해 봤지. 얼마 전에 기안해 두었던 도로수선 및 가로수 정리 건이 있어. 그걸 활용하는 거여. 지난 해 만든 신작로니까 지금쯤 보수를 해야 하거든. 그래서 만들어 두었지."

"……."

"그 공문을 배포하면 주민들이 삽과 괭이를 한 자루씩 들고 나오지 않것어. 그것을 매고 도로를 수선하며 출정을 하는 거. 천의장터로."

김동운 서기는 주먹을 불끈 쥐며 말했다. 얼굴이 상기되어 있었다. 민재봉과 송재만도 마찬가지였다. 모두 얼굴이 환하게 피어올랐다. 자칫하면 환호성을 지를 뻔했다. 송재만과 민재봉은 서로 손을 맞잡고 힘주어 흔들었다. 그동안의 고민이 일순간에 녹아내렸다.

"그런데 말이여. 문제는 면장님의 허가를 받아야 하는 거여."

김동운 서기의 한마디에 모두 싸늘하게 굳었다. 얼음물을 뒤집어 쓴 듯 움츠려들었다. 금세 무거운 돌처럼 가라앉았다. 서로 눈만 멀뚱멀뚱 들여다보았다. 태산을 만난 기분이었다.

"면장님의 허락이 없으면 곤란한 일이여. 면장님 직인을 찍어야 되니께"

 면장의 허락이란 말과 직인이란 단어에 모든 게 걸리고 말았다. 옴짝달싹도 못하는 그물에 걸린 느낌이었다. 손가락도 움직일 수 없는 상황처럼 답답했다. 면장의 허락을 취득하는 일이 문제였다. 절벽을 만난 기분이었다. 모두 한숨을 내쉬었다.

 면장의 허락을 받지 않고 공문서를 만들 수는 없었다. 게다가 직인이 찍히지 않은 공문은 효력이 없었다. 또 구장들이 믿지 않을 게 뻔했다. 난감했다. 모두 허탈한 표정으로 앉아 있었다.

 서로의 얼굴만 쳐다보고 있었다. 송재만이 다른 방법은 없겠느냐고 물었다.

 "다른 방법? 이 방법이 최고의 묘책인데 무슨 방도가 있것어."

 민재봉이 퉁명스럽게 대꾸했다. 면장의 설득이 없이는 곤란하다는데 의견이 일치하고 있었다.

 "그렇다면 면장님은 지가 설득해 보것시유."

 송재만이 당돌한 말투로 나섰다.

 "송주사가?"

 모두 눈을 동그랗게 뜨며 되물었다.

 "그려유. 내가 면장님의 직인을 받아 오것시유. 그러면 그 다음은 어떻게 할 생각이유?"

 면장의 허락을 받아 직인만 찍으면 문제가 없다고 했다. 민재봉의 설명이었다.

 "그럼 지금 공문을 만들어 면장님의 결재를 받으면 어떨까유. 안되것시유?"

 송재만이 그들을 둘러보며 물었다.

"안되지, 구두로 면장님 결재를 받고 그다음 공문을 만들어도 늦지 않아. 그리고 직인을 받는 거여. 그게 순리여."

 김 서기가 말했다. 송재만이 그렇게 하겠다고 마무리를 지었다. 공문이 만들어지면 자신이 배부는 책임지겠다고 덧붙였다.

7. 축제 준비

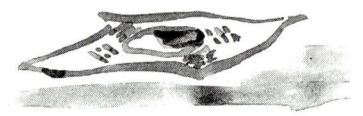

□ D-3 신작로 부역 재가

4월 1일이었다.
　남주원은 수시로 송재만과 만나 상황을 점검했다. 주민 동원을 위한 방안에 대해서도 이야기를 나누었다. 면사무소에서 있었던 이야기를 듣는 순간 남주원도 무릎을 쳤다.
　"숫아날 구멍이 있구먼."
　주먹을 불끈 쥐었다. 남주원은 선봉 행동대 조직은 어떻게 되었는지, 몇 명이나 모집되었는지, 비용이 부족하지는 않는지 등등을 챙겼다.
　야밤에 수시로 재만을 만나 밀담을 나누었다. 모든 일이 순조롭게 돌아가고 있었다.
　남주원은 집사들을 사랑채로 불렀다. 그들은 전체를 관장하는 장삼봉 집사와 고수식 집사, 그리고 김팔윤 집사였다.

주원은 그들에게 차를 냈다. 주원이 가운데 앉고 세 사람이 마주앉았다. 그들은 남주원의 입을 주시하면서 무슨 말이 떨어질지 살피고 있었다.

주원은 찻잔을 들었다 내려놓으며 입을 열었다.

"조만간 관내에서 큰일이 일어날지도 모릅니다. 집사님들은 알고 계셔야 할 듯싶어 뵈옵자고 했습니다."

"큰일이라니유?"

가장 나이가 많은 장삼봉 집사가 눈을 크게 뜨며 물었다.

"경향각지에서 조선의 독립을 외치는 소리가 하늘을 찌르고 있습니다. 왜놈들의 폭정이 갈수록 심화되고 있다 보니 이런 현상이 빚어지고 있지요. 우리 고장이라고 예외이겠소이까. 조만간이지요."

"그럴 테지유……."

그들은 걱정스런 눈으로 주원을 올려다봤다.

"걱정한다고 될 일은 아닙니다. 감내해야지요. 이 나라 독립을 위해 조선천지의 민중들이 일어서고 있는데 우린들 무얼 못하겠습니까. 하지만 집안 일이 걱정이라 집사님들을 보자고 한 거지요."

주원의 말이 떨어지자 집사들이 하나같이 입을 모았다.

"도련님 말씀이 옳구먼유. 온 조선민중이 다 일어서고 있지 않습니까유. 우리만 하는 일도 아니고유. 만약 우리고장에서도 사태가 일어나면 저희들도 당연히 나서야지유."

"물론 도련님의 하명이 있다면 말이지유."

주원의 눈치를 살폈다.

"아니지요. 집안도 지켜야지요. 장 집사님은 집을 돌봐주시오. 다른 분들은 저를 따르시고요."

"아니 그 무신 말씀을……."

장삼봉 집사가 서운한 눈으로 주원을 올려다보았다.

"그리하시오. 혹 내가 집을 비우더라도 흔들리지 마시고 집안일을 봐주시오. 집사님만 믿습니다."

남주원은 그들의 손을 잡았다. 장삼봉 집사에게는 각별히 부탁했다.

그리고 며칠 전 그들에게 주문했던 술이 잘 익어가는지 살피도록 챙겼다. 잔치를 치를 만큼 넉넉하게 담으라고 요청했던 만큼 관심을 거듭 주문했다.

사실 주원의 하명이 있은 다음 집사들은 곧바로 밥을 찌고 누룩을 빻아 술독마다 그득하게 술을 담갔다. 식솔들에게는 잔치가 있다고 일렀다. 주원은 떡도 잔치꾼들을 넉넉하게 먹일 만큼 준비시켰다.

병사댁에서는 봄이 올 때면 한바탕 잔치를 치렀다. 넉넉하게 술을 담아 식솔들을 거두어 먹였다. 떡도 푸짐하게 만들어 한해 농사에 나서는 그들의 사기를 살렸다.

그들의 사기가 좋아야 한해 농사도 잘되는 법이었다. 식솔들에게는 봄 잔치를 위한 준비라고 일러두었다.

이른 봄날의 기운이 오후로 접어들면서 따사롭게 번져갔다. 주원은 두루마기를 말끔하게 차려입고 중절모를 썼다. 훤칠한 키에 넉넉한 품이 잘 어울렸다.

대청마루로 나서자 집안이 훤하게 빛났다.

그는 점잖게 말을 타고 면사무소가 있는 조금리로 향했다. 이인정 면장을 만나기 위해서였다.

그가 이번 거사의 추진위원장을 기꺼이 맡겠다고 승낙했으므로 감사의 인사를 올리기 위해서였다.

발목까지 자란 파란 보리가 들녘을 풍성하게 했다. 많은 농부들이 곳곳에서 봄 농사를 준비하느라 분주했다. 보리밭 골을 타주는 이도 있었다. 인분을 내다 뿌리는 이도 보였다.

봄나물을 뜯는 아낙들과 처자들이 멀리 한 무리 눈에 들어왔다. 춘궁기가 다가오는 시점이라 모두 살기 위해 발버둥을 치고 있었다.

주원은 타박타박 말을 타고 논길을 지나며 다가올 춘궁기를 걱정했다.

그의 소작인들은 보릿고개를 모르고 살았다. 하지만 다른 주민들은 그때만 되면 초근목피를 구해야 할 판이었다. 그걸 잘 알고 있었다. 금년에도 대호지 사람들은 굶지 않도록 해야겠다는 생각뿐이었다.

지나는 길목에서 만나는 주민들은 하나같이 그에게 성의를 다해 정중하게 인사를 올렸다. 그럴 때마다 그 또한 말 등에 앉아 중절모를 벗어 공손히 답례했다.

주원을 태운 말은 신작로를 따라 밤골 삼거리를 느릿하게 지났다. 머지않은 곳에 행팽이골이 내려다 보였다.

대호지만에서 불어오는 훈훈한 바람이 얼굴을 스쳐 지났다. 대호지 시장에도 사람이 없었다. 장날이 아닐 때는 그곳도 한적했다. 그는 몇몇 사람들과 목례를 나누고 곧장 면사무소로 향했다. 말발굽소리가 따박거렸다.

면사무소에 도착하자 민재봉이 마중 나와 있었다. 먼저 사무실에 들어가 친구들과 인사를 나눴다.

송재만이 버선발로 뛰어나오듯 반겼다. 강태완도 정중하게 인사를 올렸다. 김동운 서기는 자리에서 일어나며 악수를 청했다.

"오셨구먼."

"예, 군수님을 뵐 일이 있어서요."

남주원은 이면장을 군수로 호칭했다. 그가 자인군수를 역임한 전력을 잘 알고 있었기 때문이었다.

남주원이 허리를 숙여 손을 내밀었다. 그보다 선배였으므로 예의를 다했다. 추명직과도 인사를 나누었지만 그는 태도가 탐탁치는 않았다. 조상 잘 만나 부자로 사는 그가 못마땅했다. 얼굴에 그렇게 쓰여 있었다.

주원은 민재봉의 안내를 받아 중절모를 벗고 면장실로 들어갔다.

이인정 면장은 남주원을 보자 자리에서 벌떡 일어나 성큼 걸어왔다.

"남병사 댁 주인장이 이곳까지 어쩐 일이신겨?"

그는 환하게 웃으며 주원을 맞아 주었다.

"어여 앉으시게."

그는 팔을 벌려 주원을 맞으며 좌탁으로 안내했다. 둥근 좌탁에는 수술이 달린 책상보가 깔려 있었다. 그 위에 작은 화병과 색바랜 주전자 그리고 찻잔이 쟁반에 담겨 있었다. 화병의 버들개지가 탐스러웠다.

이 면장이 앉고 그 맞은편에 주원이 앉았다. 민재봉이 멀뚱하게 좌탁 언저리에 서 있었다.

"민서기 자네는 나가 봐."

"예."

이 면장의 말에 뻘쭘하게 서있던 민재봉은 서둘러 문을 닫고 나갔다. 이 면장은 쟁반에 놓인 찻잔을 남주원 앞에 내밀고 주전자의 오차를 따랐다.

"자주 찾아뵈어야 하는데 면목이 없습니다."

주원은 두 손으로 찻잔을 어루만지며 말했다.

"무슨 말씀이여. 남선생이 뒤에서 든든하게 받쳐주니 내 힘을 쓰지. 우리야 한 마을에서 사는 이웃 아닌가. 좋은 일도 함께 혀야지."

이 면장은 너스레를 떨며 주원의 손을 잡고 놓으러질 않았다.

"이번 일도 감사드립니다. 군수님께서 손수 앞장서 주신다는 말씀에 젊은 사람들은 몸 둘 바를 모르고 있습니다. 참으로 대단한 결심을 하셨습니다. 군수님의 높으신 뜻이 헛되지 않도록 저희들이 혼신의 힘을 다하겠습니다."

주원은 머리를 숙여 다시 한 번 감사했다.

"아닐세. 내가 이 나이에 무슨 영광을 보겠다고 저들의 앞잡이 노릇을 허것는가. 이만큼 살았으면 잘 살았지. 자인군수를 지내고 이곳에 내려와 마지막 봉사하는 마음으로 초대 면장을 맡았는데 왜놈들이 저토록 모질게 구니 어찌 더 하겠는가."

"……."

"이만 허면 할 만큼 혔지. 그리고 이 나라를 되찾는 일은 너무나 당연하지. 그 일을 하는데 나이 먹은 내가 앞장을 서야지 누가 서 것는가.”

이 면장은 담대하게 자신의 생각을 피력했다. 결연한 모습이 엿보였다.

“옳으신 말씀입니다. 그러기에 저희들도 모두 나서자는 겁니다. 이 나라 독립은 우리가 이룩해야 할 업보입니다. 우리가 빼앗겼으니 우리가 되찾아 후세들에게 물려주어야지요. 저는 그렇게 생각합니다.”

주원도 뒤질세라 깊은 마음을 터놓았다.

“이번 일은 어쨌든 평화적으로 이루어지도록 노력혀 주시게. 서로가 다치는 건 원치 않어. 우리의 주장만 강력하게 반영되도록 만드세. 이번 기회에 이 나라를 되찾아야 하지 않것는가. 전 민중이 일어나 거세게 항거하면 저들이라고 어쩌것는가. 안 그런가?”

이인정은 평화적 시위를 주문했다.

“그럼요. 물론 쉬운 일은 아닙니다만 많은 변화가 생기지 않겠습니까. 이번 기회에 이 나라 독립을 이룩하자는 각오로 거사에 적극 동참할 생각입니다.”

남주원은 이 면장 앞에서 다짐이라도 하듯 당당하게 말했다.

이 면장은 연신 고개를 끄덕였다. 이어 오차로 목을 축였다.

“우리가 반만년 역사를 이어온 민족이 아닌가. 그 많은 세월을 어떻게 살았는가. 그 정신으로 일본에 항거헌다면 우리는 필시 독립을 이룩할 거여. 그런 정신이 필요한 시점일세.”

“옳으신 말씀입니다. 우리가 항거하지 않으면 저들은 우리를 언제까지나 자신들의 속국으로 삼을 겁니다. 민중들이 분연히 일어나 항거를 이어간다면 분명 독립의 날이 올 겁니다. 온 힘을 다해서 그날이 오는 날까지 일어서야 합니다. 이번 거사가 그 첫 단추가 될 거라 믿습니다."

그들은 독립의 절실함을 함께 나누고 자리에서 일어났다. 이인정 면장은 차질 없는 준비를 거듭 당부했다. 주원은 치밀한 계획으로 한 치의 오차가 없도록 준비하겠다고 약속했다.

나오는 길에 주원은 두툼한 봉투를 건넸다. 이인정 면장은 사양했지만 혹 있을지 모를 일에 대비를 요청했다. 이면장도 남주원의 주문이 무슨 뜻인지 알기에 받아 두었다.

남주원이 면장실을 나오자 민재봉이 그를 배웅했다. 그리고 사무실로 들어오며 재만에게 눈짓을 했다. 면장실에 아무도 없다는 눈치였다.

송재만은 자리에서 일어나 옷을 여미고 복도 건너 면장실로 향했다. 그는 문 앞에서 길게 숨을 들이켜고 문을 두드렸다.

"똑, 똑, 똑."

"누구여?"

이 면장의 목소리가 문틈으로 새어나왔다. 재만은 찬찬하게 문을 열고 안으로 들어가 정중하고 절도 있게 인사를 올렸다. 그리고는 두어 발짝 앞으로 나가 부동자세로 선 체 조심스럽게 말했다.

"면장님께 긴히 보고드릴 말씀이 있어 들어왔구먼유."

다부진 말투로 뜻을 전달했다.

"뭔데?"

이 면장은 서류를 살피다 퉁명스럽게 되물었다. 그는 얼굴도 들지 않았다. 대단히 중요한 사안을 점검하는 듯 책상에 고개를 묻고 그렇게 있었다.

"좀 가까이 가서 말씀 올리면 안 되것습니까유?"

조심스런 말투로 조아렸다. 그리고는 눈치를 살폈다. 그제야 이 면장은 고개를 들고 재만을 물끄러미 넘어다봤다. 남주원이 다녀가서인지 기분이 상기된 얼굴이었다.

"……."

송재만은 이면장의 책상 앞으로 바짝 다가갔다.

"그래 용건이 뭐여?"

"다름이 아니오라 오는 4일 일을 치르려면 주민들을 동원혀야 허지 않겠습니까유. 서기들과 논의한 끝에 궁여지책으로 부역을 생각혔구먼유."

"부역?"

"천의까지 가는 신작로 수선사업과 가로수 정비사업을……."

"도로 수선사업?"

이 면장은 잠시 생각에 잠기는 듯하더니 이내 고개를 끄덕였다.

"좋아. 그렇게 허면 되겠구먼. 그런데."

"그렇게 하려면 공문을 발송혀야 허고 공문을 만들려면 면장님의 직인이 필요혀서유……."

송재만은 목소리가 속으로 기어들어갔다. 고개를 깊숙이 묻고 날벼락이 떨어질지도 모른다는 불안감에 눈치를 살피고 있었다.

"직인?"

이인정 면장은 잠시 멈칫했다. 그것은 단순한 일이 아니었다. 부역하는 데는 동의하지만 이를 위해 공문을 만들고 직인을 거짓으로 찍는 행위는 공문서 위조였다.

'공문서를 위조한다. 면장인 내가 그 일을 허가한다.'

생각할수록 문제가 간단하지 않았다. 문제를 야기한다면 대단히 큰 문제였다. 이 면장은 입을 굳게 다물고 눈을 지그시 감았다. 그동안 공직생활에서 이런 일은 없었다. 용납하지도 않았다. 생각조차 해본 적이 없었다.

"공문은 구장들에게만 배부할 계획이구먼유."

송재만이 말을 덧붙였다.

"구장들에게 배부하는 공문에 직인이 없으면……."

이 면장은 중얼거리듯 혼잣말을 했다.

"직인이 없으면 구장들이 그 공문을 누가 믿것습니까유. 모른 척 해주시면 지가……."

"뭐여 자네가 직인을 찍는다고? 훔쳐서 찍겠다는 거여?"

이 면장의 말끝이 올라갔다. 그는 눈을 똑바로 뜨고 재만을 뚫어지게 노려보았다. 열화가 끓어오르는 느낌이었다. 벼락이 날 판이었다.

"그런 것이 아니라, 면장님, 그날 부역을 하면 되지유. 공문을 만들어 돌리고 실제로 천의장터 가는 길에 부역을 하면 되지 않것습니까유?"

송재만은 서둘러 논리를 폈다. 몸을 낮추고 이면장의 눈치를 살폈다. 그제야 일그러졌던 이 면장의 얼굴이 풀리며 송재만을 쳐다봤다. 눈빛에 엉겼던 분노가 천천히 녹아내렸다.

"그렇다면 모르것지만……. 실제 부역을 헌다. 공문을 만들어 돌린다."

이 면장이 입술을 굳게 깨물며 고개를 끄덕였다.

"옳으신 말씀이구먼유. 그러니 직인을……."

송재만은 용기를 얻어 조아리며 말을 흘렸다.

"좋아. 그럼 공문을 만들어 오게……. 그런데 언제 만들 건가?"

"내일 밤에 만들 계획이구먼유. 너무 일찍 만들어도 불안하고 너무 늦으면 대처하기가 어려울 듯혀서 그렇게 정했구먼유. 그리고 거사 전날인 3일 아침부터 배부할 생각이구먼유."

머뭇거리는 이 면장의 결정을 기다렸다. 가슴을 졸였다. 그래도 면장 스스로 직인을 찍겠다고 했으니 내심 한숨 돌리고 있었다.

"내일 밤이라. 그럼 그렇게 혀."

"그래도 되것습니까유. 면장님."

"그려. 실제로 부역을 허면 그만 아닌가."

그제야 송재만이 길게 숨을 내쉬었다.

"좋아. 나가보게."

이 면장이 무뚝뚝하게 말을 잘랐다. 송재만은 속으로 환호를 지르며 면장실을 물러나왔다. 그가 막 문을 닫고 돌아 서려는데 혼잣말처럼 하는 소리가 문틈으로 새어나왔다.

"큼지막한 태극기가 있으면 좋을 텐데……."

▫ D-2 공문제작

4월 2일이었다.

김동운과 강태완, 송재만이 오후 늦게까지 비상근무를 하고 있었다. 민재봉은 일찌감치 추명직을 꼬여 주막에 가 있었다. 그가 술을 좋아하므로 술판을 벌였다. 비상근무 시간에 술판을 벌이는 일은 곤란했다. 하지만 이인정 면장의 승낙을 받았다.

그의 공무는 토목을 담당하는 토목서기였다. 관내 토목업자와 관계를 돈독히 하는 건 매우 중요한 일이었다. 평시에는 토목사업을 밀어주고 정리하는 게 일이었다. 하지만 면사무소에 필요한 경비를 급조해야 할 경우 그들의 도움이 절실했다. 토목서기의 역할은 그 일이 더 중요했다.

면에서 필요한 제반 경비를 뒷받침하는 일도 토목서기의 몫이었다. 면장의 판공비 조달도 그가 했다. 아울러 상부에서 하달되는 이러저러한 일을 처리하기 위해 들어가는 소소한 자금을 만드는 일도 그러했다.

그 시절에는 예산이니 상부에서 내리는 교부세니 하는 게 없었다. 자급자족이 원칙이었다. 자금을 제대로 충당하지 못하면 면서기들의 급여도 챙겨주지 못했다.

면의 재정은 면장의 능력에 달려있었다. 면 곡간이 넉넉하려면 면장이 군에 가서 공사자금을 많이 받아오는 길밖에 없었다. 잘 아는 업자에게 일을 밀어주고 그들로부터 일정분의 금액을 떼서 살림을 했다. 따라서 토목서기의 업무는 막중했다.

달리 방도가 있다면 유지들에게 십시일반으로 손을 벌리는 일이었다. 그 일은 낯간지럽기 그지없었다. 그래도 곳간을 채우려면 달리 도리가 없었다.

이러다보니 토목서기가 융통성이 없는 면에서는 직원들의 월급으로 겉보리를 주는 경우도 허다했다. 민재봉이 거부인 남주원과 절친하게 지내는 일도 그의 역할과 무관치 않았다.

민재봉이 업자를 만나는 데는 이런 중요한 일을 전제로 하고 있었다.

명분은 그렇지만 실제는 추명직을 밖으로 불러내기 위한 묘책이었다. 혹 그가 사무실에 남아 있으면 거사에 지장을 초래할 수 있어 불가피했다. 의도적으로 그에게 술을 권했다.

민재봉은 업자와 셋이서 주거니 받거니 술타령을 벌였다. 세상을 살면서 술만큼 쓰임새 좋은 게 없었다. 일이 안 풀리면 술로 풀었다. 꼭 막힌 일도 술만 들어가면 술술 풀렸다. 크고 작음이 문제가 아니었다. 도리어 술이 없으면 되는 일도 안 되었다. 잘 하기로 약속을 해도 마지막에 술을 나누지 않으면 파토가 났다.

그것도 공짜 술이면 더없이 좋았다. 민재봉은 술기운을 빌어 업자의 부탁을 들어주었다. 대신 추명직에게는 별도의 뒷돈을 챙겨주었다.

취기가 오르자 추명직은 헛소리를 늘어놓았다. 눈알이 풀린 모습이었다.

"아니……독립은 무신……. 이대로 살다가면 되는 거지. 면서기 주제에 무슨……꼬락서니들 하고는……. 말 같은 이야기를 혀야지……."

그러더니 흥얼거리다 그 자리에 꼬꾸라졌다. 만취였다.

민재봉은 그를 주막 한 쪽에 눕히고 주모에게 잘 보살피길 당부했다. 이들이 주막에서 술판을 벌이고 있는 사이 면사무소에서는 일전에 생각했던 일을 실행했다.

먼저 김동운이 잡아놓은 초안을 강태완이 정서했다. 공문 제목은 '도로수선 병목정리의 건'으로 했다.

내용은 4월 4일 대호지 면사무소 앞에서부터 정미면 천의장터로 이어지는 도로를 수선하고 그곳에 선 가로수를 정비하는 부역이 있으니 주민들은 한 가구에 한명씩 의무적으로 동참하라는 내용을 담고 있었다.

소집 시간은 오전 8시로 했다. 장소는 대호지면사무소 앞과 천의장터로 가는 신작로 변이었다. 단서조항도 달았다. 이번 부역에 꼭 참석해야 하며 참석하지 않을 경우 불이익을 당할 수 있다고 경고했다.

공문은 오후 늦게야 만들어졌다. 흠이 없는지 보고 또 보았다. 하지만 남들의 눈을 피해 만들다 보니 시간이 많이 걸렸.

주민들이 면사무소에 드나들 수 있었기에 숨어서 하다시피했다.

발신: 대호지 면사무소
수신: 대호지 면 각 구장
제목: 도로수선 및 병목정리의 건
내용:
1. 당 면사무소 앞에서부터 정미면 천의장터로 이어지는 도로

를 수선하고 그곳에 선 가로수를 정비하는 부역을 아래와 같이 실시코자 함.

  2. 각 구장들은 관내 주민들에게 널리 알려 차질 없이 이루어지도록 협조바람.

  3. 한 가구에 1인 이상 의무적으로 참석해야 하며 참석하지 않는 가구에는 상응하는 불이익이 주어질 수 있음을 고지함.

  - 아래 -
일시: 4월 4일 오전 8시.
장소: 1) 적서리, 사성리, 출포리 주민은 대호지 면사무소 앞 광장
      2) 도이리, 두산리, 장정리, 마중리, 송전리 주민은 면사무소에서 천의장터로 가는 신작로.
지참물: 삽이나 괭이, 톱 등 정비사업에 필요한 도구

1919. 4. 2
대호지면사무소
면장 이 인 정

  작성된 공문은 강태완이 등사지에 철필로 긁었다. 그리고 등사는 송재만이 맡았다. 관내 구장들에게만 돌리는 공문이라 많은 양이 필요하지는 않았다. 정확하게 등사하면 8장이면 됐다. 그러나 등사를 하며 잉크가 번진 것들이 여러 장 나오는 바람에 추가로 몇 장 더 등사했다.

  송재만은 늘 하던 일이라 등사는 손에 익어 있었다. 하지만 이

번 공문을 만드는 일은 그렇지 않았다. 가슴이 두근거리고 손이 떨렸다. 그는 등사를 하며 여러 차례 긴 숨을 내쉬었다. 분명 평상시와는 달랐다.

가볍게 생각하면 공문을 등사하는 일에 불과했다. 하지만 허위 공문서를 만드는 일이라 달리 생각하면 중요한 범죄였다. 송재만은 스스로 범죄를 저지르고 있는 것이었다.

물론 이 나라 독립만세운동을 위한 일이긴 하지만 아직 일제의 치하였으므로 마음이 가볍지 않았다. 그에게 더 힘든 일은 직인을 찍는 거였다. 면장의 허락을 받아 직인을 찍기로 했지만 이 또한 가벼운 일이 아니었다.

빈 공문을 놓고 잠시 생각에 잠겼다. 만감이 교차했다. 불길한 생각도 스쳤다. 하지만 오래 생각하면 되는 일도 안 될 수 있다는 생각이 들었다.

이 면장이 퇴근한 다음 빈 방에 들어가 직인을 찍어야 했다. 말로는 그렇게 하겠노라고 보고를 했다. 면장의 내락도 받았다. 그럼에도 정작 빈 면장실에 들어가자니 발걸음이 떨어지지 않았다. 다른 면 직원들이 망을 보며 어서 들어가 직인을 찍어 오라고 눈짓했다.

송재만은 그러겠노라고 고개를 끄덕였다. 하지만 여전히 발걸음이 떨어지지 않았다. 눈을 질끈 감았다. 등짝이 후끈 달아 왔다.
'이 나라 독립을 위해서 하는 것이다. 독립을 위해……'
그렇게 생각하며 이를 깨물었다. 그제야 용기가 솟아올랐다.

송재만은 면장실 문을 열고 들어갔다. 늘 드나들던 방이었다. 그럼에도 이면장이 없는 방에 불쑥 들어가는 게 쉽지 않았다. 작은 고요가 숨이 멎을 만큼 무겁게 고여 있었다.

  면장의 직인은 책상 위에 있는 사각 나무 도장 통에 들어있었다. 송재만은 조심스럽게 책상으로 다가가 놓여있던 도장 통을 열었다. 늘 보아온 직인이 꽂혀 있었다. 묵직하게 생긴 목도장이었다. 손잡이가 광이 나도록 잘 닳아 있었다.

  면장만이 만지는 물건이었다. 송재만은 직인을 들어 인주를 묻혔다. 가슴이 두근거렸다. 천근의 무게를 느끼고 있었다. 손이 더욱 떨렸다. 길게 숨을 내쉬었다.

  '독립만세운동을 위하여!'

  마음을 다잡았다. 이빨을 깨물고 등사한 공문 용지에 직인을 질끈 눌렀다. 그제야 완벽한 공문이 되었다. 인주냄새가 파룻이 피어올랐다. 등짝에 식은땀이 주르르 흘러내렸다.

  "공문은 내가 돌려야겠구면."

  송재만은 공문을 챙겨들고 면장실을 나와 조용하게 문을 닫았다. 길게 숨을 몰아쉬었다.

  "이 늦은 밤에 어떻게……. 내일 날이 밝으면 돌려야쥬."

  강태완이 걱정스런 눈빛으로 말했다.

  "고마우이. 오늘은 너무 늦었으니 내일 아침 일찍 공문을 돌려야겠구먼."

  그때 민재봉이 막걸리 주전자를 들고 들어왔다. 약간의 안주를 다른 손에 들고 있었다. 나물전 약간과 김치조각이 고작이었다.

  "고생이 많수다. 목 좀 축이고들 허시구려."

  그는 이미 취기가 가득했다. 출출하던 판이라 모두 막걸리를 한잔씩 길게 들이켜고 안주를 나누었다. 꿀맛이었다.

▫ D-1, 공문배포

4월 3일.

송재만은 이른 새벽부터 공문 배부를 위해 길을 나섰다. 아직 어슴푸레 내려앉은 어둠이 걷히지도 않은 상태였다. 골안개 속에 진한 어둠이 묻혀 있었다. 길거리도 마찬가지였다. 오가는 사람조차 보이지 않았다. 이런 봄에 걸맞게 쌀쌀한 기운이 목을 파고들었다. 송재만은 단추를 잠그고 옷깃을 여몄다.

그가 자전거를 타고 한참을 가서야 손수레를 끌거나 지게를 지고 장마당에 나가는 사람들을 만났다. 그들은 겨우내 땅에 묻어두었던 무며 배추를 지고 싣고 가고 있었다. 이맘 때 시장에 내다 팔 채소가 많지 않았다. 때문에 싣고 가는 양도 고작 몇 땟거리나 될까. 어둠 속에서 본 그들의 모습조차 허기진 몸이 땀으로 말라들고 있었다. 삶이 고단한 사람들이었다. 이른 새벽부터 인분을 퍼다 내는 사람들도 더러 눈에 띄었다.

그가 신작로를 따라 가고 있을 때 어슴푸레 저만치에 어두운 그림자가 굴러가고 있었다. 장에 나가는 손수레였다. 어둠살이 무거워 사람은 알아볼 수 없었다. 자전거를 타고 더욱 가까이 다가갔다. 사내는 뿌연 입김을 연신 토하며 손수레를 끌고 있었다. 그는 조금리 앞마을에 사는 김씨였다.

"아니 이른 새벽부터 장에 가서유?."

송재만은 자전거를 타고 가며 말했다.

"뉘여?"

사내가 걸음을 멈추며 고개를 돌렸다.

"면에 송주사구먼유."

"어이 송주사. 이른 아침부터 어딜 그리 가는 겨."

"공문배송이 있어서유. 그런데 어르신은 어인 일로?"

"무와 배추라도 좀 내다 팔아야 돈 기경을 허제."

그는 숨을 돌리며 말했다.

"잘 댕겨오셔유."

"기려."

송재만은 어두운 그림자를 뒤로하고 자전거 페달을 밟았다. 어둠 속에 희뿌연 잔영이 점점 멀어져갔다. 그는 출포리를 돌아 사성리로 해서 도이리를 지나 적서리까지 가야 했다. 점심 전에 절반을 돌고 오후에는 남쪽 절반을 돌 생각이었다. 그나마 면에 보급된 자전거가 있어 다행이었다. 그것마저 없었다면 뛰어서 다녀야 할 판이었다.

이른 봄이라 쌀쌀했지만 벌써 온몸에서는 굵은 땀이 흘러내렸다. 겨드랑이가 축축하게 젖었다. 옷소매로 이마에 흘러내리는 땀을 훔쳤다.

신작로가 평탄치 않아 자전거를 타는 게 쉬운 일이 아니었다. 삐죽한 돌부리에 앞바퀴가 걸리면 뒤뚱거리기 일쑤였다.

간간이 소달구지가 파놓은 구덩이에 바퀴가 빠지면 내려서 걸었다. 언덕 넘기도 여간 힘든 일이 아니었다. 자전거를 끌고 낑낑거리며 올랐다.

그렇게 출포리 임용규 구장에게 공문을 전달하고 많은 주민들이 참여하도록 독려를 주문했다.

그가 사성리로 넘어가는 고개 마루에 오르자 멀리서 아침이 밝아왔다. 황금빛 햇살이 눈부셨다. 온 세상이 황금빛이었다. 들녘과 낮은 구릉, 멀리선 나무들이 그 빛을 녹여내고 있었다. 밤새 얼었던 몸을 햇살에 기댔다.

송재만은 고갯 마루에 올라 한참을 그렇게 서 있었다. 그곳까지 오르느라 눅눅해진 몸을 말렸다. 턱까지 차올랐던 숨도 달랬다.

이 땅의 주인은 바로 구릉과 나무들과 들녘을 지고 사는 민초들이었다. 그 모든 것들이 스스로를 지키며 살아왔다. 그런데 일제가 들어오면서 민초들은 혼을 잃었다. 누천년의 터전을 잃고 방황하고 있었다. 돌이켜 생각하고 또 생각해도 못마땅한 일이었다. 이른 새벽 면내를 돌고 있는 자신이 그 못마땅함을 거두는데 도움이 되리라 다짐했다. 손아귀에 힘이 들어갔다.

사성리 박희택 구장에게도 연락을 취했다. 그는 구한말 중추원 의관을 역임한 사람이라 눈치가 빨랐다. 이면장의 의도를 아는 듯 쾌히 승낙했다.

다시 자전거에 올라 도이리 남상현 구장댁으로 향했다. 도이리로 가는 길도 만만치 않았다. 낮은 고개를 넘고 산굽이를 여러 차례 돌아야 했다.

도이리는 남씨 밭이었다. 의령 남씨 종가가 있고 그곳에 남유 장군과 남이홍 장군 부자묘가 있어 그 산 아래 남씨들이 모여 살고 있었다.

남상현은 그곳 구장이다 보니 자연스럽게 생각이 깨어 있었다. 면에서 일이 있을 때마다 송재만의 힘이 되어주었다.

그의 집은 도이리 등각골 밑에 있었다. 좁은 논들이 서로 몸을 맞대고 늘어선 낮은 산자락이었다. 큰길에서 보면 구릉 자락으로 조금은 들어간 곳에 그의 집이 보였다. 송재만은 숨을 몰아쉬며 자전거를 끌고 등각골로 올라갔다.

다행히 그는 집에서 소여물을 쑤고 있었다. 큼지막한 가마솥에 여물을 넣고 아궁이 앞에서 불을 지피고 있었다.

검정을 뒤집어 쓴 모습에 엉거주춤한 자세로 재만을 맞았다. 환갑을 바라보던 때라 눈이 침침한 듯 한참을 보고서야 그를 맞았다.

"어인 일이여. 이른 아침에 송주사가 이 먼 곳까지."

검게 그을린 얼굴에 미소가 하나가득이었다. 그는 언제 보아도 웃음이 맑았다. 영혼이 맑아서일까. 송재만이 만날 때마다 그는 웃고 있는 얼굴이었다.

"급한 전갈이 있어 왔구먼유. 구장님. 4일 부역이 있어서유."

송재만은 선걸음에 말을 건넸다.

"4일이면 내일인디. 부역? 웬 부역이여."

"면장님이 천의로 가는 길을 보수하라시네유."

"그려? 면장님께서 허라시면 혀야제…….들어오시게 뭐라도 입을 다시야제."

그는 집안으로 그를 맞았다.

"아뉴. 적서리까지 넘어가야 해서유. 쉴 시간이 없시유."

송재만은 공문을 주고 자전거를 돌리려는 참이었다. 그러자 남구장이 그를 따라 나오며 말했다.

"그런데 말이여. 요즈음 요상한 소문이 돌던디?"

그는 주변을 둘러본 다음 재만의 옆으로 더욱 다가와 조심스럽게 입을 열었다.
 "무슨 소문유?"
 "독립만세운동이라나 어쩐다나. 뭐 그런 말이 있는거?"
 "아니 그런 말을 어디서 들으셨대유?"
 재만은 몸을 낮추며 남구장에게 바짝 다가서며 물었다.
 "글씨 말이여. 그런 말이 들려서 그려."
 송재만은 다시 주변을 둘러보았다. 그리고 모기가 지나는 소리로 되물었다.
 "구장님은 만약 그런 일이 있다면 어쩌시려구유?"
 "워쩌긴, 들고 일어서야제. 만약에 그런 일이 생긴다면 말이여. 내가 먼저 나설꺼구먼. 이 나라 독립을 위해 나서야 헌다면 전 백성이 다 들고 일어나야지. 그렇지 않것는가?"
 남 구장은 작은 목소리지만 굵게 힘을 주며 말했다.
 "그래야겠쥬."
 재만은 내심 안심을 하면서도 조심스러워 말을 흐렸다. 그러자 남구장이 송재만의 귀에 대고 말을 이었다.
 "그렇게만 된다면야 얼마나 좋것어. 모두 나서서 만세를 불러야제. 왜놈들 세상에 사는 게 지긋지긋하지 않은거. 자네는 믿으니 하는 소리여."
 남구장은 자전거를 끌고 나서는 재만의 어깨를 툭 쳤다.
 "그러면유."
 송재만은 등각골을 돌아서 나왔다. 말하지는 않았지만 남구장이 든든했다. 음식을 배불리 먹은 것보다 더 힘이 되었다. 그는 다시 자전거를 타고 들길을 달렸다. 남은 사람은 적서리 차영렬 구장이었다.

　송재만은 도이리에서 계곡 길을 따라 걷고 타며 적서리로 향했다. 가는 길이 여간 먼 길이 아니었다. 골바람이 볼을 스쳤다. 봄이라고는 하지만 골바람은 여전히 쌀쌀했다.

　그래도 볼을 에일 만큼 차지는 않았다. 바람 끝이 무뎠다. 땀으로 범벅이 된 재만은 골에서 불어오는 찬바람이 도리어 시원했다. 벌써 해가 중천을 지나고 있었다. 지나는 길에 마을에 들러 목을 축이고 또 자전거 페달을 밟았다.

　온몸이 땀으로 흠뻑 젖었다. 그래도 공문은 전달해야 할 일이었다. 시간이 많지 않았다.

　'4일 적서리에서 면사무소까지 나오려면 새벽밥을 먹고 나와야 할 건디. 그래도 많이 모여야 할 터인디…….'

　송재만은 혼자 걱정했다.

　"안녕하시유?"

　송재만은 앞서가던 사람에게 인사했다.

　그는 길거리에서 만나는 사람마다 인사를 나눴다. 그가 면사무소 송주사란 걸 모르는 사람은 없었다. 출포리 임용규 구장과 사성리 박희택 구장, 그리고 도이리 남상현 구장은 평소 적극적으로 송재만에게 협조하는 사람들이라 문제는 없을 듯이 보였다.

　게다가 공문만 전달되면 즉시 주민들에게 하달시키는 사람들이라 이들 세 지역의 인원동원에는 문제가 없어보였다. 문제는 적서리였다.

　차영열 구장은 평소 협조가 좋지 않은 사람이었다. 늘 깐깐했다. 면에서 하는 일에 비협조적이었다. 어떻게 나올지가 의문이었다.

송재만은 적서리로 접어들어 차 구장집을 찾았다. 낮은 구릉이 말발굽처럼 감싸고 있는 왼쪽에 동향으로 집이 앉아있었다. 언덕을 오르는 초입이었다. 늙은 참나무가 뒤뜰을 에워싸고 바람에 흔들렸다.

송재만이 집으로 들어서자 그는 막 집을 나서려는 참이었다.
"어디 가실 모양이여?"
송재만은 자전거를 세우고 막 집을 나서려는 차 구장을 잡았다. 온몸이 땀으로 뒤범벅이 된 채였다. 옷소매로 흐르는 땀을 씨익 닦았다. 차 구장은 송재만보다 나이가 한 살 위지만 말을 트고 지냈다. 하지만 차 구장은 그것도 못마땅한 풍세였다.
"그려. 읍내에 일이 있어서."
담백한 말투였다.
"조금만 늦었어도 못 볼 뻔했구먼."
송재만이 숨을 몰아쉬며 말했다.
"아니 송주사가 어인 일이여, 갑자기."
차 구장은 기둥에 걸린 작은 거울에 자신의 외모를 비추며 말했다. 그는 중절모를 쓰고 흰 두루마기를 싹 차려입고 있었다. 흰 고무신을 연신 닦으며 모양을 냈다. 분명 어딘가를 나서려는 참이었다. 자신의 말대로 읍내에 가려는 모양이었다.
"읍내는 왜?"
"급한 볼일이 생겨서 그려. 나라고 일 없으란 법이 있는가."
그는 부엌 쪽을 힐끗거렸다. 무슨 좋은 일이라도 생긴 모양이었다.

"근데 뭐여?"

차 구장이 턱수염을 만지며 물었다.

"급히 전할 공문이 있어서……."

"뭔디?"

"4일 부역이 있어서. 면장님 특별 지시가 있어 부랴부랴 구장님을 찾아 온겨."

"4일, 내일인디."

"그러니까 이리 부랴부랴 찾아왔지."

"내일 장날 아녀. 근디 뭔 부역이여?"

"천의로 가는 길이 형편 없잖여. 그래서 면장님이 특별지시로 도로를 수선하고 가로수도 정비를 하기로 했어. 장날 주민들이 다니는데 편하게 하려구 말이여."

차 구장은 입이 비죽 나왔다. 말투부터 공손치 않았다.

"장날 무신 도로정비여. 이거 참. 뭔 충성할 일이 있다고 장날 부역이여?"

그는 툭 던지듯이 재만에게 쏘아 붙였다. 연신 입을 비죽거렸다. 눈살을 찌푸리며 시선을 이리저리로 돌렸다. 그런 모습에 송재만도 역정이 차올랐다.

"그냥 장마당을 가면서 약간 손을 보면 되는 겨."

퉁명스럽게 대답했다. 그는 매사 순조로움이 없었다. 면에서 하는 일이라면 토를 달았다. 결국에는 해야만 한다는 걸 알면서도 까칠하게 굴었다.

"아니 지난번 면회의 갔을 때 아무 말 없더니. 갑자기 내일 무신 부역이여."

그는 고개를 갸웃거리며 퉁퉁 부은 표정을 지었다. 못마땅한 기색이 역력했다.

"상부의 지시가 있으니께 면장님께서도 그렇게 하명을 주셨지. 괜히 그러시것어. 아무튼 4일 오전 8시까지 면사무소 앞에 주민들이 모이도록 구장님이 협조해 주셔. 한집에 한명씩은 무슨 수가 나도 참석해야 하는 겨."

송재만은 말꼬리를 눌렀다. 더 이상 입씨름을 하기도 싫었다.

"글씨. 장날 장보러도 가야 하는디…….."

차 구장은 여전히 구시렁거렸다.

"그날 부역하고 장보시면 되지. 나선 길에 뽕도 따고 임도 보면 안 되는 겨."

송재만이 넉살로 얼버무렸다.

"암튼 알겠구먼. 급히 읍내에 다녀와서 연락을 혀야지 뭐"

차 구장은 상부의 지시란 말에 꽁지를 내렸지만 못마땅했다. 일제에 과잉 충성하는 면사무소의 행태가 싫었다. 4일 부역도 그 선상에 있다고 생각했다.

송재만은 그 길로 면사무소로 돌아왔다. 벌써 점심나절을 지나고 있었다.

오후에는 남부 지역을 돌아야했다.

면사무소 앞이 북적거렸다. 면내 연락책들이 모두 모여 있었다. 송재만이 연락할 사항을 일러주기 위해 그들을 소집시켰던 것이다.

송재만은 그들에게 내일 새벽에 있을 도로 수선 부역에 대해 설명했다. 현재의 상황과 그 필요성에 대해 충분하게 설명했다.

그리고 가구당 한명씩 무슨 수가 있어도 참석시켜야 한다고 거듭 당부했다. 각자 자신들의 마을로 돌아가 그 내용을 전파하도록 일렀다.

송재만은 신신당부했다. 부역량이 소홀치 않으니 보다 많은 사람들이 참석해야 한다고 목소리를 높였다. 그리고 지역에 따라 모이는 장소가 다른 사항도 손에 쥐어주듯 일렀다.

"주민들이 일찍 모인 곳은 그냥 기다리면 되는 거유?"

누군가가 불쑥 물었다.

"그러면 말이여. 현지에서 부역을 하면 되는 겨. 도로 곳곳이 페인 곳이 많어. 오늘 돌아보니께 손볼 곳이 한두 군데가 아녀. 알아서들 하면 되는 겨."

송재만이 모두가 듣도록 큰 소리로 말했다. 전달 사항을 끝내고 그들을 모두 면사무소 앞 주막에서 점심으로 국수를 대접했다. 송전리 임두훈 구장과 마중리 남상익 구장에게 가는 공문은 부득이하게 송전리 최정천과 마중리 윤남에게 들려 보냈다. 자신은 장정리 정원우 구장과 두산리 림홍록 구장서리에게 전하는 공문을 교부하기로 했다.

송재만은 속을 채우고 다시 자전거를 끌고 나갔다. 남부를 돌려면 하루해가 짧았다. 입에 단내가 나도록 페달을 밟았다. 구장들에게 부역에 참여하지 않으면 불이익을 당할 수도 있다는 주문도 빼놓지 않았다.

송재만이 공문을 배부하고 늦은 오후에 면사무소로 돌아왔다. 모두 비상근무를 하고 있었다. 피로가 한꺼번에 몰려왔다. 재만은 자리에 털썩 주저앉았다. 온몸이 땀으로 흠뻑 젖어있었다. 땀

내가 풀풀 풍겼다. 몸이 마르면서 한기가 몰려왔다.

"송주사. 고생허셨네."

민재봉이 시원한 오차를 따라주었다.

"고생은 무신. 허지만 대간허네. 그나마 송전리 정천이 형과 마중리 윤남 어른께 도움을 받았구먼. 그러지 않았으면 오늘 중으로 다 돌리지도 못할 뻔 혔어."

재만은 길게 물을 들이켰다. 그제야 숨을 돌릴 수 있었다.

"그런데 구장들의 반응은 어떤겨?"

민재봉이 물었다. 작업을 하던 직원들이 모두 재만을 쳐다봤다.

"두산리 림 구장은 어째 뻐딱하더구먼. 제대로 주민들을 참여시킬지 모르것어. 걱정이여. 남부는 림구장이 그렇고 북부는 적서리 차구장이 그렇더구먼."

모두 고개를 끄덕거렸다.

"차 구장은 장날 무신 부역이냐, 장은 언제보란 거냐, 꼬치꼬치 캐묻는데 머리가 아팠시유. 본래 깐깐한 사람이긴 허지만 말여."

재만이 입을 비죽 내밀며 탐탁치 않은 표정을 지었다.

"그래서 어쨌는가?"

"상부의 지시라고 혔지. 상부에서 급하게 지시가 내려와서 부역을 허라는디 어떻게 하느냐고 혔어. 그랬더니 꼬리를 내리더구먼."

재만이 쓸쓸하게 침을 삼켰다. 그들은 재만의 말에 쓴웃음을 웃었다. 송재만은 여러 채널로 소식을 전파했다. 남주원과 남상돈 등 유생들에게도 알렸다.

민재봉은 백남덕 천도교 전교사에게 전했다. 백 전교사는 곧이어 이달준, 김도일, 김장안, 홍순국을 불러 거사 일에 맞춰 대호지면 관내 천도교인들은 한 사람도 빠짐없이 내일 부역에 동참하라 전했다. 각기 다른 파발이 면내를 내달렸다.

▫ 고등계 형사보 김학봉

점심나절이 지날 때였다. 대호지 면장실로 고등계형사 김학봉이 헐레벌떡 찾아왔다. 그는 본래 학교 교사인 훈도로 일했던 인물이었다. 하지만 학생들을 가르치는 일에는 취미가 없었다. 학교에서도 선도부장을 하며 매몰차게 학생들을 다루는데 더 큰 흥미를 느꼈다.

그는 스스로 조선 사람들을 훈계하고 통치하는 일에 가담하고 싶어 했다. 자신의 말 한마디에 절절매는 사람들의 모습을 즐겼다. 고등계형사가 되고 싶어 안달했던 인간이었다. 그래서 수년 전 순사로 전직했다.

현재는 서산경찰서 고등계 형사보로 천의 주재소에 나와 있었다. 그는 정미면과 대호지면 주민들의 정치 사상적 동향파악을 담당하고 있었다.

대호지면에 주재소가 없다보니 정미면 천의 주재소에서 이십 리에 달하는 대호지면 조금리까지 수시로 자전거를 타고 순찰을 돌았다.

그는 아직은 애송이였다. 하지만 일본의 황국신민임을 자부하는 속물이었다. 일제에 충성하는 게 성공하는 비결이라고 굳게 믿고 있었다. 천황이란 말만 입 밖에 나와도 연신 부동자세를 취하며 경의를 표했다.

자신은 일본인처럼 일등 국민은 아니지만 조선 사람보다는 월등한 위치에 있다고 자부했다. 평상시 언행도 일본 순사를 흉내 냈다. 조센징이니 빠가야로니 하는 못된 말을 입에 달고 살았다.

스스로 조선의 피를 뽑고 일본의 피를 심고 싶어 하는 그런 부류의 인간이었다.

그 때문에 나이에 비해 악명이 높았다. 조선사람임에도 일본인들보다 더욱 독하게 형사노릇을 했다. 학교 훈도로 있으면서도 '못됐다'는 평을 받았던 인물이었다. 그가 순사라는 사법 권력에 눈이 멀어 순사로 전직을 한 뒤로는 더욱 악명을 높였다. 완장을 차고 설치는 정도가 아니었다. 눈만 마주쳐도 우신매를 들었다.

주민들을 발끝의 때만큼도 여기지 않았다. 미물을 내려다보듯 대하는 태도가 오만하고 도도했다.

눈만 마주쳐도 끌고 가 우신매질을 했다. 무조건 자신 앞에서는 고개 숙이길 강요했다. 그것이 황국신민을 대하는 태도라고 강조했다.

대호지면에서 매를 맞은 주민들은 모두 그의 심기를 건드린 탓이었다. 그가 눈을 감으면 아무 일도 없는 일이지만 그의 눈에 뜨이면 매질을 당했다.

그가 면소재지가 있는 조금리에 나타나면 주민들은 주눅이 들었다. 너도 나도 무조건 몸을 숨겼다. 며칠 전에도 조금리에서 한 사내가 소좆매 20대를 맞고 반죽음이 되었다. 대낮에 막걸리를 마셨다는 연유였다. 모두 그를 보면 이를 갈았지만 도리가 없었다.

그런 그가 어디서 주워들었는지 부역에 대한 이야기를 듣고 이 면장을 찾아온 것이었다.

"면장님, 잘 지내셨지유?"

말을 뱉는 김형사의 눈 꼬리가 꼬꾸라져 있었다.

"어인 일이여. 김형사 자네가 갑자기."

이인정 면장은 문을 열고 들어오는 김학봉을 좌탁으로 안내했다. 그는 흑갈색 가죽 잠바에 말 장화를 신고 있었다. 베레모를 삐딱하게 쓰고 고슴도치 같은 콧수염을 기른 모습이 천상 밉상이었다. 의자에 앉자 베레모를 벗고 하이칼라 머리를 매만졌다. 다리를 꼬고 앉아 모양도 잡히지 않은 까칠한 콧수염을 만지작거렸다. 보는 자체가 역겨웠다.

"세간에서 부역을 한다는 얘기를 듣고 찾아 왔시유. 때 아니게 무슨 부역인가 싶어서유?."

그는 눈을 홀겨뜨며 물었다. 삐딱하게 앉은 자세가 눈에 거슬렸다. 하지만 자신의 아랫사람이 아닌 탓에 속으로 삭히고 있었다. 꼬투리를 잡고 꼬치꼬치 캐물을 심산이었다.

"아! 부역 말여?"

이 면장은 조금도 머뭇거리지 않았다.

"내일 천의장터 가는 길을 보수한다면서유?"

송재만이 돌린 공문이 그의 촉수에 걸린 거였다. 하수상한 시절에 무슨 부역이냐는 게 김형사가 따져 묻는 요지였다. 그는 꼬꾸라진 눈으로 면장의 일거수일투족을 살폈다. 하지만 이 면장은 태연했다. 송재만으로부터 사전에 보고를 받고 스스로가 지시한 바 있어 놀랄 일이 아니었다. 구장들에게 공문을 돌린다고 보고했으니 부역에 대한 이야기가 나올법했다.

"그길로 오지 않았나. 신작로가 엉망일 텐디. 지난해 어렵게 만든 신작로가 겨울을 지나면서 내려앉아 말이 아니던디……. 보수를 혀야잖어."

본래 정미면 천의에서 대호지면 조금리로 이어지는 도로는 소달구지 하나가 겨우 지날 정도로 좁은 길이었다. 이것을 1918년 인근 토지를 지주들에게 희사 받아 트럭이 지날 정도의 신작로로 만들었다. 그러는 과정에 말도 많고 탈도 많았다. 토지주들의 땅 희사가 강탈이란 말로 변하기도 했다. 지주들의 저항이 심했다.

하지만 이 면장은 길이야 넓혀 놓으면 모두에게 도움이 된다고 생각했다. 그래서 밀어붙였다. 다소의 잡음이 있었지만 주민들의 도움을 받아 신작로를 뚫었다. 게다가 이 면장은 오랜 기간 공직에 있었고 또 이곳에서 벌써 5년째 면장을 하고 있었다. 안 봐도 훤하게 알고 있었다. 게다가 봄이면 의례히 해야 할 일이 신작로의 보수였다.

가로수 정비야 안 해도 그만이었다. 하지만 신작로를 보수하지 않으면 도로가 내려앉아 통행이 어려웠다. 겨우내 얼었던 도로가 녹으면서 주저앉는 건 당연한 이치였다. 이 면장은 그러지 않아도 올봄에는 부역으로 수로를 정비하고 그곳에서 파낸 흙으로 도로를 북돋워야겠다고 생각했다. 그러던 차에 부역을 하기로 했으니 당연한 일이었다..

　실제로 그 길을 누구보다 많이 통행하는 사람이 김학봉이었다. 일주일에 두세 번은 대호지면사무소가 있는 조금리를 순찰했기 때문이었다.

　이 면장은 속주머니에 있던 작은 봉투를 김형사의 주머니에 찔러 넣었다. 그러자 그는 못이기는 척하며 그것을 받아 챙겼다.

　"먼 길을 오가느라 고생이 많구면."

　"솔직히 자전거를 타고 오느라 대간했시유. 땅이 녹고 돌부리가 튀어올라……."

　그도 도로보수를 해야 할 시점임을 인정했다.

　"그래서 이맘 때면 보수해야 하는 거여. 그래서 내가 급히 지시를 했지."

　"내일 부역을 하기로유?"

　말이 한층 부드러웠다.

　"그려."

　이인정 면장은 달래듯이 말했다.

　김형사는 그가 어물거렸다면 따져 물었겠지만 단호하게 도로보수를 위해 부역을 하명했다는 데는 할 말이 없었다.

　"정리해야 할 곳이 한두 곳이 아니여. 둘러보면 해야 할 일이 태산 같잖여. 농번기가 다가오는데. 지금 하지 않으면 그때는 일손이 부족해서 할 수가 없구면."

　이 면장은 혼잣말처럼 중얼거렸다.

　"……."

　김형사가 눈을 내리깔며 꼬고 앉았던 다리를 조용하게 내려놓

앉다.

이 면장도 곁눈으로 그를 힐끗 보았다. 대차게 나가자 꼬리 내리는 모습이 보였다. 이 면장은 이전에 군수를 역임했던 터라 그들을 다루는데 선수였다.

"그리고 말인데. 조선 사람들은 잠시도 쉬지 못하게 하는 게 도와주는 거. 쉴 틈을 주면 문제를 일으키거든. 요즈음처럼 하수상할 때는 잡념이 들지 않도록 이른 아침부터 부역을 시키는 게 최상이여. 자네도 조선사람이니까 잘 알 텐디."

이 면장은 김형사를 내려다보며 쏘아붙였다. 그제야 김 형사는 자리에서 슬그머니 일어났다.

자신이 조선 사람이란 말에 마음이 몹시 상한 표정이었다. 하지만 부인할 수 없었다. 일본 앞잡이를 하고 있던 터라 당당하지 못했다. 최소한 이 면장 앞에서는 더욱 그러했다.

"혹 면장님 모르게……."

기어들어가는 어투로 말을 얼버무렸다.

"무슨 말이여. 나 모르게 부역을 하다니. 그럴 수 있다고 생각하는겨?"

다시 쏘아 붙였다. 그제야 그가 문을 열고 뒷걸음질 쳤다. 이 면장은 그가 나자가 돌아서며 혼잣말을 했다.

"쥐새끼 같은 놈……."

▫ 애국가사와 태극기

4월 3일 늦은 밤이었다.

송재만은 마음이 급했다. 그는 자신 집 행랑채에 살고 있던 한운석 훈장을 대호지면 사무소로 초청했다. 한 훈장은 낡은 도포를 입고 거구정한 몸으로 면 사무소를 찾았다. 한눈에 보아도 그는 퇴락해가는 선비의 모습이었다. 어두운 눈을 끔벅거렸다. 사무실에는 비상근무조가 남아있었다. 각자의 일이 바빴다. 밤이 깊어가고 있었지만 할 일이 끝나지 않았다.

다행히 애물단지 추명직은 비번이었다. 한 사무실 내에서 생각을 달리하는 사람과 함께하는 것은 어려운 일이었다. 매사 눈치를 살폈다. 그러면서도 따돌림 한다는 인상을 주지 않기 위해 자연스럽게 행동했다.

그래도 그는 손톱 밑의 가시였다. 이래도 걸렸고 저래도 걸렸다. 그래도 기특한 일은 그가 밀고하지 않고 눈감아주고 있는 거였다. 사무실 동료들은 이를 감사하고 있었다.

모르는 건지 알면서도 모른 척 하는 건지. 아무튼 이번 거사에 대해 그는 열외였다. 도리어 다행스러웠다. 그가 꼬치꼬치 묻거나 자신을 끼워주지 않느냐고 삐치기라도 한다면 더 큰일이었다. 비번이니 일찍 들어가라면 들어가 주고 술 한 잔 하자면 뒤따라가는 게 고마웠다.

한운석 훈장은 현관문 앞에서 얼쩡거리고 있었다. 면사무소 앞을 수 없이 지나다녔지만 막상 안으로 들어가려니 낯설었다.

그렇다고 문을 벌컥 열고 들어갈 일도 아니었다. 왠지 겸연쩍고 서름했다. 그런 모습을 송재만이 먼저 보았다.

"선생님 오셨으면 문을 열고 들어오시지 않구유."

재만은 반갑게 맞으며 그를 안으로 안내했다. 그곳에는 민재봉과 김동운, 강태완 서기가 야간작업을 하고 있었다. 민재봉도 잘 아는 처지라 그를 반겼다.

한 훈장은 직원들과 목례로 인사를 나누고 민재봉과 송재만을 따라 사무실 옆에 붙어있는 숙직실로 들어갔다. 그곳은 작은 방이었다. 면사무소가 옆으로 비켜준 가작에 만들어진 방이었다. 셋이 들어앉자 꽉 차는 느낌이었다.

"아니 나 같은 사람이 무신 애국가를 짓것어……."

한 훈장은 자신의 턱수염을 만지작거리며 말했다. 처음 들어와 본 숙직실이었다. 방을 여기저기 둘러봤다. 사내 냄새와 댓진냄새가 깊이 배어있었다. 생각보다는 볼품이 없었다.

"그래도 선생님만큼 학식이 높은 분이 우리 지방에 또 어디 있시유."

송재만이 아랫목에 앉은 그에게 집필묵을 가져다주며 말했다.

"아녀 집필묵은……. 그게 말여. 말처럼 쉬운 게 아니여."

그는 다시 자신의 수염을 쓰다듬으며 헛기침을 했다. 민재봉이 오차를 권했다. 한 훈장이 입술을 적시다 벌컥벌컥 마셨다.

"한잔 더 드릴까유?"

민재봉이 차 주전자를 한 훈장의 컵에 따랐다.

"참 시원하구먼. 이게 무슨 찬가?"

"오차구먼유. 선생님."

"그려? 오찬데 이래 맛있는겨. 역시 관에서 드는 차는 다르구먼."

한 훈장은 그제야 찻잔을 내려놓았다. 다시 빈 입을 다셨다.

"그래도 선생님이시니까 애국가를 짓지유. 누가 애국가를 짓것시유."

옆에 앉은 민재봉이 기를 살렸다.

"그야 그렇지만……."

한운석 훈장은 잠시 머뭇거리다 낡은 도포 소매 자락에서 곱게 접은 한지를 꺼냈다. 차곡차곡 접힌 한지는 언뜻 보아도 정성이 담겨있었다.

"한번 지어 보았는디 말이 되는지 모르것어."

한운석은 그것을 송재만 앞에 내밀었다. 송재만은 서둘러 그것을 조심스럽게 폈다. 붓으로 정갈하게 써내려간 글귀가 적혀 있었다.

"이것은 애국가가 아니라 애국가사여."

한운석 훈장은 연신 수염을 만지며 자신이 쓴 글귀를 내려다보며 말했다. 송재만이 조용하게 읽어 내렸다.

"간교한 일본은 잔폭함을 주장해
드디어 내 나라를 억탈했다.
우리는 이렇게 통탄할 지경에 이르니
살아서는 설 곳이 없고, 죽어서는 묻힐 땅이 없다.
이 원수를 갚지 않고 어찌하랴!

각인은 동심협력하여
불구대천의 원수를 갚아
무궁 천세의 내 국가를 독립하자."

송재만은 눈물을 주룩 흘렸다. 북받쳐 오르는 설움이 가슴을 저몄다. 방바닥에 눈물이 뚝뚝 떨어졌다.
한 훈장도 송재만의 태도에 탄복했다. 그가 자신이 지은 가사를 보고 그토록 감동할 줄은 몰랐다. 민재봉도 눈시울을 붉혔다.
"살아서 설 곳이 없고, 죽어서 묻힐 땅이 없다. 살아서 설 곳이 없고, 죽어서 묻힐 땅이 없다……."
송재만이 몇 차례 같은 말을 되풀이했다.
"선생님 참 대단하시구먼유."
찬사를 연발했다. 자신의 마음속에 묻어두었던 감정을 고스란히 나타내는 말이었다. 송재만은 마음을 들킨 기분이었다. 어떻게 그것을 알고 이렇게 썼을까. 탄복하고 있었다.
"참 좋은 글귀구먼유."
송재만은 눈물을 씨익 닦았다.
"무슨 말이여. 이게 현실이고 우리 뜻 아닌겨?"
한 훈장은 송재만과 민재봉을 번갈아 보며 말했다.
"그렇쥬. 불구대천의 원수를 갚아 독립을 이루어야쥬. 암유."
민서기가 다부지게 입술을 깨물었다. 뜨거운 피가 울컥 솟아오르는 느낌이었다. 당장이라도 달려 나가고 싶었다. 캄캄한 밤하늘을 향해 살아서는 설 곳이 없고 죽어서는 묻힐 곳이 없다고 소리 높여 외치고 싶었다. 치밀어 오르는 감정을 눌렀다. 내일 새벽이 오기 전에 준비를 끝내야 했다. 서둘렀다.
"선생님께서 철필로 등사지를 긁어 주셨으면 고맙겠구먼유. 지가 글씨를 잘 못쓰니까. 등사는 지가 하것시유."
"그려. 그런데 등사지를 잘 긁을 수 있을지 모르것네."
곧이어 한운석이 철필로 등사지를 긁어 내려갔다. 찬찬히 격문을 옮겨 적었다. 정성을 다했다. 한자 한자 보며 오탈자가 없는지 보고 또 보았다. 오탈자가 생기면 큰일이었다. 손이 바르르 떨렸다. 글씨가 조금은 삐뚤빼뚤하게 긁혔다.
마음이 급할수록 더 천천히 가야 하는 법. 한운석은 심호흡을 여러 번 토하며 철필 잡은 손에 힘을 주었다. 처음에는 할 수 있을까를 스스로 의심했다.
하지만 할 만한 일이었다. 글 쓰는 것은 본연의 일이라 그리 힘들지 않았다. 누가 보아도 원지를 깔끔하게 긁었다는 말을 들을 만 했다. 다만 몽탁하게 생긴 철필이 생경했다.
송재만은 한운석이 긁어준 등사지를 들고 등사실로 갔다. 그곳에서 등사기에 잉크를 붓고 롤러를 밀었다. 처음에는 잉크가 묻어나 몇 장을 버렸다.
마음만 급했다. '지르륵' 등사지 밀리는 소리와 잉크냄새만 작은 방에 가득했다. 송재만은 부지런히 롤러를 밀어 400여장을 등사했다. 어둠이 더욱 깊어가고 있었다.
그들이 이런 준비를 하는 동안 연락책들은 가가호호 돌아다니며 부역소식을 알렸다. 한 사람이라도 더 참여해야 한다고 독려했다. 이 고을 저 고을마다 연락책의 움직임이 부산했다.
한운석을 배웅하고 돌아온 송재만은 사무실로 들어가 문을 안으로 걸어 잠갔다. 강태완 서기에게 망을 보라고 일렀다. 그리고 자신의 집에서 가져나온 흰 광목을 바닥에 폈다.

"송주사, 웬 광목이여?"

김동운 서기가 물었다.

"지가 죽으면 상포로 쓰려고 떠놓은 광목인디 긴요하게 쓸 곳이 있어서유."

"긴요하게 쓸 곳이라니?"

민재봉과 김동운 서기가 서로의 얼굴을 번갈아 보았다. 송재만은 이인정 면장이 혼자 중얼거렸던 말이 떠올랐다.

"큼지막한 태극기가 있으면 좋을 텐데……."

그 말을 듣고 난 뒤 방도를 찾았다. 어떻게 하면 태극기를 만들 수 있을까. 문제는 광목이었다. 큼지막한 태극기를 만들 만한 광목이 필요했다. 집을 뒤졌다. 혼자 사는 몸이라 변변한 것이 없었다. 큰 치마라도 있으면 그것을 뜯어 만들면 될 일이었다. 하지만 아녀자가 없는 집에 치마가 있을 리 만무였다.

다락을 뒤지다 천장에 매달린 물건을 발견했다. 보자기에 싸인 것이었다. 그것은 상포로 사용하기 위해 사놓은 광목이었다. 서너 해는 더 지난 일이라 손끝이 생소했다.

"보면 알거유. 여기 끝을 잡아 주서유."

김동운이 광목 끝을 잡고 사무실 바닥에 편편하게 펴놓았다. 그의 말대로 상포로 사용하려고 사놓은 거라 올이 촘촘했다. 광목치고는 상급이었다. 민재봉과 강태완은 자신들의 자리에 등을 기대고 앉아 그들을 지켜보고 있었다.

"이 마당에 상포가 무신 소용이유."

광목을 사무실 바닥에 펴자 꽤 넉넉했다. 가로가 135센티미터 세로가 90센티미터였다. 겉보기에도 태극기를 그리기에 딱이었다. 뽀얀 색감이 돋보였다.

"태극기를 그려야것는디."

"태극기?"

하나같이 입을 벌렸다.

"그래유. 태극기. 큰 행사를 치르는디 태극기가 없어서 되것시유."

문제는 어떻게 그리느냐였다.

"태극기를 어떻게 그리는지 아는 사람 없시유?"

송재만이 물었다. 아무도 대답이 없었다. 일장기만 보아온 판이라 태극기를 어떻게 그리는지 가물가물했다. 태극기의 형태는 알고 있었지만 막상 그린다고 생각하니 생각이 떠오르지 않았다. 송재만은 일전에 입수한 손바닥만 한 태극기를 머리맡에 놓았다. 누군가가 현장에서 압수해온 물건을 송재만이 사무실 구석진 곳에 보관하고 있었다.

"강 서기, 그림 잘 그리잖여?"

송재만은 망을 보고 있던 강태완을 보며 물었다.

"지는 그림과는 담을 쌓은 사람이유. 송 주사님이 직접 그리셔유."

강태완이 말했다. 덩달아 김동운도 말을 거들었다.

"그려. 뜻있는 태극긴디. 송주사가 직접 그리셔."

"그람, 내가 허지유, 보고 베끼는 건디."

송재만은 연필로 태극기 밑그림을 뽀얀 광목 위에 그려나갔다. 숨을 죽이며 광목 한가운데 둥글게 원을 그렸다. 곧이어 태극선을 그려 넣었다. 뽀얀 광목 한가운데 제법 그럴 듯한 태극이 연필로 그려졌다.

태극의 푸른색 음방은 잉크를 찍어 발랐다. 붉은 색의 양방은 사무실에 있던 도장밥을 사용했다. 선명한 태극이 광목 한가운데 보란 듯이 모습을 드러냈다. 참으로 오랜만에 보는 태극이었다. 아니 기억조차 가물거렸다.

대호지에서 태극기를 본 것은 10년은 더 거슬러 올랐다. 대한제국 말기에 보았던 것으로 생각됐다. 1910년 일제에 강제합병된 뒤부터는 태극기를 본 적이 없었다. 오로지 일장기만 보았다.

송재만은 태극 네 모퉁이에 먹으로 4괘를 그려 넣었다. 4괘를 어떻게 그려야할지도 망설였다. 건곤감리를 어디에 배치하는 게 옳은 일인지도 솔직히 알지 못했다. 서로 상의했지만 제대로 아는 이가 없었다.

그냥 작은 태극기에 그려진 대로 모양을 따서 그렸다. 태극기가 완성되자 조금은 우스꽝스러웠다. 태극이 유난히 크고 사괘가 조금은 작았다. 괘의 귀가 비뚤어진 것도 있었다.

태극기를 그려놓고 내려다보자 가슴이 뭉클했다. 눈물이 울컥 쏟아졌다. 참으로 오랜만에 보는 태극기였다. 내놓고 보지도 못한 태극기였다. 거의 기억에 없던 것이었다. 말로만 태극기를 입에 담았지 실제로 본 적은 거의 없었다.

가슴 깊은 곳에서 하염없이 억제해 왔던 핏덩이가 끓어 넘쳤다. 눈물이 볼을 타고 흘러내렸다. 내 나라 내 땅에서 내 국기를 보지 못하고 사는 현실이 답답했다.

창가에 앉아 망을 보고 있던 강태완도 벌떡 일어섰다. 김동운도 함께 서서 눈시울을 적셨다. 그들은 그렇게 한참을 서 있었다. 사무실 바닥에 눈물자국이 하나 둘 번졌다.

8. 드디어 새날이 밝았다

□ D-day

4월 4일.

5:00

이른 아침이었다.

거사를 준비했던 남주원은 한잠도 이루지 못했다. 거사가 일어난 후 어떤 일이 닥쳐올지 가늠하기조차 힘들었다. 분명한 건 독립을 외치는 일뿐이었다.

이 나라가 누구의 나라인가. 또 누구의 땅이던가. 조상 대대로 이어져 온 내 나라 내 땅이 아니던가. 그런데 일본이 총칼로 들이밀고 들어와 국권을 강탈했다. 황제를 독살하고 황후를 시해했다. 천인공노할 일이었다.

 이에 항거하는 일은 이 나라 백성으로서 당연한 행위였다. 그렇게 하지 않는다면 죽어서 조상을 뵐 면목이 없었다. 살아서 설 땅이 없고 죽어도 묻힐 땅이 없었다.

 이 마당에 내 나라 내 권리를 되찾겠다는데 무슨 이견이 있겠는가. 내 나라 내 땅에서 내가 살겠다는데 무슨 다른 말이 더 필요한가. 독립을 외쳐 부르는 일은 더도 덜도 아니었다. 내 나라를 돌려달라는 요구였다. 남주원은 눈을 감고 앉아 아무리 곱씹어 보아도 옳은 일이었다.

 그는 이른 새벽부터 흰 바지저고리를 차려입었다. 그 위에 흰 두루마기를 걸쳤다. 중절모를 옆에 놓고 사랑채에 앉아 있었다.

 간밤에 부인 오씨에게 오늘 이후 일들을 모두 일러두었으므로 마음이 차분했다. 혹 자신에게 무슨 일이 생긴다고 해도 이는 나라를 위한 일이니 유념치 말라고 일렀다.

 그리고 부인 오씨에게 자산관리와 꼭 해야 될 일들은 조목조목 적어 주었다. 식솔들이 사색으로 골몰했지만 염려치 말라고 당부하고 또 당부했다. 그는 부인의 손을 잡고 한동안 말없이 앉아있었다.

 부인 오씨는 눈물만 흘렸다. 얼마나 긴 터널을 지날지 모르는 상황이었다. 잘되어 독립이 오면 더없이 좋은 일이었다. 하지만 그렇지 않고 긴 터널로 들어간다면 그것은 고통의 세월이었다.

 그것을 알기에 울고만 있었다. 그렇다고 큰일을 위해 나서는 낭군을 만류할 수도 없는 노릇이었다. 무거운 기운이 안방을 짓눌렀다.

남주원은 한참을 그렇게 앉아있다 사랑채로 내려왔다. 모든 채비가 끝났다.

닭이 홰를 치며 울었다. 얼마지 않아 날이 부픔하게 밝아왔다. 안채에서 부산스럽게 움직이는 소리가 들렸다. 아침을 준비하는 모양이었다. 대호지면사무소까지 가려면 서둘러야 했다. 마음이 급했다. 그제야 몇몇 유생들이 남주원의 집으로 몰려왔다.

"어서 한술씩 뜨고 길을 나섭시다."

유생들이 당도하자 안에서 하얀 쌀밥과 따끈한 국을 내왔다. 그들은 상에 둘러앉아 가볍게 한술씩 뜨고 자리에서 일어났다.

밥술을 뜨지 못하는 이들도 있었다. 그들은 가볍게 국을 마시고 일어섰다. 남주원은 목이 걸렸지만 한그릇을 다 비웠다.

그는 사랑채 문을 열고 밖으로 나오며 집을 휙 둘러보았다. 아직 채 날이 밝지 않아 안채에 어둠이 고스란히 고여 있었다. 언제 다시 돌아올지 모를 곳이었다. 일이 잘되면 좋겠지만 그렇지 않는다면 어떻게 될지도 모를 일이었다. 고종황제 인산 때 본 광경이 눈앞을 스쳐갔다. 마음이 무거웠다. 오로지 한 가지만 생각하기로 했다.

'독립을 외치는 일은 이 나라 백성으로서 당연한 책무다. 그 책무를 다하기 위해 길을 나설 뿐이었다. 유생으로 받아온 음덕이 모두 내 나라가 있었음이다. 나라를 빼앗긴 지금 하루가 여삼추였다. 삶이 가시방석이나 다르지 않다. 이것을 바로잡기 위해 나서는 길이다. 잃어버린 나라를 되찾는 행위는 당연하다. 그것은 역사적 순리를 따르는 거다. 집나간 아이를 찾아 나서는 거나 다르지 않다.'

그렇게 생각하자 마음이 편안해졌다.

장삼봉 집사가 그를 따랐다. 대문 밖에는 사성리 이장 고수식과 김팔윤 집사가 나란히 도열하고 있었다. 그들은 술과 음식을 실은 소달구지 여러 대를 뒤로하고 있었다.

벌써 마을 사람들도 수십 명이 소달구지 뒤에 줄지어 늘어서 있었다. 그들은 삽과 괭이를 들고 두런거리고 있었다. 서로 안부 인사를 나누고 농사일을 걱정했다.

너무 이른 아침이라 하품을 하는 이들도 있었다. 쪼그리고 앉아 삽에 묻은 흙을 터는 사람도 보였다. 빈속에 담뱃대를 물고 있는 이들도 적지 않았다.

뿌연 담배연기가 주민들 사이에서 안개처럼 피어올랐다. 그들은 모두 주원이 집을 나서기만 기다리고 있었다.

솟을대문을 나온 주원이 중절모를 벗고 주민들에게 허리를 굽혀 인사를 올렸다. 주민들도 목례를 했다.

"자 출발혀유."

고수식 이장이 목소리를 높였다. 그제야 기다렸다는 듯 달구지가 천천히 움직이기 시작했다. 거대한 행렬이 느릿하게 사성리 길을 따라 대호지면사무소로 향했다.

해도 밝지 않은 들길을 흰 옷을 입은 유생들과 소달구지 그리고 주원의 식솔들, 그리고 사성리 주민들과 소작인들이 줄지어 가고 있었다. 무리가 일백 명에 달했다. 구불구불 길을 에워 싼 낮은 산자락에 짙은 안개가 가득 고여 있었다.

"안개가 깊은 걸 보면 오늘은 날씨가 화창하겠구먼."

누군가가 말했다.

"그렇겠지유."

다들 더 이상 말이 없었다. 걸음이 무거웠다. 유생들은 각기 앞만 보고 걷고 있었다. 머릿속이 복잡했다. 어떤 상황이 도래할지 모를 일이었다.

얼굴 한편에는 무거운 불안감이 고여 있었다. 독립을 위해 나서는 길이 어둠속의 짙은 안갯 속을 가고 있는 자신들의 모습과 흡사했다. 이런 사실을 알 리 없는 주민들은 부역이 언제쯤에나 끝날지, 혹은 무리한 일이 주어지지 않을지. 그런 생각뿐이었다. 하루 종일 시달리지 않았으면 하는 바람이었다.

사성리를 벗어난 무리는 얼마지 않아 밤골 고개를 오르고 있었다. 좁은 고갯길 옆으로 올망졸망 돋아난 산들이 안개 속에 희미하게 올려다보였다. 그들이 고개를 오르는 모습은 흡사 큰 용이 구불거리며 구름 속으로 오르는 듯한 착각을 일으켰다.

주원과 몇 명의 유생들이 용머리 장식으로 보였고 뒤이은 소달구지가 용의 머리를 연상시켰다. 그 뒤를 따르는 주민들은 용의 몸통을 이루고 있었다. 용은 안개를 헤치고 하늘로 승천하려는 듯 초리를 구불거렸다.

그들이 밤골 고개를 지나자 도이리로 가는 삼거리에 한 무리의 사람들이 모여 있었다. 남상돈과 남상락, 남상집, 남상직, 남상은 등이었다. 안개 속에 웅성거리는 무리가 수십 명은 되어 보였다.

"형님들 벌써 오셨구려."

주원이 반갑게 인사를 올렸다.

"우리도 지금 막 고개를 넘어오는 길이여."

남상돈이 주원의 손을 굳게 잡으며 말했다. 눈빛이 빛났다. 유생들은 서로 악수를 나누고 길을 재촉했다.

그들이 앞장서자 소달구지와 주민들이 줄을 이었다. 벌써 백수십 명은 더되어 보였다. 주민들도 서로 인사를 나누고 이야기를 두런거리며 뒤따랐다.

5:30

면사무소에서 날밤을 꼬박세운 송재만은 마지막 채비를 서둘렀다. 면사무소 뒤뜰에 있던 장대를 매끈하게 닦았다. 그곳에는 태극기를 매달 생각이었다. 간밤에 등사해 놓은 애국가사도 챙겨두었다. 면민들이 얼마나 모일지가 걱정이었다. 강태완 서기를 앞세워 사무실도 정갈하게 정리했다. 이제 거사만 맞으면 됐다.

연신 면사무소 밖을 내다보았다. 이른 새벽이라 쥐죽은 듯 조용했다. 아무도 보이지 않았다. 길거리를 돌아다니던 강아지조차 자취를 감추었다.

송재만은 김동운과 민재봉 그리고 강태완 서기를 앞세우고 면사무소 앞에 있던 주막집에서 해장국으로 속을 채웠다. 까칠한 입이었지만 매콤한 국이 들어가자 속이 풀렸다.

모두 말이 없었다. 말이 필요하지 않았다. 다만 걱정스런 눈빛만 간간이 내보일 뿐이었다. 주막의 낡은 창으로 밖을 내다보았지만 여전히 조용했다.

송재만은 연신 창밖을 내다보았다. 아무런 기척이 없었다. 어둠만 자욱하게 안개와 함께 엉겨있었다. 새벽 공기가 쌀쌀했다. 등짝이 오싹거렸다. 옷을 여몄다. 송재만이 창밖을 다시 너머다 본 다음 민재봉에게 눈길을 주며 말했다.

"충분히 전달했으니 지켜볼 일이여. 연락책도 가동했고……."
"……."
해장국 뚝배기에 숟가락 부딪히는 소리만 나직하게 들렸다.

6:00

남주원과 남상돈, 남상락 등 유생들을 앞세운 사성리와 도이리 방면 주민들이 고갯 마루를 내려오고 있었다. 그들은 한 무리의 거대한 양떼처럼 구불거리며 새벽안개를 뚫고 아래로 향했다.
그 무리가 작은 논밭으로 이루어진 행팽이골로 접어들자 조금리 삼거리가 저만치 안개속에 어렴풋이 내려다 보였다. 올망졸망 둘러앉은 낮은 집들과 열흘에 한번 북적이는 장마당, 그리고 굽은 길을 따라 늘어선 점방들이 졸고 있었다. 그나마 가장 훤하게 보이는 건물은 면사무소였다. 삼거리 안쪽에 마당을 베고 서 있었다.

6:30

한편 절곡산 아래 송전리에서도 천도교 신도들이 하얗게 무리를 지어 길을 나섰다. 백남덕 전교사가 양팔을 허공에 휘저으며 앞장섰다. 뒤를 이어 신도들이 삼삼오오 무리 지어 뒤따랐다. 모두 편안한 표정이었다.
천도교 손병희 선생이 민족대표로 독립선언서를 낭독했다는 소식이 전해지면서 그들의 자부심은 남달랐다. 천도교인이란 사실이 어느 때보다 자랑스러웠다. 일거수일투족에서 그런 분위기가 묻어났다.

 특히 이번 거사는 천도교인들이 주도해야 한다는 생각에 매몰되어 있었다. 뒤로 물러나는 모습을 보인다면 그는 교인이 아니라고 여길 판이었다. 어떤 면민들보다 앞장서서 선도해야 한다는 생각이 충만했다. 그래선지 모두 당당했다. 게다가 당진교구에서조차 교인들의 총동원령이 내려진 상태였다. 더욱 적극적일 수밖에 없었다.

 앞장선 백남덕 전교사는 힘차게 발을 내딛었다. 여러 차례 손으로 수염을 쓰다듬었다. 고개를 빳빳하게 쳐들고 선두에 나서고 있었다. 천도교인들도 그를 따라 조금도 궁색함이 없이 산모퉁이를 돌았다.

 그들이 막 송전리 어귀의 동시나무를 지나려는 참이었다. 백 전교사가 동시나무 앞에 서서 양손을 모은 자세로 허리를 깊이 숙여 정중하게 절을 했다. 뒤따르던 이들도 따라했다. 모두 무탈하게 잘 다녀올 수 있도록 천지신명께 기도를 올린 것이었다.

 동시나무는 수백 년 마을을 지켜온 수호신이었다. 마을에 대소사가 있을 때마다 그곳에 안녕을 빌었다. 그들이 서로의 바람을 빌고 노목을 지나고 있을 때였다. 마을에서 젊은이 두어 명이 손을 높이 흔들며 그들을 향해 급하게 달려왔다. 그들 가운데 한 청년이 숨을 헐떡이며 다급하게 말했다.

 "전교사 어른. 큰일 났시유."

 젊은이는 백남덕의 이웃이었다. 그의 아비가 백 전교사와 친구 사이라 수시로 그의 집을 드나들던 청년이었다.

 "자네가 어인 일로……."

백남덕이 가던 길을 멈추고 돌아섰다.

"전교사 어른 아버님께서 위급하시다는 말씀을 전하라기에……."

청년은 숨이 목에 찬 모습으로 말했다.

"뭐여. 아버님이?"

백남덕은 길을 멈추고 돌아섰다. 신도들에게는 일일이 송구하단 말을 전했다. 그들 한 사람 한 사람의 손을 잡고 오늘 거사에서 부끄러움 없이 손병희 선생의 뜻을 따르자고 호소했다. 이어 집으로 내달렸다.

다른 신도들은 신작로가로 걸음을 옮겼다. 그곳은 진내산이 끝나는 장정리 삼거리였다. 백남덕이 집으로 달려왔을 때는 이미 그의 늙은 아버지가 세상을 떠난 뒤였다. 그는 곡을 하며 그길로 상을 준비했다.

지붕에 흰 저고리를 올리고 사자 밥을 대문간에 내다놓았다. 그는 울며불며 왜 하필 나라를 위해 먼 길을 떠나려는데 돌아가셨느냐고 하소연했다. 형제들에게 연락을 하고 초상 치를 준비를 했다.

골골마다 아침밥 짓는 연기가 자욱했다. 주민들이 하나둘 면사무소 앞 공터로 모여들었다. 그들은 하나같이 삽과 괭이를 손에 들고 있었다. 부역에 참여하라는 면장의 지시에 따라 소집된 사람들이었다. 장정리 삼거리에도 사람들이 운집했다. 송전리에서 온 천도교 신도들도 그들 속에 녹아들었다. 그들은 뽀얀 흰옷을 차려입고 있었다.

한눈에 보아도 부역을 위해 나온 게 아니었다. 결사를 위해 모인 집단처럼 보였다. 눈빛도 달랐다. 부역을 위해 나온 주민들이 퀭한 얼굴로 하품을 하고 선 모습이라면 그들은 말쑥하게 차려입은 잔치꾼처럼 보였다. 남의 집 잔치에 가기 위해 차려입은 모양새였다. 담담하고 넉넉해 보였다. 중앙교단의 지휘가 있었던 탓인지 모두 여유가 있어 보였다.

"아니 자네들은 부역에 나온 게 아닌겨?"

곱게 차려입은 천도교도들을 보고 묻는 이들도 있었다.

"부역에 나왔지유. 하지만 일이야 허것소. 장이나 보면 되것지유."

부역의 성격을 알기에 천도교인들은 시치미를 뗐다.

7:00

일곱 시를 지나면서 주민들은 순식간에 수백 명으로 불어났다. 오전 8시부터 정미면으로 가는 도로를 손질한다는 말에 모두 서둘러 나왔다. 흰 바지저고리를 입은 사람들이 대부분이었다. 머리에 수건을 쓴 아낙들도 보였다. 그들은 삼삼오오 모여서 세간의 풍문을 두런두런 주고받았다. 오랜만에 만난 이들은 서로 반색을 감추지 못한 채 인사를 나눴다.

그즈음이었다. 이인정 면장이 말을 타고 면사무소로 출근했다. 그는 흰 두루마기를 곱게 차려입고 머리도 말쑥하게 빗고 나왔다.

가르마가 논길처럼 정갈하게 타여 있었다. 바지춤도 대님으로 동여맸다. 어느 때보다 격이 있어 보였다. 구두는 누가 닦아 주었는지 광택이 눈부셨다.

그는 면사무소에 도착하자마자 곧장 면장실로 들어갔다. 아직 직원들이 모두 나오지는 않았다. 송재만이 이러 저리 뛰어 다니며 분주하게 움직이고 있었다. 이 면장은 천천히 면장실을 둘러보았다.

1914년 4월 1일 부임했으니 이날로 꼬박 5년이었다. 그동안 면장을 역임하며 사용한 방이었다. 정들 일도 없지만 그래도 떠나자니 섭섭했다. 책상을 만져보았다. 손때 묻은 책상이었다. 책상 뒤에 걸린 일장기를 내렸다. 단 하루라도 독립된 공간에서 면장을 하고 싶었다. 일장기가 내려진 공간에서 책상에 앉아 우두커니 사무실을 내다보았다. 이제는 돌아오지 못할 방이었다.

그래도 서운하지는 않았다. 군수를 지내고 올라와 초대 면장을 역임했다는 자체만으로 영광이었다. 그게 일제하의 면장이라 조금은 티가 되었다.

그래도 면장을 하는 동안 일제에 충성하자며 애많은 사람들을 괴롭히지는 않았다. 주민들에게 마지막 봉사를 한다는 일념으로 살았다. 그것에 만족했다. 이 면장은 두 주먹을 불끈 쥐었다. 입을 굳게 다물고 각오를 다졌다. 잠시 뒤 민재봉이 면장실로 들어왔다.

"부역 준비는 잘되고 있는겨?"

이 면장은 근엄한 목소리로 묵직하게 물었다.

"예 면장님, 차질 없이 준비 됐구먼유. 벌써 주민들 모여드는 모습이 예사롭지 않구먼유."

민재봉이 부동자세로 서서 상황을 보고했다. 조금 전까지만 해도 주민들이 그리 많지 않아 내심 걱정했다. 그런데 구름처럼 몰려들었다니 마음이 놓였다.

그런 사실을 뒷받침이라도 하듯 면사무소 밖에서 주민들의 웅성거리는 소리가 크게 들려왔다. 창문 너머로 보이는 군중의 무리가 만만치 않아 보였다.

"오늘 행사 식순은 어떻게 되는겨?"

이 면장은 책상 위에 너저분하게 올려 진 서류들을 주섬주섬 챙겨보며 물었다.

오늘이 마지막이란 생각이 뒤통수를 당기고 있었다. 서류가 무슨 소용이 있는가 하는 생각에 만져보지만 의미는 없었다.

"면장님께서 훈시를 허시고 이어 사성리 남주원 선생이 독립선언서를 낭독하기로 혔구먼유. 그리고 한 훈장이 지어준 애국가사를 낭송하도록 되어있구먼유."

"한 훈장?"

"한운석 훈장 말씀이지유."

"누가 낭송하는겨?"

"이대하 서기가 하기로 혔구먼유.."

"대하가? 잘 헐런지 모르겠구먼. 그 다음은······."

면장은 책상에서 일어나 낡은 좌탁으로 옮겨 앉았다.

"다음은 면장님께서 조선독립만세를 고창하시는 걸로 잡았구먼유. 그리고 송재만 주사가 선서문을 선창하면 모든 주민들이 제창하는 형식으로 되어 있습니다유."

"선서문은 누가?"

"남상돈, 상락 형제와, 남상집 그리고 이대하 서기가 공동으로 작성혔습니다유."

"남상돈이 혔으면 제대로 혔겠구만. 그리고는?"

이 면장은 다른 형식을 기대하고 있는 눈치였다.

"의식 행사는 여기까지구먼유. 그리고 천의장터로 행진을 하는 걸로 되어 있구먼유."

"그래, 그럼 선두는 누가 서는겨?"

"송재만 주사가 서기로 혔습니다유. 태극기를 들고. 그 뒤로 유생들이 따르기로 혔지유."

"태극기를 들고? 그 다음은 내가 서것네."

면장이 민재봉을 올려다보며 말했다. 민재봉은 적잖게 당황하는 눈치였다. 그것까지는 생각지 못했다. 그는 면을 책임지고 있는 행정최고 책임자였다.

때문에 축사를 한 다음 뒤로 빠질 거라고 생각했다. 그가 이번 거사를 묵인하고 있었지만 앞에 나선다는 생각은 하지 않았다. 그의 묵인만으로도 감사할 일이라고 생각했다.

"면장님은……."

민재봉은 얼버무렸다. 계획에도 없는 말을 주절거릴 수는 없었다.

"내가 먼저 이번 거사의 취지를 연설하고 정미면으로 향할 때는 태극기 뒤에 내가 앞장 설 테니까 그런 줄 알어. 알것는가."

"예?"

민재봉은 면장의 명령에 부동자세로 대답하고 방을 나왔다. 놀랄 일이었다. 면장이 앞장서서 거사를 선동한 선례는 없었다. 게다가 가장 앞자리에서 시위대를 선도하는 일은 더욱이 있을 수 없는 행위였다. 민재봉은 갑작스런 지시에 자신의 귀를 의심했다. 놀란 가슴을 진정시키며 면장실을 나왔다.

송재만은 서둘러 유인물과 태극기를 가지고 주민들이 모인 장소로 나갔다. 면사무소 앞마당과 도로에는 벌써 수백 명의 군중이 운집해 있었다. 그들은 길바닥에 죽치고 앉아 남병사 댁에서 준비해온 떡과 술로 요기를 채우고 있었다.

"오늘 부역 제대로 허려면 먼저 먹어야지. 그렇지 않은겨?"

남병사댁 식솔들이 떡과 술을 주민들에 골고루 나누어주었다. 참으로 오랜만에 먹어보는 술이고 떡이었다. 얼마지 않아 보릿고개를 넘겨야 할 판이었다. 이런 마당에 떡과 술이니 그 한잔에 행복했다. 빈속이라 그런지 탁주 한 사발에 취기가 도는 이들도 많았다. 벌써 해롱거리며 눈동자가 풀려 낄낄거리는 이들도 있었다.

겨우내 남새 부스러기로 채웠을 그들이었다. 떡이니 술은 생각지도 못한 음식이었다. 보리죽이라도 배불리 먹기가 어려운 세상에 따뜻한 떡과 술을 맛보다니. 부역날이 도리어 행복했다. 게다가 남병사댁에서 넉넉하게 베풀다보니 하나같이 간이 배 밖에 나왔다. 평소 같았으면 말도 내뱉지 못하던 이들도 노래를 부르고 흥타령을 했다. 주먹밥은 점심나절에 풀 생각으로 광주리에 담아 그득하게 소달구지에 실려 있었다. 아침 끼니를 족하게 먹고 마신 주민들이라 부역에 나와 이런 호강은 처음이라고 입을 모았다. 이런 저런 이야기꽃이 만발했다.

"이게 어인 일이여."

"부역에 무신 떡과 술이니."

"누가 낸 거여. 이런 호강을 허게."

"남병사 댁에 참 감사혈 일이구먼."

주민들은 너도 나도 한마디씩 거들었다. 남병사댁에 대한 칭송이 이어졌다. 호의에 감사하고 있었다.

주민들이 아침을 즐기며 웅성거리고 있는 사이 남주원과 이춘웅, 남상돈, 이대하 등 십수 명의 추진위원들이 면사무소 현관 앞에 도열했다. 그들은 모두 흰 두루마기를 말끔하게 차려입고 중절모를 쓴 모습이었다. 주민들이 한참 먹고 마시고 하는 동안 송재만은 30척에 달하는 긴 대나무에 태극기를 매달아 군중 앞에 나섰다.

그러자 사람들이 웅성거리기 시작했다. 놀라움을 감추지 못하는 눈치였다. 일제 치하에서 금기시되어 온 태극기를 장대에 높이 달고 나서는 사람은 또 무엇인가. 그는 면직원 송재만이 아니던가. 충분히 놀랄 만한 일이었다.

주민들은 숙덕거리고 혹은 술렁거렸다. 손에 잡은 삽을 세우고 삼삼오오 얼굴을 마주보며 서로 눈치를 살폈다. 분위기가 심상치 않았다. 송재만은 옆에 있던 김순천을 불렀다. 그는 사성리에 살고 있던 친구였다.

"순천이, 자네 말이여. 이것 좀 면사무소 옆에 높이 세우게."

"그랴. 사무소 옆 기둥에 묶어두면 되는 겨?"

"그려."

김순천은 태극기 매단 장대를 면사무소 옆에 높이 세웠다. 장대 끝에 매달린 태극기가 조용하게 펄럭였다. 일제가 이 나라를 강점하길 십수 년, 태극기는 그곳에 없었다. 그곳뿐만이 아니었다. 이 나라 삼천리강산 어디에도 없었다. 그 자리에 일장기가 나부꼈다. 하지만 이날은 태극기가 나부끼고 있었다.

주민들은 웬지 가슴이 뭉클했다. 후끈한 열기가 속에서 치솟았다. 잊고 있던 깃발이었다. 가슴에 피를 끓게 하는 그 깃발이었다. 조금은 소란스럽던 분위기가 금새 숙연해졌다. 누구라도 일어서서 태극기에 대해 경의를 표한다면 모두가 일시에 자리에서 일어설 기세였다.

송봉운을 비롯한 행동대원들이 때를 같이해 주민 사이사이를 파고들었다. 간밤에 등사한 애국가사 유인물을 나누어 주었다. 김동운, 강태완 서기도 가세했다. 주민들은 영문도 모르고 유인물을 손에 받아 쥐었다. 그 내용을 보고 더욱 술렁거렸다. 글을 모르는 이들은 유인물을 거꾸로 들고 옆 사람의 눈치를 살폈다.

"이게 뭐여?"

"애국가사여. 애국가사."

"애국가사가 뭐여?"

"좀 있어봐. 무신 말을 할 거여."

술렁거리는 모습이 여기저기서 보였다. 그들은 뜨거운 물건을 받아 쥔 듯 어찌할 바를 몰랐다. 복장에 구겨 넣는 이들도 있었다. 읽어 보려고 더듬거리며 말을 맞추는 이들도 있었다. 주민들 사이 사이에 들어있던 행동대원들이 눈빛으로 신호를 주고받았다.

"주민여러분, 우리도 나서지유. 조선천지가 독립만세를 외치고 있잖유. 우리도 혀야쥬. 바로 지금이유."

앞단에 섰던 송봉운이 먼저 크게 소리쳤다.

"그려. 조선반도에서 모든 민중이 들고 일어나는디 대호지만 조용허면 되것는가."

다른 대원이 저만치에서 말을 받았다.

"드디어 만세시위를 벌일 모양이구먼. 정말 잘된 일이여. 그려."

또 다른 대원이 저쪽 끝자락에서 큰 소리로 외쳤다. 곳곳에서 행동대원들이 소리를 질렀다.

"나서유. 독립만세를 외쳐야지유."

"독립을 주창혀야지유."

행동대원들이 주민 사이에서 고함을 지르고 외쳤다. 주민들도 덩달아 뒤따랐다.

"그려. 우리도 혀야지. 만세를 부르세."

익어가는 술독처럼 부글부글 끓고 있었다. 모든 준비가 끝났다. 민재봉에게 상황을 전해들은 송재만이 급히 남주원에게 다가갔다. 귓속말로 행사진행 절차에 약간의 변동이 생겼음을 설명했다. 주원은 놀라는 표정을 감추지 못했다. 옆에 섰던 유생들에게 말을 전했다.

8:00

분위기를 살피고 있던 송재만이 면사무소 현관 앞 베란다에 올랐다. 베란다는 현관으로 들어가는 입구에 마련된 사각진 콘크리트 바닥이었다. 작은 키 탓인지 겨우 머리만 넘어다 보였다. 그는 사회를 보기 시작했다.

"대호지 면민 여러분. 안녕하시지유. 이른 아침부터 부역에 동참해 주서서 대단히 감사허유. 지금부터 4월 4일, 오늘 있게 될 대호지면 도로수선 및 병목정리 부역에 대해 말씀드리도록 하것시유."

송재만의 목소리가 짜랑짜랑하게 들렸다. 이내 군중들이 조용해졌다. 그들은 송재만의 얼굴을 올려다보았다. 늘 있어온 부역이라 새로울 것도 없었다. 오늘은 부역 구획이 얼마나 될까에 관심을 기울였다.

"이에 앞서 이인정 면장님의 훈시말씀이 있겠구먼유."

송재만의 말에 모든 주민들이 면사무소 현관문을 들여다보았다.

잠시 뒤 민재봉이 면사무소 문을 열었다. 이어 이인정 면장이 뽀얀 두루마기를 단정하게 차려입은 모습으로 뚜벅뚜벅 걸어 나왔다. 언제보아도 그는 품위가 있어 보였다.

그는 현관 앞 베란다 가운데 똑바로 섰다. 민재봉은 허리를 굽혀 베란다를 내려갔다. 이 면장은 그곳에 서서 잠시 주민들을 둘러본 뒤 중절모를 벗었다. 그리고 크게 허리를 숙여 인사를 올렸다. 그가 말없이 자신들에게 인사를 하자 주민들은 목례를 하며 숨을 죽였다.

"대호지면 주민 여러분! 저는 이 면을 책임지고 있는 면장 이인정이올시다. 오늘은 이곳 조금리에서 천의장터로 이어지는 신작로 도로수선과 병목정리를 위해 여러분을 이곳에 모이도록 했습니다. 모두 그렇게 알고 오셨을 것입니다. 그러나 실제로는 도로수선이나 병목정리를 위해 이곳에 모이도록 한 것이 아닙니다."

면장의 첫마디에 주민들은 서로 얼굴을 보며 눈만 끔벅거렸다.

부역을 위한 것이 아니란 말에 적잖게 놀라는 얼굴이었다. 입을 벌리고 귀를 기울였다.

"오늘 여러분을 모이도록 한 것은……."

그는 잠시 말을 멈추었다. 눈을 들어 주민들을 둘러보았다. 단단한 결기가 눈에서 뚝뚝 떨었다. 모두 그의 입을 주시하고 있었다.

"이 나라 독립을 위해 만세시위를 펼치고자 함이오이다. 이 나라 독립을 위해 거사를 일으키고자 모이도록 한 것이외다."

이면장의 목소리가 쩌렁쩌렁하게 울렸다. 군중들이 다시 웅성거렸다. 서로 얼굴을 마주보며 자신들의 귀를 의심했다.

면장이 독립을 얘기한다는 게 믿기지 않았다. 잘못들은 것은 아닐까 스스로를 의심했다. 그러기에는 그의 목소리가 너무나 또록또록하게 들렸다.

"면민 여러분, 작금의 세계는 민족자결주의를 채택하고 있소이다. 민족자결주의가 무슨 말이냐 하면 민족의 문제는 그 민족 스스로 결정해야 한다는 얘기올시다. 그러기 위해서는 스스로 독립을 주창해야 하는 거외다. 그래서 경성에서는 지난 3월 1일 거국적으로 독립만세시위가 펼쳐졌소이다. 이 시위는 경향각지로 들불처럼 번져가고 있소이다. 이웃하고 있는 홍성과 예산 태안 등지에서도 잇따라 독립만세 거사가 펼쳐지고 있소이다. 이런 시국에 우리가 도로수선을 위한 부역이나 하면 되겠소이까."

이 면장이 힘찬 목소리로 말꼬리를 높이자 일시에 주민들이 함성을 질렀다.

"옳소. 옳소."

그들은 삽과 괭이를 두드리며 환호했다.
"면민 여러분, 우리는 독립을 이룩해야 제 구실을 할 수 있고 나아가 제대로 살 수 있소이다. 내 나라를 되찾아야 조상 뵐 면목도 생기는 거외다. 목숨을 걸고라도 되찾아야 하는 것이 독립이고 잃어버린 조선이외다. 이것만이 우리의 살 길이외다. 이것만이 후세대들에게 부끄럽지 않은 조상이 되는 거외다. 오늘 이 자리에 여러분을 모이도록 한 것은 바로 이 나라를 되찾고자 함이외다."
이인정 면장이 더욱 카랑카랑한 목소리로 소리쳤다. 그럴 때마다 주민들은 옳소를 연호했다.
"옳소, 옳소."
그들은 연신 삽과 괭이 그리고 연장을 두드렸다.
"나라를 찾는데 남녀노소가 어디 있겠소이까. 여기 모인 모두가 앞장서야할 일이외다. 여러분은 이제 조선민족으로서 독립 쟁취에 적극 찬동해야 하오이다. 그래서 독립만세를 힘차게 외쳐야 할 것이외다."
이 면장은 얼굴을 붉히며 열변을 토했다. 침방울이 허공을 향해 튀어 올랐다. 확성기도 없는 연설이었지만 면사무소 앞마당이 쩌렁쩌렁 울렸다.
그는 잠시 숨을 돌린 다음 더욱 힘차게 소리쳤다.
"내가 앞장을 서겠소이다. 여러분은 내 주장에 찬동하며 독립만세를 부르시오. 천의장터를 향해 나아가시오."
이면장이 중절모 든 손을 높이 쳐들자 주민들은 다시 괭이와 삽을 두드리며 환호를 울렸다. 이면장이 베란다에서 내려가자 송재만의 사회가 이어갔다.

"오늘 힘찬 언변으로 우리의 사기를 북돋아주신 이인정 면장님께 다시 한번 박수를 부탁드리겠구먼유."

송재만의 말이 떨어지기가 무섭게 일제히 박수와 환호가 이어졌다.

"다음은 사성리 남병사 댁 남주원 선생의 독립선언서 낭독이 있겠구먼유."

또다시 환호성이 크게 번져갔다. 그가 떡과 술을 제공했으므로 환호성은 우렁찼다. 베란다에 오른 남주원이 잠시 주민들을 둘러본 다음 미리 준비한 독립선언서를 양손으로 펼쳤다. 그리고 그것을 낭독해 내려갔다. 사뭇 진지한 표정이었다.

"오등은 자에 아 조선의 독립국임과 조선인의 자주민임을 선언하노라. 차로써 세계만방에 고하야, 인류 평등의 대의를 극명하며, 차로써 자손만대에 고하야 민족자존의 정권을 영유케 하노라……."

독립선언서 낭독은 한참동안 이어졌다. 남주원은 집에서 여러 차례 숨죽여 연습을 했음에도 간간이 더듬거렸다. 많은 주민들 앞에서 무엇인가를 낭독하는 것은 쉬운 일이 아니었다. 때로 이마의 땀을 훔쳤다.

주민들이 지루함을 이기지 못해 여기저기서 흔들렸다. 속닥거리는 소리가 들렸고 일부는 딴전을 피기도 했다. 귀를 세우고 혼신을 다해 경청하는 이들도 있었다. 하지만 그들은 앞자리에 선 이들 뿐이었다.

독립선언서 낭독이 끝나자 계획대로 한운석이 지은 애국가사 낭송이 이어졌다. 낭송은 이대하가 했다.
 그는 굵은 목소리로 당당하고도 힘차게 호소했다. 웅변조의 낭송이 광장을 넘어 점방이 늘어선 골목으로 퍼져갔다..
 "간교한 일본은 잔폭함을 주장해, 드디어 내 나라를 억탈했다."
 이대하는 양팔을 높이 벌리고 또박 또박 변설을 이었다. 감정을 실어 외치는 한마디 한마디가 주민들의 가슴속으로 파고들었다.
 "우리는 이렇게 통탄할 지경에 이르니, 살아서는 설 곳이 없고, 죽어서는 묻힐 땅이 없다."
 강약이 조절되고 긴장이 살아있는 낭송이 이어지자 아녀자들은 흐느껴 울었다. 여기저기서 우는 소리가 연이어 터져 나왔다. 남정네들도 어깨를 자잘하게 떨며 흑흑거렸다.
 생각 없이 살아 온 날들이 뇌리를 스쳐 지났다. '살아서 설 곳이 없고 죽어서는 묻힐 땅이 없다'는 말에 가슴이 미어졌다. 특히 묻힐 곳이 없다면 어찌 조상을 뵐까. 근심이 앞섰다. 부모님 뵐 면목도 없는 처지가 된 현실이 싫었다. 불효막심한 자식들이 되고 말았다.
 생각이 그곳에 미치자 분노가 치밀어 올랐다. 이런 처지의 근본은 일제의 강점이었다. 그들의 침탈이 이 지경을 만들었다.
 "이 원수를 갚지 않고 어찌하랴!"
 이대하는 처절할 만큼 강한 분노를 속으로 삭이며 피를 토했다. 모든 군중이 그의 말에 흡입되어 일체가 되어가고 있었다.
 "각인은 동심협력하여, 불구대천의 원수를 갚아, 무궁 천세의 내 국가를 독립하자."
 이대하는 더욱 힘주어 낭송을 마무리 했다. 애국가사 낭송이 끝나자 하나같이 분기탱천했다. 금방이라도 무슨 일을 벌일 태세였다. 이대하가 자신의 감정을 이기지 못해 눈물을 훔치며 베란다에서 내려왔다. 다시 이 면장이 베란다에 올라 조선독립만세를 선창했다. 그는 두 손을 높이 쳐들고 만세를 외쳤다. 세 번이나 만세를 고래고래 소리쳤다.

주민들은 그의 선창에 따라 독립만세를 소리 높여 외쳤다. 처음에는 그 소리가 미약했지만 두 번째 세 번째로 갈수록 더욱 번창했다.

"조선독립만세." "조선독립만세," "조선독립만세"

끝으로 송재만이 베란다에 올라 남상돈 등이 만들어준 선서문을 선창했다.

"하나, 우리는 조국의 독립을 위하여 최후의 일각까지 몸 바쳐 싸우자."

주민들이 일제히 송재만의 선창을 따라했다. 면사무소 앞이 전장으로 출전하는 병사들의 결기의 장이 되었다. 하나같이 충혈된 눈으로 목소리를 높였다.

"하나, 우리는 끝까지 행동을 통일하고 생사를 같이한다."

주민들이 삽과 괭이를 높이 쳐들며 제창했다.

"하나, 우리는 우리 독립운동의 기밀을 누설하지 않는다."

주민들은 삽과 괭이를 서로 부딪치며 소리를 높이 질렀다. 결사 항전의 의지를 불태웠다. 모두 결기에 찬 표정으로 조선독립만세를 외쳤다.

대호지면사무소 앞은 졸지에 끓어오르는 용광로가 되어 있었다. 활화산이 분출하듯 모든 이들의 함성이 일시에 쏟아져 나왔다. 누가 먼저랄 것이 없었다. 남녀노소 구분도 없었다. 모든 이들이 하나가 되어 목청 높여 만세를 외쳤다.

불덩어리가 여기저기서 솟구쳤다. 그동안 답답하고 짓눌렸던 가슴이 일순간에 거친 바람을 타고 뚫린 느낌이었다. 거대한 용암이 꿈틀거리며 일렁거리고 있었다. 어딘가에서 터지면 일시에 흘러내릴 기세였다. 충만된 에너지가 광장에 넘쳐나고 있었다.

"히히힝."

말울음 소리와 함께 이인정 면장이 베란다를 딛고 말 등에 올라앉았다. 그는 한손으로 고삐를 당겼다. 그리고 다른 손으로 중절모를 높이 쳐들고 소리쳤다.

"지금부터 우리는 천의장터로 행진하는 거외다."

"……."

"출발."

이 면장의 우렁찬 출발명령이 떨어지자 거대한 용암이 천천히 움직이기 시작했다. 이대하가 불쑥 대오에서 튀어나오며 목소리를 높여 소리쳤다.

"살아서는 설 곳이 없고, 죽어서는 묻힐 땅이 없다."

▫ 행진, 거대한 용의 물결

9:00

그들은 행진하기 시작했다.

맨 앞에 송재만이 섰다. 그는 대형 태극기를 높이 쳐들고 펄럭이며 걸었다. 고단했지만 발걸음은 가벼웠다. 휘어진 장대에 매달린 태극기를 메고 가는 자신이 역사를 짊어진 느낌이었다. 그 무게감에 가슴이 벅차올랐다. 그 뒤에 이인정 면장이 말을 타고 선도했다.

엉덩이가 딱 벌어진 말 위에 면장이 꼿꼿하게 앉아 한손을 흔들며 길을 열었다. 앞서가는 모습이 늠름했다. 그의 손 움직임 하나 몸동작 하나가 주민들에게 큰 힘이 되었다. 곧이어 남주원을 비롯한 남상돈, 남상락 등 대호지회 추진위원들이 대오를 맞춰 뒤를 이었다. 남상락은 자신의 두루마기 속에 부인이 꿰매 준 태극기를 어루만져 보았다. 가슴이 더욱 뜨겁게 뛰기 시작했다. 숨을 깊이 들이켰다. 가슴을 더욱 넓게 펴고 당당하게 걸음을 옮겼다.

주민들은 말을 타고 앞장 선 면장의 뒷모습이 괜히 든든했다. 서로 놀라움을 감추지 못하며 어깨를 우쭐거렸다. 면에서 가장 어른인 면장이 앞장선 마당이라 조금도 두려움이 없었다. 그 담대한 모습에 서로를 위로하고 있었다.

천의장터로 가는 길은 3개 편대로 나누어 진행됐다. 가장 앞에 1편대가 서고 곧이어 2편대와 3편대가 줄을 맞추어 갔다. 혹 이탈

자가 생길 수도 있는 일이었다. 그러면 큰일을 그르칠 수 있었다. 때문에 행렬을 3개편대로 구성했다.

그들은 면사무소를 벗어나면서부터 남주원 등 추진위원들이 선창하면 뒤이어 제창하는 형식으로 '조선독립만세'를 연호했다.

조금리를 벗어나자 천의로 향하는 길목에는 인근 주민들이 늘어서서 행렬을 맞았다. 그들은 정연하게 움직이며 조선독립을 연호하는 행렬의 속으로 자연스럽게 스며들었다.

흰 옷으로 무장한 거대한 무리가 신작로를 따라 구불구불 열을 지어 가는 모습은 장관이었다. 태극기와 만장들이 허공에 펄럭였다.

무리들은 어깨에 삽과 괭이를 메고 다른 손에 태극기를 들었다. 그들은 누군가의 선창에 따라 만세를 소리쳤다. 웅장한 역사가 꿈틀거리며 걸어가고 있었다.

대형 태극기는 행동대원들이 번갈아가며 들었다. 깃대 나무가 휘도록 펄럭이는 깃발은 주민들의 마음을 더욱 단단하게 얽어 놓았다. 그것이 태극기의 힘이었다. 말없이 펄럭이는 것만으로도 하나가 되었다. 조선 사람이라면 누구나 그러했다.

그동안 숱하게 일장기를 보아왔다. 매일 면사무소 앞 게양대에 걸린 일장기를 보았다. 매일 일장기 게양식에 참여를 강요받았다. 조그만 행사만 있어도 일장기를 흔들었다. 하지만 그런 감정은 없었다. 그것은 조선 사람에게 그냥 깃발에 불과했다. 하지만 태극기는 달랐다. 그 자체로 정신이었고 위안이었다. 가슴 먹먹한 그리움이었다.

"조선독립만세!"

수백 명이 한꺼번에 내지르는 만세소리는 쩌렁쩌렁 하늘에 울렸다. 그 소리는 하늘이 무너지고 땅이 갈라지는 소리였다. 우람한 물결이었다. 굽이굽이 휘돌며 거칠게 계곡을 따라 내려가는 역사의 물살이었다. 한 마리의 거대한 흰 용이었다.

굽이를 도는 마디마다 인근 주민들이 나와 함께 했다. 그들은 행렬이 지날 때 그 속으로 물방울처럼 녹아들었다.

작은 도랑물이 개천을 이루고 개천이 다시 큰 강으로 흘러들 듯 그들도 하나 둘 도도한 흐름에 녹아 큰 강이 되었다. 용이 되었다. 모두가 한 몸이었다.

대호지면에서 정미면으로 이어지는 신작로가 용이 되어 꿈틀거리고 있었다. 때로 포효하고 때로 흥얼거렸다. 신명난 장단으로 춤추는 길동무들이었다. 아는 사람, 친한 이웃, 처음 보는 사람, 모르는 사람들조차 모두 하나가 되었다. 늙은 사람, 젊은 사람 한 몸이 되었다.

억눌리고 짓밟히고 엉금엉금 기어서 살아온 삶이었다. 그래서 오늘만큼은 기운이 되살아났다. 모두 제 세상이었다. 어깨춤이 덩실덩실 절로 났다.

삽과 괭이가 부딪히며 꽹과리질을 했다. 만장과 깃발이 북소리를 냈다. 저벅거리는 발걸음 소리가 지축을 울렸다. 조선독립만세를 제창하다 소리꾼이 아리랑을 불렀다. 그러자 행렬이 구름처럼 흘러가고 있었다.

아리랑 아리랑 아라리요
아리랑 고개를 넘어간다.
조선독립만세!

앞산에 소쩍새 구슬피 울고
보릿고개 피바람 배곯이나네
조선독립만세!
대호지 뻘밭에 바람이 불면
밤고개 떨어진 밤 새싹이 돋네
조선독립만세!

그들은 신작로를 따라가다 패이거나 굵은 돌이 튀어나온 곳이 있으면 보수를 했다. 흙을 퍼붓고 굵은 돌을 뽑아냈다. 너무나 많은 사람들이라 힘들 일이 없었다.

노래하고 춤추며 한 삽씩 떠 넣으면 평평한 길이 되었다. 밟고 다지고 지나갔다. 당초 계획이 도로 보수와 가로수 정리였던 만큼 그들은 목적에 충실한 작업을 하고 있었다.

꽃이 피고 새 울면 봄날이 오고
집나간 우리 낭군 돌아나 온다
조선독립만세!
행팽이골 올미가 알알이 차면
배곯이에 새끼무덤 떡해다 주세
조선독립만세

가로수 부러진 가지도 정리했다. 미루나무 흐트러진 곳은 굵은 손으로 가지를 꺾어 깔끔하게 다듬었다. 바람에 부러져 가로거치는 나무 동가리는 모두 길옆에 땔감으로 모았다.

길바닥에 돌은 그루터기도 뽑았다. 혹 장꾼들의 길을 막을까 너도나도 힘을 합했다. 웅대한 움직임이 지난 자국은 굳이 다질 필요가 없었다. 지난 겨울 해동으로 허물어진 흙이 마른 회 바닥처럼 단단해졌다.

엄동설한 세간살이 서글퍼 우니
절골에 범난골에 훈풍이 부네.
조선독립만세 !
갈잎에 대닢에 떡갈닢 우에
어여쁜 우리낭군 안아나 보세
조선독립만세 !
아리아리 쓰리쓰리 아라리오
아리랑 고개를 넘어간다.
조선독립만세 !

아리랑을 선창하면 무리들이 만세를 후렴으로 외쳤다. 일부 주민들은 삽을 두드리며 장단을 맞추었다. 괭이자루를 토닥거리며 흥을 돋웠다. 그 소리가 백리를 울렸다.
면사무소를 출발한 행렬은 절골을 지나 범난골로 접어들었다. 바람 따라 흐름 따라 용은 거대하게 꿈틀거리며 천천히 앞으로 나아가고 있었다. 길 옆에 선 장승들이 고개를 조아렸다.
웅대한 흐름은 장정리 합류지점에 이르자 큰산과 진내산 사이로 난 좁은 신작로를 따라 나온 송전리 사람들이 몰려있었다. 그들도 한 무리를 이루며 대호지면사무소에서 출발한 무리들과 자연스럽게 어울렸다.

이인정 면장이 말 탄 모습으로 조선독립만세를 외치자 주민들은 힘을 얻어 더욱 큰 소리로 조선독립만세를 고창했다.

장정리를 지나 길을 돌아들자 이번에는 한 무더기의 마중리 사람들이 몰려나왔다. 그들은 대호지에서 몰려오는 커다란 무리를 보며 신이나 있었다. 서둘러 그들과 합류하며 어깨춤을 추었다. 지류가 흘러들어 강을 이루듯 지나는 곳마다 인가가 있는 곳은 물방울처럼 합류했다.

승산다리를 건넜다. 용이 하천에 다릿발을 내리고 미끄러지듯 건너는 모습이었다. 아리랑 노래가 이어지고 독립만세소리가 더욱 우렁차게 번져갔다. 초리는 흥에 겨워 춤을 추며 따랐다.

흰용은 고개를 넘고 마을을 돌아 구불거리며 천의 장터로 가고 있었다. 조선독립만세를 적은 만장이 곳곳에서 바람에 날렸다.

용의 움직임에 거리낌이 없었다. 미래를 향해 나아가는 걸음이었다. 들길을 따라 구불거리며 갔다. 마을 한가운데도 가로질렀다. 그럴 때마다 용의 몸통이 더욱 커져갔다.

태극기를 들고 가는 송재만은 이날만큼 조선 사람으로서 당당해본 적이 없었다. 태어나 태극기를 높이 쳐들고 넓은 들판을 가로지르는 기분은 환희였다. 바람에 펄럭이는 태극기를 올려다볼 때마다 가슴이 뭉클거렸다.

지난달부터 숨 가쁘게 달려온 날들이 주마등처럼 스쳤다. 거사를 모의하고 추진하고 행동대원들을 모집하기 위해 이리 저리 뛰어다녔던 날들이 꿈만 같았다.

가슴을 졸이며 태극기를 만들고 애국가사를 등사했던 순간들이 추억이 되었다. 오늘의 거사가 지나면 독립이 되리란 생각에 더욱 목청을 높여 독립만세를 외쳤다.

장대한 용이 승산 네거리에 이르자 이번에는 도이리 일부와 두산리 쪽에서 몰려나오는 사람들이 구름처럼 맞아주었다. 장꾼들도 줄지어 천의장터로 가고 있었다.

그들은 뒤따르는 용의 흐름을 거역할 수 없었다. 앞장 선 태극기를 올려다보고는 벌어진 입을 다물지 못했다. 높이 말을 탄 이면장을 보고서 머리를 조아렸다. 그들은 자연스레 무리에 휩쓸려 녹아들었다.

장대한 만세시위의 행렬이었다. 천의장터까지 이십 리를 오는 동안 행렬은 900여 명으로 늘어났다.

한편 뒤늦게 대호지면에서 거사가 일어났다는 소식을 접한 천의주재소 소속 이재영 순사는 조금리로 가는 신작로를 내달렸다.

그는 자전거 페달이 보이지 않을 만큼 열심히 밟았다. 그가 산모퉁이를 돌아 낮은 고개에 오르자 벌써 승산네거리에 만세소리와 함께 웅장한 움직임이 포착됐다. 너무나 크고 흰 움직임이라 금방 알아볼 수 있었다. 뭉게뭉게 사람들이 몰려오고 있었다.

그는 자전거를 세우고 짐실이에 뛰어 올랐다. 멀리에서 다가오는 이들을 유심히 살폈다. 안개속이라 희미하게 보였다. 양손으로 손 삿갓을 만들었다.

느릿한 용의 움직임만 보였다. 개개인은 보이지 않았다.
"저건 무슨 괴물이여?"
그는 놀란 표정을 감추지 못한 채 더욱 세심하게 살폈다.
가장 앞쪽에 커다란 태극기가 대나무에 매달려 휘날렸다. 그 뒤에는 말을 탄 사내가 시위를 선도하고 있었다. 말을 탄 사람은 천의장터로 향하는 신작로를 따라오고 있었다.

그는 아무리 보아도 이인정 면장밖에 달리 생각나는 사람이 없었다. 하지만 면장이 설마 앞장섰을까 하는 의구심에 눈을 닦고 다시 보았다. 너무 멀어 정확히 보이지 않았다.

순사는 눈을 가늘게 뜨고 한참을 집중했다. 중절모를 눌러 쓰고 있어 분간을 할 수가 없었다. 멀리에서 다가오는 광경에 가위가 눌렸다.

"아니 저럴 수가."

그는 벌어진 입을 다물지 못했다.

가장 앞장서서 말을 타고 시위를 선동하고 있는 이는 분명 면장처럼 보였다.

"아니…아니…환장을 했나?"

이 순사는 말을 더듬거리며 혼잣말을 했다. 가슴이 벌렁거렸다. 맥동이 빨라졌다. 그는 거사에 참여한 사람들의 면면을 살폈다. 하지만 정확한 파악은 어려웠다. 윤곽만 보일 뿐이었다.

몰려오는 군중은 줄잡아 보아도 수백 명은 더 되어 보였다. 면에서 그렇게 많은 사람이 모인 걸 본 기억이 없었다. 그 수가 얼마나 되는지 가늠조차 가지 않았다.

자전거에 올라선 다리가 후들후들 떨렸다. 오금이 저려 내려오기조차 힘들었다. 이 순사는 급한 마음에 후다닥 뛰어내리다 옆으로 쓰러지고 말았다. 자전거도 힘없이 쓰러졌다. 발목을 삘 뻔했다. 옷을 툭툭 털고 일어나 자전거를 돌려 천의 주재소로 달렸다.

"제기랄."

정신없이 페달을 밟았다. 천의 주재소에 도착하자마자 자전거 세울 겨를도 없이 곧바로 주재소로 뛰어 들어갔다.

"저저 전화기, 전화기."

그는 말을 더듬으며 숨을 몰아쉬었다. 갑작스런 이순사의 행동에 주재소를 지키고 있던 순사보가 손가락으로 책상 위에 있던 전화기를 가리켰다. 그는 얼떨결에 자리에서 벌떡 일어나 이 순사를 지켜봤다.

이재영은 전화기 손잡이를 돌려 전화를 걸었다.

"교환, 교환, 경찰서. 경찰서."

그가 한참 고함을 지른 다음에야 통화가 이루어졌다.

"여기는 천의 주재소. 시위가 발생혔소. 시위가. 대호지 면민 수백 명이 천의장터로 몰려오고 있시유."

"뭐여? 몇 명이나 되는 거여."

경찰서쪽에서 다급한 목소리가 들여왔다.

"500명은 더 되는 듯 보였는디유. 삽과 괭이를 들고 시위를 벌이고 있시유. 주동자는 아직 파악이 안 되고……. 추후 상황보고 허것시유. 이상."

그는 수화기를 내려놓고 그 자리에 털썩 주저앉았다. 온몸이 땀으로 범벅이 되어 있었다.

□ 천의장터의 함성

11:00

    천의장터에는 숱한 장꾼들이 바다를 이루고 있었다. 장마당을 가득 메우고 흥정을 하느라 정신이 없었다.
    닭을 파는 사람, 닭을 사려는 사람, 돼지를 몰고 온 사람, 소를 몰고 온 사람. 솥을 파는 사람. 솥을 사려는 사람. 양곡을 내다파는 사람, 양곡을 사려는 사람, 야채를 내온사람, 야채를 둘러보는 사람……
    발길에 사람이 채였다.
    대호지면사무소를 떠나온 용은 대호지아리랑을 품에 안고 구불거리며 천의 삼거리를 돌아 장터로 접어들었다. 장마당이 일시에 용의 품으로 스며들고 말았다.
    흰용은 거칠게 이는 물줄기처럼 장꾼들을 옆으로 밀치며 안으로 안으로 밀고 들어왔다,
    대형 태극기가 펄럭였고 뒤를 이어 이인정 면장이 말 등에 타고 밑을 내려다보며 길을 열었다. 이들은 장마당의 분위기를 선도했다.
    남주원을 비롯한 추진위원들과 한 무리의 유생들은 두루마기 자락을 펄럭이며 장꾼들 사이를 스쳐갔다.
    삽과 괭이를 든 주민들이 어깨춤을 추며 아리랑을 불렀다. 이어 독립만세를 외쳤다. 순식간에 장마당이 독립만세소리로 출렁거렸다.

이면장이 선창을 하면 곧이어 900여명에 달하는 군중들이 독립만세를 외쳤다. 남주원이 이어 조선독립만세를 외치면 또다시 수백 명의 무리들이 독립만세를 연호했다.

장마당 전체가 거창한 행진에 둘러싸여 만세 소리의 늪이 되고 있었다. 하얀 수련이 하나 가득 피어난 늪지대를 보는 듯했다.

느릿하고 거친 행진은 장마당 한가운데 넓은 터에 와서야 멈춰섰다.

그 가운데 대형 태극기를 세웠다. 그것을 기점으로 장마당을 점령하며 늘어섰다.

이십 여리를 쉬지 않고 걸어온 탓에 모두 지칠 만도 했지만 전혀 그런 기색이 없었다. 도리어 홍에 겨워 신이 난 추임새였다. 장마당을 가득 매우고 있던 장꾼들이 무슨 일인가하여 숨을 죽였다.

대호지면장 이인정이 말 등에 앉아 일장 연설을 시작했다.

"면민 여러분! 작금의 사태는 일본제국주의에 의해 우리 조선 강토가 짓밟힌 데서 시작된 일이외다. 오늘 우리가 이토록 열렬히 독립을 소리쳐 외치는 것은 잃어버린 강토를 되찾고 우리의 삶을 되돌리기 위한 자구책이외다. 더 이상 일제의 강압을 수용하지 않겠다는 선언이외다. 우리는 오늘 이 시간부터 독립을 쟁취하는 거외다. 2,000만 민중이 분연히 일어서서 우리의 나라와, 우리의 역사, 우리의 강토를 되찾는 거외다. 그러기 위해 우리는 이렇게 일어섰소이다. 조선독립만세!"

이인정이 소리쳐 만세를 외치자 모든 군중들이 잇따라 조선독립만세를 외쳤다. 곧이어 남주원이 군중 가운데로 나갔다. 그는 중절모를 벗고 정중하게 인사를 올렸다.

"저는 사성골 사는 남병사 댁 남주원이올시다. 이 자리에 모인 건 다름이 아닙니다. 빼앗긴 우리의 나라를 되찾자는 것뿐입니다. 조상 대대로 살아온 우리의 땅, 그분들의 숨결이 녹아있는 이 나라를 찾자는 거외다. 독립은 바로 우리를 되찾는 것이오. 그래서 오늘 분연히 일어났소이다. 면민 여러분. 이제 우리는 우리의 땅에서 살 권리를 되찾아야 하오. 우리의 말을 하며 우리의 글을 쓰는 세상을 만들어야 합니다. 그러기 위해서는 우리가 독립의 그날이 올 때까지 투쟁해야 하는 것이요. 우리의 후손들에게는 빼앗긴 나라를 물려줄 수 없기에 여러분들과 함께 독립을 외치는 것이외다."

이어 남주원이 대호지면사무소에서처럼 다시 독립선언서를 낭독했다.

그가 단단한 목소리로 선언문을 낭독하고 독립만세를 선창하자 모든 주민들이 연이어 조선독립을 외쳤다.

다음은 도호의숙 훈장 한운석이 앞으로 나섰다.

"나는 도호의숙 훈장 한운석올시다. 면민 여러분, 일본은 우리를 총칼로 강점하고 우리의 고종황제를 독살했소이다. 천인공노할 일이 벌어지고 있소이다. 이를 지켜보고만 있다면 죽어서 조상 볼 면목이 없을 거외다. 살아서 설 땅이 없고 죽어서 묻힐 곳이 없는 이 나라 백성이 되었소이다. 이래도 그냥 있어야 하는 거외까. 조선의 독립은 그러기에 긴요한 거외다. 오늘 우리가 분연히 일어난 일도 이런 연유이외다. 조선독립만세를 다함께 외칩시다.

이 나라의 독립을 위해 목청을 더 높입시다."

"조선독립만세"

장터에 모인 사람들이 한 결 같이 조선독립만세를 소리 높여 외쳤다.

곧이어 송재만이 선서문을 선창했다. 제창소리가 우뢰 같았다. 대호지면민들과 장꾼들 그리고 합세한 주민들이 천여 명을 훌쩍 넘겼다. 만세를 외칠 때마다 하늘이 들썩거렸다. 휘장이 날아올랐다. 장마당을 가로막은 판자들이 부르르 울렸다. 참으로 장대한 함성이었다.

장마당 전체가 흔들렸다. 지진에 지축이 울리듯이 그들이 움직일 때마다 땅이 울었다.

먼 길을 오느라 출출한 주민들은 남주원과 송전리의 홍순국이 가져온 주먹밥으로 속을 채웠다. 휴식을 취하며 서로서로 위로하고 격려하며 주먹밥을 나누어 먹었다.

주먹밥을 먼저 먹은 1편대부터 줄지어 장마당을 돌며 시가행진을 펼쳤다.

오늘은 그들을 막을 자가 아무도 없었다. 그들의 행군을 가로막을 장애물도 없었다. 오직 주민들과 함께하는 독립만세소리만 하늘로 울려 퍼졌다.

송재만은 태극기를 가슴에 펼치고 장마당을 이리저리 뛰어다녔다. 그럴 때마다 장꾼들이 환호하며 만세를 외쳤다.

"아리랑 아리랑 아라리요.
아리랑 고개를 넘어간다."

"조선독립만세."
"앞산에 소쩍새 구슬피 울고
보릿고개 피바람 배곯이나네"
"조선독립만세……."

만세시위 선도 행렬이 장마당을 벗어나 천의 삼거리 쪽으로 움직이고 있을 때였다.
주재소를 지키고 있던 순사들이 놀란 눈으로 밖으로 뛰어 나왔다. 한명은 손에 권총을 들고 있었으며 다른 한명은 환도를 쳐들고 있었다. 다른 한명도 환도를 쳐들고 그들의 뒤에 서있었다.
그들은 용감한 삼형제처럼 시위대를 가로막았다. 우에하라 순사와 이재영, 유익우 순사보였다.
그들은 겁도 없이 군중들의 물결을 가로막고 가슴에 총검을 들이밀었다.
하지만 겁에 질릴 군중이 아니었다. 만세행렬은 도리어 이들을 둥글게 포위한 다음 무리 속에 녹여버렸다.
거대하게 밀려온 물살이 순식간에 작은 풀포기를 삼켜버리는 형국이었다. 총검도 소리치고 외치고 춤추고 노래하는 흐름을 막지는 못했다.
시위행렬 가운데 있던 대호지 면서기 김동운이 그들의 권총과 환도를 넘겨받았다. 그리고는 그들에게 같이 독립만세를 외치라고 종용했다. 종용이 아니라 죽음을 내건 협박이었다.
무장이 해제된 일본 순사와 순사보들은 시위군중의 위세에 눌려 꼼짝도 하지 못했다. 새파랗게 질려 오들오들 떨고 있었다. 그들은 군중의 종용에 따라 함께 만세를 불렀다. 성난 파도는 무엇이든 삼켜버리는 법이었다.

주민들은 다시 천의 시가를 보란 듯이 행진했다. 순사와 순사보들은 겁에 질려 몇 번 만세를 외치는 듯하다 군중에 짓밟히며 도망쳤다.

천의장터에서 가까스로 도망친 우에하라 순사는 천의 면사무소로 후닥닥 뛰어들었다. 혼이 빠진 사람 같았다.

순사복은 갈기갈기 찢기고 머리에 쓰고 있던 모자마저 어디로 사라졌는지 알 길이 없었다. 얼굴에도 핏기 하나 보이지 않았다. 창백하게 숨만 헐떡거렸다. 그는 그곳에서 당진 경찰서로 급보를 타전했다. 말도 제대로 잇지 못했다.

"천의에 래습한 폭민들에 의해 순사 1명이 경상을 입었으며 순사보 2명은 행방불명됐음. 병력의 조속한 지원을 요청함."

전통이 갔다는 말을 듣자 그는 그제야 한숨을 돌렸다. 조금은 정신이 드는 모양이었다. 우에하라는 그길로 천의 민가에 몸을 숨겼다.

다른 두 명의 순사보들도 재빨리 장터에서 어디론가 달아나버렸다. 그들 역시 몸에 걸쳤던 순사복이 바람에 날리는 홑이불처럼 너덜거렸다.

▫ 걷잡을 수 없는 물결

천의장터 만세운동은 더욱 확산일로로 치달았다.

하나같이 목청을 다해 조선독립만세를 외쳤다. 장터 전체가 만세의 도가니였다. 장꾼은 장꾼대로 점포 주인들은 그들대로 만세시위에 동참했다.

장마당에 나온 노인들은 손에 들고 있는 게 무엇이든 괭이든, 수건이든, 나물이든, 채든…….

손에 든 대로 하늘로 처들며 만세를 불렀다. 아이들은 덩달아 이리 뛰고 저리 뛰며 독립을 외쳤다.

물건을 들고 흥정을 벌이던 사람들도 하나가 되었다. 작은 입씨름을 벌이던 아낙들도 금세 그것을 잊어버렸다.

장마당은 축제였다. 독립을 외치며 노래하고 춤추는 축제였다. 술이 얼큰한 촌부들은 배꼽을 드러내고 엉덩춤을 덩실거렸다. 영문을 모르는 강아지들조차 멍멍 짖어대며 분위기를 맞추었다. 장을 본 주민들은 머리에 장거리를 이고 행렬에 동참했다. 모두가 독립이었다. 그토록 갈구했던 그 독립. 오늘만큼은 천의 장터가 독립이었다. 늘 싸늘한 눈치 속에 감시 받았던 일상의 먹구름이 벗겨졌다. 몸서리치는 일본 순사들의 만행도 볼 일이 없었다. 그들의 까칠한 말투와 눈빛과 표정도 없었다. 우리끼리 살던 세상에서 느꼈던 그 여유로움이 다시 되살아나고 있었다. 눈치 보지 않고 내 나라 내 땅에서 마음 놓고 살던 그 세상. 속박되지 않았던 세상이 찾아왔다.

"꽃이 피고 새가 울면 봄날이 오고
 집나간 우리 낭군 돌아나온다"
"조선독립만세"

장마당 주인들은 각자 먹거리를 내다 시위에 참가한 주민들을 퍼 먹였다. 넉넉지 않은 음식이었지만 모자라지 않게 나누었다. 그곳에는 부자도 가난한 자도 없었다. 오로지 평등과 자유만 있었다.

"갈잎에 대닢 우에 떡갈닢 우에
 어여쁜 우리 낭군 안아나 보세"
"조선독립만세"

시위는 오후 3시가 지날 때까지 이어졌다. 염건피 장마당에 시위 집행부가 꾸려졌다. 이인정 면장과 남주원 송재만 등 주도적으로 상황을 이끌어 온 사람들이 모여 앉았다.

소가죽을 파는 곳이라 소금에 절인 가죽이 너절하게 널려 있었다. 비린내와 염장냄새가 코를 찔렀다. 그래도 약간의 공터가 만들어진 곳이라 그곳에 진을 쳤다. 집행부는 다음 일을 논의했다. 앞으로 어떻게 할 건지가 화두였다.

지금까지의 상황은 대단히 만족할 만큼 성공적이었다. 주민들도 적극 호응해 주었으므로 힘을 얻었다. 하지만 시위가 끝난 다음은 어찌해야 할지 대안이 마련되어 있지 않았다.

오늘은 이곳 천의 장터의 만세운동까지만 성공적으로 치르기로 했다. 다음 일은 해산 뒤 민재봉의 집에서 별도로 회합을 갖고 재논의하기로 했다. 회의를 끝냈다. 그러는 사이 장터에 모인 군중들이 시국에 대한 담론을 이어갔다.

누구나 시국에 대해 연설했다. 만세운동의 의미에 대해서도 각자의 생각을 털어놓았다.

"지는 서상리 사는 남씬디유. 오늘이 너무 좋구먼유. 정말 여기가 우리나란가 싶네유. 이 좋은 나라를 왜 뺏앗겼데유. 다시 찾아야지유. 지것도 못찾으면 등신 아닌감유. 감사혀유. 우리마실 남주원 선상님께 정말 감사혀유. 조선독립 만세."

"조선독립만세!"

"지는유 요 옆 마실에 있구먼유. 이 나라가 드디어 독립이 되는 거구먼유. 이보다 더 기쁜 일이 어디 있시유. 참 대단들 허서유. 지는 지금 죽어도 여한이 없구먼유. 지도 이 나라 독립을 위해 무신 일이든 허것구먼유."

촌노가 목청을 높였다. 촌노를 따라 장마당에 나섰던 딸과 며느리들도 그의 말에 손뼉으로 화답했다. 이날은 일꾼도 머슴도 모두 자유였다. 너도 나도 한마디씩을 하며 박수를 치고 독립을 외쳐 불렀다. 청년도 노인도 연설에 구애받지 않았다. 누구나 앞으로 나가 말할 수 있었다.

한 사람이 자신의 의사를 피력하고 만세를 부르면 전 군중이 동참해서 박수를 치고 만세를 외쳤다. 평화로운 만세가 이어지고 있었다.

그때였다.

당진에서 출동한 무장경관 2명이 시위대 앞에 나타났다. 그들은 니노미아와 다카시마 경관이었다. 그들은 도도하게 구둣발로 땅을 박차며 시위대가 진을 치고 있던 장마당 언저리로 다가왔다. 발끝에 걸리는 주민들을 걷어찼다.

"이 조센징 새끼들 뭣들 하는 거야. 해산하지 않고. 당장 해산하지 않으면 한 놈씩 작살을 낼 테다. 알갔나."

앙칼지게 들이댔다. 장마당이 금세 싸늘하게 식었다. 한기가 휙 돌았다.

니노미아 순사는 눈을 부라리며 군중들이 둘러앉은 한가운데로 들어갔다. 그는 양손을 허리에 대고 도도한 자세로 명령을 계속했다.

"야! 너 이 새끼."

그는 태극기를 들고 있던 중년 사내를 손가락으로 가리키며 말했다.

"지유?"

사내는 주춤하며 한발 물러섰다. 조금은 두려움이 급습한 모습이었다.

"깃발 내려 이 새끼야. 안 그러면 죽여 버리겠어."

사내에게 고함을 질렀다. 장대를 잡고 있던 사내가 어물어물 뒤로 물러서려했다. 겁에 질려 꽁지를 빼고 있었다. 주변을 두리번거리며 눈을 피했다.

그러자 니노미아 순사가 장대 들고 있던 사내의 뺨을 후려갈겼다. '짝' 하는 소리가 요란했다. 사내는 더욱 움찔했다.

군중들이 이를 지켜보고 웅성거렸다. 순간이었다. 옆에 섰던 한 청년이 순사에게 대들며 말했다.

"아니 젊은 양반이 나이 드신 어른께 손찌검이 뭐여. 이거 뭐하는 거여?"

그는 니노미아 순사 앞으로 뛰어들며 그를 가로 막았다.

"아니 이 새끼는 또 뭐야. 젊은 새끼가 눈까리 뵈는 게 없나?"

니노미아 순사가 청년을 향해 손을 쳐들었다. 이러는 사이 다카시마는 니노미아의 뒤를 받치며 버티고 서 있었다.

시위대 가운데 있던 행동대원 남태우가 곧바로 뛰어나왔다. 그는 큰 눈을 부라리며 형사에게 대들었다.

"이런 개새끼가. 정말 눈에 뵈는 게 없구먼."

남태우는 그의 큰 주먹으로 니노미아의 얼굴을 있는 힘껏 가격했다. 머리에 쓰고 있던 모자가 하늘로 날아올랐다. 턱 주걱이 돌아가며 눈알이 튀어나올 듯이 보였다.

몸이 균형을 잃고 허공으로 떠올랐다. 입에 물고 있던 핏덩이가 타액과 함께 비산했다. 니노미아는 한순간에 저만치 날아가 떨어졌다. 그는 한동안 일어나지도 못했다.

"아니 이 새끼가 순사를 때려?"

뒤에 있던 다카시마가 권총을 빼들었다.

그러자 이번에는 가까이 섰던 김팔윤이 권총든 손을 가로막으며 옆구리를 힘껏 내질렀다.

"그래 이 개새끼들아. 니들이 순사니까 패는 겨 왜?"

다카시마는 '헉' 하는 단발음과 함께 그 자리에 무너져 내렸다. 급소를 맞은 모양이었다. 환도가 거꾸로 쳐들렸다. 무릎을 꿇으며 바닥에 허물어지듯 꼬꾸라졌다.

성난 군중은 겁이 없는 법이었다. 군중들이 한꺼번에 몰려들었다. 황소처럼 그들을 밀치고, 들쳐 업고 쳐들며 장마당 가장자리에 있던 미나리꽝에 거꾸로 쳐 넣었다. 순식간이었다.

첨벙 하는 소리와 함께 흙탕물이 사방으로 튀어 올랐다. 깔끔하게 차려입었던 복장이 온통 흙투성이로 변했다. 게다가 얼굴과 머리에는 흙탕물과 오물이 뒤범벅이 되었다. 회초 구덩이에 빠진 생쥐몰골이었다.

겨우 미나리꽝에서 몸을 일으킨 순사들이 엉금엉금 기어서 밖으로 나왔다. 이번에는 군중들의 발길이 그들을 걷어찼다. 또다시 흙탕물 속으로 곤두박질 쳤다.

군중들은 그들을 노려보며 조선독립만세를 외쳤다.

흙탕물을 뒤집어썼기에 누군지는 정확히 알 수 없지만 그들 중 한명이 먼저 군중들을 향해 권총을 발사했다.

"탕 타당."

앞에서 순사들을 밀쳤던 주민들이 쓰러졌다. 선혈이 하늘로 날아올랐다.

다른 순사가 다시 권총을 난사했다.

"탕 탕."

이번에는 더 많은 주민들이 그 자리에 나뒹굴었다. 가까이에서 총을 가격했으므로 정확하게 실탄이 시위대를 관통했다.

선혈이 바닥에 흘러내렸다. 옆구리를 감싸며 꼬꾸라지는 주민이 보였다. 실탄이 팔을 관통한 주민은 몸을 뒤로 젖히며 나뒹굴었다.

실탄이 이마를 스친 노인은 옆으로 나뒹굴며 머리를 부여잡았다. 허벅지를 맞은 사람은 그 자리에 무릎을 꿇고 내려앉았다. 장마당 언저리가 피바다로 변했다. 선혈이 튀어 오르고 흰 바지저고리가 검붉은 핏물로 뒤덮였다. 아수라장으로 변했다. 주춤했다.

화들짝 놀란 주민들이 몸을 낮추며 현장을 벗어나려 했다. 시위대들이 뒤엉켰다. 넘어지고 쓰러졌다.

연이어 총성이 울렸다.

"탕 탕 탕."

그들의 옆으로 뛰어든 행동 부대장 송봉운이 총을 든 순사의 팔을 쳐올렸다. 총탄이 하늘로 날아갔다. 그는 빠른 주먹으로 오물을 뒤집어 쓴 순사의 한쪽 눈을 정확하게 가격했다. 그러자 순사는 총을 든 채 한손으로 눈을 움켜쥐며 그 자리에 꼬꾸라졌다.

송봉운은 몸을 잽싸게 날려 다른 순사의 얼굴을 가격했다.

순사는 얼굴에 주먹세례를 받은 상태에서 송봉운을 향해 권총을 들이댔다.

그는 허리를 숙이며 총 든 손을 허공으로 쳐 올렸다. 이어 다른 주먹으로 순사의 코를 허물어지도록 내갈겼다. 순사가 벌렁 넘어지며 방아쇠를 당겼다.

"탕"

실탄은 허공을 향해 날아갔다. 시위대들은 이어진 총격에 혼비백산했다.

일부는 장터로 몸을 숨기고 다른 이들은 보리밭으로 몸을 던졌다. 그 많은 시위대들이 순식간에 쓰러진 벼처럼 자리에 엎드렸다. 시위는 이것으로 끝나는가 싶었다. 남상돈이 거친 숨을 토하며 소리쳤다.

"맨손으로 내 나라 독립을 찾겠다고 나서는 양민들에게 총을 쏘는 놈들은 죽여도 되는 거여."

그가 먼저 짱돌을 들어 힘껏 던졌다. 곧이어 주민들이 여기저기서 돌을 던졌다. 모두 거친 숨을 토하며 있는 힘을 다해 돌을 던졌다. 시위대에 묻혀 있던 남계창이 소리를 질렀다.

"권총을 쏜 놈이 당진에서 온 순사여. 저 놈을 돌로 쳐라."

그 소리에 시위대들이 다시 돌을 던졌다.

총성은 군중을 더욱 분노하게 만들었다. 피는 피를 부르고 총성은 분노를 불렀다. 피를 본 주민들은 더욱 격분했다. 평화롭게 시위를 펼쳤던 주민들이지만 이제는 달랐다. 하나같이 성난 군중이 되어 있었다..

곧이어 송재만이 소리를 질렀다.

"저놈들은 우리를 죽이기 위해 총을 쏜 놈들이여. 저 놈들을 때려죽여야 혀."

그는 곧이어 길바닥의 짱돌을 들어 순사들을 향해 던졌다. 그러자 옆에 있던 남상직과 이춘웅, 강태원이 잇따라 짱돌을 던지며 '죽여라'를 외쳤다.

군중들이 손에 손에 짱돌을 들고 일제히 일본 순사들을 향해 돌팔매질을 가했다.

순사들이 권총을 쐈지만 그보다 더 많은 돌팔매가 그들을 겨냥했다. 하늘이 새카맣게 돌이 날아들었다. 머리에 돌을 맞은 순사는 몸이 휘청 흐트러지더니 이내 그 자리에 나뒹굴었다. 다른 순사도 날아오는 돌을 피하느라 몸을 움츠렸다. 등짝이며 뒤통수를 주먹만 한 돌이 가격했다.

순사는 이내 몸을 버둥거리며 내달렸다. 군중들이 던지는 돌을 더는 감내할 수 없었다. 유혈이 낭자한 모습으로 그 자리를 벗어나려 도망치기 시작했다.

고수식은 달아나는 순사의 허벅지를 몽둥이로 세차게 후려갈겼다. 순사가 휘청하며 몸을 뒤흔들고는 정신없이 달아났다. 이를 본 유인옥 순사보가 시장 앞마당에서 몽둥이를 들고 군중들을 향해 달려왔다. 그러자 김장안은 유 순사보가 흔드는 몽둥이를 피하며 오른손 주먹으로 그의 목 줄기를 올려붙였다. 유 순사보가 쓰러지자 오른 발로 그의 허리를 깊이 걷어찼다.

순사보는 그 자리에 쓰러지면서 떼굴떼굴 굴렀다. 곧이어 달아났지만 이번에는 김팔윤이 뒤따랐다.

순사보가 밭으로 도망가자 밭 가운데까지 따라가 소나무 몽둥이를 빼앗아 그의 어깨를 후려갈겼다.

유 순사보가 일본 앞잡이라는데 더 큰 격분을 사고 있었다. 게다가 그가 도망가지 않고 주민들을 향해 앞장서서 대들었다는 점이 분노를 더 크게 샀다.

옆에 있던 남성우와 문만동 이순만 남인우 고의용 등이 잇따라 신발을 벗어 순사보를 후려갈겼다.

송봉숙은 몽둥이로 일본 순사 정강이를 후려쳤지만 빗나갔다. 적서리 사는 고울봉은 앞장서서 순사보에게 돌팔매질을 했다.

도이리 김길동은 당진경찰서에서 지원 나온 순사가 권총을 발사하자 그 권총을 빼앗았다. 순사의 관복을 찢어 옷을 벗겼다. 그에게 조선독립만세를 부르라고 위협했다. 아수라장 속에서 순사는 조선독립만세를 외치는 듯하다 도망가고 말았다.

송봉운은 날렵하게 군중 사이를 벗어나 달아나는 순사의 뒤통수를 향해 주먹만한 짱돌을 던졌다. 그 돌은 정확히 뛰어가던 순사의 정강이를 맞혔다. 순사는 절룩거리며 겨우 달아났.

군중들은 쓰러진 순사들이 차고 있던 환도와 권총을 빼앗았다. 달아나는 순사는 수십 명의 군중들이 돌을 들고 뒤쫓았다. 총격을 가하고 돌팔매질이 이어지는 전장이었다.

순사는 천의 구시장 쪽으로 내달렸다. 송재만을 비롯한 행동대원들은 사냥꾼처럼 그를 추격했다.

성난 군중은 황소와 같았다. 시위 주민들은 그길로 천의 주재소로 몰려갔다.

"우리의 땅에서 우리가 스스로 살겠다고 독립을 외치고 있는 거여. 그것을 강점한 일제는 우리의 철천지원수들이여. 이들의 시설물을 온전히 두는 일도 이 민족에 대한 불충이여. 저 주재소를 때려 부숩시다."

송재만이 소리쳤다. 피를 본 주민들은 그대로 주재소로 달려갔다. 그들은 손에 손에 주먹만한 돌을 들고 일제히 주재소를 향해 돌팔매질을 했다.

유리창들이 요란한 소리를 내며 깨졌다. 김장안과 김팔윤도 있는 힘을 다해 돌팔매질을 했다.

전성진이 10여 미터 떨어진 곳에서 주먹만한 돌을 던지자 유리창이 정확하게 맞아 박살이 났다. 두 번째 던진 돌은 장지문을 향해 날아갔다. 돌은 정확히 장지문 한가운데에 맞았다. 그러자 장지문이 산산조각 났다.

남용우 김금옥도 뒤질세라 주먹만한 돌을 주재소 유리창을 향해 힘껏 던졌다. 와장창 하는 소리와 함께 주재소 옆 유리창이 박살이 났다.

남태우는 주재소를 후다닥 튀어나와 달아나는 이재영 순사의 손목을 낚아챘다. 이어 힘차게 그를 뒤흔들며 소리쳤다.

"너 당진사람 아녀?"

그러자 순사는 순간적으로 멈칫했다.

"우리가 옳은 일을 하자는디 니가 왜 이러는 겨?"

귀가 쟁쟁할 정도로 고함을 질렀다. 그러자 순사는 멍하게 멈칫거렸다.

남태우는 그의 손목을 놓아주며 말했다.

"어여 도망가. 너한테 원한이 있는 건 아닌겨."

남태우가 소리치자 그를 에워싸던 군중들이 잠시 멈칫했다. 같은 고향사람이란 말에 달아올랐던 분노가 주춤했다. 그제야 이 순사는 정신을 차리고 어디론가 도망쳤다.

주민들은 주재소의 창문을 부수고 문짝을 떼어냈다. 괭이와 삽으로 목조로 지어진 주재소를 산산조각 내버렸다. 집기와 비품들도 길거리에 내다 완벽하게 부수었다. 시위대들은 조선독립만세를 외치며 부서진 조각들을 짓밟았다.

시위대가 휩쓸고 지난 주재소는 폐허뿐이었다.

천의 주재소는 주민들을 괴롭히는 곳이었다. 일제 강점의 최일선에서 주민들을 탄압했던 원흉이었다. 구조물이 그런 건 아니지만 그 속에 들어있던 족속들이 그랬다. 그들의 흔적을 지우는 행위가 일제의 통치를 거부하는 행동이었다. 모두 속이 후련했다.

누군가가 소리쳤다.

"정미면사무소로 갑시다."

거친 물줄기는 곧이어 인근에 있던 정미면사무소로 움직였다. 거칠게 휘몰아선 물줄기가 고개를 돌려 새로운 길을 모색하는 듯했다. 바짝 긴장한 면사무소 직원들이 부리나케 도망갔다. 면장은 물론 면서기며 직원들까지 정신을 놓고 내달렸다. 그들은 면사무소 뒷산으로 도망치느라 정신이 없었다.

만세시위 행렬은 면사무소 마당에서 한동안 조선독립을 더욱 소리 높여 외쳤다.

□ 일제 무장병력 급파

당진 경찰서는 천의 주재소가 완전 파괴되고 순사들이 중경상을 입고 혹은 실종됐다는 전통을 접하고 적잖게 당황하고 있었다. 경찰들이 분을 삭이지 못했다. 무능하고 유약하며 천박하기 이를 데 없다고 생각한 대호지 주민들이 일시에 일어나 일제 경찰을 무력화시킨 일이 못내 괘씸했다.

당진경찰서장은 즉시 경무계장을 서장실로 불렀다. 그리고 다급하게 하명했다.

"2명의 무장경관이 파견됐지만 사태가 온전치 못해. 천의 장터

시위가 여기서 생각하는 상태보다 훨씬 더 위중하게 판단된다. 따라서 서산경찰서에 무장경관 4명을 지원요청 하고 우리 서에서 4명을 지원하여 도합 8명의 무장 경관을 파견토록 하라. 알겠는가?"

"예 서장님."

경무계장은 서장의 하명을 수첩에 적었다.

"그리고 홍성 수비대에 연락해서 서산주둔 소대 병력 가운데 5명을 추가 지원 받도록 조치해. 어서 서둘러 날이 기울고 있어."

서장은 목소리를 높였다.

"예. 알겠습니다."

경무계장은 다급한 주문이라 하명을 꼼꼼하게 받아 적었다.

"즉시 중앙에도 보고하도록. 이상."

서장이 자리에서 벌떡 일어나 밖으로 나갔다. 경무계장도 종종 걸음으로 뒤따라 나갔다. 경무계장은 전통을 날리고 서둘러줄 것을 독촉했다.

전통을 접한 서산 주둔 헌병소대 병력 5명이 군용 트럭을 타고 서산경찰서로 들이닥쳤다. 그들은 홍성 수비대 소속 헌병들이었다. 경찰의 요청대로 이곳에서 순사 4명을 태우고 천의 장터로 이동할 계획이었다.

군장을 갖추고 전투에 나서는 입장이라 마음이 급했다. 하지만 경찰은 헌병같지 않았다. 서산경찰서 서장의 지시를 다시 받아야 했으므로 시간이 지체됐다.

이들 병사들이 서산을 벗어날 때는 이미 해가 서해에 기울고 있었다. 일제는 주민들의 성향이 유순한 지역에서는 경찰이 사법권을 행사하도록 했다. 하지만 의병의 출몰이 잦은 지역에는 헌병대를 배치했다.

헌병대가 경찰보다 훨씬 무자비하게 주민들을 다루었다. 그런 지역의 주민들은 그들에게 악독한 탄압을 받았다. 게다가 일제가 헌병 경찰 제도를 채택하고 있었기에 헌병이 직제상 경찰보다 더 상위에 있었다. 따라서 헌병 대장은 즉결 심판권을 가지고 있었다.

홍성지역에서는 수차 홍주 의병이 발생했으므로 헌병 중대를 그 곳에 배치했다. 그러다 서산에서도 항거가 만만치 않자 헌병 소대를 파견했다.

시위가 천의 장터를 삼켰다는 다급한 보고가 홍성 헌병대에 올라갔지만 병력을 지원하는 일은 쉬운 일이 아니었다. 여기저기서 산발적으로 시위가 발생했으므로 병력을 특정지역에 이동시키는 자체가 부담이었다. 하지만 천의장터의 시위가 다른 지역보다 유난히 거셌기에 부득이하게 병력을 지원할 수밖에 없었다.

헌병과 경찰을 태운 차량이 어둠을 뚫고 서산 읍내를 벗어나 정미면으로 접어들었다. 해가 벌써 떨어져 어둠살이 짙게 내려 깔렸다. 멀리 보였던 마을들도 산 아래 그늘로 숨어들었다. 온 천지가 어둠뿐이었다. 구불거리는 비포장도로에 트럭만 먼지를 날리며 달리고 있었다.

헌병과 경찰을 태운 군용 트럭은 캄캄한 들녘을 가로질렀다. 천의 장터로 가려면 논길을 따라 가는 게 지름길이었다. 지역에 밝은 순사가 길을 안내하고 있었다.

"큰 길로 가면 한참을 돌아가야 허고 저쪽 논길로 가면 훨씬 질러갈 수 있시유."

헌병 분대장은 순사의 말에 따르도록 운전병에게 일렀다. 운전병이야 가라는 데로 갈 뿐이었다. 우회전 하라면 우회전했다. 좌회전을 하라면 그렇게 했다.

그는 영혼 없는 군인이었다.

논길은 겨울을 지나면서 얼었던 땅이 풀려 엉망이 되어 있었다. 부역을 해도 한참 해야 할 판이었다. 곳곳에 구덩이가 패여 있었고 우마차 바퀴가 만들어놓은 구덩이가 곳곳에 도사리고 있었다. 조금만 길섶으로 차를 몰아도 바퀴가 빠질 지경이었다. 덜커덩거릴 때마다 군경이 허공으로 날아올랐다 추락하길 반복했다.

운전병은 거위처럼 고개를 쭉 빼고 앉아 험한 논길을 털털거리며 달렸다. 이런 상황에서 달빛도 없는 밤길을 빨리 달리는 건 불가능에 가까웠다. 군용 트럭은 뒤뚱거리며 어설프게 기어가고 있었다. 멀리 마을마다 횃불이 흔들렸지만 그들이 달리는 길과는 관계가 없었다.

"빠가야로."

트럭 앞자리에 앉은 일본헌병 분대장이 연신 허공에 토설했다. 못마땅한 심산이 그대로 내보였다.

▫ 무기탈취

　송재만은 공주지검으로 이송됐다. 그의 신병이 검찰의 손으로 넘어가게 됐다. 그의 의사와는 상관없었다. 이들은 송재만을 중범죄자로 취급하고 있었다. 악질 불온분자라고 낙인을 찍었다.
　경찰에서도 고단한 나날이었다. 그런데 검찰로 넘어가면 더욱 가혹해질 게 뻔했다. 덜컹거리는 호송차를 타고 가면서 줄곧 이런 생각을 했다. 그러면서도 한편으로 순분이가 고통에서 벗어나길 희망했다. 그녀에게 씌워질 굴레를 자신이 대신할 수만 있다면 그렇게 하고 싶었다.
　송재만은 스스로 버린 몸이라고 생각했다. 참렬한 왜놈들이 눈 감아주지 않을 걸 잘 알고 있었다. 그럴 바에는 뒤집어쓰고 가고 싶었다. 속에서 울화가 치밀어 올랐다. 그녀는 한 게 없었다. 그냥 군중들을 따라다니며 만세를 부른 게 고작이었다. 그런 그녀에게 올가미를 씌운다는 자체가 가혹했다. 이가 갈렸다.
　공주교도소는 한편 경찰서보다는 편한 구석도 있었다. 그가 중범죄자라 일반 범죄자와 분리되어 있었다. 가혹함은 더했지만 그래도 소소하게 불러내지 않았다. 그럼에도 한번 불려나가면 더욱 가혹한 고문이 뒤따랐다. 가장 힘든 고역은 이번 거사와 상관없는 일들을 들추는 거였다. 경찰에서 대충 넘긴 상황도 검찰에서는 용납되지 않았다. 자신들이 끝이라고 생각할 때까지 불러내 괴롭혔다.
　새로운 검찰 조사관이 배정됐다. 그는 시게루라는 왜놈이었다.

첫인상부터 밥맛이었다.

공주지검 조사실은 경찰서와는 달리 더 무시무시했다. 곳곳에 죽음의 냄새가 묻어 있었다. 도살장을 보는 기분이었다. 무자비했다. 혐의가 거의 확정된 사람들만 넘겼으므로 더 가혹했다.

시게루는 구레나룻을 길렀으며 콧수염도 송충이처럼 돋아있었다. 독기가 서린 눈에는 독사에서 느껴지는 한기가 묻어있었다.

그는 공주지검에서 악명이 높았다. 동지들 사이에서 시게루를 피하게 해달라고 기도를 한다는 얘기를 들은 적도 있었다. 그는 남들이 피하는 조사관이었다.

송재만이 그와의 대면은 공주지검으로 이송된 그 다음 날이었다. 오전 10시를 막 지난 시각이었다. 그는 조사실로 들어오자마자 재만에게 담배를 권했다. 자신도 담배를 빼물고 불을 댕겨주었다. 길게 끽연을 했다. 오랜만에 들이키는 담배연기라 그런지 팽 돌았다.

"나는 공주지검에 온 지 오래됐지만 잡범은 싫다. 차라리 네놈처럼 강단 있는 놈이 좋아."

시게루가 혼잣말처럼 주절거렸다.

"……."

"조서를 봤더니 대단하더구먼. 그래야지. 사내라면 이 정도는 돼야지."

"……."

그는 혼잣말을 중얼거리며 조사철을 폈다.

시게루는 송재만의 조서가 왜 다른 사람들과 내용이 다르냐고 따져 물었다. 그는 거짓말을 하고 있다고 주장했다. 하지만 송재만은 그의 말에 수긍하지 않았다.

　모든 거사를 스스로 꾸미고 직접 조정했으므로 다른 사람들은 알지 못한다고 우겼다. 매도 맞고 따귀도 맞았다. 인두로 지짐을 당하기도 했다. 하지만 같은 말을 반복했다.

　그 일에 이골이 났다. 지금 와서 다른 말을 하면 그게 거짓말이 되었다. 그는 오로지 자신의 주장을 되풀이하는 게 살길이었다. 그들이 아무리 혹독한 고략을 해도 이를 깨물고 같은 말을 되풀이했다.

　"잘 몰라서 한 소리들이유. 내가 주동이유. 내가 모의하고 거사했시유. 내가 이번 거사의 총 책임자유."

　송재만은 눈을 감고도 같은 말을 되풀이했다. 그리고 얼마지 않아 1심 선고를 위해 마무리 조사가 이어졌다.

　고단한 나날이었다. 아니 괴로운 시일이었다. 모든 행위를 인정해도 또 따지고 묻고 괴롭혔다. 그는 죽을 각오로 모든 것을 시인했다. 그렇지 않은 상황도 시인했다. 놈들의 괴롭힘이 싫어 고개를 끄덕이고 그렇다고 대답했다.

　검찰에서는 지금까지 경찰에서 넘겨받은 자료를 재검토했다. 새로운 용의점이라고 판단되면 추가했다.

　검찰 조사관 시게루는 검사의 지휘를 받아 모두 다시 조사했다.

　"몇 가지만 추가하겠다. 모든 조서가 마무리됐으니 이제 마지막이다. 협조 바란다."

　그는 위압적으로 말했다. 협조하지 않으면 어떤 고통이 따를지 모른다는 걸 깔고 있었다. 그 점은 익히 알고 있었다. 너무나 많은 과정에서 경험했으므로 그의 말이 무엇을 의미하는지 세포들이 이미 더 잘 알고 있었다. 소름이 돋고 치가 떨렸다.

"4월 4일 오후 4시가 지난 시각. 천의에 있는 다지리의 집에 침입한 사실이 있지."

"……."

"이 새끼 정말 이럴 거야? 현장 목격자가 수두룩해. 얼마나 설쳤으면 모든 기록에 네 이름이 거명 되냐. 빠가야로."

시게루는 함께 가지고 들어온 두툼한 조사철을 폈다. 다른 방에서 받은 조서들이었다.

"최태복 진술, 4월 4일 군중과 더불어 천의시장에 와서 만세를 부르고 그 군중이 쇄도하여 주재소에 가서 투석할 무렵 본인은 주재소 남쪽 밭 가운데 서서 보니 송모 27세가 주재소 남쪽 언덕에서 쉬지도 않고 투석질을 했다……. 여기서 송모가 네놈이지."

"그려유."

"또 최태복 진술, 송모가 주재소 동쪽 밭 가운데서 순사의 등을 차고 치고 하는 걸 보았다."

"……."

송재만은 눈을 감고 있었다. 모든 주민들을 잡아다 조서를 꾸몄기에 자신의 행동이 입체적으로 묘사되어 있었다. 어쩔 수 없는 일이었다. 길게 숨을 내쉬었다.

"이뿐만이 아니야. 빠가야로."

시게루는 다시 조사철을 뒤적거렸다. 그리고 그곳에 적힌 진술 내용을 읽어 내려갔다.

"최태복 진술, 다지리의 집을 엄습했을 때도 창문을 부수고 집에 들어가 엽총 1정을 빼앗아 나오는 걸 봤다. 송모는 조금리에 살며 면에 나가는 자다."

"……."

"추명직 진술, 다지리의 집에서 송재만이 엽총을 틀어쥐고 있었다. 게다가 송재만이 다지리를 구타하고 총기를 내놓으라고 협박 강탈했다."

"……."

"결과적으로 보면 네놈이 다지리의 집에 들어가 그자와 그자의 아내를 구타하고 총기를 빼앗았어. 맞나?"

"그려유."

"좋아. 모든 진술이 일관되게 네놈의 행위라고 진술하고 있어. 그러면 네놈이 다지리를 폭행하고, 그의 아내를 폭행하고 권총과 엽총을 강탈한 거야. 우에하라 도조 순사를 폭행하여 중상을 입힌 일도 바로 네놈이야."

"그려유."

"네놈의 폭행으로 우에하라 도조 순사는 왼편 뒤쪽 위편 머리에 4.5센티미터 폭 1센티미터 깊이 골막에 달하는 창상 1개소 외에 21개소의 창상을 입었다고 기록되어 있다. 이는 돌 또는 몽둥이 같은 둔체한 물체의 타격으로 난 상처라고 의사가 진술했다. 순사보 유익우는 왼손 손바닥에 길이 4센티미터 너비 1센티미터 깊이 1센티미터의 창상 1개소 외에도 1개소의 창상을 입었는데 이는 돌 또는 곤봉으로 맞은 자국이라는 의사소견이 붙어 있다. 인정하나?"

"그려유."

송재만은 그가 원하는 답을 주었다. 굳이 마다할 필요를 느끼지 못했다. 놈들은 그의 눈을 뽑아서라도 원하는 답을 구할 놈들이었다.

다지리는 천의에 들어와 살던 일본인이었다. 그는 평소에도 일본 순사들과 한통속이었다. 때문에 천의 사람들과 보이지 않는 갈등이 많았다. 도리어 많은 정미면 사람들이 그의 눈치를 보며 살았다.

그는 눈에 가시였다. 하지만 일본 순사들이 그의 뒤를 봐주고 있었으므로 아무도 그에게 함부로 대하지 못했다. 그러던 다지리였다.

만세시위에 나선 군중들이 천의 주재소를 부수려하자 그가 군중들 앞을 오만하게 가로막았다. 평상시와 같은 태도로 주민들을 대하면 될 거라 생각했던 모양이었다. 도도한 표정으로 턱을 내밀며 소리쳤다.

"아니 이 조센징들이 뒷감당을 어떻게 하려고 이러는 거야?"

상황파악을 제대로 하지 못하고 있었다. 일본 순사들을 등에 업고 있었기에 겁 없이 거사를 가로 막았다.

"뭐여 조센징?"

앞장 선 주민들이 그의 목덜미를 끌어당겨 군중 속으로 밀어 넣었다.

성난 군중은 두려워하지 않았다. 분쇄기에 들어온 흙덩이를 바수듯이 주민들은 그를 녹이며 넘어갔다. 태산이 무너지며 작은 바위를 삼키는 모습과 흡사했다. 그는 군중 속으로 녹아 들어가 밟히고 찢어지고 시달리며 밀려났다.

위협을 느낀 다지리는 흐물거리는 몰골로 천의에 있던 자신의 집으로 숨어들었다.

송재만과 이대하는 20여 명의 행동대원들을 이끌고 천의 다지리의 집으로 쳐들어갔다.

송재만은 집을 포위시킨 뒤 그의 집 문을 부수었다. 그리고는 들어가 다지리를 바닥에 엎드리게 했다. 이어 안방으로 들어가 그곳에 숨겨 놓았던 엽총을 확보했다. 또 안방 남쪽에 걸려 있던 권총과 실탄을 빼앗았다. 송재만이 소리치며 말했다.

"너희가 가지고 있는 이 모든 건 조선 백성들의 피와 땀이여. 이것은 조선독립을 위해 쓰일 거여. 일인들은 이 땅의 돌 하나 풀 한 포기도 가져가지 못할 거여."

그는 불호령을 내렸다. 그가 빼앗은 엽총은 이대하에게 건넸다. 권총은 송재만이 가지고 있었다. 환도는 김동운이 차고 있었다.

송재만은 이날 있었던 상황을 이인정 면장에게 보고했다. 그러자 이인정 면장은 조용하게 나무랐다.

"무기는 함부로 드는 게 아니여. 비폭력만이 폭력을 꿇게 하는 걸세. 재만이 자네가 모두 거두어 적서리 한적한 숲에 숨기게. 그리고 극비에 부치게. 알것는가?"

그는 위엄 있는 목소리로 지시했다.

"예."

송재만은 이 면장의 지시에 따라 이대하가 가지고 있던 엽총과 자신이 차고있던 권총 그리고 환도를 자신만이 아는 적서리 숲에 숨기고 돌아왔다.

"인정혀. 모두."

송재만은 눈을 뜨고 똑바로 주시하며 말했다.

"천의 장터에서 주동한 일이나 천의 주재소를 파괴한 행위도 내가 주도한 거여"

시게루는 그제야 조사철을 덮었다. 이어 송재만의 등을 다독거렸다. 마무리를 위해 고통의 나날을 보낸 시간에 대한 위로였다. 몸에 손이 닿는 자체가 싫었지만 꼿꼿하게 앉아 있었다. 그는 자리에서 일어나 조사실을 나가려다 오른손으로 머리를 만지다 돌아섰다.

"마지막으로 한가지 만 물어보자. 정말 궁금해서 그런다. 왜 거사를 주도했나?"

"……."

송재만은 한동안 눈을 내리감고 가만히 앉아 있었다. 그리고 아랫배에 힘을 주고 대답했다.

"나는 내 나라를 되찾기 위해 이번 거사를 주도했다. 너희는 너희 나라가 남에게 빼앗겨도 그대로 보고만 있것는가?"

조용하게 되물었다.

"……."

시게루는 아무 말도 하지 않았다. 그는 고개를 끄덕이며 조사실을 나갔다.

□ 해산

시위대의 일부 군중들이 일본 순사들을 뒤쫓는 사이 해가 저물고 있었다.

천의 장터는 물론 들녘에도 어둠이 내려앉았다. 거사를 주도했던 추진위원회는 일단 현장에서 해산하고 각자 집으로 돌아간 뒤 다음날 다른 계획이 하달되면 그때 뭉치기로 했다. 이어 이인정 면장이 추진위를 대표하여 군중들 앞에 나섰다. 그는 여전히 당당했다. 어깨가 딱 벌어지진 않았지만 꼿꼿함에는 면장으로서의 권위가 실려 있었다.

"대호지 면민 여러분 그리고 이 자리에 모인 수많은 주민 여러분. 우리는 오늘 우리의 독립의지를 확고하게 보여주었습니다. 앞으로도 지속적으로 오늘처럼 독립만세운동을 펼쳐나갈 것이외다. 우리는 위대합니다. 일치단결된 모습으로 우리 거사를 가로막은 순사들을 내치듯이 이 나라를 강점한 일제를 이 땅에서 내몰 것이외다. 우리의 투쟁은 독립의 그날까지 계속될 것이오. 오늘 시위는 이 시점에서 마무리 짓고 다음 일자를 기약합시다."

"조선독립만세."

그의 연설이 끝나자 수많은 군중이 조선독립만세를 연호했다. 그들의 만세소리와 열정은 어둠조차 가로막지 못했다.

다음으로 남주원이 군중 앞으로 나섰다. 그는 흰 두루마기를 가지런히 정제하고 손을 모아 군중들에게 크게 허리를 굽혀 인사를 올렸다. 군중들이 숨을 죽이며 그에게 시선을 고정시켰다.

"대호지 면민 여러분, 정미 면민 여러분 그리고 고대 면민 여러분. 저는 대호지면에 살고 있는 남주원이란 사람이올시다. 우리는 오늘 대단한 일을 해냈습니다. 수백 수천의 면민이 모여 우리의 독립을 스스로 외쳤습니다."

그는 군중들을 향해 시선을 들었다.

"그동안 일본제국주의 강점으로 숨도 쉬지 못했던 우리들입니다. 그들의 눈치를 살피며 살아온 면민들입니다. 우리의 국권을 빼앗기고 내 나라 내 땅에서 목 놓아 소리 한번 지르지 못하고 살았습니다. 그런 우리가 오늘 분연히 일어나 우리의 독립을 소리 높이 외쳤습니다. 참으로 대단한 일입니다."

그는 잠시 숨을 돌리고 연설을 이었다.

"우리의 황제를 독살하고 우리의 국모를 시해한 자들이 바로 저들입니다. 저들의 손아귀에서 벗어나고자 하는 게 독립입니다. 이제 우리는 그 독립을 이루기 위해 일어섰습니다. 우리의 이런 노력은 독립되는 그날까지 이어질 겁니다. 이것은 이 서생뿐만 아니라 우리 모두의 바람일 겁니다. 감사합니다."

"조선독립만세."

남주원의 인사말이 끝나자 또다시 조선독립만세를 연호했다. 시위대는 이제 각자의 마을로 돌아가는 일만 남겨놓고 있었다.

대호지 면민들은 장대높이 걸린 태극기를 치켜들고 조금리로 향했다. 그들은 여전히 대열을 잃지 않고 독립을 외치며 행진했다. 캄캄한 밤길이었지만 앞서가는 이들이 횃불을 만들어 불을 밝혔다. 또 중간 중간마다 횃불을 들어 안전하게 주민들을 유도했다.

가는 길에는 이 마을 저 마을에서 횃불을 들고 나와 그들의 가는 길을 밝혀주었다. 누군가가 대호지 아리랑을 부르면 뒤이어 만세를 후렴으로 화답했다. 고단하고 힘든 길이었지만 조금도 고단하게 느껴지지 않았다.
　면민들이 태극기를 높이 들고 밤길을 가는 사이에도 주변 마을 산에서는 횃불 시위가 계속됐다. 이산 저산에 횃불이 올랐다. 온 세상이 횃불 세상이었다. 칠흑 같은 들판이 멀리서 밝히는 횃불로 훤하게 어른거렸다. 보이는 산꼭대기마다 횃불이 피어올라 돌아가는 이들의 힘겨움을 달래주었다.
　4월 4일 거사는 늦은 시간에 마무리됐다. 주민들이 각기 집으로 돌아간 뒤 송재만은 사성리 남병사 댁으로 주원을 찾아갔다. 그도 막 집으로 돌아가 손발을 닦고 사랑채로 오른 시각이었다.
　"오늘 큰일 했소. 돌이켜 봐도 꿈만 같은 시간이었소."
　남주원이 집으로 찾아온 송재만의 손을 덥석 잡았다.
　"참으로 큰일을 하셨구먼유. 역사에 남을 일이지유. 도련님 덕분에 이번 거사가 성공적으로 이루어졌구먼유."
　송재만은 머리를 조아렸다.
　"무슨 말씀을요. 송형이 진력으로 힘쓴 결과지요. 참으로 장한 일을 하셨소. 오늘 거사로 이 나라에 독립이 이루어지지 않는다면 이런 일은 반복될 거외다. 2천만 민중이 끝까지 항거하다보면 독립이 이루어지지 않겠소이까."
　남주원이 힘주어 말했다.
　"그렇겠지유. 독립은 올 거여유. 우리 전 민중이 들고 일어난다면야 왜놈들인들 어쩌것시유. 오늘 거사를 통해 지는 그 희망을 보았구먼유."

송재만이 눈물을 글썽이며 말했다.

"나도 그렇소. 정말 이 나라 이 민족의 희망을 보았소. 참으로 가슴 벅찬 일이었소."

주원도 끓어오르는 흥분을 속으로 삭이며 재만의 손을 더욱 굳게 잡았다. 그들은 서로를 격려하고 다음 계획을 충실히 만들어 보자고 다짐했다. 주원은 민재봉의 집에서 회의를 하게 되면 재차 거사를 준비하도록 하고 그 시기는 추이를 봐서 결정토록 주문했다. 송재만도 쾌히 받아들였다.

재만은 늦은 밤 남병사 댁을 나섰다. 그길로 사성리 남세원의 집으로 향했다. 그는 10살 때 아버지를 따라 황해도 연백군에서 이곳으로 이사와 살고 있었다. 거사 직후 집으로 돌아오는 길에 신작로에서 자전거를 타고오던 그와 만났다. 평소 재만이 잘 알고 있던 터라 그에게 자전거를 빌려달라고 요청했다.

남세원은 일언에 그렇게 하겠노라고 대답했다. 송재만은 세원의 자전거를 빌려 타고 이십 오리정도 떨어진 송전리 민재봉의 집으로 향했다. 열심히 자전거 페달을 밟는 바람에 30여 분만에 그의 집에 당도할 수 있었다. 송전리 민재봉의 집에는 오늘 거사에 참여했던 동지들이 사랑채에 모여 있었다. 그들은 하나같이 술잔을 돌린 상태라 얼큰해 보였다. 이번 거사에 참여하지 못한 천도교 전교사 백남덕과 백남주 형제는 상복차림으로 윗목에 앉아있었다. 그들은 굵은 건을 쓰고 삼베 상복을 두텁게 입은 채였다. 갑작스런 부친상으로 거사의 불참을 용서해 달라고 머리를 소아렸다. 그들은 자신들이 가져온 술을 돌리며 송구함을 표시했다. 거사에 앞장선 동지들의 노고를 치하했다. 자신들이 의도적으로 이번 거사에 빠진 게 아리란 걸 거듭 설명했다.

송재만이 사랑채에 들어서자 모두 자리에서 일어나 그를 맞았다.

"오늘 송주사 큰 일 허셨소. 행동대장으로 정말 대단한 일을 하셨구먼. 모든 면민들이 송주사의 면모를 보고 하나같이 놀랐을 거외다. 이런 장대한 거사를 앞장서서 해내셨으니 참으로 장하오이다."

남상돈이 먼저 그에게 술잔을 권했다. 일전에 그를 대했던 태도와는 사뭇 달랐다. 다른 사람들도 모두 술잔을 들며 송재만의 활동을 치하했다.

민재봉은 술잔을 들고 목소리를 가다듬었다.

"대호지에서 남유, 남이흥 장군님들을 비롯해서 많은 무장들이 배출되었는데 오늘 송주사를 뵈면서 그 무장의 기풍을 보았시유. 정말 대단한 기풍이었시유. 다시 한번 송주사의 노고를 치하 드리는 바유."

모두 잔을 들어 예를 다했다.

"무슨 말씀이유. 오늘 동지 여러분이 합심하고 면민들이 일심으로 뭉쳐 거사를 훌륭하게 치렀지유. 참 우리는 위대한 조선 민족이며 아울러 대단한 대호지 면민임을 새삼스럽게 깨달았시유. 이런 정신으로 우리가 증진한다면 조만간 조선의 독립은 이룩될 거라 확신하는구먼유."

송재만이 답례했다. 그들은 술잔을 높이 들고 조용하게 조선독립을 외쳤다.

이어 모두 자리에 앉아 다음 일을 논의했다. 앞으로 어떻게 시위를 벌일 거며 항거는 또 어떤 방법으로 계속할 해야 하는지 논의가 이어졌다.

그렇게 해서 얻은 결론은 8일 상황에 따라 가능하면 다시 거사를 치르기로 했다.

물론 왜놈들의 압제가 더욱 심화될 거란 점과 만세운동에 동참한 많은 주민들에 대한 추적이 시작될지도 모른다는 점을 염두에 두었다. 그래서 낮에 거사를 치루기는 쉽지 않다고 중지를 모았다. 따라서 야간에 횃불로 시위를 벌이는데 방점을 찍었다. 또 중장기적으로는 이 땅이 독립될 때까지 지속적으로 항거를 벌여 나가기로 결의했다.

아울러 기회 닿을 때마다 특정 장소와 시간을 불문하고 일제에 대항하기로 했다. 밤에는 마을마다 횃불 시위를 벌여 저들에게 항거키로 했다.

이들이 결론을 이렇게 내렸을 무렵 문밖에서 급보가 들어왔다. 홍성에 주둔하고 있는 헌병대가 이번 거사를 평정하기 위해 출동했다는 첩보였다.

그 말에 좌중은 찬물을 맞은 듯 조용해졌다. 예상된 일이었다. 서로 안위를 걱정하며 서둘러 그 자리를 파했다. 각자 어둠 속으로 흩어져 해산했다.

9. 영웅의 아픔은 시작되고

□ 구울미다리 복구 작업

일본 헌병대와 서산경찰서 순사들을 태운 트럭이 정미면 논 가운데를 지나 대운산리 마을로 접어들 즈음이었다. 그 길이 그나마 가장 형편이 좋았다. 그러지 않고 다른 마을을 돌아 천의로 바로 가는 길도 있었지만 날이 어두워 선택하기가 어려웠다.

안내를 맡은 서산경찰서 소속 순사는 자신이 선택한 길이 가장 좋은 길이라고 말했다. 당연히 헌병 분대장은 그의 말을 따랐다. 홍성에서 왔으므로 이곳 지리는 밝지 못했다.

"운전병 알아들었지. 이 길로 해서 천의로 간다."

트럭은 논길을 따라 대운산리가 있는 방향으로 천천히 속도를 줄였다. 신작로 길섶에 나무가 한 그루 서 있었다. 헤드라이트가 시원치 않아 나무만 보였다. 가까이 다가가자 섶다리였다.

지역에서는 이 다리를 구울미다리라고 불렀다. 다리를 건너면 바로 대운산리였다. 어둠속에 창 너머로 등불이 까무락거리며 손에 잡힐 듯이 보였다.

다리는 겉보기에는 탄탄해보였지만 나무로 교각을 세우고 그 위에 섶을 깔아 만든 교량이었다. 걸어 다니기에는 어려움이 없었지만 군용 트럭이 지나기에는 무언가 불안했다.

운전병은 비지땀을 흘리며 천천히 트럭을 교량 위로 올렸다. 툴툴거리던 엔진소리가 잦아들었다. 생각보다 널찍하고 단단했다. 그래도 캄캄한 밤길에 군용트럭이 지나기에는 쉬운 일이 아니었다.

군경을 태운 트럭이 엉금엉금 기어 다리 중간쯤에 접어들었을 즈음이었다.

운전병이 천천히 브레이크를 밟았다.

"끼-익."

트럭이 덜컥하며 멈춰섰다. 나무로 얽어 만든 다리라 불안했다. 농사를 위한 소달구지나 지나다니는 그런 교량이었다. 때문에 군용 트럭이 지나기에는 겉보기에도 무리가 있었다. 게다가 교량 중간쯤에 어둠이 무겁게 고여 있었다. 헤드라이트가 비추고 있었지만 그 어둠은 예사롭지가 않았다.

차량 바퀴가 빠지는 날이면 끝장이었다. 다리 한가운데서 전복되거나 다리 아래로 추락하는 불상사가 발생한다면 1차적 책임은 운전병에게 있었다. 그 다음은 승탑자인 분대장의 책임이었다. 운전병은 아찔한 생각이 들었다.

"뭐야?"

헌병 분대장이 고개를 빼고 앞을 내다보며 물었다.

"다리가 좀 이상한데유."

"다리가?"

"내려서 살펴봐야겠시유."

운전병이 시동은 켜둔 채 다리 앞쪽으로 뛰어 내려갔다. 그의 직감이 적중했다. 다리의 중간부분이 파손되어 있었다. 밑에 흐르는 하천이 어둠속에 어렴풋이 내려다 보였다. 보수를 하지 않고서는 지날 수 없었다. 난감한 노릇이었다. 그는 손을 내저었다.

"개새끼들……."

분대장은 군화발로 트럭 앞을 걷어찼다.

운전병이 차에 뛰어 올랐다.

"어쩌지유? 다리 가운데가 뚫려있는디유. 보수를 허지 않고는 갈 수가 없것는디유."

그는 바짝 긴장한 말투였다.

"돌아갈 수는 없는가? 뒤에 경찰 불러봐."

짐칸에 타고 있던 서산서 소속 순사가 차량에서 내린 다음 분대장 옆으로 다가왔다.

"이길 밖에 없시유. 다른 길로 돌아가려면 너무 멀구먼유."

"그럼 당신들이 인근 마을에 들어가 사람들을 불러오시오. 다리를 보수해야지. 빨리 서두르시오."

분대장이 명령투로 말했다. 트럭은 시동을 끄고 교량 위에 우두커니 버티고 서 있었다. 서둘러 가야할 판인데 발목이 묶여버린 꼴이었다.

순사들은 투덜거리며 가까운 대운산리로 들어갔다. 그리고는 마을 구장과 주민 10여명을 불러 모았다. 순사들은 자초지종을 이야기했다. 연장을 챙겨오도록 주문했다.

"이 야밤에 무슨 일이여?"

"높으신 순사 나으리들께서 어디를 가신다나 어쩐다나. 그려."

마을 남정네들은 삽과 괭이를 들고 나오며 궁시랑거렸다. 모두 생각 없이 나서고 있었다. 하지만 이연종 구장은 달랐다. 그는 조짐이 이상하다고 생각했다. 주민들을 불러 모으면서도 생각은 그곳에 있었다. 이 야밤에 잘못 주민을 동원하면 왜놈들을 돕는 꼴이 될 수 있었다.

"아니 순사 나리, 이 야밤에 어디로 가시기에 이 길로 오셨시유?"

이 구장은 살살거리는 말투로 우선 그들의 행방을 파악했다.

"천의 가는 길이여. 뭘 자꾸 물어."

순사가 귀찮다는 듯이 신경질적으로 말을 잘랐다.

이 구장은 순간 자신의 생각이 옳다고 확신했다. 오늘 천의장터에서 큰 시위가 있었다는 얘기를 들었다. 갑자기 군경이 트럭을 몰고 그곳에 간다는 건 시위진압이었다. 이 구장은 잠시 머리를 굴렸다.

"아 예. 천의라면 여기서 재 넘언디……."

그는 중얼거리며 경찰을 뒤따랐다.

서산서 순사들과 주민들이 구울미다리로 왔다. 그들이 도착하자 헌병 분대장이 차에서 호다닥거리며 불호령을 했다.

"기어서 오나. 빨리 뛰어오지 못하고. 뭘 꾸물대는 거야. 조센징들은……."

그는 순사들이 무안할 정도로 고함을 질렀다.

"이 다리 중간이 부서졌으니 빨리 보수하도록 알겠나?"

그는 주민들을 향해 연이어 신경질적으로 고함을 질렀다. 신병들을 다루는 말투였다.

"잠시라도 지체하면 즉결 처분이다. 그런 일이 발생하지 않도록 서둘러라. 알겠나?"

그가 호들갑을 떨며 고함을 치는 바람에 순사들이 머쓱한 표정으로 물러났다.

그는 순사들과 또 달랐다. 저돌적이며 싸가지가 없었다. 존대는 애초에 없었다. 모든 말투가 하대였다. 주민들을 개돼지 다루듯 했다.

"예, 서둘러야겠구먼유."

이 구장이 빠른 걸음으로 구울미다리로 올라갔다. 이곳저곳을 살폈다. 지난번에 보수가 시급하다고 생각했던 부분이 내려앉아 있었다. 보수를 하는데 많은 시간이 필요치는 않았다. 하지만 그렇게 하면 안 될 일이었다.

이 구장은 일본군 분대장에게 뛰어갔다.

"금방 보수가 가능한 디유. 헌데 연장을 새로 가져와야……."

"무슨 말이야?"

일본군 수비대 분대장은 신경질적으로 말을 잘랐다.

"순사 나리 야기로는 다리를 보수혀야 한다기에 괭이와 삽만 가져왔지유."

"그런데. 그걸로 보수 못한단 말이야?"

"이 연장으로는 안 돼지유. 흙을 어디다 붓것소. 허공에 부어유? 나무를 베다 놓고 그 우에 흙을 부어야지유. 그래야 도락꾸가 지나가지유."

맞는 말이었다. 허공에 흙을 부을 수는 없는 노릇이었다. 분대장은 잠시 생각해 보았지만 이 구장의 말에 틀림이 없었다.

"그럼 나무를 베야겠구먼. 서둘러."

"그려유. 톱으로 나무를 베고 지게로 흙을 그 우에 부어야지유. 삽과 괭이로 우째 다리를 보수 허것시유."

이 구장이 다시 설명했다.

"알았어. 서둘러."

그제야 헌병 분대장은 목소리를 낮추며 다시 명령했다.

이 구장은 주민들을 이끌고 다시 마을로 돌아왔다. 두 명의 순사들도 그들의 감시를 위해 뒤따랐다.

이 구장은 이집 저집을 다니며 톱을 구했다. 이 톱은 이가 빠져서 못쓰고 저 톱은 날이 넘어서 못쓴다고 투정을 부렸다. 겨우 톱을 구해서는 다시 도끼를 구해오라고 일렀다.

늦음 밤에 주민들이 이집 저집을 다니며 도끼를 구했다. 연장을 구하는데도 한참이 걸렸다. 그들은 뒷산으로 올라가 나무를 골랐다. 굵은 나무는 너무 굵어서 다리에 걸쳐놓기에는 부적합하다고 제쳤다. 너무 가는 나무는 힘을 받지 못한다고 비껴 지났다. 산을 뒤지고 여기저기를 돌아다녔다. 다리에 걸쳐놓을 나무를 고르는데도 시간이 소요됐다. 바쁠 게 없었다. 주민들은 나무를 해서 지게에 지고 천천히 산을 내려왔다.

그들이 산을 내려오려는데 벌써 동쪽하늘에 여명이 비쳤다. 얼마지 않아 다리를 수리하면 날이 훤히 밝아올 게 뻔했다.

주민들이 지게마다 나무를 한 아름씩 져다 다리에 부었다.

"아니, 무슨 일을 이따위로 하나. 벌써 날이 밝잖아?"

헌병 분대장이 신경질을 부렸다. 하지만 주민들은 조금도 급할 것이 없었다.

"이러니 조센징이란 소리를 듣지. 뭐 이리 시간이 많이 걸려."

그들은 연신 동동 발을 굴렀다. 하지만 주민들이 땀을 뻘뻘 흘리며 나무를 지고와 내려놓는 걸 옆에서 지켜본 순사들은 말을 잇지 못했다. 그냥 지켜보고만 있었다.

이연종 구장은 다리 위에 좀 굵은 나무를 가로 걸치고 그 위에 잔가지를 올렸다. 또 싸리나무를 골고루 폈다. 다시 그 위에는 천변에 서 있던 갈대를 베다 올렸다. 그제야 그 위에 흙을 지게로 져다 부었다. 하천이 깊다보니 한번 지게로 흙을 떠오는 일이 쉽지 않았다. 갈대를 베다 올리는 일도 지켜보기에 가볍지 않았다.

늦은 걸음으로 걷다보니 한 지게를 지고 오는데 한참이 걸렸다. 분대장의 생각으로는 금방 해치울 일로 보였다. 그러나 일하는 순서나 상황으로 봐서는 더 이상 잔소리를 꺼내지 못했다.

시름시름하는 일이지만 가볍게 할 일이 아니었다. 주민들은 온몸이 진땀으로 젖어있었다. 입에서 단내가 풀풀 풍겼다. 그제야 곰방대를 물고 담배를 비벼 넣었다.

다리는 제법 그럴 듯하게 보수되었다.

"이제 다 됐나?"

"아직이유. 이 상태로 도락꾸가 지나면 내려앉을 수가 있시유."

이 구장은 주민들에게 잔디를 떠오라고 일렀다. 담배를 비비던 주민들은 다시 삽으로 천방에 붙어있는 떼장을 떼다 차곡차곡 붙였다.

일본 헌병들이 뭐라고 하든 어차피 해야 할 일이었다. 마을로 드나드는 다리를 보수하는 일은 주민으로서 책무였다. 다만 서둘지 않을 뿐이었다.
 그렇다고 대충할 필요도 없었다. 한번 손질해 두면 한 해는 거뜬히 사용하기에 야무지게 다리를 보수했다.
 다리보수가 끝나자 해가 동쪽하늘에 훤하게 올라 있었다.
 "제기랄 조센징……."
 헌병 분대장은 인상을 찌푸리며 못마땅한 눈치로 운전병에게 출발을 명령했다.

▫ 영웅의 죽음

 구울미다리를 어렵게 건넌 군용 트럭은 천의 장터로 곧장 내달렸다. 하지만 다리에서 너무 많은 시간을 지체하는 바람에 천의 장터에 다다랐을 때는 이미 아침이었다. 시위가 하룻밤을 지난지라 세상이 조용했다. 바람이 휩쓸고 간 텅 빈 시골 장터만 덩그러니 그들 앞에 놓여 있었다. 곳곳에 애국가사 유인물이 날아 다녔다.
 종이에 찍어 만든 태극기가 바람에 날았다. 수많은 사람들이 밟은 흔적이 장마당에 고스란히 남아 있었다. 큰 소용돌이가 지나간 곳이란 걸 한눈에 알 수 있었다.

그들은 트럭을 몰아 주재소로 향했다. 아담했던 주재소는 골조만 앙상하게 서 있었다. 곳곳에 부서진 나무판자가 나뒹굴었다. 문짝의 손잡이, 깨진 유리창, 부서진 집기 조각, 흩어진 서류들…….

온전한 구석이 없었다. 시위의 물결이 얼마나 거세게 지났는지 짐작이 갔다. 헌병과 순사들은 차에서 내려 주재소를 둘러보았다.

"제기랄. 조센징 새끼들……."

분대장은 이빨을 빠드득 갈았다.

"빨리 차에 올라. 그리고 대호지면사무소로 차를 돌려."

그는 헌병대와 순사들에게 명령하고 운전병에게도 지시했다. 운전병은 곧바로 핸들을 돌려 대호지면사무소 쪽으로 차를 몰았다. 그곳에서 처음 시위가 벌어졌다는 점을 주목했다. 사실을 파악해야겠다고 생각했다.

트럭은 정미 시장을 벗어나 신작로를 따라 대호지면사무소로 털털거리며 달렸다. 가는 길도 조용했다. 어제 큰 소요가 있었다는 사실이 믿기지 않을 만큼 차분했다.

집집마다 굴뚝에서 조반을 짓는 연기가 모락모락 피어올랐다. 아침연기가 골골을 메우며 자욱하게 고여 있었다. 평화로운 풍경이었다.

군경을 태운 트럭은 구불거리는 신작로를 따라 내려간 뒤 삼거리를 지나 대호지면사무소 앞에 차를 세웠다.

텅 빈 광장이 4월의 이른 봄을 알리고 있었다. 신작로에 늘어선 미루나무에 물이 오르고 언덕배기 버드나무는 새싹을 파릇이 틔우고 있었다. 앞들의 보리만 파릇하게 수염처럼 돋아나 있었다.
　면사무소 앞은 조용했다. 아무도 보이지 않았다. 트럭이 면사무소 광장에 멈추어 섰다. 그때 저만치 신작로에 한 사내가 보였다. 행동대 부대장 송봉운이었다. 그는 간밤의 시위를 못내 아쉬워하며 삼거리 쪽에서 면사무소 방면으로 다가오고 있었다. 손에는 작은 태극기를 들고 있었다. 밤을 꼬박 지새운 터라 얼굴이 떼꾼했다. 약간의 술 냄새도 풍겼다. 조금 멀리서 그를 본 헌병 분대장이 불렀다.
　"야 조센징, 이쪽으로."
　그는 검지 끝을 까딱거려 봉운을 불렀다. 봉운은 못들은 척 하며 천천히 걷고 있었다.
　"야, 조센징, 이리 오라니까."
　분대장은 소리를 빽 질렀다.
　"누구, 나말이여?"
　송봉운이 퉁명스럽게 대답했다.
　"그래 네놈. 네놈 말고 또 누가 있냐."
　분대장이 신경질적으로 말했다. 송봉운은 주변을 두리번거리며 헌병들이 운집해 있는 곳으로 터덜터덜 걸었다.
　"빨리 뛰어."
　헌병 분대장이 다시 소리를 빽 질렀다. 하지만 봉운은 바쁠 게 없는 사람이었다. 천천히 그에게로 다가갔다.
　"이런 아침부터 재수 없이……."
　송봉운이 투덜거리며 그들이 있는 쪽으로 걸어가고 있었다. 송봉운이 10여미터 앞으로 다가갔을 스음이었나.

"너는 웬 놈이냐?"

헌병 분대장이 톡 쏘아붙였다.

"나는 조선의 청년이여."

봉운이 당당하게 대답했다.

"네놈이 무슨 짓을 했는지 알고는 있냐?"

그는 송봉운의 태도가 못마땅했다. 인상을 잔뜩 찌푸린 얼굴로 다시 물었다.

"무슨 짓이라니?"

봉운은 한마디도 지지 않고 대들듯이 다가서며 말했다. 헌병의 말투가 귀에 많이 거슬렸다. 일면식도 없는 작자가 자신에게 이놈 저놈 하는 말투도 마음에 들지 않았다. 게다가 한참 어려 보이는 놈이 다짜고짜 말을 내리 까는 품새도 몹시 마음이 상했다.

"네놈도 어제 이곳에서 있었던 소요에 가담한 불순분자지."

"불순분자라니. 내 나라를 찾기 위해 만세를 불렀을 뿐인디 그것이 불순분자라니. 그리고 이놈이라니."

송봉운은 대뜸 열을 올리며 대들었다.

"만세?"

헌병 분대장은 가소롭다는 듯이 되물었다. 만세란 금기어를 함부로 쓴 송봉운이 눈에 가시가 되어 박혔다. 핏대가 오르는 눈빛이었다.

"그려. 독립만세를 불렀구먼."

송봉운이 더욱 당당하게 대들며 말했다. 그는 조금도 움츠러들지 않았다. 눈을 똑바로 뜨고 사내를 응시하며 이를 굳게 깨물었다. 한마디라도 더 모멸스러운 말투를 지껄인다면 주둥이라도 한

대호지 아리랑

대 올려붙일 생각이었다.

헌병 분대장은 그런 그의 태도에 위협감을 느꼈던 모양이었다.

"그럼 주모자는 누구냐?"

말을 돌렸다.

"몰러. 내 스스로 독립만세를 부른 거."

송봉운은 말을 씹으며 이를 갈았다.

"네놈도 주재소를 부수는데 가담했지."

헌병 분대장은 꼬부장한 눈으로 자세를 바로잡으며 되물었다.

"먼저 총질을 혀서 주재소를 부수었지……."

그의 말이 떨어지기가 무섭게 옆에 섰던 헌병들이 갑자기 달려들며 구둣발로 그를 힘껏 가격했다. 영문도 모르고 송봉운은 곧바로 뒤로 벌렁 나가떨어졌다.

"이 쪽발이 새끼들이 뭐하는 거여."

송봉운은 넘어진 자리에서 벌떡 일어나며 고래고함을 질렀다. 그러자 헌병이 구둣발을 다시 들었다. 송봉운은 자세를 낮춰 헌병의 다리 밑으로 기어들어 그자를 바닥에 내동댕이쳤다. 헌병의 모자가 벗겨져 날아가고 얼굴이 땅바닥에 꼬꾸라졌다. 코뼈가 내려앉았는지 얼굴이 뭉그러졌다.

헌병 분대장이 개머리판을 들어 올렸다. 순간 몸을 피한 송봉운은 왼 주먹으로 분대장의 코를 힘껏 가격했다. 코피가 사방으로 비산했다.

모자가 벗겨지고 총을 든 팔이 허공으로 날아올랐다. 곧이어 분대장은 무릎을 꿇으면서 그 자리에서 벌렁 넘어섰다. 일어서려는 분대장의 얼굴을 오른 주먹으로 힘껏 쳤다. 고개가 홱 돌아갔다. 입에서 검붉은 피와 타액이 허공으로 튀어 올랐다.

그때 다른 헌병이 개머리판으로 송봉운의 뒤통수를 내리 찍었다. 그도 어쩔 수 없었다. 싸움에는 둘째가라면 서러웠지만 헌병 여러 명을 혼자서 당할 수는 없는 노릇이었다.

헌병들은 쓰러진 송봉운을 사정없이 짓밟았다. 그가 몸을 뒤틀 때마다 그를 따라다니며 짓이기고 밟고 가격했다.

"야 이 개새끼들아……."

송봉운은 정신을 차리지 못할 지경이었다. 구두에 채이면서도 고함을 멈추지 않았다. 허공에 소리를 내지르며 고통에 신음했다. 하지만 헌병들은 사정없이 그를 짓이기고 걷어찼다.

송봉운의 얼굴이 금세 퉁퉁 부어올랐다. 입이 터지고 코뼈가 내려앉았다. 한쪽 눈이 구둣발에 맞아 찢어졌다. 붉은 선혈이 얼굴을 타고 흘러내렸다.

헌병들은 조금도 멈추지 않았다. 송봉운이 고통을 호소하자 더욱 세게 그를 가격했다. 뭉툭한 구두 끝으로 그의 얼굴을 사정없이 짓밟았다. 입이 찢어지고 이가 부러졌다. 얼굴이 알아보지 못할 만큼 허물어졌다.

"이런 개 같은 새끼들이 남의 나라에 와서……."

송봉운은 더 이상 몸을 구부리지 못하고 그대로 널브러지며 맥을 놓았다.

그의 손에는 자신의 주머니에 들어있던 태극기가 들려 있었다.

"이 개새끼 독종이구만."

헌병들은 그제야 폭행을 멈추었다. 그가 쥐고 있던 태극기를

대호지 아리랑

빼앗아 조각조각 찢었다. 신경질적으로 허공에 휙 뿌렸다. 봄날의 꽃송이처럼 태극기가 조각조각 바람에 날아갔다.
　이 광경을 옆에서 지켜보던 다른 순사들은 시시덕거리며 송봉운을 내려다보고 있었다.
　"조센징은 맞아야 정신을 차린다니까."
　그들은 담배를 나눠 물고 사냥감을 노리는 승냥이처럼 그렇게 서있다 면사무소로 들어갔다. 그들이 시위주동자 색출을 위한 작전을 짜고 있을 때 당진경찰서 무장경찰 4명이 추가됐다.
　병력은 일본군 홍성헌병대 서산파견대소속 5명과 당진, 서산서 소속 무장경찰 8명 등 모두 13명으로 늘어났다. 이들은 대호지면사무소를 본부로 하고 시위주동자 색출에 나설 계획이었다.
　정신없이 폭행을 당한 송봉운은 한참이 지난 뒤에 깨어났다. 그는 겨우 정신을 차리고 그 자리에서 몸을 일으키려다 풀썩 들어 눕기를 반복했다. 그러다 다시 몸을 가다듬어 겨우 다리를 벌리고 앉아 있었다.
　그의 얼굴은 산사람의 얼굴이 아니었다. 찢어지고 깨지고 부서졌다. 눈을 끔벅거렸지만 너무 부어올라 눈알이 보이지 않았다. 여전히 정신을 가다듬지 못하고 있었다.
　일본 경찰과 무장 헌병대원들은 면사무소 앞에서 해장국으로 속을 채운 다음 기어 나왔다. 분대장은 터진 코를 종이로 막고 있었다. 얼굴이 말이 아니었다.
　송봉운의 주먹 자국이 그대로 얼굴에 남아있는 듯 보였다.
　송봉운에게 맞았던 다른 헌병도 코피자국이 그대로였다. 옷에도 피가 지저분하게 묻어 있었다. 그들은 겨우 분을 삭혔는지 시시덕거리며 해장국집을 나왔다.

그제야 사람들이 멀리 골목에 숨어서 그들을 지켜보았다. 그 무자비함에 치를 떨며 몸을 사리고 있었다.

"야, 저 개새끼 끌고 가, 오늘 경찰서 유치장에 처넣어."

헌병대 분대장이 무장경찰을 향해 지시했다.

순사들이 송봉운을 일으켜 세웠다. 그는 겨우 일어서서 몸을 좌우로 흔들며 중심을 잡으려고 애썼다. 몸을 가누지 못했다. 다리를 잡고 한참을 엎드려 있다 겨우 몸을 가누고 흔들리며 걷기 시작했다.

"서산경찰서……."

누군가가 말했다. 일본 순사는 송봉운을 서산 방면으로 이끌었다.

그는 눈을 감은 채로 흔들거리며 천천히 걸어갔다. 주민들은 숨을 죽이며 안쓰러운 마음으로 그를 지켜보고 있었다.

누구라도 나서면 죽음이 분명했다. 바짝 독이 오른 헌병 수비대의 만행을 지켜보자니 억장이 무너졌다. 하지만 당장 그들 앞에 나서는 주민은 없었다. 두려운 일이었다. 담장 아래 몸을 숨기고 혹은 골목 언저리에 몸을 낮추고 그들을 지켜보고 있었다.

송봉운이 비틀거리며 천천히 걷고 있는 뒤를 헌병들이 시시덕거리며 따랐다. 그들은 이빨을 쑤시고 가래침을 여기 저기 뱉었다. 송봉운이 면사무소 앞을 벗어나 서산 방면으로 향하는 신작로를 걷고 있었다. 주민들은 고개를 빼고 담 너머로 애처롭게 지켜보고 있었다. 안타까움에 땀을 쥐었다.

봉운이 무거운 걸음으로 마을을 지나 신작로를 100여 미터 걸었을 때였다. 그를 뒤따르던 일본군 병사 4명이 일제히 장총을 쳐들고 거총 자세를 취했다.

미심쩍은 기미를 느낀 봉운이 잠시 멈칫거리며 몸을 뒤로 천천히 돌렸다. 햇살이 피범벅이 된 얼굴에 반사됐다. 찬란한 빛이 주민들의 눈을 파고들었다.

순간 헌병들의 총부리가 불을 뿜었다.

"탕 탕 탕."

세발의 총성이 울렸다. 송봉운은 힘없이 나무토막처럼 그 자리에 꼬꾸라졌다. 눈도 감지 못했다. 멀쩡게 뜬 눈으로 푸른 보리밭을 너머다 보고 있었다.

동공이 풀린 채였다. 가슴에서 뜨거운 피가 울컥울컥 쏟아져 나왔다. 낡은 저고리가 붉은 색으로 천천히 변해갔다. 이를 지켜본 주민들은 벌어진 입을 다물지 못하고 손으로 입을 가렸다. 다른 사람들은 참혹한 모습을 보지 못해 담 밑으로 몸을 숨겼다. 만행의 신호탄이었다.

봉운의 사체는 며칠이 지나도록 소재지로 들어오는 입구 논 옆에 버려진 상태로 있었다. 헌병들이 날뛰는 마당이라 주민들은 그의 장례를 지내지 못했다.

나서기가 두려워서였다. 장례를 치뤄 주어야 한다는 데는 이견이 없었지만 실제로 나서는 이는 없었다. 결국 송봉운의 친구 몇몇이 경찰의 허가를 받아 주검을 거두었다. 그리고 그가 살던 집 뒷산에 묻어 주었다.

□ 색출

대호지면에 살벌한 기운이 감돌았다. 깨진 유리조각이 흩뿌려진 느낌이었다. 발을 내딛는 일도 조심스러웠다. 주민들은 숨을 죽이며 일제의 움직임을 지켜보고 있었다. 온통 살얼음판을 걷는 기분이었다.

5일 들이닥친 헌병대 소속 무장군인 5명과 무장경찰 8명이 면사무소에 포진했다. 그들은 면사무소를 접수하고 그곳을 임시 사무소로 활용했다.

입구에 헌병들이 경계를 섰다. 그들은 연신 면사무소를 드나들며 바삐 움직였다. 면직원들은 그들에게 사무실을 내주고 한쪽에 밀려가 병아리처럼 옹기종기 움츠리고 있었다.

면장실에서 언제 호출이 있을지 몰라 조바심을 내며 대기상태로 있었다. 면장실에서는 큰소리가 새어나왔다.

"면장님. 어째된 거유? 도대체……."

대호지 담당 김학봉 고등계형사가 눈 꼬리를 올리며 다그쳤다. 태도가 돌변해 있었다. 그전까지 그는 이인정 면장 앞에서 꼬리를 내리고 살았다.

형사라는 직책상 면장실을 드나들었지만 그래도 고분고분했다. 이 면장이 본래 군수출신인데다 인품이 있고 연배가 높아 함부로 대하지 못했다. 하지만 그날 이후 이 면장이 이번 거사와 관련이 있다고 판단한 후부터는 말을 한 자락 깔았다. 그는 그래도 이인정 면장이 선동을 했다고는 믿지 않는 눈치였다. 다른 시군 어디에서도 면장이 앞장서서 시위를 선동한 경우는 없었다. 혹 있다고 해도 주민들의 겁박을 못이긴 경우였다. 이 면장도 그 선상에 있다고 생각했다.

"그게 좀……."

이 면장이 말을 입에 물고 있었다.

"아니 뭘 우물거려유. 이 마당에 못할 말씀이 뭐가 있시유."

다시 다그쳤다.

"어제 정미 주재소에서 들어온 보고서에는 분명히 면장님이 앞장을 선 거로 되어 있소. 주민들의 겁박을 못 이겨 그런 거지유?"

김 형사는 윽박지르듯이 물었다.

"글쎄 그게……."

이 면장이 다시 어물거렸다. 다른 순사들은 면장을 노려보고 있었다.

"겁박을 당한 거지유. 면직원이나 누군가에게 겁박을 당해 앞장 선거지유. 그렇지유. 그 겁박을 한 놈이 누구유?"

"그게 아니야. 그게 아니고……."

이인정은 난처한 표정을 지으며 어물거렸다. 이러지도 저러지도 못하는 눈치였다. 사실 그대로 말하자니 면직원들이 다칠 게 뻔했다. 그렇다고 둘러대자니 말을 맞추지 않은 상태라 어찌 말하는 게 좋을지 판단이 서지 않았다. 그렇다고 자신의 지시에 따라 움직였다고 말하고 싶지도 않았다. 이들의 잔혹함으로 미루어 어떤 일을 저지를지 모를 일이었다. 그냥 어물어물 말을 씹고 있었다.

"그게 아니면. 뭣이간디유. 면장님이 시위를 선동이라노 했나는 말이유?"
 김 형사는 앙칼진 목소리로 그를 더욱 몰아세웠다. 벼랑 끝으로 내몰고 있었다.
 "글쎄……."
 "그렇지유. 선동이 아니라 누군가가 협박을 했지유. 이를테면 앞장서라. 그러지 않으면 식솔들을 가만두지 않겠다. 뭐 이런 식으로 협박한 거지유?."
 김 형사는 나름 이야기를 만들며 상황을 짜 맞추고 있었다. 잠시도 틈을 주지 않았다. 생각할 틈을 주면 잔머리를 굴린다는 생각에 연이어 내몰았다.
 "……."
 이인정 면장은 말이 없었다.
 "좋아유. 그러면 어제 선두에 섰던 놈들이 누굽니까. 대 주세유."
 "……."
 "아니 답답해서 살것나. 면장님이 말을 해야지유. 조사하면 다 나오게 되어 있어유. 면 직원들 불러들이면 다 나온다니까유."
 김학봉이 문밖의 면 직원들을 불러들일 태세였다.
 "면장이 돼서 내 입으로 어떻게 면민들을 밀고하나."
 이 면장은 눈을 지그시 감고 꼼짝도 하지 않았다.
 "그래유. 면장님 체면을 살려드리지유. 필시 면장님이 스스로 앞에 나선 거는 아니지유. 하지만 면장님은 지금부터 요주의 관찰 대상이 되는 거유. 집에서 나오시면 안되구 특별한 명이 있을 때까지 집에서 대기하셔야 하는구먼유. 어제 하루 비번이라 쉬었더니 그만 문제가 생겼구먼……."

김 형사는 투덜거리며 옆에 있던 순사에게 눈을 힐끗 떴다. 순사는 즉시 이 면장을 밖으로 안내했다. 그는 일단 방면이었다.

나이도 있고 전직 군수를 지낸 사람이라 예우를 하고 있었다. 그가 이 지역에서 사회적으로 위치하는 바가 있다는 점도 고려했다. 더욱이 김 형사 자신도 이 면장이 이번 사건을 주도했다면 자유로울 수 없었다. 근무태만으로 중징계를 받을 게 뻔했다. 사전에 면장의 성향을 제대로 파악치 못한 게 그 징계 사유였다. 게다가 담당 책임 구역에서 이런 큰 일이 벌어졌으니 그 어떤 핑계로도 책임을 면하기 어려웠다. 다만 참작할 여지가 있다면 전국적으로 발생했다는 점이었다. 김 형사는 어떻게든 주모자 체포를 통해 징계를 만회할 구실을 만들 생각이었다.

이 면장이 나가자 다음은 면서기 민재봉이 불러왔다. 그는 거구정한 표정으로 조심스럽게 면장실 문을 열고 들어왔다.

"민 서기. 4일 날 당신은 뭘 했소?"

김 형사는 대뜸 들이댔다.

"뭘 하다니유?"

"소요에 참여했느냐 안했느냐를 묻고 있잖여."

"글쎄. 저는……."

"뭐여. 한 겨, 안한 겨?"

김 형사는 이 면장과 달리 태도가 냉랭했다. 나이나 직위에 관계하지 않았다.

"그날 저는 집안에 일이 있어서……."

"무슨 일?"

"집안에 부모님이 몹시 편찮으셔서……."

민재봉은 어물거리며 말을 둘러댔다.

"확인하면 다 나와. 만약 오늘 한 말이 거짓말이면 당신은 그 대가를 치르게 될 거야."

"그러지유……."

민재봉의 말에 자신이 없었다. 김 형사는 면서기 한 사람 한 사람을 불러들였다. 일단 면 직원들은 이번 거사에 동참하지 않았다고 전제했다. 그들이 앞장섰다고는 생각지 않았다. 그러다보니 면서기들에게 구체적인 정황을 캐묻지는 않았다.

최소 지역단위를 관리하는 일제의 하부조직이 면사무소였다. 그곳에서 일하는 직원들을 반역자로 몰면 협조받기가 어려웠다. 그래서 일단 면 직원들은 혐의가 없다고 판단했다. 문제가 발생하면 추후에 처리하면 될 일이었다.

김 형사는 면서기들의 조사를 그런 선에서 끝내기로 했다.

김 형사는 추명직 서기를 불러들였다. 그런데 그가 새파랗게 질린 얼굴로 바들바들 떨고 있었다. 눈동자가 흔들렸다. 다른 서기들과는 분위기가 달랐다. 이마에 식은 땀이 맺혔다. 양 손을 무리할 만큼 꼭 쥐고 있었다. 김 형사는 눈치가 심상찮았다.

"추명직."

김 형사는 눈을 부라리며 크게 그의 이름을 불렀다. 그러자 추명직은 자지러지며 몸을 가누지 못했다. 그가 심각한 내용을 숨기고 있다는 생각이 스쳤다.

"뭐하는 거여. 지금."

김 형사는 소리를 빽 질렀다.

"4일 천의 장터에 갔지?."

그러자 그 한마디에 추명직은 그 자리에 무너져 내리며 엉금엉금 기었다. 몸을 가누지 못했다. 입을 열지도 못했다. 생땀을 빠작빠작 흘리고만 있었다.

김 형사가 우신매를 들고 그에게 다가서며 자신의 말가죽 장화를 내리쳤다. '짝' 하는 소리가 귀청을 두드렸다. 모진 자국이 장화에 새겨졌다. 소름이 오싹 돋았다.

"지는 안했시유. 참여만 하고 동참은 하지 않았시유."

추명직은 손으로 얼굴을 가리며 울부짖었다. 바들바들 떠느라 말도 제대로 잇지 못했다.

"좋아 사실대로 말하면 용서하것다. 4일 무엇을 봤는지 하나도 빼놓지 말고 대답혀야 하는 조건이여. 알았나."

김 형사는 그의 얼굴을 들어 올리며 말했다.

"야."

추명직은 그날 천의에 갔지만 장터에서 약간 떨어진 주재소 인근에 있었다고 진술했다. 그리고 주재소가 부서지는 일련의 사건을 소상하게 털어 놓았다. 송재만이 앞장서서 모든 지휘를 했다고 말했다.

"다지리가 도망가는 것도 봤겠구먼."

김형사가 우신매로 그의 턱 선을 쓸어내렸다. 비릿한 냄새가 스며들었다. 온몸이 오들오들 떨려왔다.

"예, 그려유. 다지리가 피투성이가 된 채 도망가는 것을 봤시유. 그래서 그를 구하고자 뒤 따라 갔시유. 그때는 많은 군중들도 그를 뒤따르고 있었시유. 천의에 있는 그의 집으로 들어가자 일

순간에 군중들이 그의 집을 포위했지유. 일부는 이미 들어가 기물을 부수고 다지리를 폭행하는 것 같았시유. 안에서 아우성치는 소리가 들렸으니께유."

"그래서 어떻게 했나."

김형사가 차갑고 위압적인 목소리로 물었다.

"군중들의 눈치를 살피며 다지리의 집으로 들어갔시유. 지는 다지리를 구하겠다는 생각이었시유. 그런데 집에 들어가자 다지리가 마루에 엎드려 있었고 그곳에 송재만이 엽총을 들어쥐고 있었시유. 그 옆에는 송무용, 한운석이 서 있었시유."

"누구라고?"

"송무용과 한운석 훈장요."

"어떤 놈들이야. 송무용이 어디 살아. 한운석은?"

"송무용은 사성리 살고유. 한운석은 조금리 사는구면유."

김 형사는 다른 순사에게 그들을 잡아 들이라고 일렀다.

"그래서?"

김 형사가 다시 소리를 뺙 질렀다.

"그래서 제가 그 사람들에게 소리쳤지유. 어째서 이런 난폭한 행위를 저지르느냐. 뒷날 큰일이 닥쳐오면 어찌 감당하려고 그러느냐. 빨리 물러가라. 이렇게 소리쳤지유."

"그랬더니."

"송재만이 개의치 말라는 눈치로 위협하기에 서둘러 뛰어 나왔지유."

추명직은 그밖에도 자신이 천의 장터에서 본 모습을 소상하게 털어놓았다. 그의 조사는 한동안 계속됐다. 그가 면장실에서 나갈 때는 초죽음이 된 모습이었다.

온몸이 식은땀으로 흠씬 젖어 있었다. 면서기들의 조사가 끝나고 마지막으로 면사무소 구석진 자리에 앉아있던 송재만을 불렀다. 송재만이 면장실로 들어가자 김 형사가 눈을 똑바로 뜨고 말했다.

"앞에 조사받은 직원들이 다 불었어. 어제 송씨 네 놈이 주동질을 했다면서."

김 형사는 대뜸 우신매로 그의 어깨를 후려 갈겼다. 그에게 족쇄를 걸어 놓겠다는 생각이었다. 특히 그는 가장 하위직이었다. 그의 발목을 잡으면 모든 사실을 털어놓으리라 생각했다. 실제로 추명식의 실토만으로도 송재만은 구속감이었다. 순사들이 대뜸 그의 양손을 꺾어 뒤로 묶었다.

"누가 그럽디까?"

송재만은 대뜸 들이대듯이 물었다.

"앞에서 면서기들이 다 불었다. 솔직히 말혀."

"……"

"어제 뭘 했나. 아니 묻잖여. 꿀 먹은 벙어리가 됐나? 다 알고 있어."

김 형사가 말끝을 올렸다. 송재만은 아무 말도 하지 않았다. 입을 굳게 다물고 멀뚱하게 앉아 있었다. 정말 앞에서 면서기들이 다 불었는지는 모른다. 하지만 그렇다고 입을 열 필요는 없었다. 피해가고 싶지도 않았다. 어차피 닥칠 일이었다. 입을 굳게 닫고 눈을 지그시 감았다.

"송씨 내 말이 안들려?"

김 형사는 의자에서 벌떡 일어나 송재만을 내려다보았다. 평소 자신과의 관계를 생각해서라도 실토하면 참작하겠다는 표정이었다.

사실 그동안 김 형사는 송재만이 귀찮을 만큼 많은 걸 요구했다. 면사무소 내의 분위기나 직원의 성향을 파악해 귀띔해 주길 요구했다. 종용하기도 하고 윽박지르기도 했다.

이인정 면장의 동향이나 면 관내 주요 유지들의 움직임도 자신이 면 사무소를 방문했을 때 일러주길 당부했다.

그는 송재만이 소사지만 면내의 모든 정보를 파악하고 있다고 보았다. 그래서 그에게 당부했다. 하지만 그동안 단 한 번도 그의 요구를 들어주지 않았다. 그래도 막 대하지 못하는 건 김형사 자신의 뒤도 송재만이 알고 있어서였다.

김 형사가 우신매로 송재만의 턱을 받쳐 올렸다.

"여러 사람 괴롭히지 마시유. 어제 일은 내가 주도했시유. 다른 사람들은 알지 못하는구먼. 모두 내가 모의하고 주도했시유."

뜻밖의 대답이었다. 김 형사는 자신을 놀린다고 생각했다. 소사 주제에 이 큰 거사를 주도했다는 건 믿기 어려웠다. 영웅 심리에 사로잡혀 하는 말이라고 생각했다.

"이 새끼가 뭐라고 지껄이는 거여. 네놈이 주도했다는 거여?"

귀를 의심하며 되물었다.

"그려유. 면장님은 내가 겁박해서 앞에 세웠시유. 그리고 면 직원들은 아무것도 모르오. 내 의도로 만들어진 거사여. 무고한 양민들을 괴롭히지 마시유. 나를 잡아가면 그만이유."

송재만은 단단하게 앉아 조금도 흐트러짐 없이 목청을 높였다.

"아니 이 새끼가 누굴 가지고 놀어?"

형사가 소리를 빽 질렀다. 주변에 있던 순사들도 눈을 동그랗게 뜨고 송재만을 주시했다. 그들 가운데 한명이 손바닥으로 송재만의 뺨을 후려갈겼다. 이어 군화발로 정강이뼈를 걷어찼다. 송재만은 이를 깨물었다.

"이 새끼 죽으려고 환장을 한 놈 아녀. 네놈이 무슨 영웅이라고 이 거사를 주도했다는 거여. 말 같은 이야기를 혀야지 믿지."

그들 역시 믿지 않는 눈치였다.

면사무소에서 소사란 최하위직급을 가진 송재만이었다. 그런데 어떻게 거사를 주도하고 이끌었다는 건지. 말이 안 된다고 생각했다.

그가 의도적으로 뒤집어쓰려고 하는 수작이라고 판단했다. 아니면 누군가가 일을 벌이고 송재만을 앞장세워 덮으려는 음모가 있다고 보고 있었다.

"아무튼 스스로 주모자라고 허니 조사를 혀 보면 알거여. 경찰서로 끌고 가."

곧바로 옆에 섰던 무장 경찰들이 송재만에게 포승줄을 감았다. 구둣발이 날아들었다. 금세 얼굴이 부어올랐다. 입술이 터지며 피가 흘러내렸다. 그들은 송재만을 밖으로 끌고 나갔다. 군용 트럭에 태워 서산경찰서로 호송했다.

송재만이 경찰에 끌려가는 모습을 지켜본 면서기들은 더욱 주눅이 들었다. 눈을 내리깔고 분위기만 살폈다.

송재만이 경찰서로 끌려갔다는 소식이 전해지면서 면 지역은 또 다시 술렁거렸다. 어떻게 사태가 번질지 모를 상황이었다.

일본 헌병대와 경찰들은 전 주민을 면사무소로 불러들였다. 어린 아이나 거동이 불편한 노인들만 제외했다. 제 발로 나오지 않는 사람은 혐의점이 있다고 간주했다. 엄포가 아니었다. 그들은 한 사람씩 불러 취조했다.

불려온 주민들은 이미 사람이 아니었다. 따귀를 때리는 처사는 예삿일이었다. 눈빛이 곱지 않다고 개머리판으로 머리를 찍었다. 말을 못해 우물거린다고 정강이뼈를 걷어찼다. 고개를 꼿꼿하게 들고 있으면 고개를 들고 있다고 볼이 붓도록 따귀를 때렸다.

거사가 있던 날 본인이 한 움직임을 하나하나 실토하라고 다그쳤다.

순박한 면민들이지만 자신이 본 일을 그대로 실토하지는 않았다. 선서문을 통해 기밀을 누설하지 않겠다고 언약을 했던 터라 누구도 함부로 입을 열지 않았다.

□ 분노에 불타는 산야

대호지면이 만세운동 이후 쑥대밭이 되었다. 온전한 게 하나 없었다. 초막만 그대로 남았을 뿐 그 속에 살던 이들은 제 정신이 아니었다.

터지고 깨지고 찢어지고 상처투성이였다. 그나마 눈에 볼 수 있으면 다행이었다. 많은 청년들은 어둠을 피해 도망을 갔다. 장년들은 소좆매를 맞고 사경을 헤맸다. 또 다른 이들은 어디에 끌려갔는지 종적이 묘연했다. 집을 나서기만 하면 몇날 며칠이 지나도 소식이 없었다. 아직 경찰서에 갇혀 있다는 이야기도 들렸다. 혹자는 공주 검찰로 넘어갔다는 얘기도 했다. 벌써 서울 서대문형무소로 끌려갔다는 소리도 들렸다. 고초에 사경을 헤맨다는 얘기만 무성했다.

허물어진 집을 지키는 이들의 애간장이 녹았다. 어디 물어볼 곳도 없었다. 하소연할 곳은 더 없었다. 사는 몰골이 말이 아니었다.

이런 이야기가 번지면서 정미면을 비롯한 인근지역 주민들도 분노를 속으로 삭였다. 면만 달리할 뿐이었지 모두 알고 지내는 이웃들이었다.

장마당에서 서로 인사를 나누고 푸념을 토로했던 친구들이었다. 주막집에서 만나면 모두가 단골들이었다. 그들이 하루아침에 사라져버렸다. 그게 대호지였다.

내 나라 내 땅에서 독립을 외쳤다는 연유로 핍박 받는 양민들이 그들이었다. 정미에서 혹은 다른 지역에서 시위가 발발했다면 조금도 다르지 않았을 모습이었다. 그런 생각이 들 때마다 분노가 속에서 타올랐다.

누구나 그랬다. 천의 장터에서 있었던 만세 운동을 전해들은 사람들이 모두 그러했다.

시간이 지날수록 모두가 죽기 살기로 일제에 반항해보자는 생각이 머리를 채웠다. 그런 생각은 송전리 천도교인들의 가슴속에 뜨거운 불꽃이 되어 피어올랐다.

천의에서 만세시위가 있은 지 4일이 지났다. 4월 8일이었다. 송전리 사람들의 가슴에 불을 지른 이들은 연락책 최정천과 천도교인 이달준이었다.

최정천은 밤마다 부산스럽게 뛰어다녔다.

송전리는 몇 가구를 제외하고 모든 집이 천도교인이었다. 낮에는 산으로 피해 다녔다. 그러다 밤에만 내려와 상황을 전파했다.

그는 1881년생으로 39세의 나이였다. 송전리에서 다섯 마지기의 농사를 짓고 살던 토박이였다. 겨울에는 송전리 포구에 나가 나무장사도 했다. 체격이 매우 장대하고 힘이 장사였다. 산으로 들로 헤매도 지칠 줄 몰랐다. 산에서 나무를 할 때도 남들의 서너 배는 더해야 직성이 풀렸다. 그 짐을 지고 눈도 깜짝하지 않았다. 그가 글은 잘 몰랐지만 셈에는 누구 못지않게 밝았다. 덩치가 큰데도 총명하여 천도교 교리도 읽지 못했지만 거의 외우고 살았다. 그런 성품을 인정해 민재봉이 송전리 연락책으로 천거했던 인물이었다.

"조선 사람들은 이제 씨가 마를 지경이여. 왜놈들이 우리를 잡아 죽이지 못해 혈안이여. 저놈들을 내 때려죽이지 못하는 것이 천추의 한이 되는구먼."

그는 경찰에 끌려가 갖은 고문과 혹행을 당하는 동지들의 아픔을 낱낱이 주민들에게 고했다.

"송주사 그 양반이 반죽음이 되었다는 거여. 법 없이도 살 사람인디 저놈들이 얼마나 악독하게 불로 지졌는지 등짝이 온통 진물로 범벅이 됐다는 거여. 때려죽일 놈들. 이런 걸 보고도 가만히 있

대호지 아리랑

는 놈은 조선 사람도 아니여. 그런 인간들은 이 땅에 살 자격도 없어."

그가 거칠게 주민들을 항거로 내몰았다. 이달준도 천도교인들을 중심으로 재차 거사를 종용했다.

"우리가 손병희 선생님의 숭고한 정신을 세우기 위해서라도 8일 오후 절곡산에 올라 시위를 벌이는 거외다. 손에는 횃불을 들고 그분의 이 민족에 대한 사랑의 말씀을 이웃들에게 전해야 할 거외다."

그는 밤마다 이집 저집을 돌며 거사를 도모했다. 송전리 천도교인이라면 한명도 빠짐없이 횃불거사에 참여하도록 부추겼다.

그들의 노력 탓이었을까. 8일 오전 6시쯤이었다. 막 해가 뜨고 얼마지 않은 시간이었다. 밤새 마을로 돌아다니던 최정천이 산으로 들어가야 할 시간이었다.

송전리에서 한 주민이 골목을 나서다 무장 경관에게 붙잡혔다. 그는 여느 때처럼 밭에 나가려는 참이었다. 하지만 무장 경찰은 통행금지를 핑계로 출입을 허용하지 않았다.

"아니 왜이러는 거여? 농군이 농사지으려면 밭에 나가야지. 밭에도 못나가게 허면 어쩌자는 거여."

주민은 자신을 잡는 경관에게 대들었다. 하지만 경찰은 통행금지가 풀리기 전까지는 한걸음도 골목을 나설 수 없다고 윽박질렀다. 이렇게 해서 실랑이가 벌어졌다. 밀고 당기길 여러 차례 했다. 그러는 사이에 마을 사람들이 하나 둘 밖으로 나왔다. 그들은 주민의 자초지종을 들은 다음 무장 경찰에 대들었다. 그 수가 점점 불어나 20여 명에 달했다.

위압감을 느낀 경찰이 총의 개머리판으로 주민 중의 한 사람을 쳤다. 주민의 얼굴에서 코피가 흘렀다. 이렇게 되자 20여 명의 주민들이 한꺼번에 대들어 무장 경찰을 호되게 패주었다.

한꺼번에 주민들이 달려드는 바람에 경찰은 대들지도 못하고 폭행당했다. 그는 반죽음이 되어 겨우 도망가고 말았다. 이 소식을 접한 헌병대가 즉시 송전리로 출동했다. 무장 경찰 6명과 헌병대 2명을 파견했다. 그래도 시위는 멎지 않았다. 그러자 그들은 주민들을 향해 총기를 발사했다. 이 때문에 주민 한 명이 사망하고 1명이 중상을 입었다.

송전리가 홀딱 뒤집혔다. 주민들이 더욱 강하게 반발하고 있었다. 기회만 닿으면 무장 항역에 나설 조짐이었다. 그래도 낮에는 어려움이 있었다. 그래서 밤을 택하기로 했다.

오후로 접어들자 사람들이 하나 둘씩 집을 나와 송전리를 안고 있던 절곡산으로 올랐다. 그들은 손에 손에 횃불 당길 막대기를 하나씩 들고 있었다. 겨우내 모아놓았던 송진 덩어리도 주머니에 하나 가득이었다. 그들은 앞을 다투어 산으로 향했다.

해가 저물자 어둠으로 변하는 산자락 여기저기서 불이 피어올랐다. 그 불들은 이리 저리로 움직이며 산 정상을 향하고 있었다. 한 개, 두 개, 세 개……

불덩어리들이 뭉쳐져 산을 불태우듯 밝게 산머리를 비쳤다. 그리고 얼마지 않아 절곡산 꼭대기에서 봉화가 올랐다. 큰 불꽃이 하늘을 향해 피어올랐다.

만세소리도 여기저기서 들려왔다.

오후 6시가 지나자 횃불은 뒤쪽의 병풍산 위에서도 또 멀리 애보재산까지 번졌다. 온 산이 그리고 온 세상이 불바다였다. 만세소리와 함께 장대한 불덩어리가 흔들렸다. 그것은 모든 어둠을 집어삼킬 듯이 산을 흔들어 놓았다.

산머리가 대낮같이 밝아왔다. 일제의 강압에 움츠렸던 기운들이 되살아났다. 만세소리가 더욱 크게 들려왔다. 이산 저산에서 만세소리가 들렸다.

지축을 흔들만큼 큰 소리였다. 산을 뛰어다니는 불덩어리가 춤을 추었다. 하늘로 날아올랐다. 땅으로 내려앉았다. 활기가 산을 움직였다. 오후 7시가 지나면서 면사무소가 있는 조금리 뒷산에서도 봉화가 올랐다. 주민 70여 명이 산에 올라 불을 놓았다. 횃불이 산을 태웠다. 한 손에는 횃불을 다른 손에는 태극기를 들었다. 만세 소리를 외치며 뛰어다녔다.

불꽃들이 이리 저리로 옮겨 다녔다. 연신 춤을 추었다. 조금리 뒷산이 살아서 움직였다. 커다란 불덩어리가 일어나 춤을 추었다. 조선의 독립을 응원했다.

천의 장터를 뒤흔들었던 함성이 다시 울렸다. 불길은 대호지를 건너 서산으로도 번졌다.

조금리 산 위에서 대호지 건너로 보이는 시르산에서도 불길이 피어올랐다. 불길은 더욱 번져 서산군 성인면 갈현리에서도 횃불이 돌았다. 성왕산이 온통 불바다로 변했다. 이산 저산이 전부 횃불바다가 되었다.

밤 10시가 되어가자 정미면 수당리 봉화산에서도 봉화가 올랐다. 300여 명의 수당리 주민들이 들고 일어났다. 산머리가 횃불곤죽으로 변했다. 산머리에서 피어올린 불꽃이 늦은 밤하늘을 밝히며 주민들의 분노를 샀다.

　봉화산은 조선시대 해미면 봉화대와 당진현 고산 봉화를 연결하는 주요 길목이었다. 산이 높고 주변의 경계가 트여 불빛이 멀리까지 비쳤다.

　일제는 주동자 검거에 혈안이 되어 이산 저산으로 뛰어다니며 총을 쏘아댔다. 미친놈들이 따로 없었다. 어둠을 향해 장총을 쏘며 허공으로 피어오르는 불꽃을 쫓아다녔다. 그날 밤에 정미면 주민 한명이 살해당했다. 지역 민심이 흉흉했다.

　일제는 서둘러 시위 가담자들을 잡아들였다. 모두 발갛게 충혈된 모습이었다. 혼이 빠져 있었다.

　만세소리만 들리면 총부리를 겨누었다. 죽기 살기로 주민들을 잡아들일 기세였다. 주민 검거를 위해 매일같이 헌병 트럭이 면내를 돌아다녔다.

　더 많은 사람들이 죽거나 상했다. 하지만 횃불은 시들지 않았다. 산에서 피어오르지 않으면 주민들의 마음속에 피어올랐다. 하지만 독립에 대한 주민들의 열망을 뒤로하고 산을 뒤덮은 어둠처럼 일제의 군화발이 몰려오고 있었다.

10. 모든 것을 내가 했다

□ 지독한 고문

조사는 몇날 며칠 계속됐다. 거명되는 사람들을 서로 맞춰보고 빼기를 반복했다. 조사가 도를 더해 가면서 주민들의 불안감도 깊어갔다. 언제 닥칠지 모를 폭풍에 대한 두려움으로 떨고 있었다. 문 밖을 나서는 것도 공포였다.

조사는 4월 20일이 지나도록 계속됐다. 조사가 시원치 않게 풀리자 그들은 포목장사를 마을에 풀었다.

포목장사는 말이 장사였지 일제의 앞잡이들이었다. 그들은 행상으로 광목을 지고 다니며 집집마다 염탐했다. 남정네가 없는 집에 들어가 아녀자들을 괴롭혔다.

'남편이 어딜 갔느냐?'
'왜 집을 비웠느냐?'

'시위에 가담하고 도망간 것은 아니냐?'
'밤에는 들어오는 것 아니냐?'
부녀자만 있는 것으로 확인되면 행패를 부리고 못된 짓을 했다. 심지어 겁탈을 하는 경우도 있었다. 거사를 빌미로 이웃들에 대한 동정을 살피며 돌아다녔다.
제대로 대답을 하지 않으면 폭행을 하기 일쑤였다. 그렇게 수집한 정보를 고등계 형사에게 보고하면 그것을 기본으로 만세 운동 참가자를 색출했다. 때문에 부역에 나섰던 모든 주민들이 줄줄이 불려가 괴로움을 겪었다.
마을 사람들 가운데 매를 맞지 않은 사람이 없었다. 말을 제대로 하지 않는다고 때렸다. 거짓말을 한다고 폭행했다. 혐의점이 조금이라도 보이면 손가락을 비틀었다. 거꾸로 매달아 고춧물을 부었다. 아는 것을 털어놓지 않을 도리가 없도록 만들었다.
형이 가벼운 사람들은 경찰서에서 즉결 처분으로 끝냈다. 하지만 즉결 처분이란 것이 태형이었다. 태형은 단시간에 형기를 마치는 것이지만 그 또한 만만한 형이 아니었다. 태형은 그 자체로 반죽음이었다.
일제의 헌병과 경찰은 1912년 3월에 발령된 조선 태형령을 따르고 있었다. '조선 사람은 매를 맞아야 잘한다'는 소리도 이때부터 나왔다.
3개월 이하의 징역이나 구류에 해당하는 사람과 100원 이하의 벌금에 처할 만한 사람은 즉결 처분했다. 형 1일과 벌금 1원을 태 1대로 환산하여 집행했다.
즉결 처분권은 경찰 서장과 헌병 분대장 이상이 가지고 있었다. 재판을 거칠 필요도 없었다. 단 태형령은 조선인들에게만 적용한다고 규정했다. 때문에 일제는 걸핏하면 태형을 적용했다. 태형은 매로 피의자라고 판단되는 사람을 때리는 형이었다.

조선 태형령에서 매는 소의 음경을 사용하여 만들도록 규정했다. 우신혁편이었다. 주민들은 그것을 우신매 혹은 소좆매라고 불렀다.

일제는 매 끝에 납을 달아 매를 맞으면 살이 파고들었다. 반복적으로 매를 맞으면 살이 찢어졌다. 매를 맞다 기절하는 예도 많았다. 그때는 매를 멈추고 깨어나면 다시 매를 쳤다. 또 형장에는 마실 물을 비치하도록 했다. 수형자가 울거나 고통을 호소하며 부르짖을 때는 물에 적신 천을 입에 물리도록 했다.

사망자가 생기면 죽은 사람의 본적지 면장에게 통지할 것을 권했다. 여기서 권했다는 것은 통지하지 않아도 된다는 의미였다. 매를 맞다 죽으면 본적지 면장에게 알리면 그만이었다. 그렇게 하지 않고 공동묘지에 묻으면 그것으로 끝이었다. 가족이 망자를 찾아가거나 혹은 버리면 그것으로 한 사람의 생이 마감됐다.

왜놈들에게 있어 조선인의 삶이 얼마나 하찮았는지를 보여주는 극명한 예였다. 동물이나 다를 바 없었다.

태형은 신체에 고통을 직접 가하는 형이었다. 수형자를 형판에 엎드리게 한 다음 두 팔과 두 다리를 묶고 볼기를 벗겨 매질을 했다.

처벌조항도 87개에 달했다.

유언비어나 거짓말을 하는 사람도 태형으로 처분했다. 전신주 근처에서 연을 날려도 태형의 대상이었다. 타인의 밭을 가로질러 건너는 것 역시 태형 감이었다.

　일제의 해석에 따라 어떤 언행이라도 헌병 경찰이 필요하다고 생각하면 태형을 쳤다. 게다가 반항의식을 가졌다고 판단하거나 일본인에게 공손하지 않다고 생각하는 경우에도 태형을 쳤다.

　그들의 기분을 거슬리게 하는 경우도 태형이었다. 이런 상황이라 끌려 간 주민들은 거의 모두 매를 맞았다.

　일제는 만세 시위로 형무소가 부족하자 많은 사람들을 즉결 처분으로 태형에 처했다. 또 헌병 경찰의 권위를 세워 조선 사람들의 반항을 현장에서 잠재우기 위해 즉결 처분권을 남발했다.

　대호지 주민들이 이 태형령의 희생물이 되고 있었다.

　취조에서 가장 어려운 일은 아는 걸 모른다고 대답하는 거였다. 잘 아는 사람에 대해 이실직고 하라고 물으면 그만큼 어려운 게 없었다.

　머리를 굴리고 묘책을 짜보아도 신통치 않았다.

　남주원에 대한 문초가 그랬다. 송재만은 그와 관련된 질문에는 무조건 모른다고 대답하고 싶었다. 하지만 그게 그렇게만 되는 게 아니었다.

　유생들과 관련된 심문을 받으면서 실감했다.

　그날은 취조실에 작은 화로가 들여져 있었다. 숯불을 지핀 화로에 작은 인두도 꽂혀있었다. 숯불 특유의 향이 그득하게 고여 있었다. 열기가 화끈거렸다.

　형사는 숯불에 단 인두를 꺼내 책상 모서리에 문질렀다. 희푸른 연기가 순식간에 피어올랐다.

그는 취조 의자에 앉은 송재만을 노려보며 빙긋이 웃었다. 그 웃음이 역겹고 더러웠다. 송재만은 무엇을 의미하는지 알고 있었다.

"오늘은 좀 특별한 걸 물어보겠어."

형사는 혼자 중얼거리듯 말하며 취조철을 폈다.

"남주원.
생년월일, 1893년 10월 3일. 26세.
주소, 대호지면 사성리 260번지.
대호지면 남병사 댁 소유주, 알지?."

형사는 송재만의 눈을 뚫어지게 들여다보며 물었다. 눈길을 돌릴 수도 없었다.

"이번 소요에서 그의 역할이 뭐여?"

그는 인두를 들고 다시 책상 모서리를 지졌다. 희푸른 연기가 엷게 올라왔다.

그가 원하는 만큼 알맞게 식어가고 있었다. 그는 인두를 자신의 얼굴 근처에 가져갔다. 순간 놀란 듯이 눈을 뜨며 인두를 뗐다. 아직 너무 달아있던 모양이었다.

"솔직히 한 게 없시유. 친구처럼 지내지만 시위에 참여했는지도 몰러유."

"이 새끼야. 그만햐. 나도 지쳤다……. 좀 솔직해질 수는 없는 겨?"

형사는 도리어 그를 달래듯이 말했다. 패고 고문하고 모진 형을 가했지만 송재만이 호락호락하지 않자 도리어 그를 회유하는 듯했다.

"사실이니께."

송재만은 퉁명스럽게 대답했다.

"좋아. 그러면 하고 싶은 말을 주절거려봐."

형사는 가소롭다는 눈빛으로 그를 노려봤다. 곧이어 송재만의 뒤로 돌아가 그의 상의를 거칠게 벗겨 올렸다. 맨살이 드러나자 인두를 천천히 가져갔다.

화끈한 열기가 등에 느껴졌다.

송재만은 순간적으로 몸을 앞으로 당겼다. 하지만 양팔과 다리가 의자에 묶여있어 전혀 움직이지 못했다. 윗몸만 뒤틀었다.

"내가 꼬드겼시유. 애초에 독립이니 시위니 하는데 관심이 없는 사람이우. 알다시피 그는 늘 넉넉하게 살았잖수. 일본에 협조하면 앞으로도 넉넉하게 잘 살것인디. 왜 그가 스스로 시위에 가담했겠시유."

"……."

그는 남주원에 대해 방어하고 있었다. 그가 비굴할 만큼 비협조적이었다는 것을 강조하는 게 그를 돕는 일이었다.

"좋아. 친구를 위해 둘러대는 거 알어. 하지만 말이여. 다른 놈들이 다 불었어. 거짓말해도 소용없어. 이번 시위주도자라고 다 불었단 말이여."

형사는 다시 인두를 그의 등 근처에 가져갔다. 역시 화끈한 열기가 밀려왔다.

"몰라서 하는 말이유. 내가 주도했는데 어떻게 그들이 알겠시유. 내가 모두 주도했다고 말하는 사람이 있시유? 나만 알고 있는 거유. 다른 사람들은 몰러유. 그들은 겉만 보고 하는 소리유."

송재만은 둘러댔다.

"왜 너만 감싸고 도는 거여?"

그는 더욱 의구심이 든다는 투로 물었다. 그리고는 들고 있던 인두로 지긋이 송재만의 등을 지졌다. 지지직 소리를 내며 거친 연기가 피어올랐다. 뜨거운 열기가 심장 속으로 파고드는 느낌이었다. 몸서리치도록 고통스러웠다.

송재만은 이를 깨물고 눈을 감았다. 참는데도 한계가 있었다. 이를 깨물고 또 깨물었지만 고통소리가 비어져 나왔다.

"으으윽……."

몸을 비틀고 뒤흔들었지만 소용이 없었다. 사내는 인두를 들고 지긋이 등어리를 비볐다. 거친 연기와 고약한 냄새가 취조실 안을 가득 메웠다. 두발을 동동거려 봤다. 고통이 가시지 않았다. 온몸이 사시나무 떨 듯이 떨렸다.

송재만은 눈물조차 나오지 않았다. 뜨거운 열기가 심장을 녹이며 폐속으로 파고들었다. 연신 거친 숨을 토해냈다. 불덩어리가 가슴속으로 밀려들어 온 느낌이었다.

가슴 속에 불이 번지고 있었다. 온 몸을 뒤흔들었다. 온 몸이 속에서부터 열기에 녹아내리는 기분이었다. 송재만은 더욱 다급하게 호흡을 몰아쉬었다.

"후, 후, 후, 후……."

정신이 혼몽해졌다. 모든 것이 하얗게 변했다. 그는 정신을 놓고 말았다. 아무런 기억이 없었다. 하얀 구름 속으로 날아가 버렸다.

그가 정신을 차렸을 때는 온몸이 물에 흥건하게 젖어 있었다.

바닥이 물바다로 변해 있었다. 빈 양동이만 발 아래 놓여 있었다.
 게다가 볼을 얼마나 맞았는지 퉁퉁 부어 있었다. 눈을 희미하게 떴다. 역시 취조실이었다.
 "이제 정신이 드는 모양이지. 나는 호락호락하지 않어. 그렇게 생각하면 실수여. 알것어?"
 그는 책상 앞에 앉아 다시 물었다.
 "감싼다고 되는 게 아녀. 네놈이 사람을 잘못 본 거여."
 그는 맥을 놓고 있던 송재만의 고개를 뒤로 젖혔다. 감싸는 게 아니다. 그는 인품이 넉넉하고 훌륭한 사람이다. 그를 끌어들이지 마라. 이번 일과 무관하다. 개인적으로 친구지만 존경할 만한 사람이다. 그의 인품을 믿는다. 송재만은 이렇게 말하고 싶었다. 하지만 혀가 움직이지 않았다. 그냥 멍하게 눈만 뜨고 있었다. 실성한 사람처럼 그렇게 앉아 있었다.
 "너는 정신 이상자여. 이렇게 당하면 불만도 헌디.……그래 네 말대로 허자. 어떻게 꼬드겼다는 거여?"
 "………."
 아무 말도 할 수 없었다. 고통이 앗아간 상처에 영혼마저 묻어 가버렸다. 혀를 빼물고 그렇게 멍하게 앉아 있었다.
 "좋아. 네가 하고 싶은 말을 내가 하것다. 남주원이 경비를 지원헸지."
 송재만은 말없이 고개를 가로저었다. 그조차 힘들었다.
 "협박."
 희미하고 짤막하게 말했다. 그 한마디조차 힘겨웠다.
 "그럼 경비를 지원하라고 협박했다?"

송재만이 고개를 끄덕였다.
"좋아. 그렇다고 치자. 그래서 얼마를 받은겨?"
"술. 떡."
송재만은 고통을 참으며 겨우 말을 내뱉었다. 독을 쓰면서 말하고 싶었지만 그조차 힘겨웠다. 숨을 쉬는 게 고역이었다.
"술과 떡을 해주었다는 거여?"
"직원들과 나누어……."
말을 줄였다. 솔직히 송재만은 남주원을 친일파로 몰 생각이었다. 그에게 주어질 피해를 최소화시키기 위해 친일적 행위를 거짓으로 토로할 작정이었다.
이번 일에 경비를 지원하지 않으면 재산을 지킬 수 없도록 하겠다고 했으며 성공하면 재산을 지키지 못하게 만들 거라고 협박했다고 고할 계획이었다.
주민들을 동원하여 민족의 반역자로 몰겠다고 겁박했다. 그래서 지원받은 게 고작 술과 떡 약간이오. 그것만 봐도 그가 얼마나 비협조적인지 알 수 있지 않겠느냐고 말하려했다. 하지만 그 모든 것이 허사였다.
숨을 쉬는 것조차 버거운 마당에 말을 이어 나간다는 게 어려웠다. 혼자 생각일 뿐이었다.
형사는 송재만의 말을 전혀 믿지 않는 눈치였다. 다른 사람들이 진술한 내용만으로도 충분히 입증이 되는데 굳이 그에게서 찾지 않았다. 확인만 하는 정도였다. 단답형으로 예나 아니오를 요구하는 경우가 많았다. 하지만 송재만은 적극 해명하고 싶었다.그럴 때마다 형사는 인두로 송재만의 등을 지졌다.

스스로 만들어 놓은 답에 원하는 내용의 토설을 요구했다. 인두는 어떤 고통보다 심했다.

도저히 인간으로서는 참지 못할 쓰라림이었다. 입을 열기조차 힘든 아픔이 온 몸을 휘감았다. 수시로 몸에 경련이 일었다.

형사는 이인정 면장에 대해서도 다시 물었다.

"이인정 면장과 상의를 한 적이 있는겨?"

"……."

정신이 혼몽했다. 아무 말도 할 힘이 없었다.

"면장과는 특별한 관계란 말이 많은데. 이를테면 개인적인 정보수집책이라고나 할까 말이여."

"……."

말없이 고개만 가로저었다.

"그럼 이번 시위에서 이 면장이 어떤 역할을 했다고 보는겨, 그가 왜 앞장을 선 거여?"

형사는 수시로 조사철을 뒤적이다 힐끔거리며 재만을 노려봤다. 여전히 고개를 가로저었다.

"면장은 한 일이 없다. 그는 이번 사건과 무관허다. 면민들의 압력에 못 이겨 동참혔다. 시위가 있던 날도 면민들이 해코지를 하겠다고 겁박을 받았고 그걸 못이겨 시위에 동참혔다. 이거여?"

형사가 송재만의 얼굴에 바짝 자신의 얼굴을 들이대고 말했다.

"그류……."

송재만은 그제야 천천히 고개를 끄덕이며 개미 소리 만하게 대답했다. 그는 자신이 그를 떠밀어 앞에 세웠다고 말하고 싶었다. 그를 앞세우면 만세시위가 활기를 띨 걸로 생각하여 이 면장을 앞에 세웠다고 둘러 댈 생각이었다.

그러고 싶어 하지 않는 것을 자신이 겁박하여 앞장 세웠다고 말할 작정이었다. 하지만 그게 쉽지 않았다. 눈을 희멀겋게 뜨고 맥을 놓은 채 그렇게 앉아 있었다.

"딴 놈들이 다 불었는데 또 거짓말이여?"

형사는 송재만의 얼굴을 쳐들며 신경질적으로 물었다.

"……."

송재만은 그냥 앉아 있었다. 그는 내심 각오를 했다. 지금 들어가면 언제 나올지 모를 일이었다.

어떤 형벌이 떨어질지 모를 판이다. 이 마당에 꽁무니를 빼기는 싫었다. 자존심이 허락하지 않았다.

전부 자신의 주도로 이루어졌다고 했다. 하지만 형사는 그렇게 듣지 않았다.

그는 인두로 송재만을 지지고 또 지졌다. 자신이 생각하는 실체적 진실이 밝혀질 때까지 그를 괴롭히겠다는 심산이었다. 인두질에 등짝이 날아간 느낌이었다. 너무나 큰 고통이었다. 까무라치길 여러 번 했다. 그럴 때마다 양동이로 찬 물을 들이부었다. 그래도 그가 깨어나지 않으면 손바닥으로 볼이 붓도록 때렸다. 그렇게 죽을 고통을 몇 차례 반복했지만 심문은 계속됐다.

형사는 유생들에 대해서도 물었다.

"우선 몇 가지만 묻것다. 쉽게 가자."

"……."

"남상돈, 생년월일, 1888년 12월 9일, 32세, 대호지면 도이리 430.

남상락, 생년월일, 1892년 7월 26일, 28세, 대호지면 도이리 423번지,
　남상은, 생년월일, 1894년 2월 21일, 26세, 대호지면 도이리 57번지,
　남상직, 생년월일, 1895년 3월 10일, 25세 대호지면 도이리 285번지,
　남상집, 생년월일, 1890년 5월 5일, 29세, 대호지면 도이리 390번지."

그는 동지들의 이름을 하나하나 나열했다. 그리고 곧이어 물었다.

"이자들도 모르지는 않것지."

"……."

송재만은 겨우 고개를 끄덕거렸다.

"모두 도호의숙 출신 유생들이여. 이자들이 누구의 지시를 받았나?"

　형사는 콧대 높은 유생들이 누구의 지시로 이렇게 한 사람처럼 움직였는지를 캐물었다.

"내가……."

송재만은 희미한 목소리로 입을 열었다.

"네 지시를 받았다는 말이여?"

송재만은 이빨을 깨물었다. 눈에서 불이 흘렀다. 당장이라도 형사를 죽이고 싶었다. 하지만 마음뿐이었다. 자신의 몸을 가누는 것조차 힘겨웠다.

"네놈과는 신분이 다른 자들이여. 그런데 어떻게 네놈에게 꼬

임을 당해서 나왔다는 거여. 네놈은 상놈에 면사무소 소사여. 저들은 명문 대가의 콧대 높은 양반 놈들이여."

형사는 송재만의 마지막 자존심을 짓이기고 있었다. 짓밟다 못해 갈기갈기 찢고 있었다. 털끝만한 존재마저 부인하고 있었다.

"내가 협박……."

송재만은 피눈물이 솟구쳤다. 이를 깨물며 고함을 질렀다. 고문보다 더 참기 힘들었다. 마지막 남은 자존심을 갈기갈기 찢었다. 알량하다지만 그것은 송재만이란 그 자체였다.

"협박? 협박을 했다고?"

찢어진 눈이 옆으로 돌아갔다.

"……."

송재만은 눈을 똑바로 뜨고 솟구쳐 오르는 분노를 토설하고 싶었다. 악밖에 남지 않았다.

"유생들은 김좌진의 밀명을 받고 움직인 거란 얘기가 있어. 도이리 남상은이 그 끄나풀이여. 만주에 있는 불순분자들의 밀명을 받고 이번 일에 참여한 거여. 단순한 소요가 아니여. 분명 악질반동인 김좌진 패당과 연계가 되어있어. 나는 그 첩보에 확신을 가지고 있단 말이여."

"……."

"그래서 그들이 숨도 쉬지 못하고 나선 거여. 김좌진의 지시에 따라 움직였단 말이여. 그렇지 않으면 유생들이 일시에 저토록 일사분란하게 움직이지 않어. 냄새가 난단 말이여."

"……."

혼자 주절거렸다. 송재만은 귓등으로 들었다. 일고의 가치도 없는 소리였다.

"몰러."

기어 들어가는 목소리로 말했다. 그가 가장 잘 할 수 있는 말은 그것 뿐이었다. 형사는 송재만을 인정하지 않았다. 그는 평민이었고 유생들은 양반이었다. 양반들이 평민인 송재만의 말을 듣지 않았을 거라 확신하고 있었다. 송재만을 앞세웠지만 유생들 가운데 주모자가 있다고 믿고 있었다. 그 답을 원했다.

"내가 했다. 모두……."

너무 힘들었다. 고타도 그렇고 취조도 그랬다. 혀를 깨물고 죽고 싶다는 생각도 했다. 하지만 그러면 저들에게 승복하는 거라 죽을 수가 없었다.

4월 23일 아침.

일시에 헌병들과 무장 경찰들이 대호지로 몰려왔다. 그들은 면사무소에 진을 치고 참가자들의 검거에 본격적으로 나섰다.

이인정 면장은 사성리 510번지 자신의 집에서 감금된 채 생활하다 연행됐다.

남주원은 사성리 남병사 댁의 사랑채에서 체포됐다. 남상돈은 남상락, 남상집과 함께 도이리로 찾아온 일본 헌병대에 끌려갔다. 이들 외에도 이날 함께 검거된 인원이 123명이나 되었다.

이후에도 헌병들은 트럭을 몰고 대호지면을 돌며 주모자들을 잡아들였다.

산으로 들로 도망가는 사람들도 있었지만 헌병들의 추적을 피하기는 어려웠다. 결국 이들은 호되게 매를 맞고 붙잡혀 경찰서로 호송됐다.

이들에게 적용된 죄명은 보안법 위반과 소요죄였다.

대호지면은 다시 폐허가 됐다. 집집마다 곡소리가 쏟아져 나왔다.

헌병들은 연신 트럭에 주민들을 태우고 서산경찰서로 실어 날랐다.

연행된 주민들에 대한 조사를 통해 새로운 이름이 나오면 그들을 다시 연행해서 조사했다. 이런 형식으로 거의 모든 주민들이 조사를 받았다. 그리고 이날부터 대대적인 검거령이 내려졌다.

조서에서 이름이 겹쳐지거나 주민 진술만으로 혐의가 확인되는 경우는 가차 없이 잡아들였다. 도리어 불려가지 않은 주민들이 불안을 느꼈다. 언제 불려갈지 몰라 전전긍긍했다. 일찍과 늦음의 차이일 뿐. 거의 모든 주민이 불려갔다.

5월 12일에는 조금리 행동대원 김금옥과 김장안이 체포됐다.

밤과 낮을 바꾸어 산으로만 돌아다녔던 송전리 최정천도 5월 14일 검거됐다.

민재봉 서기는 그길로 자취를 감추었다. 그가 어디에 있는지 아는 사람이 없었다. 조금이라도 혐의점이 있다고 판단되는 주민들은 서산경찰서로 불러들여 매질하고 손가락을 비틀고 팔을 뒤로 꺾었다.

서산경찰서는 거의 매일 대호지 주민들의 고문과 취조로 아수라장이었다.

그들은 모든 것을 털어놓을 때까지 괴롭혔다.

▫ 취조실의 울분

"대호지면 조금리. 행동대원 보조……."

송재만은 그 말을 듣는 순간 맥동이 빨라졌다. 얼굴에 혈압이 오르는 느낌이었다. 시게루를 대신해 들어온 조사관은 경찰에서 검찰에 파견된 순사였다. 그는 한동안 자료를 뒤적거리다 자신이 찾고 있던 것을 찾은 듯이 손을 멈췄다.

"여기 있구먼. 김순분, 23세."

재만은 가슴이 덜컹 내려앉았다.

"조금리 행동대원 보조에 이 계집이 맞지?"

송재만은 그녀의 이름을 듣는 순간 살이 떨렸다. 눈앞이 캄캄해졌다. 아무 생각도 나지 않았다. 그냥 멍하게 앉아 있었다. 그동안 내심 제발 그 이름만큼은 불리지 말기를 간절히 바라고 있었다. 그동안 한 번도 그녀에 대해서는 거론하지 않았다. 그런데 이제 와서 그녀를 거론한 건 누군가가 그녀를 실토한 탓이었다.

"몰러. 그녀는 조금리에 살고 있는 주민으로 알고 있는 것뿐이여. 내가 조금리를 담당했으므로 그가 조금리에 산다는 거만 알고 있는겨."

송재만은 둘러댔다.

"그려? 잘 몰러. 다른 놈들은 그 계집이 조금리 행동대원 보조라고 분명하게 진술했는데."

"아니여. 그런 대원은 없어. 내가 행동대장이여. 행동대원을 내가 발탁했는데 왜 내가 모르것어. 조금리는 내가 직접 맡았어. 그리고 그렇게 연약한 여자를 행동대원 보조로 누가 쓰것어. 조금만 생각해도 그것이 거짓이란 걸 금새 알 거여."

송재만은 있는 힘을 다해 항변했다.

"네놈은 맞아도 모른다. 더 당해도 모른다. 정말 독한 놈이여."

"내가 모르니까 모른다는 거여. 알면서 모른다고 허것나. 죽을지 살지 모르는 이 마당에……."

송재만은 순사의 눈을 뚫어지게 들여다보며 소리쳤다. 의도적이었다. 사실 송재만은 그녀에게 시위에 동참하지 말기를 당부하고 또 당부했다. 시위가 있기 며칠 전날도 이번 거사에는 절대 참여치 말라고 신신당부했다.

그런데 그녀가 시위대를 따라 천의 장터까지 왔다는 걸 장터에 가서야 알았다. 수백 명이 움직였으므로 개개인을 살피지 않은 게 스스로의 불찰이었다.

송재만이 태극기를 들고 장터를 뛰어다니다 군중 속에 숨어 있던 그녀를 발견했다.

"순분이. 당신이……."

깜짝 놀랐다. 그녀가 따라오리라고는 상상치도 못했다. 거사가 있기 전에 수차 참여하지 말라고 당부했던 터였다.

송재만은 시위를 멈추고 그녀 가까이로 다가갔다.

"따라간다고 했잖여……."

그녀는 고개를 떨구며 말꼬리를 흐렸다. 그게 전부였다. 지옥까지라도 따라 오겠다는 그녀의 결심은 오래 전에 서 있었다. 평생을 함께하기로 언약한 날 그런 말을 했었다.

그럼에도 이번 만큼은 따라 나서지 말라고 일렀다. 혹여 자신이 잘못되면 고향을 지켜야 돌아오지 않겠느냐고 빌다시피했다. 자신의 앞에서는 그러겠노라고 했다. 그런데 천의 장터에서 만났으니 얼마나 황당했겠는가.

"그래도 그렇지……."

송재만은 어쩔 도리가 없었다. 이미 엎질러진 물이었다. 한편으로 걱정스럽고 다른 한편으로 사랑스러웠다. 손이라도 잡아주고 싶었다. 하지만 많은 사람들이 독립의 열망에 휩싸인 분위기라 그러지 못했다.

그냥 씨익 웃어주었다. 그녀도 볼을 붉히며 어색하게 웃었다. 눈빛만 뜨겁게 스쳐갔다. 그녀는 눈빛으로 그에게 자랑스럽다는 말을 건넸다.

송재만의 가슴이 더욱 뜨겁게 달아올랐다. 그는 두 팔을 높이 쳐들고 시장을 향해 내달리며 조선독립만세를 외쳤다.

그랬던 그녀의 이름이 조사실 순사의 더러운 입을 통해서 나오다니. 놀라지 않을 수 없었다. 하늘이 무너지는 기분이었다. 어깨가 축 쳐졌다.

"순분이는 아녀."

송재만은 버럭 고함을 질렀다. 화가 갑자기 치밀어 올랐다. 비록 손발이 묶인 상태였지만 눈을 똑바로 뜨고 대들고 싶었다.

"아니 이 새끼, 또 미쳐 발작을 하는 거여?"

순사는 자신이 가지고 있던 우신혁편으로 그의 얼굴을 후려갈겼다. 살이 묻어나는 통증이 또다시 그를 괴롭혔다.

순사는 잠시 식식거리더니 곧이어 매를 들어 재만의 등짝이고 다리고 닥치는 대로 때렸다. 그는 뒤로 팔이 묶인 채 발버둥쳤지만 소용이 없었다.
 무방비 상태로 맞는 방법밖에 달리 피할 도리가 없었다. 뼈 속으로 파고드는 통증이 예리하게 밀려들었다. 온몸을 움츠리고 그가 멈추기만을 기다렸다.
 "이 새끼는 간간이 나를 미치게 만들어. 개새끼."
 순사는 한참 난리를 쳤다. 숨이 차오르자 그제야 매질을 멈추었다. 송재만도 실신 직전이었다. 고통과 함께 피로가 몰려왔다. 죽고 싶었다.
 차라리 죽는다면 고통은 없을 거란 생각이 들었다. 그래도 그녀를 생각하면 그래서는 안 될 일이었다. 눈을 감았다.
 "오늘은 죽기 아니면 살기여."
 순사는 자신의 윗도리를 벗어 젖혔다.
 "네놈에게 하명을 내린 주동자가 누구여. 남주원이지."
 "아니여."
 송재만은 눈을 감고 기어들어가는 소리로 겨우 대답했다.
 "오늘 말하지 않으면 말이여. 네놈의 머리 가죽을 벗기것어."
 "아니여."
 송재만은 눈을 감고 어물거렸다.
 "이 새끼가."
 순사는 칼날이 시퍼런 군도를 송재만의 목에 들이댔다.
 "정말 네 머리 가죽을 벗길 거여. 사실대로 말혀."
 "아니여. 정말 아니여."
 "아니 이런 개새끼가. 남주원이 배후지. 남주원이 모든 자금을 댔잖여."

"……."

재만은 입을 열지 않았다.

순사는 날카로운 칼로 송재만의 목에 칼 자죽을 냈다. 선혈이 목을 타고 흘러 내렸다. 온통 피투성이였다. 때에 찌든 수의가 금방 핏빛으로 변했다. 앞가슴에도 미지근할 선혈이 흘러내렸다. 하지만 송재만은 도리어 시원했다. 차라리 죽여준다면 고통에서 해방될 수 있을 거란 생각마저 들었다.

"죽여라. 제발. 죽여."

재만은 있는 힘을 다해 바락바락 소리를 질렀다. 이렇게 사느니 죽는 편이 나았다. 스스로 죽음을 선택하면 비굴한 도피였다. 하지만 이자들에 의해 죽는 것은 도리어 당당함이었다. 차라리 죽여주길 희망했다. 목을 더 깊이 내밀었다.

"목을 잘라라."

송재만은 눈알을 부라리며 그자를 노려봤다. 묶인 손을 풀 수만 있다면 그 칼로 그자의 목을 따주고 싶었다. 같은 조선인으로 이토록 모질게 구는 작자들을 하나도 남김없이 쓸어버리고 싶었다.

영어의 몸이라 어쩔 도리가 없었지만 분노가 가슴을 저몄다. 동시에 죽는 한이 있어도 끝까지 남주원은 지켜주고 싶었다. 그가 친구여서가 아니라 동지였다. 그와 함께했던 시간들이 아름다운 추억이 되어 희미하게 사라져갔다.

송재만의 옆방에 늙수그레한 노인이 취조실 한가운데 앉아 있었다. 양팔이 의자 뒤로 묶인 채였다. 옴짝달싹도 못했다. 헝클어진 머릿속에서 선혈이 흘러냈다. 옷은 찢기고 겨드랑이가 터져 남루했다.

심악한 폭행에 얼굴이 퉁퉁 부어 있었다. 입술은 터져 부풀어 올라 있었다. 한쪽 눈은 일그러져 앞이 보이지 않았다. 모진 취조에 지쳐보였다. 온몸이 물먹은 빨래처럼 축 처져 있었다.

조사관은 길게 담배 연기를 들이킨 뒤 노인의 얼굴에 '훅'하고 뿌렸다. 한쪽 발을 의자에 올려놓고 무릎 위에 팔굽을 괴고 있었다. 연신 담배 연기를 빨아 노인의 얼굴에 토했다. 역겨운 냄새가 입에서 풀풀 풍겼다. 매서운 인상으로 미뤄 그가 악질 앞잡이란 걸 한눈에 알 수 있었다. 그는 다시 길게 담배 연기를 빨아들인 다음 이번에는 노인의 코앞에 훅 하고 불었다. 노인은 연기가 싫어 고개를 이리저리 흔들었다.

그는 다시 취조를 시작했다. 누가 이번 거사를 처음으로 모의했느냐고 따져 물었다.

"면장 좋아하시네. 여기는 그런 거 필요 없어. 순순히 불어. 그래야 서로 좋은 거 아녀?"

조사관은 반말로 문초했다. 말끝을 씹고 있었다.

"내가 했다. 내가 면장인데 누가 했겠느냐 이놈아."

노인은 있는 힘을 다해 고함을 질렀다. 하지만 목소리가 밖으로 새어나오지 않았다. 그들이 목을 짓이겨 놓았으므로 말을 토하는 게 쉽지 않았다.

"이 늙은이야. 너 같은 늙은 놈이 무슨 주도를 했다고 그려. 이번 일은 젊은 놈들의 소행이여."

조사관은 짜놓은 틀에 노인의 말을 맞출 생각이었다. 입씨름하기도 싫었다.

"야 이놈아. 내가 자인 군수를 지낸 사람이다. 그런 내가 젊은 이들 밑에서 일했다는 거냐. 이놈. 너는 네 애비도 없느냐 이놈. 내가 면장인데 누가 나에게 일을 시켰다는 거여 이놈아."

노인은 찢어진 목청으로 바락바락 고함을 질렀다.

"군수, 면장, 똥 싸는 소리 하지마라. 네놈이 그런 자리에서 제대로 일했다면 오늘 여기 있겠냐? 좋아. 그럼 네놈이 이번 거사를 주도했다고 치자. 그러면 왜 그런 거냐?"

조사관은 노인의 턱을 받쳐 들며 물었다. 부어오른 눈두덩이 속으로 까만 눈알이 반짝였다.

"이놈아. 우리의 행위는 조선민족으로서 정의 인도에 기본하야 전개한 의지의 발동이다. 범죄를 저지른 것이 아니여. 이놈들아."

노인은 눈을 어렴풋이 뜨고서도 조금도 정신을 놓지 않았다. 뒤로 묶인 두 주먹을 불끈 쥐며 대들 듯이 고함을 질렀다.

"야! 늙은 놈이 노망을 해도 단단히 했네."

조사관은 노인의 헝클어진 머리칼을 잡고 일그러진 얼굴을 뒤로 젖혔다. 그리고는 젖은 수건으로 얼굴을 덮었다. 노인은 숨이 막혀 몸을 뒤흔들었다. 하지만 형사는 머리채를 잡고 고춧가루 물이 담긴 주전자를 노인의 얼굴에 들이 부었다.

"헉허어어 헉……."

노인은 다급하게 숨을 토한 다음 다시 들이켰지만 고춧물이 묻은 수건이 호흡을 차단했다. 모진 고통에 온몸을 부르르 떨었다. 가슴이 찢어지는 통증에 초죽음이 되었다. 형사는 그가 반죽음이 된 뒤에야 젖은 수건을 걷었다.

"으흡."
 노인은 깊은 숨을 들이켰다. 그리고 푸르르 온몸을 떨고 축 늘어졌다. 실신한 모양이었다. 형사는 노인을 발로 두어 번 찬 다음 움직임이 없자 취조실을 나갔다. 노인은 대호지에서 거사를 주도한 이인정 면장이었다.

▫ 송재만, 징역 15년 구형

1919년 10월 18일.
 공주 지방법원에 이른 새벽부터 낯익은 대호지 주민 몇몇이 모여들었다. 식구들과 마을 주민들에 대한 1심 재판이 열리기 때문이었다.
 그들도 모진 생활에 몸이 말이 아니었지만 더 가혹한 고통에 시달리던 가족들을 살피기 위해서였다.
 좁은 법정은 대호지 만세 시위 사건으로 끌려온 사람들이 앞자리를 채웠다. 방청석에는 가족들과 마을 사람들이 드문드문 자리를 메우고 있었다. 참으로 오랜만에 보는 얼굴들이었다. 살이라도 비비고 싶을 만큼 반가웠다.
 이인정 면장과 남주원, 남상돈, 남상락, 이대하, 한운석, 고수식……
 서로 손을 맞잡고 펄쩍펄쩍 뛰며 반기고 싶은 얼굴들이었다.

매일 같이 보고 보리밥술도 나누었던 이웃들이었다. 지나가면 그냥 보내지 않았을 이들이었다. 막걸리 한사발이라도 먹여서 보낼 사이였다. 하지만 이날 분위기는 무거웠다. 하나같이 초췌하고 어두웠다. 몰골들이 말이 아니었다. 얼마나 많은 고통을 당했던지 온전한 사람이 아무도 없었다. 깨지고 패이고 허물어져 있었다. 찡그린 표정마다 영혼의 두려움이 묻어 있었다.

송재만은 고개를 돌리고 돌아봤지만 하나같이 그를 외면했다. 모두 고개를 무겁게 떨구고 재판정 바닥만 내려다보고 있었다.

순분도 그들 속에 앉아 있었다. 그녀도 마찬가지였다. 곱던 얼굴에는 생채기가 나 있었다. 표정은 땅 속으로 녹아내리듯 허물어져 있었다. 그토록 아름답던 그녀였는데 모든 게 망가진 모습이었다.

재만은 그녀를 보는 순간 눈물이 왈칵 쏟아지려했다. 애써 참았다. 아는 체 하면 그녀에게 불이익이 돌아갈 수 있다는 생각에 외면했다. 그녀도 그래 보였다. 눈을 내리깔고 송재만과 눈을 맞추려하지 않았다.

하필이면 그녀와 함께 공판을 받는 현실이 못마땅했다. 그래도 도리가 없었다. 졸지에 죄인의 몸이 되어 밧줄에 묶인 채였으니 어찌하겠는가. 분통이 터져 올랐지만 속으로 삭혔다.

제일 앞 열 가운데 송재만이 앉았다. 양 옆으로 고수식과 한운석이 앉았다.

뒷 열에는 이대하가 가운데 앉고 남태우와 송무용이 양 옆으로 앉았다. 그 옆으로 이인정 면장이 앉아 있었다.

뒤로 적서리 고울봉, 마중리 연락책임자 권재경, 적서리 권주상, 조금리 행동대원 김금옥, 적서리 행동대원 김길성, 적서리 연락책 김부복, 조금리 행동대원 보조 김순분, 두산리 김양칠, 순사를 폭행한 김장안, 장정리 행동대원 김찬용, 사성리 행동대원 김형배, 순사 폭행에 가담하고 천의 주재소를 파손시킨 김팔윤이 앉아 있었다.

그 뒤로 송전리 남기원, 도이리 남상돈, 남상락 형제, 도이리 행동대원 남상은, 순사에게 짱돌을 던진 남상직, 남상집, 주먹돌로 주재소를 파손한 남용우, 도이리 행동대원 남윤희, 남병사 댁 주인 남주원, 주재소 파괴에 가담한 송봉숙, 신태희, 사성리 행동대원 안상춘, 송전리 원순봉, 주재소 파괴에 앞장선 도이리 이완하, 두산리 이춘응, 도이리 전성진, 송전리 천도교인 최정천, 조금리 홍월성이 수형번호를 달고 앉아 있었다.

남주원은 송재만과 눈이 마주치자 잠시 엷은 미소를 지어보였다. 일그러진 얼굴에 그 표정이 너무나 씁쓸했다. 송재만도 가볍게 목례를 했다.

남상돈과 상락 형제는 눈을 감고 가만히 앉아 있었다. 모든 것을 포기한 사람처럼 보였다. 고난의 나날이 그들을 피폐하게 만들어 놓았다.

온전한 구석이 없어 보였다. 얼굴에는 생채기가 얼룩처럼 묻어 있었다. 남상집과 상직, 이춘응도 멍하게 눈을 내리깔고 있었다. 숨소리도 온전치 않았다.

특히 이춘응은 제대로 앉아 있지 못하고 안절부절 몸을 흔들었다. 고난이 그를 그렇게 만들었다.

이인정 면장도 부풀어 오른 얼굴에 눈 끝이 무거웠다. 하지만 떳떳해 보였다. 나이와 달리 그는 당당함을 복장에 품고 있었다. 재만이 눈인사를 건너자 부드러운 눈빛으로 자신은 걱정 말라고 했다. 재만은 그것을 알아들었다.

다시 순분을 힐끔 돌아보았다. 그녀는 여전히 새파랗게 질린 얼굴로 고개를 숙이고 있었다. 가혹한 세월 속에 많은 이야기가 흘러가 버렸다는 걸 알았다.

가슴이 찢어지며 허물어져 내렸다. 벌떡 일어나 허공에 고함이라도 지르고 싶었다. 하지만 장중한 법정의 무게가 그를 억누르고 있었다.

숨을 쉬는 일조차 힘들었다. 눈을 감고 그녀가 왜 자신과 눈길조차 주지 않는지를 생각했다. 오죽하면 그러겠는가 하는 아련함이 가슴을 저몄다.

모든 이들이 숨을 죽이며 결정의 시간을 기다리고 있을 때 법원 서기가 판사의 입장을 알렸다. 모든 사람들이 자리에서 일어났다.

곧이어 키가 작고 얼굴이 납작하게 생긴 판사가 치렁거리는 법복을 입고 들어왔다. 그가 오만한 표정으로 중앙 단상에 앉자 '착석'하는 법원 서기의 구령이 떨어졌다.

모두 자리에 앉았다. 재만은 싫었지만 따랐다. 뒤를 휙 돌아보았다. 순분의 얼굴은 보이지 않았다. 거칠어진 손만 누군가의 손 사이로 보였다. 그것만으로도 만족했다.

판사가 서류철을 들췄다. 그제야 재판이 시작됐다. 오동나무 꽃무늬가 들어간 까만 법복을 입고 머리에는 구름무늬 모자를 쓴 검사가 논고를 시작했다.

검사는 먼저 송재만의 범죄에 대해 소상하게 적시했다. 거의 모든 시간을 그의 범죄 논고에 사용했다. 그를 악질 범죄자로 규정했다. 그리고 다시는 이 사회에 돌아오지 못하도록 격리시켜야 한다고 언성을 높였다.

두툼한 서류철을 한참동안 읽어 내려간 검사는 송재만에게 치안 방해죄와 공문서 위조 및 동행사 죄, 출판법 위반, 가택 침입죄, 강도죄 등을 적용했다.

그리고 고수식 한운석 등 이름을 나열하며 범죄 혐의와 적용 죄목을 일일이 적시했다.

검사는 논고가 끝나자 목소리를 더 높여 각자에 대한 형을 구형했다. 가장 먼저 구형한 이는 송재만이었다.

"피고인 송재만, 징역 15년……."

그 소리에 모든 이들이 눈을 동그랗게 뜨고 긴 한숨을 내쉬었다. 탄식소리가 여기저기서 터져 나왔다. 암울한 시국 상황을 미루어보면 15년은 종신형이나 마찬가지였다.

살아서 나온다는 보장이 없었다. 또 그 세월은 길었다. 사십을 넘기면 어른으로 대하던 때였다. 그런 상황에 15년 형기는 인생의 절반이었다.

하지만 재만은 웃고 있었다. 너무나 터무니없고 가소로운 일이라 생각했다. 그는 도리어 어깨를 단단히 펴고 똑바로 판사를 주시했다.

곧이어 도호의숙 훈장 한운석과 사성리 이장 고수식에 대해 징역 5년을 구형했다. 이번에도 한숨소리가 이어졌다. 고수식은 어깨를 축 늘어뜨리며 무너져 내렸다.

생각지 못한 구형의 무게를 이기지 못하는 눈치였다. 이대하에게는 징역 4년에 벌금 30원을 구형했다.

검사는 나머지 사람들에 대해서도 각기 1년 이상의 형을 구형했다. 비탄에 젖은 한숨소리가 여기저기서 쏟아져 나왔다. 울음을 터뜨리는 이들도 있었다.

그로부터 며칠이 지나고 선고 기일이 잡혔다.

10월 24일.

선고가 있던 날은 날씨가 화창했다. 한차례 법정 경험이 생긴 터라 모두 차분했다. 오랜만에 만난 이들과 가볍게 인사를 나누는 등 약간의 여유도 생겼다.

송재만은 주변을 둘러보고 모두와 눈을 맞추었다. 이인정과 남주원도 얼굴에 엷은 생기가 감돌았다. 모든 기대를 포기한 뒤의 편안함 같은 거였다.

송재만은 그들에게 가볍게 눈인사를 했다. 구형이 있던 날과 달리 이인정 면장도 엷은 미소로 화답했다. 하지만 순분은 여전히 눈을 아래로 깔고 그를 보지 못했다. 아쉬움이었다. 눈이라도 한번 맞춰 보고 싶었지만 순분은 얼굴을 들지 않았다.

송재만은 법정을 주시하며 똑바로 몸을 가다듬었다. 일제에 무릎 꿇는 형상으로 비치고 싶지 않았다. 길게 숨을 들이쉬고 가슴을 폈다. 옆에 앉아있던 한운석과 고수식도 자세를 바로잡았다. 며칠 전 검사의 구형에 함몰됐던 고수식도 기운을 차렸다. 이를 깨물고 법대를 주시했다.

법복을 차려입은 검사가 들어왔고 이어 판사가 법대 가운데 좌정했다. 판사는 법정을 둘러보았다.

곧이어 검사의 논고를 종합한 판사는 자신이 작성한 판결문을 읽어 내려갔다.

"오른쪽기록, 34명에 대한 보안법 위반, 소요 출판법 위반, 공문서 위조건 피고사건에 있어 대정 8년 8월 14일 당 법원은 조선총독부 검사관여 심리 판결한 바 왼쪽기록과 같다."

모두 숨을 죽였다.

"주문"

그는 가장 먼저 송재만의 이름을 불렀다.

"피고 송재만 징역 5년"

그에게 5년형을 선고했다. 판사는 검사의 구형에 아량을 베풀 듯이 그윽하게 눈을 내려 깔고 언성을 높였다. 말도 안 되는 얘기였다. 재만은 조금도 흐트러짐 없이 꼿꼿하게 앉아 그들의 언행을 직시했다.

판사는 이어 사성리 이장 고수식과 애국가사를 만든 한운석에게도 징역 5년을 각각 선고했다.

만세운동을 적극 주도한 이대하에게는 징역 4년에 벌금 30원, 일본 순사를 폭행한 행동대원 남태우와 행동대원 송무용에게는 징역4년을 선고했다.

이인정 면장은 징역 1년 6월, 남상돈을 비롯한 나머지 29명에게는 각각 징역 1년을 선고했다.

판사는 선고 이유를 읽어 내려갔다.

"이유"

그는 잠시 숨을 내쉬고 재판정을 둘러본 나음 판결문 읽기를 계속했다.

"제일 피고 송재만은 대정 8년 3월 1일부터 조선 각지에서 대다수 민중이 합동하여 구 한국 국기를 크게 떨치며 조선 독립 만세를 고창하는 조선 독립 시위운동이 도처에서 일고 있음을 듣고 그 취지에 찬동해 충청남도 서산군 대호지면 서기 김동원 강태완 등과 공모해 동일 행동을 일으킬 것을 꾀하고 동 면 주민을 규합하기 위한 방법으로 동 면 면장 이인정 명의의 공문서를 위조하여 행사하고……."

판사는 잠시 숨을 돌린 다음 다시 논고를 읽어 내려갔다.

"동 년 4월 2일 동 면사무소에서 범의를 계속하고 대호지 면장 명의라고 인정할 만한 대호지 면장 명의를 모용해, 동 면 각리 구장에게 동 일부로 도로수선 병목정리의 건이라고 제목하여, 동 월 4일 이른 아침부터 각리는 그 약정 구역의 도로를 수선하라는 뜻을 기재한, 면장이 직무상 작성할 수 있는 공문서 8통(여제 467호의 4, 19,20,21은 그 1부)를 작성해, 그 면장 이름 아래에는 서산군 대호지 면장인 이라는 동 면장의 직인을 눌러, 그 위조를 완성해 동 월 3일 범의를 계속해, 스스로 동 면 출포리 구장 임용구, 송전리 구장 민두훈, 도이리 구장 남상현, 사성리 구장 박희택, 적서리 구장 차영렬, 두산리 구장대리 김홍록, 장정리 구장 정원우, 마중리 구장 남상익 방에 지참하여, 각 이를 동 인등에게 교부해 행사하고……."

판결문은 지루할 만큼 길었다. 때로는 훈계하고 혹은 눈을 부라리며 질책했다. 어떤 문장은 판결문을 읽어 내려가는 판사 자신이 숨찰 지경이었다.

"4일에 이르자 면민 약 400명은 아침나절 동 면사무소 앞에 모이니, 조선독립시위운동 취지를 찬동한 피고와 이인정은 전시 군중에 대해, 여러분을 모이게 하였음은 도로 수선을 하고자 함이 아니라 조선 독립 운동을 일으키고자 하는 것이니 여러분은 이에 찬동하여 조선 독립 만세를 힘차게 부르며, 동 군 정미면 천의 시장으로 향하라는 취지의 연설을 마친 뒤에, 조선 독립 만세를 선창하게 하니 군중은 이에 회동하여 만세를 소리 높여 부르면서, 전시 구 한국국기를 선봉에 세우고 천의시장을 향하여 행진을 개시하여, 그날 피고 송재만은 다수의 동지들과 같이 대호지 면사무소로부터 천의 시장에 이르는 도로에서, 전시 인쇄한 애국가 약 400매를 전시 군중에게 나누어 주고 일행이 천의 시장에 도착하자, 조선 독립 시위 운동의 취지에 찬동하였던 피고 이춘응, 남상직, 이대하, 남상락, 남상돈, 남상집, 송봉숙, 고울봉. 김길성. 김부복, 권주상, 고수식, 김찬용, 원순봉, 김장안, 김팔윤, 전성진, 신태희, 이완하, 김형배, 김금옥, 안상춘, 남용우, 최정천, 권재경, 남윤희, 남태우, 송무용, 남상은, 김양칠은 혹은 대호지면 사무소 앞에서 혹은 천의시장에서 일행에 가담하여 기타 군중과 더불어 천의 시장에서 조선 독립 만세를 고창해 조선 독립 시위를 일으킴으로써 치안을 방해했고……."

그는 검찰에서 올린 조서의 토씨 하나도 빼놓지 않았다. 누가 언제 어떻게 시위를 전개했는지까지 적시했다. 송재만의 일거수일투족을 선고 사유로 들었다. 그의 모든 언동이 범죄라고 지적했다. 뿐만 아니었다. 모든 이들에 대한 혐의를 낱낱이 읽었다. 좀이 쑤실 만큼 따분한 시간이 지난 뒤에 그는 판결을 끝냈다. 여기저기서 탄성이 터져 나왔다. 하지만 송재만은 빙긋이 웃고 있었다. 말 같지 않은 소리라고 생각했다.

뒷 열에 앉아 있던 이인정 면장이 천정을 올려다보며 혼잣말로 읊조렸다.

"하늘도 참으로 무심하구나. 이들이 무슨 죄가 있다고……."

그는 길게 한숨을 내쉬었다.

송재만은 즉각 항소했다. 경성복심법원 형사부는 1919년 12월 24일 징역 5년을 확정했다.

고울봉 권주상 고수식 김장안 김팔윤 남태우 송무용 이인정 전성진 한운석은 징역 1년으로 감형됐다.

권재경 김금옥 김길성 김부복 김양칠 김찬용 김형배 남용우 남상직 송봉숙 신태희 안상춘 원순봉 이완하 이춘응 최정천 김순분 등은 항소가 기각되어 징역 1년형이 확정됐다.

남상돈 남상락 남상은 남상집 남윤희 이대하 홍월성은 징역 8월로 감형됐다.

송재만은 이인정 한운석 김양칠과 함께 다시 고등 법원에 상고했다. 하지만 1920년 2월 7일 기각됐다. 송재만은 징역 5년의 형량이 최종 확정됐다.

다만 남주원은 공주지법에서 1심이 끝난 다음 항소하지 않아 1년형이 그대로 확정됐다.

▫ 천추의 한을 남긴 이름 민개현

　대호지면 사무소 토목직 서기 민재봉은 일제의 추적이 시작되는 날 조금리를 떠났다.
　면사무소에서 담당형사에게 심문을 받으면서 부모님의 거동 불편을 핑계로 거사에 동참하지 않았다고 둘러댔다. 그리고는 그 길로 고향을 떠났다.
　그날 밤 적서리로 들어가 조각배를 탔다. 그는 난지도로 들어갔다. 그곳에서 신분을 속이고 머슴으로 살았다. 물론 그곳 천도교인의 집에 머물렀다.
　난지도는 대호지면에서 인천으로 가는 바다 가운데 있었다. 그곳은 언젠가 토목일로 들어간 적이 있었다. 그곳이 대호지면의 관리지역은 아니었지만 그가 토목기사였기에 알고 있었다. 게다가 당진 땅이라 타향은 아니었다. 더욱이 난지도는 인근에 소난지도와 우무도, 소조도, 대조도 등 작은 섬을 거느리고 있었다. 그곳에 숨어들면 찾기가 쉽지 않았다.
　또 먹거리가 풍성하지는 않았지만 나름 바다 일이 있고 또 논밭이 있어 인심도 험하지 않았다. 무엇보다 뭍으로부터 상당한 거리에 있어 일제의 감시가 심하지 않았다.
　만약 일제의 감찰이 난지도에 도착한다고 해도 그 소식이 금방 섬 전체에 번졌다. 그들이 섬을 둘러볼 즈음이면 피할 시간도 넉넉했다. 담당순사도 지역민들과 밀접하게 지내던 터라 그리 사납지 않았다.

그곳에서 난리가 난 적도 없고 또 그를 괴롭힌 사람도 없었다. 문제를 일으킨 이도 없으니 그 역시 일상적인 순찰만 돌고 갔다. 뭍에서 발생한 만세 운동도 그곳과는 무관했다. 민재봉의 도피처로는 그만이었다. 그곳에서 숨을 죽이고 살았다.

민재봉의 소재를 파악하지 못한 검찰은 그해 6월 30일 기소유예 처분을 내렸다. 거사가 발생한 지 거의 두 달 만이었다.

그 후에도 그는 대호지에 나타나지 않았다. 그가 어디에 있는지 아는 사람은 아무도 없었다.

심지어 그의 식솔들조차 그의 행방을 몰랐다. 그냥 실종된 줄 알았다. 시절이 너무나 하수상했으므로 경찰에 끌려가 죽었을 수도 있다고 생각했다.

하지만 경찰에 탐문해 보았지만 딱히 그것도 아니었다. 가족들은 답답한 마음에 당질에게 그의 행적 탐문을 요청했다.

당질은 민재봉 사촌동생의 아들이었다. 그는 서산경찰서에서 순사로 일하고 있었다. 당질 역시 그가 경찰에 잡혀온 사실이 없다는 이야기만 되풀이했다.

가족들은 속을 태우고 또 졸였다.

그런 경우가 종종 있었기에 더욱 그러했다. 대표적인 경우가 마중리 천도교인 김도일이었다.

그는 만세운동으로 4월 10일 경찰에 잡혀간 뒤 돌아오지 않았다. 같은 천도교인이라 민재봉과 잘 알고 지내던 사이였다. 민서기가 그를 형으로 불렀던 것을 식구들도 알고 있었다.

그는 공주지검으로 넘어간 뒤 혹독한 고난을 당했다. 그가 평소 투철한 천도교인이었으므로 일제에 순응하지 않았다. 매사 그들의 일에 비협조적이었다. 취조를 당하면서도 대들고 반항했다. 그는 조선의 독립은 지극히 당연한 것이란 신념이 가득 차 있었다. 그런 생각이 잘못된 것이라곤 추호도 생각지 않았다. 일제의 강압이 그런 그에게는 도리어 저항의 대상이었다.

순순히 그렇다고 말하지 않았다. 왜경들의 혹독한 문초에도 이를 깨물고 바락바락 대들었다. 공주지검으로 넘어가서도 그는 전혀 굽히지 않았다.

천도교인의 신념으로 이 나라 독립은 참으로 온당한 것이었다. 검찰 앞에서도 그렇게 주장했다. 그러다보니 온갖 아픔을 겪은 터였다.

그는 그해 5월 21일 기소됐다. 식솔들은 검찰로 넘어가 고초가 더욱 심할 것으로 짐작만 하고 있었다.

그런데 그 다음 면회를 갔더니 면회가 되지 않았다. 그러려니 했다. 일제의 강권이 매서웠던 시절이라 면회가 안 된다고 하면 그만이었다.

왜 안 되느냐며 따져 물을 수도 없었다. 그렇게 집으로 돌아와 그 다음 면회를 기다리고 있었다.

그런데 풍문으로 김도일이 죽었다는 이야기가 가족들에게 들렸다. 실없는 소리라고 생각했다. 설마했다. 지난번 면회 때 고통을 호소하기는 했다.

하지만 죽을 정도는 아니었었다. 그래서 가혹하게 고초를 겪고 있구나 라고만 짐작하고 있었다.

그런데 파발이 왔다.

6월로 막 접어들었을 때였다. 밤이 늦은 시각이었다. 멀리 부엉

이가 울었다. 도이리에서 중년의 사내가 찾아왔다. 그는 추녀 아래에 서서 말을 전했다.

"공주 옥에 면회를 갔더니 말이여. 남상은이 긴히 전하라는 말이 있어 달려 왔구먼유. 김도일 동지가 지난 5월 26일 옥에서 운명허셨다 허잖여. 저놈들의 못된 짓을 이기지 못하고 돌아가셨다 이 말씀이여. 아는 건 그게 전부여."

중년 사내는 그 말만 남기고 선걸음에 돌아갔다.

가족들에게는 청천벽력 같은 소식이었다. 다음날 공주로 달려가 검찰에 따져 물었지만 모른다는 대답만 들었다.

사람을 넣어 알아보았지만 그 역시 알 길이 없었다. 죽었다면 주검이라도 돌려달라고 애원했지만 그 또한 묵묵부답이었다. 살았다 혹은 죽었다도 전하지 않았다. 그냥 모른다는 말로 대신했다.

가족들은 도이리 남상은의 집으로 찾아갔다. 조금이라도 더 소식을 듣기 위해서였다.

그러자 남상은의 부인이 어렵게 어렵게 자초지종을 이야기했다.

"사실은…… 며칠 전 공주 옥에 면회를 갔지유. 그날 남편이 면회실에서 귓속말로 '마중리 김도일 동지가 5월 26일 고문을 받다 죽었소'라고 했어유."

김도일의 부인은 울고만 있었다.

"남편이 꼭 그 말을 전하라고 했지유."

부인의 울음소리가 더욱 크게 밖으로 새어나갔다.

"왜경이 남편에게 병사한 걸로 확인서를 써라. 그러지 않으면 다른 혐의를 씌워 옥에서 못나가게 만들겠다고 협박을 해서 할 수 없이 지장을 찍었다고 말여유."

남상은을 집요하게 협박하는 바람에 어쩔 도리 없었다는 말도 덧붙였다. 남상은의 부인은 남편이 협박에 못이겨 부득이 지장을 찍었으니 오해는 말아달라고 당부했다.

김도일의 부인은 땅을 치며 울었다. 그의 식솔들은 이런 소식을 접하고 마을 사람들과 공주교도소를 찾았다. 시신이라도 찾기 위해서였다. 하지만 찾지 못했다. 병으로 사망했다는 사망확인서만 받고 돌아섰다.

하늘이 무너져 내렸다. 그런데 더 아픈 건 검찰이 그의 시신을 앉은 채로 상자에 담아 정수리에 대못을 박았다는 소문이 돌았다.

그 상자를 금강에 버렸다는 얘기도 들렸다. 식구들은 기겁을 했다. 사람들을 풀어 금강을 샅샅이 뒤졌지만 사체를 끝내 찾지 못했다.

검찰이 병사를 핑계로 사체를 불태웠거나 소문처럼 버렸을 것으로 짐작할 뿐이었다.

8월이 지나면서 역시 천도교인 이달준이 옥에서 가혹행위를 이기지 못해 숨졌다는 얘기가 돌았다. 이런 이야기가 전해질 때마다 민재봉의 가족들도 밤잠을 이루지 못했다.

그렇게 모진 세월이 흘렀다. 모두가 민재봉에 대해서는 잊고 살았다. 집집마다 아픔이 있다 보니 남의 아픔을 기억하는 게 쉽지 않았다.

면사무소에서조차 그의 이름 석 자를 기억하는 사람들이 없었다. 가족들만 수심을 가득 안고 괴로움 속에 죽지 못해 살았다.

하지만 그를 잊지 않고 있던 자가 있었다. 그는 민재봉의 당질 민개현이었다. 서산경찰서 순사보였다. 그는 수시로 민재봉의 집을 드나들며 가족들과 자별하게 지냈다.
 민재봉의 집에 작은 일이 생겨도 그가 찾아와 챙겼다. 민재봉 부인의 생일은 물론 6촌들의 생일까지 그냥 넘기지 않았다. 민재봉의 친조카가 아니라 가족이나 다름없었다. 그래서 늘 그를 한 식구라고 생각했다. 부인은 모든 것을 그와 의논하고 상의했다. 그런 그에게 민재봉의 꼬리가 밟히고 말았다.
 민재봉은 난지도에서 숨어 산 지 근 한해를 넘겼다. 그러면서 부인과 식솔들에게 너무나 송구하다는 생각이 들었다. 처음 도망 올 때는 아무 생각 없이 살아야겠다는 일념으로 도망쳐 왔다.
 하지만 시간이 지나고 세월이 흘러 한 해를 넘기면서 가슴에 멍이 들기 시작했다. 송전리에 두고 온 가족들이 걱정됐다.
 산 사람은 어떻게든 살 것이라고 생각하면 그만이었다. 스스로 그렇게도 여러 번 마음을 다잡아 보았다. 하지만 그리 쉽지 않았.
 자신의 생사를 모르고 통고 속에 살아갈 가족들이 불쌍했다. 가슴이 미어졌다. 더욱 깊은 상처에 울멍이 들었다.
 저녁마다 산에 올라 바다를 건너다보았다. 손에 잡힐 듯 눈앞에 보이는게 뭍이었다. 오 리에 불과한 거리였다. 헤엄쳐도 건널 땅이었다. 저곳에만 가면 산을 넘고 물을 건너 대호지로 갈 수 있었다. 마음은 굴뚝같았다.
 민재봉은 살아있다는 사실만이라도 알리고 싶었다. 그것이 식솔들에 대한 도리라고 생각했다.
 한겨울을 보내고 봄이 지나갔다. 어느 덧 계절은 녹음으로 뒤덮인 여름이었다. 난지도에 수시로 드나들던 순사들도 오지 않았다. 모든 세상이 평온해졌다. 만세시위 이전으로 돌아간 느낌이었다. 따분한 일상이 이어졌다.

민재봉은 뭍에 나가는 인편에 자신의 소식을 들려 보냈다. 때마침 대호지에 간다기에 그렇게 했다. 자신의 부인에게만 전하라고 일렀다. 인편에 보낸 메모에는 '잘있다. 걱정말라.'는 단 두 마디뿐이었다.

글씨체를 알아본 부인은 까무러쳤다. 죽은 사람이 돌아온 것이나 마찬가지였다. 기뻐 어쩔 줄 몰라 했다. 그것이 화근이었다.

늘 수심에 가득 찼던 부인의 얼굴이 꽃처럼 피어났다. 말하지는 않았지만 웃음이 묻어 있었다. 남편이 실종당한 사람의 얼굴이 아니었다. 순사인 당질이 그것을 눈치챘다.

그는 민재봉의 부인을 꼬드겼다. 자신에게만 귀띔해줄 것을 간청했다. 부인은 당질이 친자식보다 더 살갑게 굴었으므로 그의 귀에다 속삭였다. 결국 민재봉의 은신처는 그렇게 발각되고 말았다.

민재봉이 난지도에서 체포된 것은 1920년 6월 27일이었다. 그날도 하루해가 서쪽에 저물고 있었다. 저녁노을이 붉게 물들어 갔다. 세상에 부러울 것이 없었다. 포근하게 내려앉은 하늘 아래 하루를 묻을 준비를 했다. 일찍 저녁상을 물리고 일찌감치 잠자리에 들었다.

여름의 농사일은 고단했다. 모내기가 끝났다고 일이 다된 게 아니었다. 수시로 물꼬를 보고 피를 뽑아주었다. 논을 둘러보고 가뭄을 대비하는 일이 일상이 되었다.

논둑을 발라주고 수시로 풀도 깎아 주었다. 밭작물의 북도 주고 거름도 내야했다. 지치지 않는 날이 없었다. 그날도 그랬다.

민재봉이 막 잠이 살포시 들려는 참이었다. 멀리 개 짖는 소리가 간간이 들려왔다. 문밖이 부산했다. 감이 좋지 않았다. 연이어 여러 명의 발자국 소리가 들렸다. 옷이 부스럭거리는 소리가 이어졌다.

민재봉은 방문을 열어 젖혔다. 그곳에 당질 민개현이 서 있었다. 주변에는 서너 명의 장정들이 에워싸고 있었다. 놀라지 않을 수 없었다. 민재봉은 자신도 모르게 뒤로 물러앉았다.

"조카가 여길 어인 일이여?"

얼떨결에 물었다.

"당숙어른이 잘 아시면서 그러셔유. 오늘은 지하고 서에 가서야겠구먼유."

민개현이 퉁명스럽게 말했다.

"뭐여?"

민재봉이 인상을 찌푸리며 쏘아붙였다. 올 것이 왔다는 걸 직감했다.

"……"

민개현은 말없이 고개를 돌렸다.

"잠시 지둘려."

민재봉은 옷을 챙겨 입고 집을 나섰다. 그가 머물렀던 집 주인도 놀란 눈으로 튀어나오다 연행됐다. 순간 민재봉은 집주인에게 못할 짓을 했다는 생각이 들었다. 송구스러웠다.

그들이 섬 가장자리에 붙어있던 선착장에 나오자 벌써 데려갈 배가 기다리고 있었다. 그가 배에 오르자 양옆에 순사들이 장총을 들고 달라붙었다. 그들은 옆구리에 팔을 끼고 그를 감시했다.

"이놈아 하필이면 네놈이여. 네놈이 이 당숙을 잡아갈 줄은 몰랐구먼."

민재봉은 눈을 지그시 감고 말했다.

"그러니까 당숙 어른께 이야기 했잖여유. 독립운동 같은 거는 꿈에도 생각지 말라고유."

민개현이 그의 팔짱을 단단하게 꼈다. 옆에 섰던 순사도 민재봉의 팔을 잡아챘다. 비운이었다.

민재봉은 그날로 공문서위조행사, 출판법위반, 정치범처벌법위반, 소요죄로 체포됐다. 다른 동지들에 비해 1년이 늦은 시간에 고난이 시작됐다.

그는 1920년 8월 27일 공주지방법원에서 징역 1년 6월형을 선고 받았다. 곧바로 항소했지만 경성복심법원은 기각했다.

민재봉에게 1년 6월의 감옥 생활은 참으로 끔찍한 세월이었다. 그가 늦게 체포된 것에 대한 일제의 앙갚음이 악독했다. 더욱이 그의 뒤를 누군가 봐주었을 것이란 가정 하에 그에게 참혹한 아픔을 안겼다.

일제는 민재봉 서기가 체포됐을 당시 이미 대호지 만세운동에 대한 자료를 모두 확보한 상태였다. 언제 누구에 의해 어떻게 이루어졌는지도 충분하게 파악하고 있었다. 그럼에도 민재봉 서기를 상대로 또다시 그 모진 고략을 가했다.

일제는 대호지 만세운동이 단순히 경향각지에서 발생한 만세운동과 같은 선상에서 이루어진 게 아니라고 보았다.

너무나 조직적이었고 체계적이었으며 각자 맡은 바가 분명했다. 그래서 더 큰 항일 단체나 배후세력에 의해 이루어졌을 걸로 추정했다.

만주에서 독립군으로 활동하던 남상은의 형 남상학을 통해 백야 김좌진 장군과 선이 닿아있을 거라 보았다. 해외 독립단체의 지원을 받아 조직을 만들었으며 체계적으로 힐항한 걸로 판단했다.
  걸고리를 만들려고 했다. 그렇게 만들어진 올가미로 항일 독립운동가들의 씨를 말릴 계략이었다.
  형이 확정된 동지들의 형벌을 더욱 추가할 생각이었다. 여죄가 드러난 것으로 꾸미면 가능했다. 그래서 민재봉을 더욱 모질게 다루었다.
  물론 민재봉은 완강하게 거부했다. 사실이 아니었으므로 인정하지 않았다. 목숨을 내놓고라도 인정하지 않겠다며 대들었다.
  일제는 그의 생손톱을 모두 뽑았다. 그것도 모자라 발톱도 뽑아냈다. 그래도 자신들이 꾸며놓은 각본을 인정하지 않자 이빨마저 모두 뽑아버렸다. 그가 1년 6월의 형기를 마치고 출옥할 때는 거의 주검에 가까운 모습이었다.

□ 사람은 한번가면 다시 오지 않는다

  남주원은 거사가 있고난 뒤 4월 23일 남병사 댁에서 경찰에 연행됐다. 그리고 얼마지 않아 검찰로 넘어갔다. 공주형무소에 수감된 것은 그해 5월 13일이었다.
  일제는 그가 대부호로 그동안 협조했고 또 경향 각지에 많은 인물들과 연계되어 있었으므로 가볍게 대하지 않았다.

하지만 그런 모든 것들이 그에게는 모욕이었다. 차라리 함께 거사에 동참했던 동지들처럼 대해주길 바랬다. 고문을 당하고 매를 맞는 한이 있어도 친일 인사처럼 대하는 자체가 역겨웠다. 그것은 정신적으로 그에게 더 큰 고통이었다.

경찰서 유치장에 갇혀 있는 동안은 미치는 줄 알았다. 동지들이 매를 맞고 혹독한 고초를 당하는 소리만 들어야 했으므로 그 모든 것이 남주원의 정신을 찢어놓았다. 영혼이 갈기갈기 찢겨 너덜거린다는 생각마저 들었다.

그는 검찰로 이송되면서 곧바로 처남 오정근에게 도움을 요청했다. 오정근은 서울 인사동에 살고 있던 큰 손이었다.

전국에 논밭과 대지만 68만여 평을 소유하고 있던 대지주였다. 그에게는 방법이 있을 거라고 생각했다.

오정근이 공주교도소로 면회 왔을 때 그 문제를 논의했다. 그가 특별면회를 신청했기에 남주원은 별도의 방에서 그를 만났다. 순사도 배석시키지 않았다.

교도소 본부에 딸려있던 아늑하고 작은 방이었다. 교도소를 찾는 아주 특별한 고위급들만을 위한 방이었다. 약간의 차도 준비되어 있었다.

"어쩌려고 자네가 이번 일에 나섰는가?"

오정근은 중절모를 벗어 탁자에 올려놓으며 말했다. 탐탁지 않은 표정이 역력했다. 나서고 싶지 않은 자리에 왔다는 푸념이 담겨 있었다.

"온 소선 민중이 나선 일인데 내가 안 나서면 되겠소이까? 형님. 나선 게 잘못된 게 아니라 이 많은 사람을 구금하고 고문하고 괴롭히는 이놈들이 나쁜 놈들이지요."

남주원은 분을 삭이지 못하고 열을 토했다.

"그렇다고 직접 나설 게 뭔가. 뒤에서 좀 보태주면 되지."

오정근은 쓴 입맛을 다셨다.

"하여튼 몸조심 하게. 나서지 말고. 내가 밖에서 알아서 할 테니까 자넨 눈 꾹 감고 순응하는 척 해. 그래야 일을 수월하게 할 수 있어."

오정근은 남주원의 성품을 잘 아는지라 그를 달랬다. 일제에 강하게 항거하지 말 것을 거듭 당부했다. 아울러 항소도 하지 말 것을 요청했다. 재판부의 심기를 건드려 좋을 게 없다고 설명했다.

"앞으로 어쩔 셈인가?"

"대호지 사람들의 변호사비용을 제가 댈 생각입니다."

수의를 입고 앉은 남주원은 평상시와 크게 다르지 않았다. 약간의 수염이 길고 머리를 깎은 것만 차이가 있었다. 다소 오만함을 느낄 정도의 당당함이나 뱃심은 그대로였다. 조금도 기가 죽지 않았다.

"아니 자네가 어떻게……. 그 많은 사람들의 비용을 다 대려고?"

"그래야지요. 그럴 만한 사유가 있습니다. 또 그러지 않으면 그들은 옥에서 죽을지도 모릅니다."

"그래도 그렇지……."

"재산이야 있다가도 없고 없다가도 생기는 법이지요. 하지만 사람은 한번 가면 다시 오지 않습니다. 그래서 드리는 말씀입니다."

오정근의 눈을 뚫어지게 들여다보며 말했다.

"자금이 어디 있어서."

"우선 형님이 제 땅을 담보로 변호사 비용을 대주시고, 제가 나가면 땅을 처분해서 그 빚을 갚겠습니다. 대물 변제가 가능하면 땅으로 드리고요."

남주원이 분명하게 말했다. 그의 뜻이 너무나 선명했으므로 오정근은 더 이상 말하지 않았다. 남주원은 자신이 한 말을 약정서로 만들어 마지막에 지장을 찍었다.

"아무튼 몸조심 하게. 나는 매부 복도 없지. 하나있는 매부라고 만세운동으로 옥살이를 하고 있으니……."

그는 씁쓸한 표정을 지으며 남주원과 헤어졌다.

남주원은 그와 협의하여 변호사를 샀다. 경성에서 이름을 떨치던 이였다. 그로 하여금 대호지 만세운동 주모자 가운데 형편이 어려운 이들의 변론을 담당하도록 했다.

물론 자금은 남주원이 지원키로 했다. 매부 오정근이 남주원의 땅을 담보로 먼저 돈을 대면 추후 토지를 처분하여 빚을 갚기로 했다.

남주원은 처남 오정근을 통해 변호사 비용을 충당했다. 그의 노력으로 송재만을 비롯한 많은 사람들이 항소할 수 있었다. 결과도 그리 나쁘지 않았다.

물론 송재만은 경성복심법원에서도 징역 5년이 유지됐다. 상고를 했지만 그마저 기각됐다.

하지만 고수식과 한운석은 징역 5년에서 징역 1년으로 형이 줄었다.

이대하는 징역 4년 벌금 30원을 선고받았으나 징역 8월로, 송무용은 징역 4년에서 징역1년으로, 이인정 면장은 징역 1년 6월에서 1년으로 가벼워졌다.

또 남상은, 홍월성, 남윤희, 남상락, 남상돈, 남상집도 징역 1년에서 8월로 줄었다. 남성우는 징역 8월에서 구류로 감형되는 등 대호지 만세운동 주모자들이 대부분 도움을 받았다. 이렇게 재판에 회부되어 도움 받은 사람이 30여 명에 달했다.

남주원은 1920년 10월 23일 형기를 마치고 감옥에서 나왔다.

그는 한동안 경성부 임정목 산림동 293번지와 대호지면 사성리 남병사 댁을 오가며 생활했다.

남주원은 산림동에 짐을 풀고 한동안 숨어살다시피 했다. 문밖을 나오지 않고 없는 듯이 살았다. 하지만 마음 가운데 자리한 그 무엇인가가 그를 가만히 두지 않았다.

불면의 밤이 이어졌다. 만세시위 후 끌려간 숱한 동지들의 잔영이 그를 괴롭혔다. 잊기 위해 도망치듯 달아났지만 달아난다고 떨쳐지는 게 아니었다.

그는 보름을 넘기지 못하고 서대문 형무소로 찾아갔다. 송재만의 특별면회를 신청했다. 그들은 그곳에서 다시 만났다.

1920년 겨울이었다. 유난히 추웠다. 바람만 쏘여도 살을 에는 듯했다. 면회실이라고 다르지 않았다. 한기가 그대로 밀려왔다.

송재만은 추위에 볼이 터져 핏발이 실금처럼 가 있었다. 얼굴은 퉁퉁 부어있었다. 몰골이 말이 아니었다. 얇은 바지저고리에 땟물이 졸졸 흘렀다.

그들은 촘촘한 쇠창살을 사이에 두고 마주앉았다.

남주원은 송재만을 너머다 보았다. 그는 눈을 들지 못했다. 울고만 있었다. 연신 손으로 눈물을 훔쳤다.
"송형 고생이 많소."
"……."
"우리의 시련도 이 겨울만큼이나 질기구려."
남주원이 쇠창살에 손을 가져갔다. 그의 눈에서도 눈물이 흘러내렸다. 송재만도 손을 내밀며 그의 손끝을 잡았다. 차갑지만 그래도 따사로운 온정이 손끝에 묻어 있었다.
"도련님 송구허구먼유."
송재만은 오열을 멈추지 못했다. 그는 차오르는 울음을 속으로 삭히려했지만 솟구쳐 오르고 말았다.
"무슨 말씀이오 송형. 우리가 어디 개인적인 감정으로 그러했소이까. 이 나라를 위해 한 거지요. 송형이 자랑스럽소."
"함께해서 참 행복했어유."
송재만은 울고 또 울었다. 무슨 말을 해야할지 아무 생각도 나지 않았다. 그냥 송구스럽다는 말만 반복했다. 이토록 모진 고난이 덮친 것도 자신의 불찰로만 생각됐다.
그때 조금만 더 치밀하게 했다면 아무 일도 없었을 것이란 막연한 후회가 생겼다. 물론 그럴 일이 아니었지만 괜한 마음에 송구함만 들었다.
그들은 한동안 울고만 있었다. 무슨 말을 하기에는 시간이 부족했다. 말하지 않고 울고만 있어도 서로의 마음을 읽을 수 있었다. 그것으로 족했다.
한동안 그렇게 있다 남주원이 눈물을 훔치고 다시 입을 열었다.
"대호지를 정리할 생각이오. 그곳에서는 살 수가 없소."

"……."

"너무나 힘드오. 너무 많은 동지들이 상했소. 그 아픔이 나를 그냥두지 않소. 얼마 전에 송형의 친구 적서리 송봉숙이 눈을 감았소."

"예?"

"그렇소. 얼마나 혹독하게 당했는지 출옥하고 얼마지 않아 세상을 버렸소."

송재만은 더욱 큰 소리로 울었다.

"그뿐만이 아니오. 조금리 이순만과 사성리 남상길도 먼저 갔소. 참으로 애석한 일이오. 아직 한창 때인데 모질게 당했던 모양이외다."

그 소리에 송재만은 얼굴을 묻고 한참을 울었다. 남주원도 흘러내리는 눈물을 참지 못했다. 그들은 한동안 그렇게 울고 있었다.

"그래서 대호지를 떠날 생각이오."

눈물을 훔친 남주원이 무겁게 다시 입을 열었다.

"어디로 가시려구유?"

"경성으로 올 생각이오. 그래야 송형도 자주 볼 수 있지 않겠소."

"그렇다고 고향을……."

"마음의 결심을 했소. 내년 봄에 모든 게 정리되면 이곳 경성으로 옮겨올 작정이오."

그들이 오랜만의 만남을 토로하는 사이 면회시간이 끝나버렸다. 남주원은 다음에 또 찾아올 것을 기약하고 송재만의 손을 꼭 잡았다.

"우리는 동지 아니오. 조선인으로 함께 가야지……."

"……."

송재만의 손에 더욱 힘이 들어갔다.

남주원은 그의 말처럼 이듬해인 1921년 6월 경성부 돈의동 42번지로 이주했다. 이어 그해 9월부터 2,300평에 달하던 집과 200필지 21만여 평에 이르는 전답을 모두 매각했다. 그 기간이 6개월에 불과했다.

이 가운데 87필지 12만4,000여 평은 약속한 대로 처남 오정근의 빚을 갚기 위해 땅으로 넘겼다. 그리고 그는 대호지를 떠났다.

그는 돈의동에 살면서 시간이 날 때마다 서대문형무소를 찾았다. 그곳에서 송재만의 옥바라지를 했다. 송구한 마음에 자주 오지 말라고 당부했지만 남주원은 게을리하지 않았다.

돈의동에서 서대문형무소까지 십리가 조금 넘는 길을 걸어 다녔다. 대호지에 대한 소식도 그를 통해 들었다.

맏형 남상돈이 죽었다는 얘기도, 김을용과 김갑봉, 도이리 유욱희 어른이 돌아가셨다는 이야기도 그를 통해 들었다.

남주원은 1922년 4월에는 경성부 예지동으로 집을 옮겼다. 그리고 반년이 지났을 무렵 그는 서대문형무소에 송재만의 특별외출을 신청했다. 처남의 힘을 빌었다. 자신이 인 보증을 섰다. 덕분에 송재만은 그해 10월 24일 단 하루의 가출옥 특전을 받았다.

그날 남주원은 그를 자신의 예지동 집으로 초대했다. 경성 길눈이 어두웠던 송재만을 위해 서대문 형무소에서 예지동 자신의 집까지 인력거를 태웠다.

집으로 돌아오는 길에 주요 건물과 길을 설명해 주었다. 혹 출옥하게 되면 그길로 자신의 집을 찾아오란 의미였다.

단 하루의 가출옥이었기에 송재만에게는 아주 특별한 날이었다. 지난 시간에 대한 이야기로 하루를 보냈다. 그동안 밖에서 일어났던 상황에 대해서도 조금은 알게 되었다.

하지만 남주원이 대호지 땅을 처분하여 어떻게 사용했는지는 이야기하지 않았다. 그가 가출옥을 다녀간 다음 남주원은 곧이어 경성부 죽림동으로 거처를 옮겼다.

□ 만기출소

송재만은 장기수였다. 공주지방법원에서 형이 확정된 뒤 곧바로 서대문형무소로 이감됐다. 그곳에서 형을 살았다. 송재만은 수감생활 가운데 1922년 10월 24일 단 하루 가출옥했다. 그 외에 단 한 차례도 형무소 밖을 나와본 적이 없었다.

물론 만기출소는 1925년 4월 6일에 이루어졌다. 형기 종료로 풀려났다.

그는 이 사건으로 1919년 4월 5일 검거된 뒤 만 6년 만에 세상 빛을 다시 보았다. 사람을 죽이지도 않았다. 심각한 범죄를 저지르지도 않았다. 이 나라 독립을 외쳤다는 죄 아닌 죄로 청춘을 서대문형무소에서 보냈다. 미칠 만큼 억울했지만 하소연할 곳도 없었다.

출소가 확정된 날 울고 또 울었다. 기뻐서 운 게 아니라 너무나 억울해서 울었다. 여전히 담장 밖은 한겨울인데 그는 왜 담장 안에서 6년의 세월을 혹렬하게 보내야 했을까. 나라 잃은 설움이었다.

괘씸하고 분통했다. 혼자 울었다. 출옥을 기다리는 사람도 없었다. 혈혈단신. 그 혼자뿐이었다. 만년 총각인 주제에 무슨 기다림이 있겠는가. 고향만 그리울 뿐이었다. 고향의 많은 사람들 대호지의 그 많던 사람들 어떻게 살았는지 또 살아 있는지 그것이 그리웠다.

1925년 4월 6일 서대문형무소에서 무거운 철 대문을 나서며 처음으로 하늘을 올려다보았다. 얼굴을 찡그리며 애써 밝은 태양을 보았다. 눈부시도록 찬찬했다. 눈이 멀었다.

아! 그토록 보고 싶었던 하늘이었다. 새들이 날고 버들잎이 새파랗게 물들고 연푸른 바람이 불었다. 개나리는 샛노란 바람을 일구었다. 꽃바람이 부드럽게 볼을 스쳤다.

하늘은 그날의 하늘 그대로였다. 이제야 살아 있다는 걸 느꼈다.

두 손을 높이 쳐들었다. 그리고 힘껏 만세를 불렀다. 물론 소리를 내지는 못했다. 속으로만 소리를 질렀다. 눈물이 나도록.

'만세…… 만세…… 만세……'

그는 보따리를 든 손으로 조용하게 쳐드는 흉내를 냈다. 히죽 웃어 보았다. 유쾌했다. 땅바닥에 엎드려 흙에 볼을 가져가 보았다. 여전히 한기가 밀려왔다. 하지만 상쾌한 느낌이었다. 봄 소리가 들렸다. 웃음이 났다. 정말 출소했다는 걸 실감했다. 크게 소리 내어 웃었다.

"하.하.하……"

한참을 실없이 웃었다. 누가 보았다면 실성했을 거라 생각할 판이었다. 그제야 보였다.

송재만 자신만 땅바닥에 엎드려 웃고 있었다. 주변에는 출소한 사람들을 만나기 위해 나온 가족과 친지들이 형무소 문앞에 하나 가득이었다.

그들은 서로 울며불며 끌어안고 얼굴을 비볐다. 출소한 이들은 모두 하나같이 고초를 겪고 나온 탓에 얼굴이 말이 아니었다. 송재만도 예외가 아니었다. 초췌한 모습으로 보따리 하나만 들고 있었다. 그는 주변을 둘러본 다음 먼지를 툭툭 털며 자리에서 일어났다. 머쓱했다.

찾아올 사람도 없었다. 혼자 몸으로 살았으므로 그를 반길 사람이 없었다. 게다가 그토록 여러 번 면회를 와 주었던 남주원을 찾아갈 면목도 없었다. 그냥 이 길로 대호지로 내려갈 생각이었다.

그가 엉거주춤 서서 주변을 둘러보고 있었다. 모든 것이 낯설었다. 벙벙하게 구름을 탄 기분이었다. 생각은 현실에 있었지만 몸은 허공을 떠돌았다.

여전히 귀에는 구타소리와 고통을 호소하는 동지들의 목소리가 맴돌았다. 분명 출소를 했다지만 딴 세상에 내동댕이쳐진 느낌이었다. 다시 감방으로 돌아가야 할 것 같았다.

약간의 외출을 끝내고 다시 돌아갈 곳이 형무소일 거란 생각마저 들었다. 6년의 수감 생활이 그렇게 만들었다.

그때 저만치에서 남주원이 다가왔다. 그마저 낯설었다. 그들은 말없이 한동안 서로를 쳐다보고 있었다. 말없이 눈만 마주쳤다. 눈물이 핑 돌았다. 한동안 그렇게 있었다. 서먹한 분위기를 먼저 깬 것은 남주원이었다.

"송형 고생이 많았소."

그는 대뜸 송재만을 덥석 끌어안았다. 송재만은 안긴 채 눈을 높이 쳐들고 한참을 올려다보았다. 눈물이 또 앞을 가렸다. 참았다. 이제는 출옥을 한 상태라 울고 싶지 않았다. 외줄기 눈물만 흘렸다. 두 사내는 한참을 그렇게 있었다.

"……."

송재만은 남주원이 사온 두부를 먹고 그길로 그의 집으로 향했다. 송재만이 송구한 마음에 고향으로 가겠다고 했지만 남주원은 그를 자신의 집으로 데려갔다. 그리고 하루를 머물게 하며 따뜻한 밥을 해 먹였다. 그들은 늦은 밤까지 이런 저런 이야기를 나누었다. 지난 일들에 대한 이야기도 있었지만 앞으로 어찌될 거란 견해도 서로 나누었다.

언젠가는 좋은 날이 오고야 말 것이란 생각에는 이견이 없었다. 서로 이야기를 나누는 과정에서 남주원이 어려움을 토로하기도 했다.

"송형. 이곳도 오래 머물 곳이 아니오."

"무슨?"

"왜놈들의 감시가 여간 심한 게 아니오. 오늘 송형을 만나 집으로 돌아온 거도 특별사항으로 보고를 했을 거요. 오면서 느끼지 못했소. 저놈들이 우리 뒤에 따라붙은 걸……."

"……."

일제는 그를 가만두지 않았다. 일거수일투족을 감시했다. 남주원도 그것을 알고 있었기에 늘 마음이 가볍지 않았다. 누군가에게 감시받는 느낌은 당한 자만이 아는 고통이었다.

그런 사실을 알고 난 뒤 송재만의 마음이 더욱 무거워졌다. 한시라도 머물 수가 없었다. 남주원에게 너무나 큰 아픔을 안겨다 준 게 자신이란 죄책감에 하루가 괴로웠다. 가시방석이 따로 없었다. 한잠도 이룰 수 없었다. 뜬눈으로 밤을 샜다.

다음날 이른 새벽 남주원이 자리에서 일어나기도 전에 도망치듯 집을 나왔다. 그리고 곧바로 그는 인천으로 갔다. 그곳에서 화륜선을 타고 그토록 그리던 대호지로 내려왔다. 꿈에도 그리던 곳이었다. 갯벌이 끝없이 펼쳐진 곳. 게들이 숨구멍을 뚫고 세상을 보는 자유로운 땅이었다. 갈매기가 하늘높이 날았다. 새들의 날갯짓에 꿈을 꾸던 그런 곳이었다.

화륜선 뱃전에 서서 멀리 보이던 나루터를 보며 그는 눈물을 흘렸다. 나지막한 산과 언덕에 선 소나무는 옛 모습 그대로였다. 파릇하게 봄 싹이 돋은 강산은 말없이 그를 보고 있었다.

세상은 온통 꽃 천지였다. 참으로 오랜만에 돌아오는 재만을 환영하는 꽃비가 쏟아져 내렸다. 그것은 풀풀 바람을 타고 날아가 대호지 언저리를 발갛게 물들였다. 이 날만 같으면 참으로 행복할 듯싶었다.

재만은 나루터에 내려 한참을 그 자리에 서있었다. 정말 그가 고향에 돌아왔다는 게 실감나지 않았다. 눈을 감고 그렇게 있었다. 꿈에만 그렸던 고향을 다시 떠올려 보았다. 소금냄새가 배인 땅. 대호지였다.

그가 그토록 그렸던 곳이련만 반기는 사람은 아무도 없었다. 대호지나루터에서 만난 사람들도 아는 듯 모르는 듯 그를 반기지 않았다. 도리어 그들은 그를 피해서 지나갔다.

언젠가 본 듯한 사람들이었지만 눈을 마주치지 않았다. 눈이 마주쳐도 고개를 돌렸다. 그래도 서운하지 않았다. 그냥 돌아와 살아있다는 사실이 그를 만족스럽게 했다.

살아 있으므로 고향을 보고 있었다. 두 주먹을 불끈 쥐어보았다.

괜히 자신감이 들었다. 세월은 가도 남는 자는 있게 마련이었다. 모진 겨울의 매서운 바람 속에서도 살아남는 인동초는 봄을 기다리는 법이었다.

6년의 세월 모진 고난 속에 끈질기게 살아온 숨결이 대견했다. 몸은 만신창이가 되었지만 마음은 참으로 행복했다. 모든 세상을 얻은 기분이었다.

하늘로 훨훨 날아올라 갈매기가 되었다. 멀리 대호지를 내려다 보며 더 높이 날고 싶었다. 끼륵끼륵 소리를 내며 대호지를 한 바퀴 돌았다.

지난 시간 시련의 씨앗을 담았던 면사무소와 그곳에서 정미면으로 이어지는 구불구불한 도로가 내려다 보였다. 천의 장터도 조용하게 내려다보였다.

수많은 사람들이 외쳤던 그 함성이 메아리처럼 들려왔다. 날개를 퍼덕거렸다. 다시 끼륵거리며 날아 올랐다. 멀리 대호지가 나무뿌리처럼 뭍을 안고 있었다.

송재만은 천천히 집이 있는 조금리로 걸음을 옮겼다. 몸이 망가진 상태라 빨리 걷지 못했다. 형무소 문밖에서 구한 막대기를 짚고 천천히 찔룩거리며 고향집을 향했다. 그 길조차 반가웠다. 나루터에서 낮은 구릉 아래 난 길이었다. 대호지만에 물이 빠져 갯벌이 까마득히 보였다. 그래도 하얗게 쌓인 사성리의 모래밭은 옛 모습 그대로였다. 말없는 모래밭만 그를 반겨주고 있었다.

갈매기가 날고 버들잎이 늘어져 바람에 손을 흔들어주었다. 그래도 그를 반겨주는 게 있어 감사할 일이었다.

사성리를 지나 조금리로 접어드는 길목에 순분이 살고 있었다. 꿈에도 잊지 못한 얼굴이었다. 그토록 그리워하고 보고 싶었던 사람이었다. 가슴이 설레었다.

그녀를 만나면 왜 한 번도 찾아주지 않았느냐고 투정부리고 싶었다. 자신을 잊었느냐고 따져 묻고 싶었다. 새로이 사랑하는 사람이 생겼느냐고……

솔직히 그럴 만도 했다. 벌써 6년의 세월이 흘렀다. 스물세 살에 만났으니 벌써 서른을 바라보는 나이가 되었다. 과년한 나이였다.

시집을 가지 않았다면 다행이었다. 어찌 생각하면 시집을 가고도 남을 성싶었다. 생각이 여기에 이르자 가슴이 답답해졌다.

그래도 이해를 할 수밖에 없는 처지가 되었다. 게다가 몸도 성치 않은 마당에 전과자가 되어서 돌아왔으니 반가울 리 없을 게 뻔했다.

가봐야 할 건가도 고민이었다. 그녀를 만나 더 험한 것을 본다면 어쩔까. 남의 아이를 가슴에 안고 나온다면……. 걸음이 멈칫거렸다.

그래도 담 너머로 한번쯤은 봐야 하지 않을까. 살아있기는 한 건가…….

이런 생각을 하면서도 발걸음은 그곳으로 향하고 있었다.

멀리 언덕배기가 올려다보였다. 순분의 집이 그곳에 있었다. 집으로 향하는 길이 어수선했다. 검불이 바람에 날렸다. 돌부리가 곳곳에 솟아 있었다. 잘 정돈되고 정갈하게 청소가 되었던 옛 모습은 간 데 없었다.

송재만은 서둘러 그녀의 집 대문을 열었다.

집에는 아무도 없었다. 빈집이었다. 추녀는 내려앉고 서까래는 부러진 채였다. 문종이가 너덜거리는 방문만 문설주에 앙상하게 매달려 있었다.

벌써 몇 년 동안 지붕을 갈아 이지 않은 듯 보였다. 사람의 훈기가 사라진 지도 오래였다. 쓸쓸함만 마당 가득 고여 있었다.

그는 마루에 두텁게 앉은 먼지를 손으로 쓰윽 닦고 그곳에 걸터앉아 멍하게 멀리 내려다보이는 대호지만을 너머다 보았다.

가슴에 휑한 바람이 지났다. 눈물이 흘렀다. 그토록 보고 싶던 순분이었다. 하지만 그녀의 체취도 흔적도 없었다. 빈 집에 뻘 바람만 불었다.

그나마 곱게 핀 봄꽃이 그를 위로했다. 울 너머에 핀 살구꽃과 개복숭아꽃 빛이 화사했다.

후일 들은 얘기였다. 그녀는 1년형을 선고받고 형기가 만료된 뒤 집으로 돌아와 어디론가 이사를 가버렸다. 어디로 갔느냐고 물었지만 아는 이는 없었다.

그날의 아픔으로 부모를 여의고 홀로 어딘가로 떠났다고 했다.

송재만은 하늘만 보았다. 눈물만 흘렀다. 지옥보다 더한 현실이었다.

보릿고개 넘고 나니 검불만 날리운다
그리운 님 어디 가고 빈 하늘만 그득할까
아리랑 아리랑 아라리오. 아리랑 고개를 넘어간다.

송재만은 눈물을 삼키며 대호지 아리랑을 읊조렸다. 송재만은 자신이 살아있다는 것을 느끼고 싶었다. 누구 하나 반기는 사람 없었기에 투명인간이나 다름없었다. 일제가 정해놓은 관리 지역을 벗어날 수도 없었지만 마을에 있어도 그는 없었다.

면사무소가 있는 조금리를 빙빙 돌아다녔다. 아무도 그를 아는 체 하지 않았다. 눈을 돌리고 고개를 떨어뜨렸다. 이런 경험이 쌓일수록 마을을 나서는 것도 짐이었다.

동지들의 근황만 그리웠다. 그들은 외면하지 않으리라 믿었기에 그들 가까이로 가고 싶었다. 인연을 맺었던 동지들을 챙겨보았다. 알 만한 사람들에게 수소문을 했다. 하나같이 굳게 입을 닫고 있었다.

어떤 이는 낚시터에서 세월을 버렸다. 또 어떤 이는 산으로 들로 쏘다니기만 했다. 아예 산속에 움막을 짓고 마을로 내려오지 않은 이들도 있었다. 혹 타향으로 이사를 가는 경우가 부지기수였다. 모두 각자였다.

동지들의 흔적을 찾는 것도 큰일이었다. 게다가 일제의 감시를 피해 그들을 만나는 것은 거의 불가능에 가까웠다.

그렇게 조각조각 모은 이야기는 아픔만 가득했다.

이인정 면장은 형무소에서의 1년 4개월의 옥고로 몸이 무너져 운신을 하지 못하고 있었다. 게다가 만세운동에 대한 물적 피해를 배상하느라 가산을 탕진하고 겨우 숨만 붙이고 있었다.

더욱이 그는 벌써 오래전에 정미면 산성리로 이사를 가버렸다. 몸이 성치 않은 송재만에게 그곳은 먼 거리였다. 또 일제가 정해 놓은 관리 지역 밖이었다. 인사라도 여쭙고 싶었지만 쉽지 않았다. 풍문에 그가 누워서 산다는 소리만 들었다.

형처럼 따르며 자별하게 지냈던 도이리 남상돈도 그랬다. 그는 1년의 형기를 끝내고 나왔지만 옥에서 겪은 극악한 고문 후유증으로 많은 고난을 겪었다. 애써 살아 보려 발버둥 쳤지만 출옥 두 해 만인 1921년 애석하게 부모형제를 뒤로 하고 숨졌다. 그의 나이 34살이었다.

면사무소의 귀염둥이 막내 면서기 강태완도 공주지검에서 기소유예 처분을 받았다. 그러나 일제의 가혹행위 후유증으로 25살의 나이로 송재만이 출소하기 1년 전인 1924년 눈에 흙을 넣었다.

면서기 김동운은 천의 주재소를 습격하고 일본인 다지리의 환도를 빼앗아 차는 등 만세운동에서 맹활약했다. 그래도 주민들의 함구로 노출되지 않았다.

그는 이인정 면장이 자리를 물린 1919년 4월 5일부터 4월 7일까지 3일간 제2대 대호지 면장을 지냈다. 하지만 곧바로 왜경에 정치범 처벌법 위반 및 소요죄 혐의로 체포됐다.

그해 6월 27일 공주지방검찰청에 의해 기소유예 됐지만 고타(拷打)의 후유증을 이기지 못해 1923년 34세로 불귀의 객이 되었다.

마중리 김도일과 사성리 박경옥, 송전리 천도교인 이달준은 거사 직후 일경에 끌려가 정신을 못 차릴 만큼 고문당했다. 이 때문에 거사 직후인 1919년 5월과 6월, 8월 각각 옥에서 순국했다.

김도일은 일기 33세였으며 박경옥은 46세, 이달준은 37세였다.

사성리 김을용은 천의 주재소를 습격하고 왜경에게 폭행한 혐의로 왜경에 체포됐다. 1919년 5월 21일 공주지검에서 기소유예 처분을 받았지만 지독한 문초로 1921년 25세를 일기로 요절하고 말았다.

두산리 김형태는 서산경찰서에서 즉결에 넘겨져 1919년 4월 23일 태형 90대를 맞았다. 매 맞은 자국의 상처가 덧나 그해 23세의 나이로 돌아오지 못할 먼 길을 갔다.

송재만의 친구 송봉숙은 1년형을 살고 고향으로 돌아왔다. 하지만 감옥에서 받은 고난으로 출옥하던 해인 1920년 29세의 나이로 한 많은 아픔을 내려놓고 눈을 감았다.

적서리 고울봉은 만세 운동에 누구보다 적극적이었다. 그 탓에 1년형의 옥살이를 하고 나왔다. 감옥에서의 고초를 이기지 못하고 1923년 30세로 한많은 아픔을 땅속에 묻었다.

적서리 고병철은 왜경에 붙잡혀 매를 맞고 말할 수 없는 고난을 당했다. 풀려났으나 1924년 후유증을 이기지 못해 30세의 나이로 영원히 돌아오지 못할 강을 건너고 말았다.

두산리 김갑봉은 보안법 위반 및 소요죄로 체포되어 공주지방검찰청에서 기소유예 됐다. 검찰에서 당한 심한 고신으로 1921년 27세로 구천에 날아올랐다.

사성리 남상길도 보안법 위반과 소요죄로 체포된 뒤 그해 5월 21일 공주지검의 기소유예 처분을 받았다. 하지만 극심한 고형(苦刑) 후유증으로 1920년 23살의 꽃다운 나이에 땅보탬을 했다.

송전리 민재학은 시위에 참여해 주재소를 습격한 뒤 왜경에 체포되어 1919년 10월 24일 공주지법의 판결로 태형 90대를 맞았다. 하지만 맷독을 이기지 못해 1922년 28세의 나이로 그가 그리던 고향마을 뒷동산으로 돌아갔다.

어물전을 하던 출포리 박명화는 시위에 참가한 다음 도망 길에 올랐다. 1919년 6월 30일 기소중지됐다. 하지만 도망 다니며 몸이 많이 상해 1925년 43세를 일기로 하늘에 올라 바람이 되었다.

송전리 이명세는 천도교인으로 만세운동에 적극 동참하고 보안법 및 소요죄혐의로 일경에 체포되었다. 공주지검에서 기소유예처분을 받았지만 심한 고략(拷掠) 후유증으로 1924년 36세의 나이로 작고했다.

도이리 유욱희는 시위에 가담한 뒤 도망 다니다 그해 6월 30일 기소중지됐다. 하지만 2년을 숨어 다니지 못하고 1921년 50세를 일기로 하늘에 올라 구름이 되었다.

조금리에 살던 이순만도 만세운동 가담 후 소요죄로 일경에 체포된 뒤 공주지방검찰청에서 집행유예로 풀려났다. 하지만 고타와 가혹한 괴롭힘으로 1920년 27세 나이에 어미아비의 가슴에 묻혔다.

도이리 이문학도 만세운동에 나섰다가 일제의 추적을 피해 대호지를 등졌다. 그해 6월 30일 공주지검이 기소중지시켰다. 하지만 1923년 44세 나이에 제삿밥을 얻어먹는 신세가 되고 말았다.

도이리 이완화는 만세운동 후 징역 1년을 살고나왔다. 하지만 감옥에서 맹태(猛笞)에 어려움을 겪어 고통을 견디지 못하고 1924년 53세를 일기로 조상반열에 올랐다.

이렇게 먼저 세상을 등진 동지들이 20여 명에 달했다. 송재만이 옥중에 있는 동안 이들은 모두 먼저 세상을 버렸다.

송재만은 울고 또 울었다. 어디론가 떠나고 또 멀리 멀리 가버렸다. 언젠가는 가야 할 길이라지만 그래도 너무들 일찍 가버렸다. 질긴 삶이 이런 아픔을 겪게 하는가싶어 몸서리 쳤다.

만세운동에 끌어들여 그들의 명을 재촉한 게 아닌가 하는 죄책감에 한동안 말을 잃었다. 실어증에 걸린 사람처럼 하늘만 쳐다보고 살았다. 원망하는 사람도 없었고 원망할 사람도 없었다. 늘 마음만 천근이었다.

그런 송재만에게 밤 인심이 힘을 주었다. 문간에 놓인 독에 늘 보리쌀이 떨어지지 않았다. 고구마, 감자는 물론 제철 채소가 끊이지 않았다.

마을 사람들이 순사의 눈을 피해 가져다놓은 때거리였다. 늘 감사하는 마음으로 살았다.

송재만은 약간의 시간이 지난 뒤 사성리로 이사를 했다. 그곳에는 동지들이 몇몇 살아 있었다. 남병사 댁 고수식과 공일손이 그들이었다. 그들은 넉넉한 형들이었다. 비록 남주원이 모든 재산을 매각하는 바람에 그들도 몸 둘 곳을 잃었지만 인색하지 않았다. 아픔을 나눌 줄 아는 정이 있었다.

하지만 가장 큰 이유는 조금리에 들어선 주재소 순사들을 피하기 위해서였다.

일제는 4월 4일 만세운동이 있고 얼마지 않아 조금리 면 소재지에 서산경찰서 대호지주재소를 설치했다.

그곳에는 충남도내에서 가장 악명 높은 왜경들을 배치했다. 그들의 비위를 조금이라도 거스르는 주민들은 가차없이 탄압했다.

게다가 불량선인으로 낙인을 찍어 관리했다. 일거수일투족을 감시하고 제재했다. 숨을 쉬는 일 빼고는 모두 제어했다. 조금리 전체가 옥이나 다름이 없었다.

송재만은 중형을 받고나온 전과자라 가장 높은 수준의 감시 대상이었다. 매우 불량한 조선인이었던 셈이었다.

왜경들은 그를 중죄인 전과자로 특별관리했다. 심지어 문밖을 나오는 것조차 허가하지 않았다.

'어디 가려는 거냐.'

'누굴 만날 거냐.'

'무슨 일로 왜 만나려는 거냐.'

'사전에 약속을 했냐……?'

하나하나 꼬치꼬치 캐물었다. 그들의 요구를 충족시켜주어야 집밖으로 나올 수 있었다. 대호지 장마당에 가려해도 그랬다. 살아있는 자체가 고난이었다.

심지어 가택순찰 당시 집을 비웠다면 언제 누굴 만났으며 무슨 이야기를 했는지 심문하고 채록했다. 조금의 거짓이라고 생각되면 폭행은 예삿일이었다. 뺨을 때리고 주먹다짐을 했다. 구둣발로 정강이를 걸어차는 것도 다반사였다.

송재만은 그러지 않아도 성치 않은 몸이 더욱 허물어졌다. 말만 옥살이가 끝났지 구금 생활은 여전히 이어지고 있었다. 가택연금 상태나 다름이 없었다.

그에게 온전한 자유는 숨 쉬는 일 뿐이었다.

이러다보니 이웃들도 그를 피해 다녔다. 낮에는 그의 집 근처에 얼씬도 하지 않았다. 푸성귀라도 챙겨주는 일은 늦은 야밤에 이루어졌다. 순사들의 감시가 소홀한 틈에 겨우 담 너머로 던져 놓고 갔다. 풀죽이라도 끓여 먹을 수 있었던 것은 주민들의 정 때문이었다.

그렇게 살면서 숨을 쉴 수 있었던 건 오로지 대호지나루터 덕분이었다. 처음에는 왜놈 형사들이 그곳에 가는 것조차 허락하지 않았다. 하지만 맞고 부딪히며 나루터 나들이를 시도했다. 그들의 감시가 없는 날은 나들이가 가능했다. 그렇게 깨지고 맞으며 투쟁으로 얻은 게 대호지나루터 나들이였다.

이사를 한 뒤로 조금 숨통이 트였다.

일제는 송재만의 이사를 묵인했다. 그의 생활이 스님과 다를 게 없어서였다. 건강상태나 반복된 감시를 통해 누적된 정보가 일제의 통치에 조금도 영향을 미치지 못할 상황에 이르렀다는 판단이 섰던 탓이었다..

아무튼 턱밑에서 보던 주재소 왜경들도 보이지 않았다. 또 거리가 조금 떨어지다 보니 그들의 감시도 그만큼 느슨해졌다. 매일 수시로 순찰 돌던 순사들도 처음에는 하루에 한번 그 다음은 이틀에 한번 정도 감시 순찰을 돌았다.

그러다 시간이 지나면서 이제는 한 달에 두어 번 감시 순찰이 다녀갔다. 그것만으로도 살 만했다.

그날도 대호지나루터에 따사로운 햇살이 쏟아지고 있었다. 멀리서 끼륵끼륵 갈매기소리가 들렸다. 엷은 파도소리가 잔잔하게 철석거렸다.

송재만은 눈을 감았다. 온 누리가 붉은 빛이었다. 따사롭고 부드러웠다. 살랑살랑 부는 바람 끝에 훈기가 묻어오고 있었다. 모진 겨울이 지나면 어김없이 봄은 오게 마련이었다. 아니 봄기운이 밀려오면 그 혹독한 겨울도 미련을 버리고 가는 게 순리였다.

부드러운 손길 같은 호흡이 스쳤다. 분명 봄은 오고 있었다. 그토록 기다렸던 봄이 조금은 멀리에서 오고 있었다. 나루터로 밀려오는 화륜선처럼 검은 연기를 날리며 저 멀리에서 천천히 대호만을 거슬러 오르듯이 봄은 그렇게 오고 있었다.

'따뜻할 거여……'

그는 넋을 놓고 눈을 감고 있었다.

어린 아이가 다가와 그의 손을 살며시 잡아주었다. 그가 눈을 떴을 때 그 아이는 저만치로 달려가고 있었다. 눈을 들어 그 아이를 보았다. 키가 작고 당당하게 생긴 아이였다. 얼굴에 복사꽃이 피어 있었다. 귀하게 살아갈 아이였다. 씨익 웃음을 주었다. 그 아이도 겸연쩍게 살포시 웃었다. 송재만은 흥얼거렸다.

"아리랑 아리랑 아라리요
아리랑 고개를 넘어간다.

앞산에 소쩍새 구슬피 울고
보릿고개 피 바람 배곯이나네

대호지 뻘 밭에 바람이 분다.
밤 고개 떨어진 밤 새싹이 돋네
꽃피고 새 울면 봄날이 오고
집 나간 우리 낭군 돌아나온다

아리아리 쓰리쓰리 아라리요
아리랑 고개를 넘어간다.
행팽이골 올미가 알알이 차면
배곯이에 새끼 무덤 떡 해다주세

엄동설한 세간살이 서글퍼우니
절골에 범난골에 훈풍이 부네.

갈잎에 대닢 우에 떡갈닢 우에
어여쁜 우리낭군 안아나 보세

아리아리 쓰리쓰리 아라리오
아리랑 고개를 넘어간다.

[에필로그]

 그렇게 9년의 세월이 흘렀다. 몸도 많이 좋아졌다. 나루터를 오가며 고문의 후유증도 점차 사라져갔다. 온몸에 남은 아픔의 흔적이야 어찌할 수 없었지만 마음의 상처도 세월에 씻겨갔다. 평상심으로 돌아가고 있었다.
 이른 봄이었다.
 그날도 송재만은 아침부터 대호지나루터에 나가 앉아 있었다. 하지만 기다리던 사람은 오지 않고 훈풍만 불어왔다. 화륜선이 떠나고 나서야 몸을 일으켰다.
 이제는 그러려니 했다. 간절한 기다림도 세월에 묻어버렸다. 그냥 일상이 되어 나루터에 나왔을 뿐이었다. 그래도 마음의 구석자리에는 희미한 기다림이 묻어 있었다. 작은 희망이었다.
 '오겠지.'

빙긋이 웃었다. 지난 세월이 그 말마저 싱겁게 만들었다.
 그가 나루터에서 집으로 돌아오는 길이었다. 무심코 길섶에 돋아난 풀을 보았다. 이름을 알지 못하는 하찮은 잡초였다. 사람들이 밟고 다니는 길바닥이었다. 풀은 꽁꽁 언 땅을 뚫고 싹을 뾰족 내밀고 있었다.
 송재만은 살을 에는 바람을 등지고 쪼그리고 앉아 한참을 내려다보았다. 샛노란 빛이 감돌았다. 도저히 돋아날 수 없는 환경임에도 땅을 뚫고 일어선 생명이었다. 그 빛깔이 너무나 아름답고 신기했다.
 언 손으로 싹을 만져 보았다. 참으로 속살처럼 부드러웠다. 어린아이의 볼을 만지는 기분이었다. 그동안 느껴보지 못한 감지였다.
 송재만은 땅바닥에 엎드려 귀를 기울여 보았다. 여전히 한기가 볼에 느껴졌다. 그 사이로 엷은 바람이 새싹을 지나치는 소리가 귓불을 간질였다. 어린아이 숨소리 같기도 했고 맥동처럼 들리기도 했다.
 눈을 감았다. 머리를 짓눌렀던 숱한 상념이 새싹을 스치는 바람결에 떠밀려갔다. 그리움과 아픔도 더 많은 사람들에 대한 미련도 미끄러져 갔다. 긴 세월. 영어의 몸으로 살았던 시간마저 녹아내렸다. 따뜻하고 밝은 기운이 머리를 관통하고 지났다.
 무릎이 시린 줄도 몰랐다. 길바닥에 엎드리고 있던 송재만은 천천히 몸을 일으켰다. 짚고 다니던 참나무 지팡이를 대호지 뻘밭을 향해 힘껏 던져버렸다.
 몸을 천천히 일으켰다. 휘청거렸다. 한쪽 무릎을 잡고 몸을 폈다. 곧이어 허리를 허공에 세웠다. 바람에 일렁거렸다. 서 있을 만했다.

　그는 조심스럽게 걸음을 옮겼다. 다리가 저려오고 온몸이 흔들렸지만 그래도 쓰러지지 않을 자신이 생겼다. 이를 굳게 깨물었다.

　세월이 모든 아픔을 아물게 하지는 못했지만 잊지 말아야 할 일만 남기고 잊기로 했다. 그렇다고 아픔만을 안고 살 수는 없었다.

　송재만은 그날도 대호지나루터에 나왔다 맥없이 집으로 돌아가는 길이었다. 늘 모든 승객이 떠난 뒤에야 나루터에서 몸을 일으켰다. 그런 탓에 돌아가는 길도 텅 비어있었다.

　그가 막 산언저리를 돌아섰을 때였다. 저만치에 신기루처럼 한 아낙이 보였다. 흰 저고리에 검은 치마를 입은 그녀는 분명 화륜선에서 내릴 때 보지 못했던 모습이었다.

　그녀는 먼 길을 다녀온지라 발걸음이 무거웠다. 머리에 커다란 보따리 꾸러미를 이고 있었다. 보는 것만으로도 천근이었다. 얼마를 뒤따르자 아낙은 머리 위의 짐을 길섶에 내리고 돌아앉았다.

　그녀는 한손으로 이마의 땀을 닦으며 그렇게 멀리 대호지를 너머다보고 있었다. 햇살이 쏟아지는 어깨에 세월을 살아온 무게가 고스란히 얹혀 있었다. 정확히 눈을 보지는 못했지만 상념이 언저리를 휘감고 있었다.

　송재만은 무심하게 그녀를 지나쳤다. 천천히 앞만 보며 걸음을 옮겼다. 그런데 갑자기 가슴이 뛰기 시작했다. 왠지 쫓기는 사람처럼 숨이 거칠게 차올랐다.

　더는 걸을 수가 없었다. 마음을 가라앉혔다. 하지만 뜨거운 기운이 머리끝으로 치솟았다. 걸음을 멈추었다. 길게 숨을 들이켰다. 겨우 차올랐던 마음이 가라앉았다.

　송재만은 천천히 길섶에 앉은 그녀를 돌아보았다. 여전히 그녀는 멀리 대호지를 넘어다보고 있었다. 귀 윗머리 옆으로 보이는 맑은 눈동자가 햇살에 빛났다.

　송재만은 돌아서 그녀에게 천천히 다가갔다. 그제야 그녀도 물끄러미 그를 올려다보았다. 눈이 마주쳤다. 강렬한 햇살이 눈부셨다. 잠시 두 사람은 그렇게 말없이 눈만 보고 있었다.

　곧이어 그녀가 고개를 돌렸고 송재만은 말없이 그녀의 보따리를 한손으로 잡았다.

　다시 그녀가 송재만을 올려다보았다. 눈이 마주쳤다. 송재만의 눈부처 속에 그녀가 있었다. 그 속에 삶이 고스란히 녹아 있었다. 맑은 눈이 빛났다. 이번에는 그가 고개를 돌렸다. 보따리를 덥석 들어 등짐처럼 둘러맸다.

　송재만이 앞서 걸었고 뒤떨어져 그녀가 따라왔다. 아무 말도 없었다. 대호지에서 불어오는 바람만 그들 사이를 지나치고 있었다.

　늙은 복숭아나무에도 꽃은 피는 법이었다. 송재만은 1934년 서산군 음암면이 고향인 주춘희와 혼인했다. 그의 나이 44세. 신부의 나이 39세였다. 늦어도 많이 늦은 나이였다. 아픔이 있는 사람끼리 만나 새로운 삶을 기약했다.

　그들은 사성리에 신혼 방을 차렸다. 그리고 그의 꿈이 실현된 건 이듬해인 1935년. 참으로 귀한 아들을 얻었다. 눈에 넣어도 아프지 않을 만큼 소중한 자식이었다. 그의 이름을 우석이라고 지었다. 두 딸도 얻었다.

송재만은 그제야 달콤한 삶의 맛을 보았다. 열심히 살았다. 그렇다고 일제의 감시가 사라진 건 아니었다. 하지만 앞만 보고 걸었다. 언젠가는 좋은 날이 올 것이라 믿었다.

자식들이 희망이었다. 설혹 사는 동안 그 날이 오지 않는다면 자식의 시대에는 분명히 올 거라 의심치 않았다. 등에 남은 큰 상처가 쓰릴 때마다 확신했다.

겨울이 지나면 봄은 오는 법이었다. 아들 우석이 열 살이 되던 해였다.

1945년 8월 15일.

그 봄은 지루한 기다림 속에서 찾아왔다. 독립이었다. 조국의 독립. 송재만이 그토록 기다리고 기다렸던 그 해방이었다.

그는 그날 얼마나 울었는지 모른다. 목 놓아 울고 또 울었다. 철없는 아들을 품에 안고 그의 얼굴을 보듬으며 울었다. 기나긴 겨울 속에 인동초로 살아온 삶이 주마등처럼 지나갔다. 말로 형언할 수 없는 참으로 억울한 삶이었기에 그는 그저 울고만 있었다.

내 나라 내 땅에서 사는 것은 너무나 자연스러운 것인데 그것을 찾기 위해 그토록 모진 고난을 겪었던 기억이 분했다. 그들의 그 잔인함 속에 몸부림쳤던 자신이 원통했다. 왜 하필이면 이 시대에 태어나 이토록 모진 고초를 겪어야 했는지. 분통했다.

그러면서도 결코 실없는 짓을 하지는 않았다는 것이 위안이었다. 희고 거대했던 용의 움직임이 드디어 결실을 만들었다는 생각이 가슴 벅차게 했다. 그날의 보람이 그제야 열매처럼 만져졌다. 먼저 간 숱한 대호지 사람들의 얼굴이 영상처럼 지나갔다.

그렇게 파란의 삶을 산 송재만은 1951년 3월 3일. 한 많은 대호지 아리랑을 가슴에 묻고 60세를 일기로 눈을 감았다. 그는 대호지면 사성리 사구시에 잠들어 있다 65년만인 지난 2016년 비로소 대전현충원에 묻혔다.

송재만이 그토록 보고 싶어 했던 남주원은 그 후 결코 대호지면으로 돌아오지 않았다. 일제의 감시가 그를 따라다녔으므로 그것이 싫었다.

남주원은 송재만이 서대문형무소를 나온 다음해인 1926년. 경기도 시흥군 남면 당정리로 식솔들을 옮겼다. 그리고 곧바로 이듬해인 1927년 6월에는 고향과 가까운 아산군 염치면 백암리로 집을 옮겼다.

한 자리에서 1년을 넘기지 않았다. 하지만 이 하늘 아래 사는 이상 어쩔 도리가 없었다. 끈질긴 도피였다. 남주원은 한동안 아산에서 생활했다. 하지만 고향이 그리웠다.

그는 작심하고 1935년 서산군 부석면 지산리로 옮겼다. 그곳에서 10여 년을 살았다. 그동안 이름도 남경천과 남주학으로 바꾸었다.

그리고 해방을 맞고 얼마지 않은 1947년 10월 15일 아산군 영인면 아산리에서 향년 54세로 생을 마감했다.

대호지의 대부호 남주원은 그렇게 이 땅을 떠났다. 그는 경기도 성남시 가족공원묘지에 묻혀있다는 이야기만 전하고 있다.

송재만을 유난히 믿어주었던 이인정 면장도 본래는 넉넉한 사대부였다. 지산군수를 역임하고 고향으로 돌아와 대호지나루터를 경영했다. 소유한 전답도 17필지 1만여 평에 달했다. 집도 4채를 보유하고 있었다.

대부호는 아니었지만 높은 관직에 부러울 게 없었다. 1914년 4월 1일에는 대호지면 초대면장이 되었다. 관복을 타고난 데다 경제적 여유마저 있었으니 모든 사람들의 부러움을 샀다.

그는 면장에 취임하고 곧이어 자신의 모든 재산을 아들 두하에게 상속했다. 이두하는 당시 15세였다. 이른 감이 있었지만 이면장의 생각이 그러했으므로 재산을 내렸다. 그리고 1919년 대호지 만세운동이 일어났다.

이두하는 도호의숙 출신으로 당초 경성에 올랐던 유생 중의 한 사람이었다. 자연히 만세운동의 중심에 서게 되었다. 거사가 벌어진 뒤에는 경찰의 검거대상이 되었다. 하지만 그는 붙잡히지 않았다.

옥에 갇힌 이인정 면장이 여러 방면으로 손을 썼다. 아비와 아들이 함께 옥에 갇힌다면 폐가망신할 판이었다. 물론 이두하 밑으로 두 동생들이 있었지만 너무 어렸다.

이 면장은 어떻게든 장손인 이두하를 옥에 가두지 않기 위해 혼신을 다했다. 변호사를 쓰고 경성에 선이 닿는 인물을 찾아 방법모색을 요청했다. 그 결과 이두하는 거사가 있은 지 두 달 만인 6월 30일 공주지방검찰청에서 기소중지처분을 내렸다.

문제는 옥바라지를 위한 자금이었다. 소송을 이어가기 위해서는 막대한 변호사 비용이 필요했다. 이두하는 기소중지 이듬해인 1920년 3월부터 자신이 상속받은 모든 땅을 매각했다.

아버지 이인정 면장과 4촌 형인 이대하의 옥바라지에도 자금이 필요했다. 먼저 3월 3일에는 1천여 평이 넘는 집을 팔았다. 그리고 곧이어 1만 평에 달하는 모든 전답을 처분했다.

그 자금으로 이인정과 이대하의 변호사비용을 충당했다. 또 이두하가 기소중지로 끝나도록 하는데 엄청난 자금이 검찰로 들어갔다.

1920년 5월 이인정 면장이 1년 형기를 마치고 1년 4개월 만에 출옥했을 때는 거의 모든 재산이 바닥이 난 뒤였다. 이두하는 성한 곳 없이 들것에 실려 나온 아버지 이인정 면장을 모시고 그해 5월 4일 정미면 산성리로 이사했다.

그 당당했던 이 면장은 감옥에서 당한 숱한 고문으로 병석에서 일어나지 못했다.

그는 병석에 누워서도 혼잣말처럼 읊조렸다.

'면민들이 무신 잘못이 있어. 내 책임이여. 면장이 뭐것어. 땅을 팔아서라도 변호사비용을 대주어야지……'

그는 쇠잔한 몸을 일으키지 못하고 1934년 5월 1일 눈을 감았다. 향년 76세였다.

이면장의 조카 이대하 역시 형기를 마치고 1920년에 출감했다. 그의 몸도 말이 아니었다. 성한 곳이 없었다. 하지만 하고 싶은 일이 있었다. 옥에서 다짐하고 또 다짐했다. 그것은 다름 아닌 후학 양성이었다.

그는 옥에서 나온 지 얼마지 않아 성치 않은 몸으로 사성리 자신의 집에 간이서당을 열었다. 이어 아이들을 가르치는 일에 매진했다.

그러다보니 자연 자금이 필요했다. 방법은 하나밖에 없었다. 전답 처분이었다. 그는 1924년 3월 장정리 107번지로 이사한 뒤 그해 6월. 그때까지 살았던 사성리의 집과 그곳 전답 2,700여 평을 서둘러 처분했다. 그렇게 추억도 많고 아픔도 많았던 사성리와의 인연을 끊었다.

장정리 집에서 그는 다시 간이서당을 열었다. 아이들에게 민족의 중요성과 자강의 필요성을 일깨웠다. 그렇게 은둔의 생활을 이어갔다.

그러다 일제말기에 내선일체를 주창하며 조선어 폐지를 강행하자 그는 집에서 한글교육을 실시했다. 하지만 일제는 1940년 강권으로 이대하의 집에서 운영하던 한글서당을 폐쇄시켰다.

그는 끝없이 일제에 항거하며 남은 생을 불살랐다. 그렇게 한 많은 삶을 산 이대하는 1950년 7월 12일 61세를 일기로 눈을 감았다.

그의 사촌동생 이두하도 같은 해 51세로 불귀의 객이 되었다.

이인정 면장과 그의 조카 이대하의 후손들은 모두 당진을 등지고 뿔뿔이 흩어졌다. 땅 한 평 붙일 것이 없었으니 그곳에 살 의미가 없었다. 조상으로 후손들에게 물려준 건 가난뿐이었다. 대호지를 호령했던 집안이 만세운동으로 멸문지화를 당한 거나 다름없었다.

모진 가난과 일제에 항거했다는 명예만으로 후손들이 살기에는 삶이 팍팍했다. 그래도 이대하의 아들 이범일은 집안의 명예를 찾기 위해 동분서주했다.

그 노력의 결실로 1982년 대호지 만세운동 관련 법정기록을 국가기록원 산하 부산문서보관소에서 찾았다. 또 그 문서를 번역함으로써 4.4대호지만세운동이 빛을 보게 되는데 결정적인 기여를 했다.

그는 2020년 작고했다. 그나마 자손들이 자수성가함으로써 새롭게 집안이 되살아나고 있으나 100년이 지난 지금까지 몰락의 아픔을 앓고 있다.

남상은의 형이자 독립군 장교였던 남상학은 1920년 백야 김좌진 장군과 청산리 전투를 승전으로 이끄는데 기여했다. 하지만 전투가 끝난 뒤 그는 돌아오지 못했다.

도이리 남상은은 만세운동으로 구속된 다음 남상학의 은신처를 털어놓지 않는다며 참기 어려운 맹태를 당했다. 동시에 독립군의 지령을 받아 거사를 일으킨 사실을 털어놓지 않는다며 몸서리치도록 괴로움을 당했다.

또 출옥해서도 해방되던 날까지 일제의 사찰 속에 살았다.

민재봉 서기도 뒤늦게 출옥했으나 그곳에서 참으로 고된 시간을 보낸 탓에 해방을 보지 못한 채 1940년 5월 25일 50세를 일기로 그가 그리던 곳으로 돌아갔다.

대호지만세운동에 참여했던 더 많은 사람들은 해방을 맞았지만 입을 다물었다. 실형을 살았던 독립투사들도 그랬고 태형을 맞은 사람들도 말을 삼갔다.

주민들조차 일제에 끌려가 혹독한 고문을 당했으므로 그날의 일을 입에 올리지 않았다.

그날의 아픔이 너무나 혹독했으므로 더 이상 아픔을 자식들에게 물리고 싶지 않았다. 게다가 사회분위기도 그랬다. 그들의 저항정신을 높이 받들지 않았다. 그냥 전과자 정도로 치부하기 일쑤였다.

해방을 맞은 대한민국에서는 아픔이 그칠 줄 알았다. 하지만 정부가 들어서면서 친일 분자들은 다시 득세했다. 독립투사들을 괴롭혔던 순사들은 현지에서 대한민국 경찰로 둔갑했다.

그들은 여전히 사법권을 관장하는 자리에서 주민들을 감시했다. 옥살이를 한 독립투사들은 전과자로 전락했다.

물론 공산주의라는 새로운 적에 맞서려다보니 어쩔 수 없었다는 것이 정부의 논리였다.

독립투사들의 입장에서는 납득이 가지 않았다.

일제의 앞잡이를 한 인사들이 어떻게 대한민국의 정부 아래 머리를 쳐들고 살 수 있는지 이해할 수 없었다. 도리어 그것은 분노였다.

그래서 많은 사람들은 입을 닫았다. 아무 말도 하지 않았다.

대호지에 나가 낚시로 세월을 낚았다. 혹자는 산으로 들로 미친 듯이 다녔다. 더 많은 사람들은 대호지를 떠나 인천으로 한성으로 이사를 갔다. 아는 사람이 없는 그런 곳에서 살고 싶었다.

대호지만세운동에 참여했던 많은 사람들이 그렇게 모진 세월을 살다 입을 닫고 세상을 등졌다. 그러다보니 그 숭고했던 4.4 대호지 천의장터 만세운동은 모든 이들에게 잊혔다. 들은 이들도 거의 없었다.

그렇게 세월이 흐르기를 40년.

당진군 대호지면장 남창우가 1960년 처음으로 송봉운 열사의 묘를 찾아 그곳에 술을 올리고 제사를 지냈다. 그는 대호지만세운동의 숭고한 뜻을 기리자고 주민들에게 호소했다.

그것이 계기가 되어 추모비 건립을 위한 모임이 결성됐다. 또 주민들의 입에서 입으로 만세운동이 조금씩 구전됐다. 하지만 정확한 실체는 알지 못했다.

  그러다 1982년 4월 8일 남만우 이범일 등이 만세운동 관련 법정기록 원본을 국가기록원 산하 부산문서보관소에서 찾아냈다. 이것을 계기로 4.4대호지 천의장터 만세운동은 세상에 알려지게 되었다.

  그럼에도 아직 그 실체를 정확히 아는 사람은 많지 않다. 그날의 아픔, 그날의 그 장쾌함을 감동으로 전할 내용도 입체적으로 만들어지지 않았다. 그렇게 100년의 세월이 지난 지금.

  『대호지 아리랑』이 그날의 만세운동을 입체화하려고 노력했다.

  이 나라 민초들이 1919년 어떻게 일제에 저항했는지를 아는데 조금이라도 도움이 되었으면 좋겠다는 마음 간절하다.

  '살아서는 설 곳이 없고, 죽어서는 묻힐 땅이 없다.'던 한운석 선생의 애절한 절규가 귓전에 쟁쟁하다.

  1919년 4월 4일. 당진군 대호지면 일대에서 발생한 독립만세운동으로 200명에 달하는 선민들이 혹독한 아픔을 겪었다.

  특히 징역 5년부터 8개월까지 징역형을 받은 사람이 40명이나 됐다. 태형 90대를 받은 주민이 88명이었다. 옥중에서 순국한 애국지사가 3명이며 현장에서 학살된 지사가 1명 있었다.

  69명의 주민들은 기소유예와 기소중지, 면소 방면으로 실형을 살거나 태형을 당하지는 않았지만 혹독한 고문을 경험하는 아픔을 당했다.

  이뿐만이 아니라 전체 면민 가운데 청장년 800여 명이 이들의 시위를 입증하기 위한 일제의 심문을 받았을 것으로 판단된다.

  일부 부녀자들도 끌려가 심문을 받았다는 주민들의 주장이 있는 것으로 보면 전체 면민 가운데 일제의 심문을 받지 않은 사람이 없을 정도였다.

일제는 4.4 대호지 만세운동의 보복으로 대호지면을 폐면시키겠다는 계획을 세웠다. 지역을 인근의 정미면과 성연면에 폐합시켜 면 자체를 없애버린다는 방침이었다.

하지만 대호지면민들이 거세게 반발하는 바람에 폐면 계획을 없었던 것으로 되돌렸다. 그만큼 대호지만세운동은 일제의 심장에 강한 쐐기를 박았다.

이 만세운동으로 공주지방검찰청에 이송된 주모자급 인물은 56명에 달했다.

□ 공주지방법원에서 받은 판결은 다음과 같다.

• 징역 5년 : 송재만 · 고수식 · 한운석
• 징역 4년 · 벌금 30원 : 이대하
• 징역 4년 : 남태우 · 송무용
• 징역 1년 6월 : 이인정 · 민재봉
• 징역 1년 : 고울봉 · 권재경 · 권주상 · 김금옥 · 김길성 · 김부복 · 김양칠 · 김장안 · 김찬용 · 김형배 · 김팔윤 · 남기원 · 남상돈 · 남상락 · 남상은 · 남상직 · 남상집 · 남용우 · 남윤희 · 남주원 · 송봉숙 · 신태희 · 안상춘 · 원순봉 · 이완하 · 이춘웅 · 전성진 · 최정천 · 홍월성 · 남주원
• 징역 8월 : 남성우
• 징역 1년(집행유예3년) : 김순천
• 태형 90대 : 강춘삼 · 고한규 · 김홍진 · 남계창 · 남신희 · 남인우 · 문영산 · 윤 남 · 이규순 · 이상익 · 차세순 · 천학선 · 최봉준
• 태형 60대와 30대 : 강춘삼 · 남계창 · 문영산 · 민재학 · 박희용 · 유동렬

□ 경성 복심 법원에 항소결과

• 징역 5년 : 송재만
• 징역 1년 : 고울봉 · 권주상 · 고수식 · 김장안 · 김팔윤 · 남태우 ·

송무용 · 이인정 · 전성진 · 한운석
 · 징역 8월 : 남상돈 · 남상락 · 남상은 · 남상집 · 남윤희 · 이대하 · 홍월성
 · 항소 기각 : 권재경 · 김금옥 · 김길성 · 김부복 · 김양칠 · 김찬용 · 김형배 · 남용우 · 남상직 · 송봉숙 · 신태희 · 안상춘 · 원순봉 · 이완하 · 이춘웅 · 최정천

□ 고등법원 상고결과

 송재만 · 이인정 · 한운석 · 김양칠 등 4명은 다시 고등 법원에 상고했으나 1920년 2월 7일 기각됨으로써 징역 5년과 각 1년의 형량이 확정됐다.

□ 서산경찰서 즉결처분 태형 90대 집행결과

1919년 4월 22일(10명)
 강정신 · 공일손 · 김봉국 · 김부식 · 성기한 · 신태빈 · 유일현 · 이기안 · 이현춘 · 임억규
1919년 4월 23일(16명)
 김범준 · 김봉욱 · 김성연 · 김순식 · 김예원 · 김유봉 · 김인식 · 김천겸 · 김형태 · 김홍우 · 백성일 · 이상영 · 조정식 · 조회식 · 최생용 · 최연식

1919년 4월 24일(28명)

고병하 · 김금산 · 김길동 · 김달용 · 김동운 · 김봉쇠 · 김정식 · 남성희 · 남영렬 · 남윤희 · 문만동 · 박성운 · 송일현 · 송준기 · 송춘성 · 심능필 · 유인기 · 이대성 · 이보국 · 이보동 · 이성하 · 이영학 · 정환철 · 조종학 · 최학수 · 한봉교 · 한춘산 · 호억준

1919년 4월 25일(14명)

김동근 · 김일용 · 김장성 · 김장식 · 김재곤 · 김홍수 · 김홍태 · 김황용 · 박봉화 · 박성옥 · 박창옥 · 박희천 · 손병윤 · 한만봉

1919년 4월 26일(4명)

송광운 · 장경환 · 장인환 · 전중환

이들은 거의 4.4 대호지만세운동 직후 경찰에 검거됐다. 그곳에서 구금된 채 갖은 고문을 당하고 4월말에 태형을 받고 풀려났다.

□ 4.4 대호지만세운동 연락책

본부 송재만
조금리 송재만 징역 5년 (1893-1951)
두산리 김홍수 태형 90대 (1895-1984)
사성리 백성일 태형 90대 (1890-1961)
적서리 김부복 징역 1년 (1902-1954, 미성년자)
도이리 남신희 태형 90대 (1885-1957)

송전리 최정천 징역 1년 (1881-1950)
마중리 윤 남 태형 90대 (1873-1936)
출포리 박양삼 9월 8일 면소

□ 4.4 대호지 만세운동 행동대원

송재만, 행동대장, 징역 5년
송봉운, 피살 (1891-1919) 순직
최연식, 장정리, 태형 90대(1895-1984)
심능필, 마중리, 태형 90대(1893-1950)
김팔윤, 사성리, 징역, 1년 (1890-1937)
차재덕, 조금리(1891-1958)
김홍진, 두산리, 태형 90대(1884-1951)
김찬용, 장정리, 태형 90대(1896-1950)
남태우, 사성리, 징역 1년(1880-1937)
고수식, 사성리, 징역 1년(1872-1940)
송무용, 사성리, 징역 1년(1898-1937)
안상춘, 사성리, 징역 1년(1899-1950)
김순천, 사성리, 태형 90대(1894-1951)
김형배, 사성리, 징역 1년(1885-1934)
김금옥, 조금리, 징역 1년(1896-1969)
김길성, 적서리, 징역 1년(1900-1943)
남상은, 도이리, 징역 8월(1893-1974)

남성우, 도이리, 징역 8월(1897-1952)
남윤희, 도이리, 징역 8월(1882-1939)
전성진, 도이리, 태형 90대(1885-1932)
김장안, 사성리, 태형 90대(1886-1962)

□ 4.4 대호지 만세운동 순국의사

송봉운, 김도일, 박경옥, 이달글

이광희 장편소설
대호지 아리랑

발 행 일 | 2022년 03월 15일(1쇄)
지 은 이 | 이광희
발 행 인 | 李憲錫
발 행 처 | 오늘의문학사
출판등록 | 제55호(1993년 6월 23일)
주   소 | 대전광역시 동구 대전로867번길 52(한밭오피스텔 401호)
전화번호 | (042)624-2980
팩시밀리 | (042)628-2983
전자우편 | hs2980@hanmail.net
카   페 | cafe.daum.net/gljang(문학사랑 글짱들)
           cafe.daum.net/art-i-ma(월간 충청예술문화)

공 급 처 | 한국출판협동조합
주문전화 | (02)716-5616
팩시밀리 | (02)716-2999

ISBN 979-11-6493-192-7 (03810)
값 20,000

ⓒ이광희 2022

* 이 책은 ㈜교보문고에서 eBook(전자책)으로 제작하여 판매합니다.
* 잘못 제작된 책은 바꾸어 드립니다.
* 이 책은 저작권법에 보호받는 저작물 입니다. 무단 전재, 복제를 금하며 이 책의 내용 전부 또는 일부 인용시 반드시 저작권자와 〈오늘의문학사〉의 서면 동의를 받아야 합니다.